Identité secrète

D'imprudentes retrouvailles

JUSTINE DAVIS

Identité secrète

BLACK *ROSE*

éditions HARLEQUIN

Collection : BLACK ROSE

Titre original : ENEMY WATERS

Traduction française de CHRISTIANE COZZOLINO

HARLEQUIN®
est une marque déposée par le Groupe Harlequin

BLACK ROSE®
est une marque déposée par Harlequin S.A.

Photo de couverture
Femme : © PAUL GOONEY/ROYALTY FREE/ARCANGEL

83-85, boulevard Vincent-Auriol, 75646 PARIS CEDEX 13.
Service Lectrices — Tél. : 01 45 82 47 47
www.harlequin.fr
ISBN **978-2-2802-4655-2** — ISSN 1950-2753

1

Elle ne s'était rendu compte de rien.

Tout en la surveillant du coin de l'œil, Cooper Grant sirotait son café, comme s'il avait toute la journée devant lui. Ce qui était presque le cas, puisque le Waterfront venait d'ouvrir, et la jeune femme de prendre son service.

Elle jeta un regard dans sa direction, mais elle ne semblait pas avoir remarqué son manège. Elle ne faisait pas particulièrement attention à lui. Elle s'assurait seulement qu'elle n'avait oublié personne, que tout le monde était servi. Les tables étaient quasiment toutes occupées. En début de matinée, l'établissement était de toute évidence un lieu de rendez-vous très prisé à Port Murphy.

Pas étonnant, songea Cooper avec ironie, puisque c'était à peu près le seul café dans ce bled paumé.

Non, elle n'avait rien vu.

Elle paraissait méfiante, pourtant.

Et ça, c'était plutôt bizarre.

Perplexe, il but une gorgée de café. Si l'endroit ne payait pas de mine, on y servait du bon café et, à en juger par les délicieuses odeurs de cuisine qui flottaient dans la salle, des repas tout à fait honorables. Il se prit à regretter de n'avoir commandé que deux malheureuses tartines. Les œufs au bacon devaient valoir le détour. Le visage impénétrable, arborant sur l'avant-bras un tatouage de la mMarine, l'homme qui officiait en cuisine ne devait transiger ni sur la propreté des lieux ni sur la qualité des plats.

Se détournant de la jeune femme, occupée à servir un groupe de quatre personnes qui venaient de s'installer au fond de la salle, Cooper regarda à l'extérieur. La vue sur le port était charmante. Avec ses bateaux amarrés dans la baie — celui de Cooper était au mouillage plus au large — et ses jolies villas éparpillées dans les collines, et au loin des montagnes dont les sommets étaient déjà encapuchonnés de neige, Port Murphy ne manquait pas de cachet.

Te voilà bien lyrique, Grant! remarqua-t-il en son for intérieur avant de se concentrer de nouveau sur sa cible : la serveuse. Brune, les cheveux courts, le regard dissimulé par de grosses lunettes à monture d'écaille, elle semblait faire peu de concessions à la coquetterie. Surtout affublée comme elle l'était d'un T-shirt trois fois trop grand pour elle à l'effigie de la maison. Mis à part les moments où elle prenait une commande, elle était toujours en mouvement, allant et venant d'un côté et de l'autre, veillant constamment à ce que personne ne manque de rien.

Comme elle se retournait vers un client, il put de nouveau contempler son profil droit. Lorsqu'il vit le grain de beauté qu'elle avait sur le lobe de l'oreille, il ne put s'empêcher de sourire. Il ne s'était pas trompé. C'était bien elle. Mais elle était méconnaissable. Sans ce grain de beauté, il aurait pu la chercher encore longtemps.

Pour plus de sûreté, il avait comparé la forme du visage, du nez et de la bouche. Tout coïncidait. De près, il s'était aperçu qu'elle portait des lentilles de contact en plus de ses lunettes, ce qui expliquait que ses yeux, bleus à l'origine, soient à présent noisette.

Il l'avait bel et bien retrouvée et était très impatient de l'annoncer à son client. Les retrouvailles de Tristan Jones et de sa petite sœur le remplissaient d'aise. Après tout, les occasions de se réjouir n'étaient pas si nombreuses dans sa morne existence.

Il se demandait pourquoi elle s'était donné tant de mal pour changer de tête. Elle ne s'était pas contentée d'une simple coupe de cheveux. Elle les avait teints. Et puis il y avait les lentilles de couleur. C'était quand même bizarre. Il comprenait qu'on puisse avoir besoin de changement après un drame ou un choc émotionnel — lui-même était passé par là — mais pas au point de se rendre méconnaissable.

Sans doute un truc typiquement féminin, conclut-il doctement. Il y avait belle lurette qu'il avait renoncé à comprendre les femmes.

Il l'observa tandis qu'elle apportait la commande des clients installés à la table du fond, échangeait quelques mots avec le chef, vérifiait d'un regard circulaire que personne n'avait besoin d'elle et s'emparait de la cafetière pour aller resservir tous ceux qui le souhaitaient. Il aimait bien la regarder. Il avait toujours admiré l'efficacité, dans quelque domaine que ce soit. Cette fille n'avait assurément rien d'une gourde. Du moins était-ce l'impression qu'elle donnait.

Elle s'approcha de la table qui se trouvait près de la porte. C'était toujours par celle-là qu'elle commençait. Si elle ne dérogeait pas à ses habitudes, il savait qu'après avoir servi les clients attablés elle ferait le tour de ceux qui étaient au comptoir. Cela faisait trois jours qu'il l'observait. C'était parce qu'il voulait être servi en dernier qu'il s'était installé à une extrémité du comptoir, tout près de la sortie.

C'était aussi parce qu'il craignait qu'elle ne prenne peur et ne cherche à s'enfuir si elle découvrait pourquoi il était là. Il ne voyait pas très bien quelle raison elle pouvait avoir d'être aussi nerveuse mais, ce qui était sûr, c'est qu'elle n'était pas tranquille. Elle était aux aguets, à l'affût du danger, tel un animal traqué. Elle remarquait le moindre mouvement autour d'elle. Même une mouette qui venait se poser sur la balustrade attirait son attention. Dans quel pétrin avait-elle pu se mettre pour être aussi anxieuse ? Son étrange fébrilité contrastait avec le lieu qui était extrêmement calme et paisible.

Il la regarda remplir les tasses les unes après les autres. Elle allait vite mais, pour autant, elle ne semblait pas particulièrement pressée. Elle avait le coup de main.

Personne n'irait soupçonner qu'il y a encore huit mois elle était plus souvent en robe de soie et talons aiguilles qu'en jean et T-shirt extra-large, songea rêveusement Cooper.

Soudain, elle fut à son côté, tout sourires, sa cafetière à la main.

— Je vous ressers ?

Acquiesçant d'un hochement de tête, il poussa vers elle sa tasse vide.

— Votre café est drôlement bon.

— C'est pour ça que les gens viennent, expliqua-t-elle avec ce même petit sourire commercial.

— Je les comprends. Même si, il faut bien l'avouer, il n'y a guère de concurrence.

Visiblement amusée, elle lui décocha un grand sourire, aussi radieux que spontané.

— C'est vrai, admit-elle en toute simplicité.

Brusquement, sans qu'il sache très bien pourquoi, il ressentit l'envie irrépressible de contrevenir aux instructions qu'il avait reçues et de tout lui déballer. De mettre un terme au cauchemar de la jeune femme. Elle lui avait paru craintive, méfiante, mais peut-être était-ce tout simplement l'épreuve qu'elle avait traversée qui la rendait aussi nerveuse. Les gens ne réagissaient pas tous de la même façon quand il leur arrivait une telle chose. Il était bien placé pour le savoir.

Mais son client, Tristan Jones, lui ayant bien recommandé de ne rien dire, il décida de se taire. Ou plutôt de parler d'autre chose. Nouveau dans le coin, il avait besoin de renseignements que seul un autochtone était susceptible de lui donner.

— Cooper Grant, déclara-t-il en lui tendant la main.

Elle lui fit comprendre qu'elle ne pouvait pas la lui serrer, à cause de la cafetière. Il n'en prit pas ombrage et continua sur sa lancée.

— Je cherche un endroit où amarrer mon bateau. Vous qui êtes d'ici, vous savez peut-être où je pourrais m'adresser ?

Elle posa la cafetière et sembla réfléchir à la question. Machinalement, elle se frotta l'œil droit du bout de l'index derrière le verre de ses lunettes. Se rendant compte de ce qu'elle faisait, elle laissa vite retomber sa main.

Ses lentilles de contact la gênent, songea-t-il en se demandant de nouveau pourquoi elle en portait. N'eussent été les lunettes, il aurait pu penser que c'était simplement pour changer un peu. Les femmes aimaient bien le changement, d'après ce qu'il en savait. Mais pourquoi les deux ? Elle cherchait de toute évidence à faire en sorte qu'on ne la reconnaisse pas.

— Il y a quelques emplacements réservés aux gens de passage dans la marina, dit-elle en réponse à sa question.

— Je suis allé voir. Ils sont tous pris.

Comme si elle s'y attendait, elle hocha la tête.

— Il est grand ? demanda-t-elle.

— C'est un douze mètres.

Aux yeux de beaucoup de gens, cela faisait déjà pas mal. Mais, à côté des yachts que possédaient les amis et les connaissances de Tanya et Jeremy Brown, son bateau n'était qu'un modeste rafiot. Elle ne fit cependant pas de commentaire.

— A moteur ou à voiles ? demanda-t-elle au bout d'un moment.

Ça va peut-être marcher, songea-t-il. Il avait appris par l'employée de la mairie qu'elle louait un logement au bord de l'eau. C'est pourquoi il s'adressait à elle. Elle connaissait peut-être quelqu'un qui avait un mouillage. Les questions qu'elle posait semblaient indiquer qu'elle pensait à quelque chose mais n'était pas certaine que la quille de son bateau passe. Sa réponse allait la rassurer.

— A moteur.

— Où l'avez-vous laissé ?

— Dans la baie. Mais je ne suis pas tranquille. La nuit dernière, j'ai eu l'impression que je dérivais.

— Vous dormez dans votre bateau ?

— La plupart du temps, je vis à bord. J'aime bien me sentir libre de partir quand je veux.

Il se demandait comment elle allait réagir. Certaines personnes trouvaient cela sympa de vivre sur un bateau, mais pour d'autres c'était du grand n'importe quoi. A en juger par le sourire qui se dessina sur ses lèvres, elle appartenait au premier groupe. Elle avait une très jolie bouche, même au naturel. Repensant aux photos que lui avait envoyées le frère de la jeune femme, Cooper en conclut qu'elle avait renoncé au rouge à lèvres, ainsi qu'à tout autre artifice.

— Ça doit être chouette, dit-elle.

— Exit les racines ! lança-t-il un peu par provocation, car c'était justement ce que bien des femmes lui reprochaient.

Mais quel besoin avait-il de la sonder sur la question ?

— Exit les liens ! rétorqua-t-elle gaiement, du tac au tac.

Tiens ! En voilà une qui a l'air de trouver ça bien, songea Cooper, un peu étonné.

— Il y en a un, quand même, auquel je tiens, précisa-t-il. Tous les deux mois environ, je vais rendre visite à ma mère.

Il n'arrivait pas à croire qu'il avait osé lui parler de sa mère. Certes, ce genre de confidence le faisait généralement monter dans l'estime des femmes qu'il cherchait à séduire et avait en outre l'avantage d'être vraie. Mais cette femme était la sœur de son client, rien de plus. Elle ne l'intéressait qu'à ce titre. Peut-être aurait-il été attiré par celle qu'elle avait été, songea-t-il en repensant aux photos. Mais, telle qu'il la voyait aujourd'hui, elle ne lui faisait ni chaud ni froid.

Je suis vraiment un pauvre type, se dit-il en soupirant intérieurement.

Il fallait qu'il soit tombé bien bas pour oublier l'un de ses grands principes : ne jamais se fier aux apparences.

— Où habite votre mère ?

— Loin de la mer. A Spokane.

— En bateau, ça ne doit pas être évident.

— Je prends le car.

Elle tiqua, et il se demanda si c'était parce qu'il avait ravivé en elle le souvenir de sa fuite, en car et en pleine nuit. En tout cas, elle passa vite à autre chose.

— Vous en auriez besoin pour combien de temps de ce poste d'amarrage ?

— Une semaine ou deux. J'ai tout l'entretien du bateau à faire. J'aurais déjà dû m'en occuper avant.

Sa mission était pour ainsi dire terminée. Il ne lui restait plus qu'à informer son client qu'il avait retrouvé sa sœur. Mais Cooper n'était pas pressé de partir. Il se plaisait bien à Port Murphy. C'était tranquille, et le front de mer avait beaucoup de charme.

— Vous en connaissez un ? demanda-t-il, car elle gardait le silence.

— Peut-être. Mais le propriétaire est méfiant. Il ne

voudra rien entendre tant qu'il n'en saura pas un peu plus sur vous.

— Sur moi ? Mais quel mal pourrais-je lui faire ? Il n'a strictement rien à craindre de moi.

— Ça, c'est vous qui le dites. Il ne vous croira pas sur parole.

— A qui se fiera-t-il, alors ?

— A moi, bien sûr.

Cooper se carra sur son siège. Assis sur son tabouret, il était pratiquement à la même hauteur qu'elle, debout derrière le comptoir. Il fallait qu'il se tienne droit, comme sa mère le lui avait si souvent recommandé. Il posa ses coudes sur le comptoir.

— Il vous fait confiance, si je comprends bien ?

— Absolument.

Intéressant, songea-t-il. Qui était cet homme dont elle s'était fait un ami en l'espace de quelques mois ? Cooper savait depuis combien de temps elle était à Port Murphy. Il avait commencé les recherches à Seattle et craint qu'elle ne se soit terrée quelque part en banlieue ou mêlée au demi-million de citadins que comptait la ville elle-même. Par acquit de conscience, sans trop y croire, il avait cependant enquêté à la gare routière. Il était tombé sur un guichetier proche de l'âge de la retraite qui se souvenait parfaitement d'elle. Elle s'était fait couper les cheveux, mais elle ne les avait pas encore teints et, à l'époque, elle ne portait pas de lentilles de contact colorées. Sinon, elle serait passée inaperçue et personne n'aurait jamais pu la reconnaître.

Elle avait pris un billet pour Port Angeles, mais il n'avait trouvé aucune trace de la jeune femme dans cette ville. Il l'avait donc cherchée partout où le car s'était arrêté, en sachant qu'il se donnait peut-être tout ce mal pour rien car, de Port Angeles, elle avait très bien pu prendre le ferry pour le Canada. Auquel cas, il n'était pas sorti de l'auberge.

Supposant qu'elle n'avait pas quitté le pays, trois semaines durant il avait passé au peigne fin toutes les villes traversées par le car. C'était si long et si fastidieux qu'il avait bien failli abandonner. Mais Jones payait bien et Cooper avait grand besoin d'argent. Si ce n'avait pas été le cas, jamais il n'aurait accepté ce boulot. Et jamais sans doute il ne serait entré au Waterfront Cafe trois jours plus tôt et n'aurait remarqué la serveuse.

— Je suppose donc que c'est votre confiance à vous qu'il faut que je gagne en premier lieu, dit-il en lui décochant son sourire spécial, celui auquel, lui avait-on dit un jour, rien ni personne ne pouvait résister.

Sauf elle, apparemment. Elle sembla même redoubler de méfiance : ses yeux s'étrécirent derrière les verres de ses lunettes. Il fronça les sourcils à son tour. Elle n'avait pas l'air particulièrement fragile ou perturbée et, contre toute attente, ce n'était pas de la tristesse qui émanait de sa personne, même si on devinait chez elle des blessures. Bizarrement, ce qu'on percevait surtout, c'était de la peur.

Mais cela n'avait aucun sens. De quoi aurait-elle peur ? A moins qu'il ne lui soit arrivé quelque chose… Il songea brusquement qu'elle avait pu faire une mauvaise rencontre, ce qui expliquerait sa méfiance, les coups d'œil furtifs qu'elle jetait sans arrêt autour d'elle.

— Quelque chose ne va pas ? demanda-t-il tout de go.

Ce changement de tactique la déstabilisa.

— Tout va bien, assura-t-elle en s'emparant de la cafetière et en s'empressant de tourner les talons.

— Nell ! lança-t-il, car c'était le prénom inscrit sur le badge qu'elle portait sur la poitrine.

Elle fit volte-face. La sentant toujours aussi réticente, il hésita à poursuivre plus avant la conversation. Il s'était acquitté de sa mission. Quel besoin avait-il de chercher à entrer dans ses bonnes grâces ? Il était censé la retrouver, rien d'autre. Son client — le frère de la jeune femme — lui avait bien recommandé de ne rien lui dire. Il viendrait et se chargerait lui-même de la mettre au courant.

Au téléphone, tout cela lui avait paru très simple. Sur le terrain, il trouvait que ça l'était beaucoup moins.

— Je n'essaie pas de vous entourlouper, dit-il d'un ton humble. C'est juste que… cela fait trois semaines que je cherche. J'avoue que… je commence à me décourager.

Ce qui était la pure vérité. Il ne lui disait pas tout, certes, mais au moins il ne mentait pas. Il n'avait donc pas l'impression de l'embobiner, même si, en lui faisant part de sa lassitude, il espérait bien sûr toucher sa corde sensible.

Elle hocha la tête mais ne parut pas totalement convaincue.

— Je n'aurais jamais cru que, là-haut, il était si difficile de trouver un mouillage temporaire.

« Là-haut. » Un autochtone n'aurait jamais employé cette expression. La jeune femme parlait comme si elle se trouvait toujours à Los Angeles. S'il avait encore eu le moindre doute, voilà qui achevait de le convaincre.

— C'est l'association des deux, dit-il.

— Des deux quoi ?

— Il me faut non seulement un mouillage, mais aussi un magasin de fournitures maritimes.

Ce qui était, là encore, parfaitement exact.

— Sans oublier un endroit où garer la moto ?

Elle avait donc repéré qu'il avait une moto. Il n'en fut pas surpris. Il avait remarqué que rien ne lui échappait.

— Absolument, dit-il.

— Vous la transportez sur votre bateau ?

Il acquiesça.

— J'utilise une rampe construite exprès pour faciliter le chargement et le déchargement quand le bateau est à quai. Mettre la moto dans le canot est toujours possible mais, pour ramer, c'est plus compliqué.

Il sourit à cette pensée. Elle se détourna et reposa la cafetière quasi vide sur la plaque chauffante. Puis elle entreprit de refaire du café. Elle réfléchissait, hésitant encore à lui faire confiance. Cooper aurait bien voulu savoir qui était ce type qui avait un mouillage. Il se demandait pourquoi la jeune femme prenait autant de précautions avant de le lui présenter. Etait-ce son petit ami ?

Cette question en appelant beaucoup d'autres, il préféra la laisser de côté pour l'instant. Mais elle le turlupinait malgré lui. Que lui importait, pourtant, qu'elle ait noué une relation sentimentale ? Ce n'étaient pas ses affaires.

Elle lui fit brusquement face et déclara :

— Je vais en toucher deux mots à mon ami. Peut-être acceptera-t-il de vous rencontrer.

— Merci. C'est très gentil à vous, dit-il d'autant plus chaleureusement que cela semblait avoir beaucoup coûté à la jeune femme.

Il était très content de lui lorsqu'il sortit du café. Il avait retrouvé la personne qu'il recherchait depuis des semaines et elle était saine et sauve. Il était d'autant plus fier qu'il avait réussi à l'identifier malgré les stratagèmes qu'elle avait employés pour ne pas être reconnue. Cooper s'imaginait déjà en train d'annoncer la nouvelle à son client. Avec l'argent qu'il allait toucher, il allait pouvoir rembourser ses dettes. Il aurait même de quoi voir venir, ce qui lui éviterait de prendre le premier boulot qui se présenterait.

En fin de compte, il n'était pas si mal tombé. Cette mission l'avait changé de son train-train habituel. Il n'y avait rien de palpitant à traquer un mari volage, à démasquer un fils indélicat ou une fille toxicomane. Retrouver une jeune femme qui avait pris la fuite dans un accès de désespoir et lui amener son frère, qu'elle croyait mort huit mois plus tôt, c'était quand même nettement plus intéressant. Il risquait fort de prendre goût à ce genre d'affaires.

Il se surprit de nouveau à regretter de ne pas pouvoir tout dire à la jeune femme. Mais son frère lui avait bien recommandé d'attendre. Il avait expliqué à Cooper qu'après ce qui s'était passé, si elle ne l'avait pas devant elle en chair et en os, jamais elle ne croirait qu'il avait survécu. De plus, il voulait être là pour voir la tête qu'elle ferait lorsqu'il se présenterait à elle. C'était son droit, songea Cooper. Après tout, Jones était son frère et s'il avait du temps et de l'argent à perdre…

N'empêche que c'était cruel de laisser croire à la jeune femme que son frère était mort, tué par son mari, qui avait tiré sur lui à bout portant.

2

Elle enleva le badge sur lequel était inscrit « Nell » et le jeta sur la table à côté de ses clés. Le trafiquant auquel elle avait acheté de faux papiers d'identité n'avait pas beaucoup de noms à lui proposer. Comme elle voulait travailler, il lui fallait en plus un numéro de Sécurité sociale, ce qui rendait le choix encore plus limité. Elle avait eu la chance de tomber sur un prénom qui lui était familier. Endosser l'identité de quelqu'un qui était probablement mort ou pas encore en âge de travailler lui avait, cependant, posé un cas de conscience. Mais, tant qu'elle ne percevait aucune prestation, le mal n'était pas bien grand, lui semblait-il.

— Nell !

C'était la voix enjouée de son logeur, Roger Donlan. Il était presque toujours de bonne humeur, à tel point que c'en était presque suspect. Elle se demandait si cette gaieté ne cachait pas quelque chose, un fond de tristesse ou de mélancolie, sentiments qu'elle-même éprouvait souvent. Il avait perdu sa femme dix ans plus tôt, après quarante ans de vie commune, et ne s'en était toujours pas remis. Il avait dû vraiment beaucoup aimer son épouse pour la pleurer encore après tout ce temps, songeait-elle parfois rêveusement.

Mais elle savait que, dans dix ans, elle-même pleurerait toujours son frère. Tris n'avait pas fini de lui manquer. Tout ce qu'elle pouvait espérer, c'était qu'un jour elle arriverait elle aussi à combler tant bien que mal le vide qu'il avait laissé dans son existence.

Roger avait une vie bien remplie qui ne lui laissait guère le temps de s'apitoyer sur lui-même. Il allait de l'avant, vaille que vaille. Compte tenu de la menace qui planait au-dessus de sa tête, pour elle ce serait plus difficile. Elle s'appelait désormais Nell Parker et n'était pas fâchée de s'être débarrassée de son ancien patronyme. Il faisait partie de son passé, de cette vie à laquelle elle avait définitivement tourné le dos une nuit de tempête. Nell Parker lui plaisait bien plus que Tanya Jones Brown.

Un frisson la parcourut tandis que les souvenirs l'assaillaient. Ce qui s'était passé cette nuit-là ressemblait tellement à un cauchemar qu'elle avait encore du mal à croire qu'elle n'avait pas rêvé. Elle avait couru droit devant elle et, à un carrefour, tandis qu'elle attendait que le feu passe au vert, elle s'était rendu compte qu'elle tremblait comme une feuille et que ses vêtements étaient trempés. Du sang de Tris.

La disparition de celui qu'elle avait toujours considéré comme un pilier de son existence, comme un héros, la laissait complètement désemparée. Quand elle était petite, Tris s'occupait d'elle. Il ne rechignait jamais à partager ses jeux. Plus tard, quand elle avait commencé à sortir, il avait tenu son rôle de grand frère, la protégeant des brutes et des mauvais garçons.

Il lui manquait. Pas plus que Roger n'arrivait à oublier sa chère épouse, elle ne parviendrait à oublier Tris. Elle le pleurerait toujours.

— Nell ? Vous êtes là ?

Deux coups légers frappés à la porte accompagnaient ces paroles.

— J'arrive ! cria-t-elle en allant ouvrir.

Roger avait soixante-douze ans mais il ne faisait pas

du tout son âge. On lui donnait dix ans de moins. Il était costaud et très dynamique. Nell lui enviait son infatigable énergie. Il s'activait du matin au soir, ce dont témoignaient sa maison et son jardin, remarquablement bien entretenus. Passionné d'art topiaire, il bichonnait les deux chevaux végétaux qui gardaient son allée. Les arbres fruitiers de son verger faisaient également l'admiration de toute la ville et, comme Roger cuisinait très bien, il ne laissait jamais rien se gâcher.

Le cottage qu'elle lui louait était une dépendance de la maison, une petite grange qu'il avait lui-même transformée en un confortable deux pièces. Elle avait eu de la chance qu'il soit libre et à un prix raisonnable. Le loyer était si modique qu'elle soupçonnait Roger de lui avoir fait une fleur.

— Pour le dîner, j'ai prévu des artichauts farcis et des darnes de saumon, déclara-t-il. Ça vous tente ?

— Et comment ! Tout cela m'a l'air délicieux. J'apporte le vin.

C'était la seule chose qu'il consentait à recevoir d'elle en échange de ses invitations. Ils avaient pris l'habitude de dîner ensemble une fois par semaine environ, aussi la jeune femme gardait-elle toujours sous la main une ou deux bouteilles. Roger était amateur de bon vin mais il n'était pas nécessaire de lui offrir un grand cru pour lui faire plaisir.

— D'accord, dit-il. Je sais que vous avez très bon goût en la matière.

C'est seulement une fois qu'ils eurent dîné, alors qu'ils finissaient une bouteille de pinot grigio qui s'était révélé fort honorable, que la jeune femme se décida à parler à Roger de l'homme qu'elle avait rencontré au café. Elle n'était pas sûre d'avoir envie qu'un autre locataire vienne s'installer ici, d'où sa réticence. S'il y avait une chance pour qu'elle retrouve un peu de sérénité un jour, c'était ici, chez Roger, et elle n'avait pas besoin qu'un étranger vienne troubler sa tranquillité. D'un autre côté, elle savait que cela arrangerait bien Roger de louer son poste d'amarrage pour une semaine ou deux.

Elle n'avait pas le droit de décider pour lui.

— Un client, au café, m'a demandé si je connaissais un mouillage à louer. Il a des travaux à faire sur son bateau et tout est complet, apparemment.

— Oui, ça ne m'étonne pas. La marina est toujours pleine en cette période de l'année, déclara Roger en la regardant par-dessus la monture de ses lunettes. Vous lui avez parlé de mon emplacement ?

— Vaguement.

Sachant Roger capable d'accepter juste pour lui faire plaisir, elle ajouta vivement :

— Ce type, je ne le connais pas particulièrement. Il est venu deux ou trois fois au café, c'est tout.

— C'est un type bien ?

— Je n'en sais rien. J'ai un peu parlé avec lui et c'est vrai qu'il m'a paru sympathique. Cela dit, la première fois que je l'ai vu, je ne sais pas pourquoi mais… j'ai eu la trouille.

Roger posa son verre en fronçant les sourcils.

— La trouille ? Mais pourquoi donc ?

Elle haussa les épaules, regrettant d'en avoir trop dit. A force de se méfier de tout le monde, elle en devenait paranoïaque. Si elle s'était installée ici, à Port Murphy, c'était justement pour ça. La ville était si petite que tout le monde se connaissait et qu'un étranger était tout de suite repéré.

— Pour rien. Je suppose que ce type est très bien. Je suis prudente, c'est tout.

— Oui, j'avais remarqué, dit Roger en se détendant.

— A vous de voir, reprit-elle. Je ne lui ai rien promis. D'après ce que j'ai compris, ce ne serait pas pour longtemps. Une semaine ou deux, pas plus.

Roger la scruta si longtemps qu'elle se surprit à retenir son souffle. *Pourvu qu'il ne cherche pas à savoir pourquoi je me montre aussi méfiante,* songea-t-elle, mal à l'aise.

— Il vous a dit ce qu'il avait comme bateau ? demanda soudain Roger.

— Un bateau à moteur. Un douze mètres.

— Ça devrait aller.

Elle acquiesça, expliquant :

— C'est parce que vous aviez un douze mètres que j'ai pensé à vous.

— L'emplacement est un peu étroit. Il vaut mieux savoir s'y prendre. Mais, s'il a l'habitude, la manœuvre ne devrait pas lui poser de problème.

— Je ne lui ai pas posé de questions. Je ne voulais pas lui donner de faux espoirs. Je préférais vous en parler d'abord. D'ailleurs, je ne lui ai même pas donné votre nom.

Roger la regarda d'un air interrogateur.

— Voyez-vous un inconvénient quelconque à sa présence ici ?

— Il ne s'installe pas à demeure. Quinze jours, c'est vite passé.

Tripotant machinalement le bord de ses lunettes, elle ajouta :

— Je ne sais pas combien il est prêt à payer. Il vit à bord, d'après ce qu'il m'a dit.

— Epris de liberté ou incapable de se fixer quelque part ?

— Difficile à dire, répondit Tanya en s'efforçant de sourire. Je ne l'ai vu que deux ou trois fois.

— A quel moment de la journée vient-il, d'habitude ?

— Le matin. A l'ouverture, en général.

Roger hocha la tête.

— Je vais venir faire un tour, histoire de voir à quoi il ressemble. Je prendrai ma décision une fois que je l'aurai vu.

— Oui, c'est une bonne idée. Quand vous lui aurez parlé, vous pourrez décider en connaissance de cause.

— Exactement. J'arrive assez bien à cerner les gens.

Pas si bien que cela. Sinon, je ne serais pas là, pensa la jeune femme.

Ce soir-là, elle se promena sur le quai et admira le coucher de soleil. Tris aurait sans doute lui aussi apprécié ce spectacle. Mais tel qu'elle connaissait son frère, au bout d'une semaine la ville lui aurait manqué. Citadin dans l'âme, Tris avait besoin qu'il y ait du monde, de l'agitation, du bruit autour de lui. La ville constituait son habitat naturel, au même titre que les grands espaces constituaient celui de l'aigle qu'elle voyait planer très haut dans le ciel obscur. Où qu'il aille, il finissait toujours par revenir.

Mais, là où il était, Tris ne risquait pas de revenir, songea tristement Tanya. Elle n'arriverait jamais à s'y faire.

Malheureuse comme les pierres, elle se laissa glisser sur le quai et, une fois assise, ramena ses genoux sous son menton. Elle frissonna malgré la douceur de l'air et serra frileusement ses bras sur sa poitrine, à défaut de pouvoir se blottir contre son grand frère. Ses moqueries, ses câlins, sa tendresse lui manquaient tellement…

Perdue dans ses pensées, elle resta assise là un long moment. Elle n'était pas pressée d'aller se coucher. Dormir ne présentait plus grand intérêt. Trop de rêves venaient désormais perturber son sommeil. Des rêves effrayants. Dans la journée, elle arrivait tant bien que mal à juguler ses angoisses mais, la nuit, elle était tout entière livrée à ses démons.

Elle finit cependant par se décider à rentrer car elle avait besoin de repos. A raison de quatre ou cinq heures de sommeil par nuit — dans le meilleur des cas —, la fatigue s'accumulait inexorablement.

Et puis, songea-t-elle en regagnant son cottage, les cauchemars étaient un moindre mal après ce qu'elle avait fait.

La maison était peinte en jaune et en blanc, couleurs qui paraissaient d'autant plus gaies que le ciel était souvent gris dans le nord-ouest. Elle était pimpante et accueillante et, à dire vrai, Tanya s'y plaisait bien plus que dans son ancienne demeure, ce manoir austère et imposant derrière ses grilles de fer forgé, ridiculement tarabiscoté.

Mais ici, comme ailleurs, elle se sentait seule et délaissée. Cela aussi, elle l'avait bien cherché. Tris était mort dans ses bras, par sa faute. Tout cela parce qu'elle était trop sentimentale et manquait cruellement de discernement.

Elle ne se sentait pas moins coupable que si elle avait elle-même appuyé sur la détente.

3

— Vous en êtes sûr ?

— Sûr et certain.

Entre deux bâillements — il était un peu plus de 5 heures du matin lorsque le téléphone l'avait brutalement tiré de son sommeil —, Cooper fit un rapport détaillé à Jones. Il lui parla des cheveux teints, des lentilles colorées et de tout ce sur quoi il avait fondé sa conviction. Puis, pour confirmer ses dires, il envoya à son client la photo qu'il avait prise discrètement avec son téléphone portable, un portrait de la jeune femme, de profil, sur lequel on voyait le grain de beauté qu'elle avait sur l'oreille droite.

— En effet, admit Tristan à réception du cliché. Cela m'a tout l'air d'être elle. Même menton, même nez. Et puis il y a ce grain de beauté. Depuis combien de temps est-elle là-bas ?

— Un peu plus de six mois. Elle est arrivée en bus de Seattle, après avoir changé à Portland. C'est bien elle, même si elle a changé de tête et pris un autre nom.

— Comment se fait-elle appeler ?

— Nell Parker.

Tristan Jones sembla surpris.

— Cela vous dit quelque chose ? demanda Cooper, intrigué.

— Nell était le deuxième prénom de notre mère.

Cooper ne put s'empêcher de sourire.

— Vous me croyez, maintenant ?

— Oui.

L'homme paraissait vraiment très content. Cooper songea que les retrouvailles du frère et de la sœur allaient être émouvantes, mais il y avait quelque chose qui le chiffonnait.

— Pourquoi se fait-elle passer pour quelqu'un d'autre ? demanda-t-il. Quel besoin avait-elle de changer de tête ?

— Tanya adore se déguiser. Depuis toujours. Quand elle était petite, elle s'est même amusée un jour à se teindre les cheveux en rose et bleu. Tout le monde était horrifié. Je pense qu'elle cherchait à se rendre intéressante. Elle aimait attirer l'attention sur elle.

Cooper était sceptique. Telle qu'il l'avait vue, discrète, effacée, la jeune femme ne lui avait pas donné l'impression d'être quelqu'un qui cherchait à attirer l'attention. Mais Tanya Jones Brown avait sans aucun doute beaucoup changé en l'espace de quelques mois. Et pas seulement physiquement. On ne sortait jamais indemne d'une épreuve telle que celle qu'elle avait traversée.

— Elle m'a semblé… excessivement tendue.

— Comme je vous l'ai expliqué, Tanya est fragile et un peu dépressive depuis la mort de notre mère. Elle est incapable de s'assumer seule. Ce qui est arrivé n'a pas dû l'arranger. Je suis si content que vous l'ayez retrouvée. J'en rends grâce à Dieu.

Cooper ne supporterait pas de vivre avec quelqu'un comme elle. C'était pourtant le genre de femme qui avait tous les hommes à ses pieds. Tanya faisait apparemment ce qu'elle voulait de son frère et de son mari. Du moins était-ce le cas de la femme qu'elle était autrefois. Au café, pendant les trois jours où il l'avait observée, elle ne lui avait pas donné l'impression d'être une chipie.

Il songea que son client n'osait pas trop charger sa sœur, qu'il aimait malgré tout. Tanya Brown Jones lui en avait sûrement fait voir de toutes les couleurs. Et le pire était peut-être encore à venir.

— Que voulez-vous que je fasse, maintenant ?

— Je veux que vous la surveilliez. Mais ne lui parlez pas de moi, surtout. Pas un mot. Il ne faut pas qu'elle sache qui vous êtes et ce que vous faites. Ne la perdez pas de vue, c'est tout ce que je vous demande. J'arrive dès que possible. Je suis à Londres ; je ne peux pas venir pour l'instant.

— A Londres ? répéta Cooper, étonné.

Cela expliquait pourquoi son client l'avait appelé à une heure indue. A Londres, il était probablement midi.

— Oui. Pour affaires. Je ne vais pas pouvoir me libérer avant plusieurs jours.

— Ouah ! Vous faites un métier passionnant.

Jones lui avait dit que son beau-frère lui avait trouvé du travail après sa guérison, mais Cooper ignorait que le travail en question impliquait des déplacements à l'étranger. Il se demandait si Jeremy Brown l'avait fait par pure générosité ou s'il avait cherché à se racheter mais, au bout du compte, cela importait peu car les deux hommes avaient au moins une chose en commun : ils aimaient Tanya.

— Je vous appelle à mon retour et vous rejoins dès que possible. D'ici là, ne la lâchez pas d'une semelle.

— Je ne la quitterai pas des yeux, promit Cooper.

Après cet appel, il s'assit sur le pont du *Peacemaker* et regarda le soleil se lever. Ce spectacle l'aida à comprendre les raisons pour lesquelles Tanya avait choisi de s'installer à Port Murphy.

Il commençait à mieux la cerner, à faire le lien entre la jeune femme coquette qui cherchait constamment à se faire remarquer que décrivait son frère et la jeune femme discrète, et même effacée, qu'il avait rencontrée.

Mais la personnalité de sa cible n'avait guère d'importance. Tout ce qui comptait, c'était qu'il ne la perde pas de vue. Et tant qu'il se conformait aux instructions de son client, ne disait pas à la jeune femme qu'il était détective et qu'il avait été payé pour la retrouver, tant qu'il ne lui apprenait pas que contrairement à ce qu'elle croyait son frère n'était pas mort, Cooper ne voyait aucune raison de couper court avec elle.

Encore qu'il n'y ait pas grand-chose à couper car les liens qu'il avait noués avec elle étaient extrêmement ténus. Mais la glace était rompue, et maintenant que le plus difficile était fait il n'allait pas s'arrêter en si bon chemin.

Tanya dut se faire violence pour ne pas se retourner lorsqu'elle entendit la moto vrombir dans son dos. Impossible que ce soit lui, songea-t-elle, le cœur battant. L'engin venait apparemment d'une des maisons bâties sur les collines, au-dessus de la crique.

Et si c'était lui, malgré tout, qu'est-ce que cela pouvait bien lui faire ? De quoi aurait-elle l'air si elle se retournait ? Elle ne tenait pas spécialement à ce qu'il sache qu'elle n'arrêtait pas de penser à lui depuis qu'elle l'avait vu, au café. Son sourire nonchalant, sa voix bien timbrée, son accent un peu traînant ne la laissaient pas indifférente.

Elle continua d'avancer en regardant droit devant elle et se dirigea vers l'allée qui longeait le front de mer. La moto se rapprochant, elle n'y tint plus et jeta un bref coup d'œil sur le côté. Mieux valait quand même qu'elle s'assure que le motocycliste ne risquait pas de la renverser. Un accident était si vite arrivé.

Rouge vif, la moto la dépassa et rejoignit la route. Le jeune qui la conduisait ne lui prêta pas la moindre attention. Couché sur son guidon, il était trop occupé à faire vrombir le moteur de son engin et à réveiller tout le voisinage. Il prit vers le nord, en direction du lycée.

Fausse alerte, songea Tanya, à la fois soulagée et déçue. Ce n'était pas lui. L'homme au bateau avait une moto noire. De plus faible cylindrée, sans doute, parce qu'il vivait à bord et qu'une grosse moto aurait été impossible à charger et décharger régulièrement.

Comme elle arrivait en vue de la marina, elle constata que la moto noire était garée à son emplacement habituel, à l'entrée du quai réservé aux visiteurs.

Machinalement, elle jeta un coup d'œil vers la capitainerie. Les deux postes d'amarrage réservés aux bateaux de passage étaient occupés. La saison touchait à sa fin, pourtant. Une place aurait pu se libérer.

Dommage, songea-t-elle hypocritement, car tout au fond d'elle-même elle avait espéré qu'il n'y aurait pas de place.

Quelle idiote tu fais, ma pauvre fille ! se tança-t-elle avec sévérité.

Mais elle avait beau être avertie et avoir juré ses grands dieux que jamais plus elle ne tomberait amoureuse, l'homme à la moto, avec sa silhouette élancée, son sourire en coin et son allure décontractée, s'était insinué dans ses pensées et elle pressentait qu'il ne s'en laisserait pas facilement déloger.

S'il savait, il se moquerait de moi, se dit-elle, mortifiée. Elle s'était tellement enlaidie qu'elle ne ressemblait plus à rien. Quel homme pouvait s'intéresser à elle, ou simplement la remarquer ? Sûrement pas ce beau brun aux traits virils et aux yeux verts. Il ne fallait pas rêver. S'il bavardait avec elle, c'était pour passer le temps. Un peu comme un chat qui jouerait avec une souris.

Ou plutôt comme un tigre qui chipoterait avec sa pitance, songea-t-elle, réaliste.

Mais pourquoi penser à mal ? S'il lui faisait la causette, c'était peut-être simplement parce qu'il s'imaginait qu'elle pourrait l'aider. A trouver un mouillage, par exemple.

Il y avait une demi-douzaine de bateaux ancrés à l'année dans la marina. En ce début d'octobre, le temps commençait déjà à se dégrader, mais Roger lui avait dit qu'ici les plaisanciers sortaient en mer hiver comme été. Ce n'était pas la pluie qui les arrêtait.

Elle chercha des yeux le poste d'amarrage le plus au large, là où l'homme lui avait dit avoir ancré son bateau. Son regard balaya deux vedettes, un chalutier, trois voiliers. Amarré à la toute dernière bouée, un bateau à la coque bleu marine et au toit blanc retint son attention. Autant qu'elle puisse en juger à cette distance, il avait plutôt fière allure. Rien à voir avec une péniche, constata-t-elle, étrangement soulagée.

La corde à linge tendue d'un bout à l'autre du pont, ce n'est pas son genre. Il navigue et donc, forcément, il entretient son bateau.

Voilà ce qui arrive quand on ne regarde pas où on va, songea-t-elle encore lorsqu'elle mit le pied dans une ornière et trébucha.

Tu ferais décidément mieux de t'occuper de tes affaires.

Cela faisait presque huit mois qu'elle ne fréquentait aucun homme — Roger mis à part, mais cela n'avait rien à voir — et elle ne s'en portait pas plus mal. Elle n'allait pas laisser cet inconnu tout chambouler. Ce serait trop bête.

Mais elle se savait faible. Elle savait aussi ce qu'il en coûtait de perdre la tête pour un homme. La dernière fois qu'elle était tombée amoureuse, sa vie avait viré au cauchemar.

Et son frère y avait laissé la sienne.

4

Le remords provoque chez les gens toutes sortes de réactions bizarres, songea Cooper. Il était bien placé pour le savoir. Des réactions bizarres, il en avait depuis bientôt vingt ans.

Las de ressasser toujours les mêmes pensées, il décida de laisser le passé où il était et de se concentrer sur le présent. Plus précisément sur la femme qu'il était chargé de surveiller. Et qu'il attendait depuis déjà un bon quart d'heure. Du banc sur lequel il s'était assis, à l'abri d'un arbre centenaire, il pouvait admirer la marina et les collines qui se trouvaient derrière.

Il savait qu'elle se rendait au café à pied. Il avait entendu un client lui poser la question.

— J'adore marcher, avait-elle déclaré. De là où j'habite, cela ne fait que deux kilomètres et demi. Je traverse le parc et longe la marina. C'est beau, tranquille, et…

— Sacrément humide, avait renchéri un autre client.

— Oui, c'est vrai, avait-elle répliqué avec un sourire adorable. Mais ça ne me gêne pas. S'il ne pleuvait pas, les pelouses ne seraient pas aussi vertes.

Cette façon qu'elle avait de positiver avait paru suspecte à Cooper. Si elle faisait les trajets à pied, n'était-ce pas plutôt parce qu'elle n'avait pas de voiture ? Elle était partie de chez elle avec trois fois rien. D'après son frère, elle avait emporté la liasse de billets que son mari cachait dans le tiroir de son bureau. Il y avait un peu moins de mille dollars. Une broutille pour Tanya, qui dépensait sans compter. Son frère pensait qu'avec aussi peu d'argent elle ne pourrait pas aller bien loin. Mais, quand sa voiture avait été retrouvée à proximité d'une gare routière, il avait eu l'idée de contacter un détective dans le nord-ouest parce que c'était là que Tanya et lui avaient passé les meilleures vacances en famille de leur vie.

Ce Tristan Jones était un peu étrange, quand même. Cooper s'attendait à une réaction plus enthousiaste de sa part. Il pensait qu'il sauterait dans le premier avion, toutes affaires cessantes. Il semblait si pressé de retrouver sa sœur !

Certes, maintenant que Cooper avait localisé la jeune femme, il n'y avait plus d'urgence.

Bien joué ! se rengorgea-t-il, fier d'avoir rondement mené sa mission. Ce boulot commençait à lui plaire. Peut-être parce que, cette fois, il avait reçu une avance confortable et qu'il n'aurait pas à courir après sa paie, comme cela lui était si souvent arrivé.

Jones était peut-être très pris par ses affaires. De grosses affaires, apparemment. Il payait si bien que Cooper avait calculé que ce travail allait non seulement lui rapporter de quoi remettre en état le *Peacemaker*, mais aussi lui permettre de prendre quelques semaines de congés. Il n'avait vraiment pas à se plaindre. Cette mission avait été un peu fastidieuse par moments, mais elle n'avait présenté aucune difficulté et, surtout, elle ne lui avait pas semblé dégradante, comme les enquêtes qu'il menait d'habitude.

Dans ce métier, il y avait un peu de tout, et quand on avait besoin de gagner sa vie il ne fallait pas faire le difficile.

Encore heureux que tu n'aies pas de loyer à payer, de crédit automobile, d'abonnement au câble, de femme et d'enfants à nourrir !

Il se leva et fit quelques pas dans la direction opposée

à celle qu'avait prise la jeune femme. Comme cela, au moins, il était sûr de ne pas la manquer.

La veille, il avait fait le trajet à vélo depuis le café et s'était rendu compte qu'à la sortie du parc il y avait trois chemins possibles. Il n'avait pas su lequel prendre. Tout ce qu'il savait, c'était que Tanya marchait un peu moins de trois kilomètres et qu'elle longeait la marina. Mais où habitait-elle ? Dans le quartier historique du port ? Dans les immeubles qui se trouvaient de part et d'autre de la grand-route ? Ou dans les lotissements construits sur la colline ?

Il s'était consolé en pensant qu'au moins il savait où elle travaillait. C'était mieux que rien.

La jeune femme n'était toujours pas en vue. Il y avait un vieux couple qui marchait main dans la main, un enfant qui promenait son chien, et un type qui transportait son matériel de pêche. Personne d'autre.

Mais il était encore tôt. Cooper alla se rasseoir sur son banc.

Le gosse au chien s'était arrêté au milieu de l'allée pour taper un texto sur son BlackBerry.

Lorsqu'il scruta de nouveau l'allée, Cooper la vit enfin arriver. Bien que marchant d'un bon pas, elle semblait attentive à son environnement et heureuse de profiter du paysage et de la sérénité des lieux.

Il enfonça ses mains dans les poches de son jean et fit mine de contempler la marina. Du coin de l'œil, il surveillait la jeune femme, qui ne l'avait pas encore remarqué. Il fallait qu'elle croie à un hasard. Loin d'être flattée, comme d'autres femmes à sa place auraient pu l'être en apprenant qu'il patientait depuis une demi-heure dans l'espoir de la voir, elle risquait de prendre peur. Elle était si nerveuse ! S'il n'avait pas été au courant de ce qui lui était arrivé, il se serait interrogé sur sa santé mentale.

— Il faut bien voir qu'en ce moment elle n'est pas tout à fait dans son état normal, lui avait dit Jones. Elle doit s'en vouloir terriblement parce que, ce soir-là, elle m'avait appelé à la maison pour me parler de l'anniversaire de Jeremy. Elle comptait lui faire la surprise.

Rien de plus normal, songea Cooper. Sauf que la surprise avait très mal tourné. Et s'était terminée dans un bain de sang. C'était peut-être une des raisons qui l'avaient poussé à accepter cette mission. Pour l'avoir lui-même vécue, il connaissait ce genre de situation. Un matin, vous partez travailler comme d'habitude. Sans savoir que vous ne rentrerez jamais chez vous.

Jones avait déclaré à la presse qu'il y avait eu erreur sur la personne. Son beau-frère — le mari de Tanya — l'avait pris pour un cambrioleur et lui avait tiré dessus. Soumis au détecteur de mensonges, l'homme n'avait eu aucun mal à convaincre tout le monde de sa bonne foi. L'affaire avait été classée sans suite.

Grièvement blessé, Jones avait apparemment été laissé pour mort, jusqu'à ce que l'un des médecins urgentistes s'aperçoive en l'examinant qu'il était encore en vie. Mais entre-temps, Tanya avait fichu le camp.

Jeremy Brown n'avait rien à se reprocher, d'après Jones. Il avait voulu protéger sa femme, expliquait l'article de journal. La disparition de celle-ci l'avait beaucoup ébranlé. Pendant des mois, il l'avait cherchée dans le sud de la Californie tandis que Jones, dès qu'il avait été guéri, avait ratissé beaucoup plus large.

Cooper avait découvert en lisant l'article que Jeremy avait une vie mondaine très prenante car il organisait toutes sortes de manifestations à visée caritative. Il n'y avait pas meilleur collecteur de fonds que son beau-frère, prétendait Jones. D'autant que Tanya n'hésitait pas à jouer de sa beauté et de son charme pour l'aider.

A cette époque, avait compris Cooper, Tanya Jones était une femme extraordinairement sexy. En choisissant de publier une photo de la sœur de la victime, plutôt que de la victime elle-même, le journaliste ne s'y était d'ailleurs pas trompé. Le cliché qui montrait la jeune femme en robe du soir était nettement plus glamour que le portrait de son frère.

Avec ses longs cheveux blonds et sa silhouette de rêve, moulée dans une robe fourreau en lamé, la Tanya de la photo n'avait rien à voir avec la petite serveuse du Waterfront.

Laquelle ne se trouvait maintenant plus qu'à une dizaine de mètres du banc sur lequel Cooper était toujours assis.

Seule, perdue dans ses pensées, elle errait telle une âme en peine.

Son désarroi serra le cœur de Cooper. Il ne supportait pas de savoir les gens malheureux. Après la mort de son père, il avait vu sa mère complètement déprimée. Et il se rappelait ce qu'il avait ressenti alors, ce besoin instinctif, presque animal, de s'interposer entre elle et tout ce qui risquait de la faire encore plus souffrir.

C'était ce même besoin qui l'avait poussé aujourd'hui à venir à la rencontre de la jeune femme.

Elle doit être si malheureuse.

Sans plus réfléchir, il se leva et s'avança vers elle.

Elle s'attendait si peu à le voir surgir devant elle que son cœur fit un bond terrible dans sa poitrine. Elle savait qu'à mille cinq cents kilomètres de chez elle elle ne risquait pas grand-chose, mais cela avait été plus fort qu'elle. Et puis elle se méfiait encore plus de cet homme depuis qu'il lui avait fait penser à un tigre tournant autour de sa proie.

— Salut, Nell ! lança-t-il d'une voix enjouée, comme s'il

était tombé sur elle par hasard. Il fait un temps splendide ce matin, vous ne trouvez pas ?

— Si.

Elle avait la bouche sèche.

— Vous allez au travail ? Vous pensez qu'il y a moyen de prendre un café à cette heure matinale ?

— Oui, bien sûr.

Il changea de ton, brusquement, et elle se demanda si c'était parce qu'il s'était forcé à avoir l'air content, ou parce qu'elle lui répondait par monosyllabes.

— Que se passe-t-il ? Vous faites une de ces têtes. Comme si vous aviez peur qu'une orque jaillisse de l'eau et vous saute dessus.

— Je pensais plutôt à un tigre.

— A un tigre ?

Il semblait abasourdi. Levant les yeux vers lui, elle constata qu'il n'avait rien d'un tigre en dehors de sa démarche féline.

Et de ses yeux verts, étrangement perçants. Cet homme avait bel et bien un regard de prédateur. Ce n'était pas pour rien qu'elle l'avait comparé à un tigre.

— Vous ne risquez rien..., Nell, affirma-t-il doucement en hésitant bizarrement sur son prénom.

Se pouvait-il qu'il l'ait déjà oublié ? Ou était-ce parce qu'il avait failli l'appeler autrement ? se demanda la jeune femme, encore plus paniquée.

— On n'est jamais... trop prudent, bredouilla-t-elle.

Où qu'elle aille, elle savait que plus jamais elle ne serait tranquille.

5

— Cooper Grant, Roger Donlan, dit-elle en leur servant leurs cafés. Buvez pendant que c'est chaud.

Les présentations faites, Nell alla s'occuper des autres clients. Il y avait un monde fou. Un samedi matin, par beau temps, ce n'était pas très étonnant.

Elle les avait installés au fond de la salle, dans un coin tranquille, à une table où ils ne risquaient pas d'être dérangés.

Pour parler affaires, c'était l'endroit idéal.

Pour un repas en amoureux, c'est bien aussi.

Bon sang, où as-tu la tête ? se morigéna Cooper.

Il reporta son attention sur son interlocuteur, qui le scrutait tel un entomologiste en train d'examiner un papillon sous la lamelle de son microscope.

— C'est une drôle de femme, fit soudain Roger.

— Oui, répondit machinalement Cooper.

Il eut l'impression que Roger aurait aimé un peu plus d'enthousiasme de sa part.

— Elle en a bavé. Je ne voudrais pas qu'il lui arrive encore malheur.

Cooper hésita. C'était le moment ou jamais d'apprendre enfin ce qui la rendait aussi nerveuse. Mais, s'il se montrait trop curieux, il risquait de déplaire à Roger, auquel cas le poste d'amarrage lui passerait sous le nez.

Tant pis ! se dit-il. Il fallait qu'il sache. Surtout après la réflexion qu'elle avait faite tout à l'heure. « On n'est jamais trop prudent. » Il aurait tant voulu la rassurer, tout lui dévoiler.

Mais il avait promis à son frère de lui laisser ce soin.

— Elle en a bavé tant que ça ?

— Oui, répondit Roger sans en dire plus.

Il le scrutait toujours avec une telle insistance que Cooper finit par comprendre qu'il ne faisait en fait rien d'autre que le mettre en garde. Ses paroles sonnaient comme une menace. Il cherchait à protéger la jeune femme. Pourquoi ? Cooper l'ignorait et n'était même pas sûr que Roger lui-même le sache, mais le fait qu'il s'inquiète pour elle suffisait à faire de lui un brave homme aux yeux de Cooper. Certes, Roger avait trente ou quarante ans de plus que lui, mais il était costaud et donc en mesure de mettre sa menace à exécution si besoin était. Ce type avait d'ailleurs une allure d'ancien militaire ou de flic à la retraite. Il lui faisait penser aux copains de son père. Après la mort de celui-ci, il les avait beaucoup fréquentés et savait donc à quoi s'en tenir.

— Je ne la connais pas très bien, dit prudemment Cooper. Depuis mon arrivée, j'ai dû la voir trois ou quatre fois. C'est très gentil à elle de vous avoir parlé de mes difficultés à trouver un mouillage pour mon bateau.

— A part du bateau, vous faites quoi dans la vie ? demanda Roger d'un ton rogue.

— Je travaille, déclara Cooper en omettant sciemment de préciser que le travail en question n'était pas régulier. Mais je vis sur mon bateau.

— Pourquoi ?

Cela ressemblait de plus en plus à un interrogatoire, songea Cooper. Mais, si Roger était méfiant, cela se comprenait. Il ne voulait pas louer son amarre à n'importe qui.

— Parce que ce bateau compte beaucoup pour moi. C'était celui de mon père.

— C'était ? fit Roger.

— Il est mort.

Il l'annonça de but en blanc, d'un ton sec et décisif. Ces trois mots, il les prononçait de la même façon chaque fois qu'on le questionnait sur son père, ce qui n'arrivait heureusement plus très souvent. Mais, même après quinze ans, ils lui faisaient toujours aussi mal et l'empêchaient d'oublier. Il ne voulait surtout pas oublier.

Roger le regardait sans rien dire. Cooper sentit qu'on ne la lui faisait pas, que Roger était assez perspicace pour deviner que sa désinvolture n'était qu'une posture. Roger était quelqu'un qu'il valait mieux ne pas sous-estimer.

Il en allait de même pour la femme qui l'avait choisi comme ami.

Que recherchait-elle en Roger ? se demanda soudain Cooper. Un homme capable de la prendre en charge ? En ce cas, peut-être répondait-il à ses attentes. Mais si la jeune femme, telle qu'elle était il y a encore quelques mois, se plaisait à faire sa diva, cela ne semblait plus être le cas aujourd'hui, songea Cooper en regardant la serveuse vaquer à ses occupations avec une efficacité remarquable. Elle ne donnait absolument pas l'impression d'être une incapable qui avait besoin d'être assistée.

Alors qui était-elle vraiment ?

Mais, tandis qu'il se posait des questions sur la jeune femme, Roger, qui le fixait toujours avec la même intensité, s'en posait à son sujet.

— Votre père est mort jeune ? demanda-t-il.

— Bien trop jeune.

Cooper n'avait pas envie d'en dire plus. Roger n'était encore pour lui qu'un parfait étranger.

— Comment est-il mort ?

Cooper fit la moue.

— Il était flic, expliqua-t-il de mauvaise grâce. Il est mort dans l'exercice de ses fonctions.

Roger fronça les sourcils. Cooper se demanda s'il faisait partie de ces gens qui avaient une dent contre la police.

— Oui, mais comment ? insista Roger.

— Je ne vois pas le rapport. Je suis ici pour vous louer votre amarre, pas pour vous parler de mon père.

— Détrompez-vous, mon garçon. Le lien est bien plus grand que vous ne le pensez.

Qu'est-ce que c'était que cette histoire ? songea Cooper, qui perdait patience. Il avait horreur de jouer aux devinettes. Quand les choses n'étaient pas claires, carrées, parfaitement intelligibles, il se hérissait. Il se méfiait des jugements à l'emporte-pièce. Sa mère prétendait qu'il avait d'excellentes intuitions, mais Cooper rejetait en bloc tout ce qui lui semblait irrationnel.

« Fie-toi à ton instinct, Cooper, disait-elle toujours. Ne fais pas comme ton père qui ne raisonne que sur du concret et a toujours besoin de preuves. »

Il soupira et décida de fermer la porte aux souvenirs, qu'il trouvait de plus en plus envahissants.

— Tout ce que je veux, c'est louer une amarre pour mon bateau, déclara-t-il. J'en ai besoin pour deux semaines grand maximum. Je vous paierai d'avance, si cela vous arrange. Je serai très discret et je m'engage bien sûr à ne rien détériorer. Je n'ai jamais eu de problèmes de voisinage. Je suis quelqu'un d'honnête et de respectueux du bien d'autrui.

Il se tut, presque essoufflé et un peu étonné par son propre bagout.

— Je vois, dit Roger d'un ton sibyllin.

Cooper eut la désagréable impression qu'il voyait en effet très, très bien.

— Tout est dit. Vous êtes seul juge.

— Ma locataire a son mot à dire.

Cooper fit la grimace.

— Vais-je devoir me soumettre à un second examen de passage ? demanda-t-il.

— Accepteriez-vous de tondre ma pelouse ?

— Votre pelouse ? dit Cooper, décontenancé par ce passage du coq à l'âne.

— Il faut que je m'occupe de mon potager et de mes arbres fruitiers. Je n'ai pas le temps de tondre, et l'herbe va encore pousser avant l'hiver.

Cooper fut tenté de refuser. Il ne voulait pas mettre le pied dans l'engrenage. Dieu seul savait ce que Roger exigerait ensuite s'il acceptait de lui tondre sa pelouse…

— Vous pourriez la transformer en potager, suggéra-t-il.

— Oui, bien sûr, concéda Roger, mais ma femme tenait beaucoup à cette pelouse. Bien qu'elle ne soit plus là pour en profiter, je ne me sens pas le droit d'y toucher.

Cooper se sentit soudain mieux disposé à l'égard du bonhomme. Si Roger l'avait interrogé sur la mort de son père, c'était peut-être parce que lui-même avait perdu un être cher.

— Le problème, poursuivit Roger, c'est qu'elle est diablement grande et que je n'ai plus la force de pousser la tondeuse sur une telle étendue.

— Vous devriez acheter une tondeuse autotractée.

— J'en ai une, mais cela fait au moins deux ans qu'elle est en panne. Alors je pousse ma vieille tondeuse, histoire de faire un peu d'exercice.

— J'y jetterai un coup d'œil, si vous voulez. Peut-être que j'arriverai à la réparer.

— Vous vous y connaissez en mécanique ?

— Je me débrouille. Disons que… mon père était un excellent professeur.

Roger hocha lentement la tête. Il avait bien compris que Cooper cherchait à se rattraper.

— Si vous vous occupez de cette pelouse et réparez la tondeuse autotractée, je vous laisse l'amarre pendant une semaine.

Cooper ne put s'empêcher de sourire : Roger lui rappelait tellement son oncle Marty, qui était toujours en train de marchander. « Il n'y a rien de tel que le troc », affirmait-il.

— Une semaine, cela risque de me faire trop court, dit-il.

— Vous paierez la semaine suivante. A moins que je n'aie d'autres réparations à vous confier. Je pense avoir la main verte, mais question bricolage je ne vaux pas un clou.

— Marché conclu.

Roger acquiesça de nouveau, puis il leva sa tasse pour signaler à Nell qu'elle était vide. La jeune femme n'était pas revenue les servir, de peur sans doute de les déranger. Mais elle gardait un œil sur eux, apparemment, car elle se dirigea aussitôt ver eux avec sa cafetière.

— Vous vous êtes mis d'accord ? demanda-t-elle.

Elle servit Roger en premier, puis le servit lui.

— Oui, ça y est, répondit Roger.

— Parfait, dit Nell.

La porte s'ouvrit et un groupe de six personnes entra. Ce n'étaient pas des gens du coin à en juger par leur accoutrement. Ils étaient habillés comme en plein hiver alors qu'il faisait encore relativement doux. Sheila, qui tenait la caisse et accueillait les clients, étant en congés, Nell devait tout faire toute seule. Elle toisa Cooper puis regarda Roger et hocha la tête. Sans un mot, elle alla s'occuper des clients.

— Bon, dit Cooper en reposant sa tasse sur la table.

Eh bien, il ne me reste plus qu'à obtenir l'agrément de votre locataire.

— Vous l'avez obtenu.

— Comment cela ? demanda Cooper, complètement déboussolé.

Quand il vit Roger donner un coup de menton en direction de Nell, il comprit. Il se tourna vers la jeune femme qui, un sourire plaqué sur les lèvres, installait le groupe de six à une grande table, au milieu de la salle.

— Nell ? dit-il.

Dans sa confusion, il avait failli l'appeler *Tanya*. Il fallait qu'il se fasse à l'idée qu'elle s'appelait Nell, désormais. Sinon, le pot aux roses risquait d'être découvert.

— C'est elle, votre locataire ?

Ce n'était pourtant pas très difficile à deviner. D'habitude, il était plus vif que cela.

— Oui, c'est elle. Si elle m'a suggéré de vous louer mon amarre, je suppose que c'est parce qu'elle vous aime bien. Elle est très… protectrice vis-à-vis de moi, voyez-vous.

— J'ai l'impression que c'est réciproque, dit Cooper.

— En effet, admit Roger en toute simplicité.

Cooper n'en revenait pas de la chance qu'il avait. Il avait déjà oublié qu'avant d'en arriver là il avait trimé pendant des semaines. Tout ce qu'il voyait, c'était qu'il avait retrouvé la jeune femme malgré les transformations qu'elle s'était imposées, et que par un heureux concours de circonstances il allait maintenant habiter à deux pas de chez elle. Tout en la surveillant, il allait enfin pouvoir s'occuper de son bateau.

La seule chose qui l'inquiétait, c'était la réaction qu'elle aurait lorsqu'elle découvrirait qu'il lui avait menti. Ou plus exactement qu'il lui avait dissimulé une partie de la vérité. Mais elle serait si contente de voir que son frère était sain et sauf qu'elle en oublierait de lui en vouloir. Du moins l'espérait-il.

Parce qu'il fallait qu'elle lui pardonne. Il ne savait pas trop pourquoi mais il sentait que c'était très important pour lui.

6

— C'est une amarre formidable, dit Cooper.

— Oui, approuva Nell en le regardant attacher son bateau avec une dextérité que seule une longue pratique avait pu lui conférer. Vous avez un joli bateau. Roger m'a dit qu'il appartenait à votre père.

En le voyant sursauter, elle comprit qu'elle venait d'aborder un sujet sensible.

— En effet, répondit-il d'un ton contraint.

— Je suis désolée. Je sais ce que c'est que de perdre un être cher.

Elle savait par Roger que le père de Cooper était dans la police et qu'il était mort dans l'exercice de ses fonctions. D'une certaine façon, ça l'avait rassurée d'apprendre que son père avait été un type bien. Rien ne prouvait, bien sûr, que le fils ait suivi le même chemin. Si elle prenait l'exemple de sa famille, son frère, Tris, avait été son héros mais leur père les avait abandonnés quand ils étaient adolescents et, bien qu'il ait eu ses raisons et que depuis beaucoup d'eau ait coulé sous les ponts, cette blessure la faisait toujours souffrir.

— C'est chouette que vous l'ayez récupéré et que vous en preniez soin en souvenir de lui, dit-elle en regrettant de ne pas posséder quelque chose qui appartenait à Tris.

Cooper se figea et la dévisagea quelques instants sans rien dire. Il devait se demander ce qu'il lui prenait. Après lui avoir battu froid, voilà qu'elle lui faisait des compliments !

— Je me donne un mal de chien pour qu'il soit dans l'état où il voulait toujours qu'il soit.

Cette confidence la toucha.

— C'était un perfectionniste si je comprends bien ?

— Quand il s'agissait de son bateau, oui.

Elle avait l'habitude de ce genre d'individus. Ils étaient souvent invivables.

— Roger prétend qu'un bateau est un gouffre dans lequel on engloutit beaucoup d'argent et beaucoup de temps, et même sa vie entière, si on n'y prend garde.

— Est-ce la raison pour laquelle il n'en a pas ?

— Oui. Il en avait un autrefois mais il l'a revendu pour acheter plus petit, puis encore plus petit, pour finir aujourd'hui avec un Chris-Craft dont il se sert pour la pêche.

Cooper jeta un coup d'œil au bateau en fibre de verre échoué sur la plage, tout près de l'amarre.

— C'est un canot de ce genre qu'il me faudrait. Ça m'éviterait de ramer, dit-il.

— Ramer est bon pour la santé.

— C'est ce que je n'arrête pas de me dire.

— Il faut croire que c'est vrai. Vous êtes en forme.

Il eut l'air surpris. Elle aurait pourtant pu difficilement ne pas remarquer. Certes, ce n'était qu'une de ces étiquettes qu'on collait aux gens de manière un peu simpliste. Il y avait les *timides*, les *chauffards*, les *excités*. Mais il aurait fallu être aveugle pour ne pas voir qu'il était musclé. Ramer lui avait drôlement développé les épaules.

— Oui, je n'ai pas trop à me plaindre.

Comme il fixait un point derrière elle, elle se retourna et vit Roger sortir de sa maison et se diriger vers eux.

— Roger vit ici depuis longtemps ? demanda Cooper.

— La maison appartenait à ses parents, qui la tenaient eux-mêmes de leurs parents. C'était une ferme, à l'époque.

— Ça n'a pas vraiment changé, fit-il en regardant le jardin que cultivait Roger derrière la maison.

Elle faillit éclater de rire. Roger ne se contentait pas, en effet, de faire pousser quelques salades, et d'un pommier ou d'un cerisier, comme on en voyait partout. Elle n'y connaissait rien mais elle s'était néanmoins rendu compte que son potager comportait une grande variété de légumes.

— C'est incroyable.

— D'autant que la région n'est pas très propice aux cultures, ajouta Cooper. La belle saison ne dure pas longtemps.

— Roger a quelques subterfuges pour pallier le froid et le mauvais temps. Il possède une serre et utilise des cloches pour protéger ses semis.

— Où habitez-vous ? demanda-t-il à brûle-pourpoint.

A ces mots, elle se ferma comme une huître. Elle essaya de se ressaisir avant que la panique ne la gagne. Il ne fallait pas qu'elle s'affole. C'était une question parfaitement anodine. Après tout, ils allaient être voisins. Elle ne pouvait pas lui cacher qu'elle vivait à deux pas.

— Juste… là, bredouilla-t-elle en lui montrant l'endroit.

Il jeta un coup d'œil au cottage blanc et jaune, hocha la tête et se baissa pour enrouler sa corde d'amarrage. Elle poussa un grand soupir de soulagement.

Tu vois bien que tu n'as aucune raison de t'inquiéter, se dit-elle. *Il s'informe par politesse, c'est tout.* Il allait vraiment falloir qu'elle contrôle sa paranoïa. C'était elle qui était venue lui parler pour faire plus ample connaissance. Il allait la croire cinglée si elle le plantait là maintenant.

Elle se croyait prête. Si elle ne l'avait pas été, jamais elle ne lui aurait parlé de ce mouillage. Ou, si ensuite elle avait changé d'avis, il aurait suffi qu'elle en touche deux mots à Roger et tout aurait été réglé. Et puis, si elle n'avait pas été prête, elle ne se serait pas précipitée pour l'accueillir lorsqu'elle avait vu son bateau arriver.

— Depuis combien de temps habitez-vous chez Roger ?

Il ne la regardait même pas, occupé qu'il était à fixer au bateau un escalier escamotable qui faciliterait l'embarquement et le débarquement par marée haute. Cette question n'avait là encore d'autre but que de meubler la conversation.

— Quelques mois.

— Comment vous êtes-vous retrouvée ici, à Port Murphy ?

Un nouvel accès de panique s'empara de la jeune femme.

— Qu'est-ce qui vous laisse penser que je n'ai pas toujours vécu ici ?

Il se redressa et la regarda bien en face.

— Votre bronzage, peut-être, suggéra-t-il.

Elle recula d'un pas.

— Comment ça ?

— Pour bronzer, ici, il faut s'offrir des séances d'UV.

Zut ! Elle n'avait pas pensé que son teint hâlé pouvait la trahir. Peut-être aurait-elle mieux fait de rester à la même latitude plutôt que de s'exiler dans le Nord.

Mais, comme Roger le lui avait un jour fait remarquer, la moitié des gens qui habitaient ici étaient originaires d'ailleurs. Feu son épouse était née dans l'Arizona. Par amour pour lui, elle avait renoncé au climat sec et ensoleillé du Sud et fini par s'habituer à l'humidité qui rendait le Nord-Ouest si vert.

— Vous voilà bien songeuse, dit Cooper.

— Je pensais à Roger et à sa femme.

— Oui, justement, je voulais vous demander ce qu'il lui était arrivé pour être sûr de ne pas faire de gaffe. Elle est morte, je suppose ?

Nell acquiesça d'un hochement de tête.

— Il y a dix ans, après presque quarante ans de mariage. Vous vous rendez compte comme ça a dû être affreux ? Roger a passé avec elle plus de la moitié de sa vie.

— Et vous imaginez ce que ça peut être quand on perd la personne avec laquelle on a *toujours* vécu ?

Elle se figea, tétanisée par la peur. Levant les yeux vers lui, elle constata qu'il la fixait bizarrement, comme s'il guettait sa réaction.

Toujours ? Comme elle avec Tris ?

Sans le vouloir, elle recula d'un ou deux pas. Mon Dieu, dans quel pétrin s'était-elle fourrée ? Jeremy avait chargé ce type de la retrouver. Et elle, sotte qu'elle était, elle l'avait attiré ici. Il fallait qu'elle soit complètement folle pour s'être liée d'amitié avec lui. Il était beau, soit, mais Jeremy, son mari, passait pour être un très bel homme. Sauf que, contrairement à lui, Cooper ne courait pas après l'argent et le pouvoir. Il bourlinguait sur son bateau. A moins qu'il ne lui ait raconté des histoires ? Qu'il ne lui ait fait croire que son père était flic que pour mieux l'entourlouper ?

Il s'était remis à parler mais, perdue dans ses pensées, elle n'avait pas écouté.

— … ce que j'ai ressenti à la mort de mon père. C'était comme si le monde s'était écroulé autour de moi.

C'était à son père qu'il pensait, en fait. La jeune femme sentit en elle une étrange trépidation qu'elle supposa être le contrecoup de la brusque montée d'adrénaline déclenchée par la peur.

— C'était vraiment mon héros, déclara humblement Cooper.

A ces mots, la suspicion de la jeune femme fondit comme neige au soleil. Un homme qui vouait une telle admiration à son père ne pouvait pas être un sale type.

— Je suis désolée, dit-elle. Cela remonte à combien de temps ?

— A longtemps. Quatorze ans, exactement.

Presque la moitié de sa vie, songea Nell. Elle lui donnait une trentaine d'années. Quand il avait perdu son père, il était encore plus jeune qu'elle à la mort de sa mère.

— C'est affreux, dit-elle.

— Oui, ça a été très dur.

Il fixa un instant le macadam du quai puis contempla la colline, derrière la maison. Il fuyait de toute évidence le regard de la jeune femme.

— Je vais vous laisser vous installer, dit-elle lorsqu'il lui parut évident qu'il ne dirait plus rien.

Il hocha vaguement la tête.

— Merci. J'ai encore deux ou trois bricoles à faire avant le dîner. Roger vous a dit qu'il m'avait invité ? demanda-t-il en lui jetant un regard en coin.

Première nouvelle, songea-t-elle.

— Vous avez de la chance. Il cuisine très bien. Et, quand il a des invités, il se surpasse.

— Vous serez là aussi ?

— Non, nous ne sommes pas dimanche.

— Dimanche ?

— C'est le dimanche que je vais dîner chez Roger. Ce jour-là, sa femme lui manque plus que d'habitude, apparemment, alors je lui tiens compagnie. Ça a l'air de lui faire du bien.

— La compagnie d'une jolie femme ne peut pas lui faire de mal, répondit Cooper.

Elle le scruta, persuadée qu'il se moquait d'elle. Mais non, il semblait parfaitement sincère. Après tout le mal qu'elle s'était donné pour s'enlaidir, Nell savait pourtant qu'elle était maintenant tout à fait quelconque. Mais, pour tout un tas de raisons, sa nouvelle apparence lui plaisait bien plus qu'elle ne l'aurait imaginé.

Cependant, sans qu'elle puisse s'expliquer pourquoi, ce compliment forcément factice la blessa.

— Il faudra le lui conseiller, rétorqua-t-elle avant de tourner les talons et de s'en aller sans même un regard en arrière.

7

Aïe ! songea Cooper en la regardant s'éloigner d'une démarche raide.

Il aurait pu se dispenser du « jolie ». Mais il avait dit cela comme ça, sans arrière-pensée. En aucun cas il ne faisait référence à la femme vue sur la coupure de journal. Il avait été maladroit, soit, mais il n'avait pas cherché à la flatter, à s'attirer ses bonnes grâces avec des compliments débiles. Il avait parlé sans réfléchir.

S'il avait dit « gentille » au lieu de « jolie », ce serait passé comme une lettre à la poste.

Encore que « gentille » ne soit pas l'épithète qui lui venait en premier quand il s'agissait de qualifier la jeune femme. Anxieuse, susceptible, irritable…

Gentille, elle l'était forcément aussi, concéda-t-il. Sinon, elle n'aurait jamais parlé de lui à Roger. Car, même s'il en savait bien plus long sur elle qu'elle ne le pensait, Cooper était un parfait étranger aussi bien pour Roger que pour elle.

Du coin de l'œil, il vit qu'elle s'était arrêtée au milieu du chemin qui montait jusque chez elle pour parler à Roger, qui arrivait en sens inverse. Ils bavardèrent un petit moment, et Cooper se demanda si elle n'était pas en train de dire du mal de lui à Roger. Puis ils se séparèrent et continuèrent l'un à monter, l'autre à descendre. Roger venait très probablement faire un brin de causette avec lui, histoire de sympathiser avec son nouveau locataire.

Cooper avait l'intention de le saluer et de le remercier encore une fois, mais il ne put s'empêcher de se justifier.

— Je ne pensais pas qu'elle le prendrait mal, dit-il de but en blanc.

Roger haussa un sourcil poivre et sel.

— De quoi parlez-vous ?

— Elle ne vous a rien dit ?

— Nell ne parle pas facilement de ses états d'âme, vous savez. Si elle vous en veut, personne n'en saura jamais rien.

— Je ne comprends pas qu'elle se soit vexée. Je l'ai juste qualifiée de « jolie ». Où est le problème ?

Roger eut un petit claquement de langue désapprobateur.

— Ne me dites pas que vous n'avez pas remarqué qu'elle fait tout ce qu'elle peut pour s'enlaidir !

Cooper se troubla. Il comprit qu'il avait intérêt à se méfier de Roger. Le bonhomme était d'une perspicacité redoutable.

— Si elle voulait, reprit-il, Nell serait un vrai canon. Vous avez vu sa charpente ? Un chef-d'œuvre, que de toute évidence elle ne cherche pas à mettre en valeur. Chez une femme, c'est une attitude très révélatrice.

Médusé par la clairvoyance du vieil homme, Cooper se demanda d'où Roger tenait sa connaissance des autres.

— Sa charpente ? fit-il, parce qu'il fallait bien dire quelque chose et que ce terme l'avait amusé.

— Pardonnez-moi. C'est l'ingénieur qui parle, expliqua le vieil homme.

Cooper sourit. Ce soir, au dîner, la conversation promettait d'être intéressante.

— Eh bien justement, en tant qu'ingénieur, dit Cooper en s'efforçant de prendre un ton détaché, diriez-vous que Nell est fragile ?

Roger ouvrit de grands yeux.

— Fragile ? Sûrement pas. Nell travaille dur, six jours

par semaine. Elle ne sort jamais, mis à part pour aller à la bibliothèque et au supermarché, où je la conduis quand elle est de congé.

Curieusement, Cooper fut soulagé d'apprendre qu'elle ne transportait pas ses courses à bout de bras.

— Elle n'a même pas la télévision. J'ai voulu lui en acheter une mais elle m'a dit que ce n'était pas la peine. Elle vient regarder un film chez moi de temps à autre mais, la plupart du temps, elle s'en passe.

— Elle mène une vie plutôt austère, fit Cooper.

— Oui, c'est le moins qu'on puisse dire. Je ne sais pas pourquoi elle s'inflige toutes ces privations.

Moi, si, songea Cooper.

— C'est pourquoi je l'ai invitée à se joindre à nous, ce soir. J'espère que cela ne vous ennuie pas.

— Non, pas du tout.

Roger lui facilitait la tâche. Si la jeune femme dînait avec eux, Cooper n'aurait aucun mal à la surveiller.

Mais il déchanta car, lorsqu'un peu plus tard, ils se retrouvèrent chez Roger, elle ne lui décrocha pas un mot. Elle s'affairait entre la cuisine et le patio. Laissant à Roger le soin de finir de préparer le repas, elle entreprit de dresser la table. Il lui proposa un coup de main mais elle secoua la tête.

Lui en voulait-elle toujours ? Lorsqu'elle revint de la cuisine avec les assiettes et trouva Cooper en train de mettre le couvert, celui-ci profita de sa surprise pour tirer les choses au clair.

— J'ai beau être un crétin et un mufle, il n'empêche que je sais mettre la table, déclara-t-il. A condition — je vous l'accorde — qu'il n'y ait pas plus de deux fourchettes.

Il la regarda. Le sourire fut long à lui venir aux lèvres, mais il éclaira son visage et la transfigura. « Jolie », elle l'était malgré elle, envers et contre tout.

— Qui a dit que vous étiez un crétin ? dit-elle. Sûrement pas moi.

Pour ce qui était du mufle, en tout cas, elle se garda bien de le détromper. Ce constat le fit sourire à son tour.

— Vous marquez un point.

Elle sourit de plus belle et la glace, entre eux, fut définitivement rompue.

Elle posa les assiettes sur la table et regarda le ciel, qui s'était brusquement obscurci. La pluie n'était pas loin, à en juger par les gros nuages noirs qui s'amoncelaient au-dessus des montagnes, à l'ouest.

— Bientôt, on ne pourra plus manger dehors, dit la jeune femme. Roger voulait en profiter une dernière fois mais je me demande si nous n'allons pas devoir rentrer.

Cooper observa le ciel. Le vent ne s'était pas encore levé.

— Ce n'est pas pour tout de suite.

Elle eut l'air étonnée.

— Vous semblez bien sûr de vous, fit-elle.

— Depuis le temps, j'ai l'habitude.

— Ah ! Vous avez donc… grandi ici ?

C'était la première fois qu'elle lui posait une question un peu personnelle. Elle avait hésité, aussi veilla-t-il à répondre d'un ton naturel et enjoué.

— Pas ici, mais juste en face. Pas si loin que ça, donc.

— Vous voyez bien que vous avez des racines. C'est juste que les vôtres sont un peu plus étendues que celles de la plupart des gens.

Il battit des paupières. Ouvrit la bouche. La referma. Fixa la jeune femme. Et finit par recouvrer l'usage de la parole.

— Je n'y avais jamais pensé. Mais vous avez raison. J'aime cette région. Elle a ses défauts mais je ne me verrais pas vivre ailleurs.

— Pourquoi votre mère est-elle allée vivre à Spokane, alors ?

— Elle en a eu assez de la pluie. Quand j'étais à Wazoo, pour mes études, elle venait me voir de temps en temps. Il faisait trop chaud pour moi, mais à elle, ça lui allait très bien, quitte à supporter un hiver plus rigoureux. Du coup, elle a pris sa retraite là-bas.

— Elle ne s'est jamais… remariée ?

— Non.

Roger arriva avec un immense plateau garni de saumon fumé, de patates douces cuites au four, d'un assortiment de fromages, de crackers et de pommes que Cooper supposa être celles de son verger.

— Il faudrait que je lui présente Roger. Ça la déciderait peut-être à revenir, malgré la pluie.

— Ça déciderait qui ? demanda Roger, qui ne savait pas de quoi il parlait.

— Ma mère. Elle prépare toujours la même chose à manger : du bifteck et des pommes de terre à l'anglaise. C'était ce que mon père préférait.

— Un grand classique, dont je vous propose ce soir une version plus sophistiquée.

Cooper se mit à rire. Tandis qu'ils prenaient place autour de la table, il déclara :

— Elle aimerait sûrement apprendre à cuisiner comme ça.

— Vous devriez donner des cours de cuisine, Roger, suggéra Nell, qui ne plaisantait qu'à moitié.

— Pensez-vous ! Personne ne voudrait prendre des cours avec un vieux schnock comme moi.

La fourchette à la main, Cooper, qui se régalait, s'empressa de le détromper.

— Qu'ils goûtent d'abord, et vous verrez s'ils ne s'inscrivent pas !

— C'est une excellente idée, renchérit Nell. La prochaine

fois que le club de jardinage se réunit, vous pourriez vous charger du déjeuner et montrer vos talents aux adhérents. Vous risquez d'avoir une trentaine d'élèves d'un coup.

Cooper n'en revenait pas de la vitesse à laquelle la jeune femme avait réagi. A partir d'une simple suggestion, elle avait élaboré un projet qui tenait la route. Jones lui avait dit qu'elle avait souvent aidé Jeremy à collecter des fonds mais Cooper n'aurait jamais pensé qu'elle avait un sens des affaires aussi aiguisé.

Le repas se déroula dans une ambiance très sympathique. Cooper promit de jeter un coup d'œil à la tondeuse en panne le lendemain et de se charger de la pelouse dès que l'herbe aurait séché, après la pluie qui s'annonçait.

Il demanda conseil à Roger car il envisageait de s'acheter un canot à moteur. Grâce au frère de Nell, il allait enfin pouvoir s'en offrir un. Cette mission avait décidément bien des avantages et il se félicitait de l'avoir acceptée. S'il n'avait pas eu la chance de retrouver la jeune femme pendant que son frère était en déplacement à l'étranger, il ne serait pas là, comme un coq en pâte, à être payé à ne quasiment rien faire.

— Et pourquoi avoir choisi Port Murphy ?

Cooper se demandait si cette fois elle répondrait. A ce stade de leurs relations, c'était normal qu'il lui pose la question, mais jusque-là elle avait toujours habilement évité le sujet. Ce soir, il sentait la jeune femme plus détendue et, le vin aidant, nettement plus loquace. Et puis il y avait Roger, en qui elle avait toute confiance.

— Le second car que j'ai pris n'allait pas plus loin, expliqua-t-elle.

— C'est comme ça que nous nous sommes rencontrés, renchérit Roger. Le marché bio se tient sur le parking du magasin de matériel maritime. Par chance, c'est là que le car s'arrête.

Nell sourit au vieil homme.

— Ce qu'il ne dit pas, c'est que quand je suis sortie du car j'étais dans un triste état. Roger a eu pitié de moi.

— C'était de la charité chrétienne, mon enfant. Cette bonne action, je ne l'ai jamais regrettée, dit Roger en se levant. Il est grand temps de sortir de table si nous ne voulons pas nous faire rincer.

— Rentrez vous mettre à l'abri, ordonna Nell. Je vais débarrasser. Et ne vous avisez pas de faire la vaisselle !

Roger obtempéra en riant. Cooper se leva et aida la jeune femme à tout rassembler sur le plateau qui avait servi à apporter les plats. Tout en débarrassant, il sifflotait. Son père prétendait que siffler était pratique quand on n'avait rien à dire ou qu'on ne voulait pas dire des choses qu'on risquait ensuite de regretter. Cooper préférait y aller doucement. Rien ne pressait. Il était censé surveiller Nell, rien de plus. Mais la curiosité était la plus forte.

— Et vous vous plaisez, ici ? demanda-t-il du ton qu'aurait un autochtone fier de sa région et désireux de convertir une nouvelle venue.

Elle hésita une fraction de seconde.

— Oui, beaucoup. Bien plus que je ne l'aurais cru.

— Attendez de passer l'hiver. Vous risquez de déchanter et de regretter le climat plus clément du Sud.

Elle laissa tomber une fourchette.

— Du Sud ? dit-elle d'une voix blanche.

Jamais il n'aurait pensé qu'un commentaire aussi anodin la mettrait dans des états pareils. Il se rattrapa comme il put.

— D'Arizona, par exemple. C'est bien de là qu'était originaire la femme de Roger, non ?

— Ah ! oui.

Elle ramassa la fourchette. Son soulagement se lisait sur ses traits.

— Ici, en tout cas, vous ne risquez rien, dit-il doucement. Votre éternelle prudence n'a pas lieu d'être.

Elle le dévisagea, étonnée qu'il se soit souvenu de ce qu'elle lui avait dit.

— Je ne me fais aucune illusion. C'est toujours au moment où on s'y attend le moins que cela nous tombe dessus. Il vaut mieux le savoir.

Elle ramassa une cuiller qui traînait sur la table et fila. Cooper était tellement abasourdi qu'il resta planté là, tout seul au milieu du patio. Il y avait des années qu'il n'avait pas vu quelqu'un d'aussi dévasté. Nell lui faisait penser à sa mère, le jour de l'enterrement de son père. Elle n'avait pas craqué mais il s'en était fallu de peu.

Une grosse goutte de pluie qui atterrit sur sa nuque le tira de sa léthargie. Il prit le plateau et entra à son tour dans la maison.

8

Ne t'en fais pas pour ça. Il cherchait juste à meubler la conversation.

Voilà ce que Tanya se répétait depuis qu'elle s'était couchée. Sans résultat. Elle ramena la couette sur ses épaules et essaya de dormir. Bien qu'il fasse frisquet, elle préférait laisser la fenêtre ouverte. Sa couette en duvet d'oie la protégeait du froid.

Mais le sommeil semblait l'avoir désertée pour de bon. La remarque de Cooper l'obnubilait. Il fallait qu'elle arrête d'y penser si elle ne voulait pas passer une nuit blanche. D'autant qu'en dehors de cette remarque, tout à la fin du repas, il n'avait rien dit d'alarmant. Sans doute était-ce encore elle qui se faisait des idées... A force de se méfier, elle voyait le mal partout. La paranoïa la guettait, décidément.

Elle se tourna de l'autre côté, cherchant vainement une position plus favorable au sommeil. Plus d'une fois ce soir, elle avait failli perdre contenance. Lorsque Cooper s'était mis à lui poser des questions plus personnelles, elle avait commencé à se décomposer. Mais le pire, ça avait été quand il avait fait référence à ce qu'elle lui avait dit au sujet de la prudence, qu'elle estimait toujours insuffisante. Cela ne lui plaisait pas beaucoup de penser qu'il enregistrait la moindre de ses paroles. Sans parler de sa remarque sur le sud. Pensait-il vraiment à l'Arizona ? Ou à un Etat plus à l'ouest ? N'avait-il pas cherché à la confondre ? Pourquoi sinon passerait-il tant de temps à bavarder avec elle ?

C'était tout le problème. Pourquoi un inconnu s'intéresserait-il à une serveuse bigleuse et mal fagotée ? Par simple politesse ? Dans le souci de l'intégrer à la conversation, pour qu'elle n'ait pas l'impression d'être la cinquième roue du carrosse ?

En d'autres termes, allait-elle devoir plier bagages et partir ?

Curieusement, cette perspective l'attristait. Elle aimait sincèrement cet endroit. Et la vie qu'elle menait ici était loin de lui déplaire. Son travail avait pas mal de bons côtés et elle s'efforçait de le faire du mieux qu'elle pouvait. Il lui restait à trouver la bonne distance avec les clients, mais elle progressait de jour en jour.

De plus, elle adorait Roger. Il l'avait prise sous son aile dès le premier jour. Au début, elle s'était un peu méfiée. Mais, quand elle avait appris qu'il avait toujours vécu ici, que ses parents, grands-parents et même arrière-grands-parents avaient habité la maison avant lui, elle avait compris qu'il n'avait probablement jamais été en contact avec Jeremy.

Jeremy.

Elle rouvrit les yeux tandis qu'un frisson lui parcourait l'échine. Prise de panique, elle se dressa sur son séant et chercha à tâtons l'interrupteur de la lampe de chevet. Dès que la lumière se fit, elle retrouva ses repères.

Elle était bien ici et n'avait aucune envie de s'en aller. Pour aller où, d'abord ? Dans l'Est ? Se fondre parmi les New-Yorkais ? Même là, elle risquait d'être repérée. Jeremy connaissait des gens haut placés dans la plupart des grandes villes.

En Alaska, elle avait peut-être une chance de lui échapper. Mais encore fallait-il qu'elle passe la frontière sans encombre, songea-t-elle, épouvantée à cette simple idée. Jeremy avait le bras assez long pour payer des douaniers et l'empêcher de s'y rendre. A moins qu'elle n'y aille en bateau et qu'elle ne réussisse à échapper aux contrôles ? Mais cela impliquait qu'elle trouve un bateau de pêche ou un yacht privé qui accepte de l'y emmener.

Il y avait bien Cooper. Elle avait beau chercher à le chasser de son esprit, il n'y avait rien à faire : tout la ramenait sans cesse à lui.

Elle l'avait observé pendant le repas. Il s'était montré très cordial avec Roger. Sa gentillesse à l'égard du vieil homme l'avait touchée.

Il lui faisait penser à son frère. Tris aussi s'intéressait aux gens. Il voulait toujours savoir qui ils étaient, ce qu'ils faisaient, d'où ils venaient et où ils allaient.

Cooper le lui rappelait pour plusieurs raisons, en fait. Il avait la même philosophie, cette même manière désinvolte de voir les choses et de fuir ses responsabilités. « La vie est faite pour être vécue. Si tu passes ton temps à t'inquiéter de ce qui pourrait arriver, tu ne profites plus de rien », prétendait-il. Cette belle insouciance, elle la lui avait souvent reprochée.

Mais elle la lui avait aussi enviée, parfois.

Dans les moments difficiles, Tris avait toujours été là pour elle. Elle savait qu'elle pouvait compter sur lui, qu'il ne la laisserait jamais tomber. Et que jamais il ne la trahirait. Il était le seul à connaître la vérité et à aucun moment il n'avait mis en doute sa bonne foi.

Le cœur gros, elle laissa libre cours à son chagrin. Elle pleura son frère à chaudes larmes car elle savait qu'elle ne le reverrait plus, et qu'il fallait qu'elle l'accepte une fois pour toutes, si elle voulait pouvoir ensuite aller de l'avant.

Mais arriverait-elle un jour à accepter l'idée qu'elle était responsable de sa mort ? Au fond d'elle-même, elle savait qu'elle était fautive et ce sentiment de culpabilité la rongeait comme une gangrène, la dévorait vivante. Et Tris n'était pas là pour lui dire qu'avec le temps elle finirait par oublier et que tout s'arrangerait. Tris mort, elle était condamnée à traîner ce boulet *ad vitam aeternam.*

A qui d'autre pourrait-elle se confier ? A Cooper Grant ? Elle n'y songeait pas ! Sa désinvolture ne lui disait rien qui vaille. Lui faire confiance était bien trop dangereux. Elle préférait ne pas prendre le risque.

Comme Cooper s'y attendait, Tanya avait l'air complètement épuisée. Elle lui avait ouvert tout de suite, aussi en déduisit-il qu'elle était déjà debout et habillée lorsqu'il avait frappé chez elle. Mais, bien avant l'aube, il avait vu la lumière filtrer sous sa porte.

Il avait hésité à aller la voir. Lui non plus n'arrivait pas à trouver le sommeil. Tant qu'à ne pas dormir, ils auraient pu le faire ensemble ! Cette plaisanterie de mauvais goût l'avait incité à regagner sa cabine dare-dare. S'il était dans cet état d'esprit, mieux valait qu'il ne la voie pas car il risquait de dire ou de faire n'importe quoi…

— Vous êtes fatiguée, déclara-t-il lorsqu'elle leva vers lui des yeux tout gonflés.

— Merci de me faire remarquer que j'ai une tête de déterrée, maugréa-t-elle.

Elle leva la main, sans doute pour se frotter les yeux, mais suspendit son geste. Il ne connaissait rien aux lentilles de contact mais il se doutait bien que, quand on en portait, se frotter les yeux n'était pas recommandé.

Sans ses grosses lunettes, elle n'était plus du tout la même. De près, il distinguait vaguement le contour des lentilles. Il se demanda s'il lui arrivait de les enlever.

— Ce n'est pas ce que je voulais dire, répliqua-t-il,

désolé de l'avoir une fois de plus mise de mauvaise humeur. Cette nuit, j'ai vu de la lumière sous votre porte.

— Excusez-moi. J'ai mal dormi.

— Et comme c'est votre seul jour de congé…

En la voyant froncer les sourcils, il s'interrompit. Quelle gaffe avait-il encore faite ? Cette fille avait vraiment un grain. Sa vie n'était pas un secret d'Etat, que diable ! Peut-être son frère n'avait-il pas exagéré. Cooper commençait à comprendre.

— Je voulais m'assurer que vous étiez réveillée, parce que j'ai réparé la tondeuse et que je m'apprête à la passer.

— Ah ! dit-elle en prenant un air contrit. C'est gentil à vous de vous soucier de moi.

— C'est bien normal. J'espère que je ne vous chasse pas.

Elle lui jeta un regard oblique, comme si elle soupçonnait dans ces derniers mots un sous-entendu. Il ne chercha pas à la détromper et se contenta de soutenir son regard sans broncher. Sa constante méfiance commençait vraiment à le fatiguer. D'autant qu'il n'en voyait pas la raison.

Elle aurait bien besoin de consulter un psy, se dit-il. Partir, changer de vie était une chose. Lui-même avait plus d'une fois songé à sauter le pas quand il avait le cafard. Mais se transformer au point de se rendre méconnaissable et sursauter chaque fois que quelqu'un vous adresse la parole relevaient de la pathologie.

En regagnant l'abri de jardin où Roger rangeait sa tondeuse — comme neuve après qu'il eut changé la bougie et la courroie —, Cooper songea que Tanya-Nell Parker était décidément bien mystérieuse. Sachant cependant qu'elle resterait là toute la journée, il estimait pouvoir tenir la promesse qu'il avait faite à Roger sans faillir à sa mission.

Lorsque après quelques cafouillages il eut la tondeuse bien en main, sa tâche lui parut être un jeu d'enfant. Il n'avait même pas besoin de se concentrer. Assis sur son engin, il put tout à loisir réfléchir à ce qui le préoccupait. Ses relations avec Nell lui posaient problème. Il songea que s'il lui avait fallu gagner sa confiance — ce que Jones, heureusement, n'avait pas exigé de lui — il aurait été bien embarrassé.

A cause du relief et des arbres, il lui fallut presque deux heures pour tondre intégralement la pelouse. Avec une petite tondeuse électrique, c'aurait été un travail de titan. Il se réjouit que Roger ne lui ait pas demandé de ratisser l'herbe et de la mettre dans des sacs, parce qu'il y aurait passé la journée.

Il avait pris soin de ne pas s'approcher trop près du cottage, pour ne pas risquer d'endommager les parterres de fleurs que Nell soignait amoureusement.

Voilà qu'il pensait de nouveau à elle. Et à la défiance qu'il lui inspirait. Mais comment apprivoiser une personne aussi craintive ? D'habitude, les gens lui faisaient confiance. Surtout les femmes. D'après une amie de sa mère, c'était parce qu'il était *raisonnablement* séduisant qu'il leur plaisait. S'il avait été beau comme un dieu, il serait passé pour un type imbu de sa personne. Il avait trouvé cette analyse intéressante.

Quoi qu'il en soit, les femmes n'avaient aucune raison de se méfier de lui. Cooper se considérait comme quelqu'un de bien. Savoir Nell sur la défensive le contrariait donc énormément.

La dernière fois qu'il s'était mis en tête de séduire quelqu'un qui semblait totalement insensible à son charme, il avait treize ans. Mais la raison pour laquelle il avait décidé de se venger de Serena, sa petite voisine bêcheuse, n'était pas à son honneur. Il avait parié qu'il réussirait à se faire inviter au ski par sa famille.

Il avait perdu son pari, mais uniquement parce qu'il

avait déclaré forfait. Car, contre toute attente, il s'était mis à aimer Serena, surtout après avoir compris que ce qu'il prenait chez elle pour de la vanité était en réalité de la timidité.

Et le plus étonnant, c'était qu'elle aussi s'était mise à l'aimer, même après qu'il lui eut parlé du pari. Il aurait préféré ne rien dire, tellement il avait honte, mais quand sa mère avait découvert le pot aux roses elle l'avait obligé à tout avouer à Serena. Sa mère n'étant pas du genre à plaisanter, et son père se ralliant toujours à l'avis de sa femme, Cooper avait bien été obligé d'obtempérer.

Un an plus tard, au moment du drame, Serena l'avait entouré de son affection et de son soutien. Il avait compris alors à quel point les apparences pouvaient être trompeuses.

Avec Nell, il aurait beaucoup plus de mal. En grande partie parce qu'il était censé garder ses distances. Son frère le payait pour la surveiller, soit, mais puisqu'il n'était pas là Cooper ne voyait pas ce qui l'empêchait de chercher à mieux la connaître. Après tout, s'il faisait ce métier, c'était parce qu'il était curieux par nature.

Il soupira, exaspéré d'avoir à se justifier à ses propres yeux. Autant l'avouer tout de suite : cette femme l'intriguait. Il voulait savoir ce qui l'avait poussée à partir loin de chez elle et à se transformer aussi radicalement.

Certes, le chagrin avait pu lui faire perdre la tête. Cooper sentait cependant qu'il y avait autre chose. Mais quoi ? Il se faisait fort de le découvrir et n'hésiterait pas à la séduire pour arriver à ses fins.

9

Dans son ancienne vie, Tanya avait appris à se méfier des hommes un peu trop prévenants. Elle n'était pas dupe de leur manège. Même si son physique avantageux leur rendait la tâche plus aisée, elle savait qu'en réalité c'était son mari qui les intéressait. En entrant dans ses bonnes grâces à elle, ils espéraient se faire bien voir de lui.

Comme ils étaient naïfs ! songea-t-elle tout en mettant ses lentilles de contact. Car Jeremy se fichait pas mal de ce qu'elle pensait. Seul son avis comptait.

Mais cette vie-là était derrière elle. Elle n'était plus la même femme. Il suffisait pour s'en convaincre qu'elle se regarde dans un miroir.

Ce matin, le reflet que lui renvoyait celui de sa salle de bains n'était pas très flatteur. Ses yeux n'étaient ni bleus ni même noisette. Par manque de sommeil, ils étaient rouges. Et les lentilles n'arrangeaient rien. Ces lentilles étaient devenues un calvaire. Mais comment faire, maintenant ? Elle se sentait obligée de les porter, coûte que coûte.

Quelqu'un sifflait à l'extérieur, ou plutôt sifflotait. Tiens ! Cooper était debout. Cela lui faisait bizarre de l'entendre siffler. Elle n'avait pas l'habitude. Il sifflait machinalement tout en vaquant à ses occupations.

S'il n'avait pas changé d'avis, il allait se pointer à sa porte d'une minute à l'autre pour faire le chemin avec elle jusqu'au café. Il lui avait fait le coup la semaine dernière. Ça l'avait drôlement surprise.

— J'ai besoin d'un bon café, alors je vous accompagne, avait-il décrété d'un ton sans appel.

Qu'aurait-elle pu répondre à cela ?

— Et si nous y allions à moto ? avait-il suggéré lorsqu'ils étaient passés devant son véhicule, garé dans l'allée de Roger.

Elle avait refusé tout net cette fois-là, mais, ce matin, elle était si fatiguée qu'elle se sentait prête à tenter l'expérience.

Pourtant, lorsqu'il frappa à la porte, elle faillit se dégonfler.

— Si vous êtes toujours d'accord pour faire le trajet à moto…, dit-elle d'un ton hésitant après avoir répondu à un bonjour presque inaudible, car Cooper n'était visiblement pas du matin — elle se demandait d'ailleurs pourquoi il se levait aussi tôt puisque rien ne l'y obligeait.

Il avait beau être mal réveillé, il réagit au quart de tour.

— Vous voulez que je vous emmène à moto ? demanda-t-il avec un sourire jusqu'aux oreilles.

Lorsqu'ils arrivèrent devant le véhicule, elle se maudit. Cette bécane noire et rutilante ne lui disait rien qui vaille. Elle se demandait si elle avait perdu la tête. Cela faisait plus de six mois qu'elle allait à son travail à pied. Marcher était bon pour la santé. Ça lui faisait prendre l'air et ça la…

— Vous n'avez jamais fait de moto ?

— Ça se voit tant que cela ? marmonna-t-elle.

Elle se rendit compte qu'elle regardait la moto d'un œil torve et qu'elle était plantée devant comme un piquet. Elle s'efforça de sourire mais n'y parvint qu'à moitié.

— Tout va bien se passer, assura-t-il d'une voix étonnamment douce. Cela vaut le coup d'essayer. Vous allez peut-être adorer. Et si ça ne vous plaît pas, vous ne recommencerez pas.

Elle le dévisagea.

— Vous aimez vraiment ça ? Ou c'est seulement un moyen de locomotion quand vous êtes à terre ?

— Je n'ai pas les moyens d'avoir une voiture dans chaque port, répliqua-t-il. Mais j'aime faire de la moto. Surtout sur une route large avec de beaux virages.

Rien que d'y penser, elle en eut froid dans le dos. Comme elle ouvrait la bouche pour lui dire qu'elle avait changé d'avis, il lui tendit le casque qu'il avait détaché du guidon.

— Et vous ? demanda-t-elle en prenant le casque à contrecœur.

— Les passagers d'abord, dit-il. Et puis c'est un excellent prétexte pour ne pas en porter, ajouta-t-il avec un grand sourire. Rouler les cheveux au vent, c'est super.

— Et la loi, vous en faites quoi ?

— De temps en temps, j'aime bien vivre dangereusement.

Pour ce qui était de vivre dangereusement, elle s'y connaissait. Mais elle n'était pas fan. Le problème, c'était que maintenant elle ne pouvait plus reculer.

— Par la route, cela fait environ cinq kilomètres, annonça Cooper. Si vous avez trop peur, je m'arrêterai pour vous laisser descendre.

C'était gentil. Et puis que risquait-elle sur une aussi courte distance ?

Elle enfila le casque mais, au moment de le fixer, elle faillit une fois de plus se dégonfler et se prit à regretter le temps où elle était insouciante.

Si elle te manque tant que ça, tu peux retrouver cette vie où quelqu'un d'autre décidait de tout pour toi.

Ce petit rappel à l'ordre mental lui remit les idées en place. Du moins jusqu'à ce qu'elle enfourche la moto et s'aperçoive que Cooper et elle allaient être collés l'un à l'autre. Et constate par la même occasion qu'il était bien plus grand et costaud qu'elle ne le pensait.

Du calme ! s'intima-t-elle. Qu'allait-elle imaginer ? Il n'allait pas lâcher le guidon pour la prendre dans ses bras.

Elle comprit, mortifiée, qu'elle allait devoir en plus s'agripper à lui, car la selle ne comportait pas deux parties, comme sur les grosses motos. Elle était donc obligée de se plaquer contre lui.

Lorsqu'il lui ordonna de poser ses pieds sur les étriers et de se pencher quand il se pencherait, son appréhension diminua d'un cran. Il lui montra comment elle devait le tenir, mais il ne chercha pas à en profiter et ne fit aucune plaisanterie sur la promiscuité à laquelle ils étaient contraints.

Arrête donc de te faire des idées ! Il se fiche pas mal de toi et c'est tant mieux, non ? Tu ne…

Le vrombissement du moteur sous elle la fit sursauter. Lorsque la moto démarra, elle ne pensa plus à rien.

Ils roulèrent doucement, tout d'abord, pour ne pas risquer de réveiller tout le voisinage. Mais, dès qu'ils furent sur la grand-route, Cooper accéléra. Instinctivement, la jeune femme le serra plus fort.

A cause de la grange des Monroe, elle resserra encore son étreinte. Elle ne s'attendait pas à la voir surgir au sortir d'un virage, plus imposante que jamais. Quand elle passait devant en voiture avec Roger, cela ne lui faisait pas le même effet.

Elle inspira à fond et se concentra sur l'odeur de résine et de terre qui flottait dans l'air. A moto, on était plus vulnérable, certes, mais on pouvait mieux profiter du paysage et on se sentait plus proche de la nature.

Elle comprenait mieux qu'on puisse aimer ça.

Puis ils prirent l'autoroute et Cooper mit les gaz. Horrifiée, la jeune femme s'aperçut qu'elle ne savait pas comment le prévenir si elle avait peur et voulait descendre. A moins de s'égosiller, elle n'avait aucune chance de se faire entendre.

Cramponnée à lui, elle fut tentée de fermer les yeux ; seul un sursaut de dignité l'en empêcha. Au bout de quelques instants, force lui fut d'admettre que ce n'était pas si terrible. Elle qui craignait d'avoir froid se rendit compte que les larges épaules de Cooper coupaient bien le vent. Pendant qu'elle s'extasiait sur sa carrure, elle en oubliait d'avoir peur. La vitesse, le danger étaient relégués au second plan tandis qu'une étrange sensation s'insinuait en elle.

Au virage suivant, elle se pencha machinalement. Elle n'avait plus besoin d'y penser : son corps suivait naturellement le mouvement. D'où, comprit-elle, l'attrait que les virages pouvaient exercer pour les passionnés de moto.

Lorsque Cooper s'arrêta devant le café, elle fut presque déçue d'être déjà arrivée. Elle se sentait en pleine forme, encore plus revigorée que quand elle faisait le trajet à pied.

Au bout de quelques secondes, elle s'aperçut qu'en réalité elle était euphorique. Récemment, seule la peur lui avait fait battre le cœur à cent à l'heure. Cette découverte la déconcerta.

Ses doigts gourds avaient du mal à détacher la courroie du casque. Bizarrement, Cooper ne bougeait pas et gardait le silence. Assis sur sa moto, il semblait statufié. Puis il se décida à descendre et l'aida à retirer le casque. Lorsqu'il l'en eut débarrassée, il la dévisagea et sourit. Ah ! ce sourire… Elle ne s'y ferait jamais.

— J'étais sûr que vous alliez adorer.

Elle ne chercha pas à nier. Il avait compris rien qu'en la regardant.

— Il ne faut pas exagérer. Je ne dirais pas que j'ai *adoré*. Mais ce qui est sûr, c'est que ça réveille !

— Allez, soyez franche. Avouez que vous avez adoré.

— Admettons, dit-elle en remuant ses doigts tout engourdis.

Il posa le casque sur la selle et se tourna vers elle. Sans crier gare, il prit ses mains dans les siennes et riva son regard au sien.

— J'espère que la prochaine fois vous serez plus détendue.

— Vous m'avez trouvé tendue ? dit-elle en se demandant s'il y aurait une prochaine fois.

— Oui, et pas qu'un peu ! Je suis sûr que j'ai la marque de vos doigts sur les côtes.

Elle rougit et recula d'un pas. Mais il tenait toujours ses mains ; elle ne pouvait pas lui échapper. Nell sentit la panique s'emparer d'elle. C'était complètement idiot. Elle voyait bien qu'il souriait et ne lui voulait aucun mal, mais c'était plus fort qu'elle.

— Ne vous vexez pas, dit-il. Pour une première fois, je trouve que vous vous êtes très bien débrouillée.

Elle dut se faire violence pour ne pas lui crier de la lâcher. Comme s'il avait lu dans ses pensées, il fit un pas en arrière et attacha le casque au guidon de la moto. *Tu vois bien que tu te montes la tête pour rien,* se dit-elle en recouvrant son calme. Il fallait qu'elle arrête de mettre tous les hommes dans le même sac.

— Merci pour la course, lança-t-elle en s'efforçant de sourire. C'est drôlement vivifiant.

— Et encore, ça, ce n'est rien. Si vous voulez vraiment avoir des sensations, il faudrait que nous fassions un peu de route. Ce n'est envisageable que s'il fait beau. Mais pourquoi pas ?

Elle faillit lui dire que ce n'était pas la peine, qu'elle n'irait nulle part avec lui, mais elle était tellement surprise qu'il lui propose de l'emmener se balader qu'elle en resta sans voix. Puis Riley apparut, les clés du café à la main. Il les regarda tour à tour, elle, Cooper et la moto, en faisant cliqueter ses clés.

— C’est l’heure, Nell, dit-il après avoir ouvert la porte. Tu viens ?

— J’arrive !

Secrètement, elle bénissait son collègue de l’avoir tirée d’une situation qui commençait à devenir embarrassante.

— Bon, eh bien, merci encore, lança-t-elle à Cooper avant de filer se réfugier dans le café.

Cooper voulut la rattraper mais une main le retint par le bras. Il fit volte-face et se trouva nez à nez avec Riley.

— Cette fille en a bavé, lui dit le cuisinier.

Au ton de sa voix, à son regard implacable et à la manière dont il l’avait empoigné, Cooper comprit qu’il ne plaisantait pas.

— Je sais, répliqua-t-il sans chercher à se dégager. Je suis là pour la réconforter, justement.

C’était la pure vérité, songea-t-il. Il était venu lui apporter la bonne nouvelle, même s’il n’avait rien dit jusque-là pour ne pas contrevenir aux ordres de son client. Mais, plus encore ce matin qu’avant, il brûlait de la mettre au courant. Pour qu’enfin elle soit soulagée.

Après l’avoir jaugé un bon moment, Riley hocha la tête.

— Je vous la confie, lâcha-t-il enfin.

Cooper sentit que Riley prenait son rôle très au sérieux. Exactement comme Roger. Il y avait chez cette femme quelque chose qui donnait aux hommes envie de la protéger. Non qu’elle soit particulièrement faible ou vulnérable, mais on voyait tout de suite qu’elle avait souffert et qu’elle avait peur. N’importe quel homme digne de ce nom devait éprouver le besoin de lui venir en aide.

Pourvu que Tristan Jones arrive bientôt !

Tout en souhaitant ardemment la venue de celui qui mettrait enfin un terme au cauchemar que vivait la jeune femme, Cooper n’était pas pressé que sa mission se termine.

Parce qu'une fois sa mission terminée il devrait s'en aller.

A moins que… ?

En entrant à son tour dans le café, il se demanda ce qu'il lui arrivait.

10

Cooper ne s'attendait vraiment pas à ce que Nell accepte. Il pensait qu'elle déclinerait son invitation, purement et simplement. Mais, grâce à l'entremise de Roger, elle finit par se laisser convaincre. Peut-être aussi en avait-elle assez de passer sa journée de congé claquemurée chez elle.

A moins que ce ne soit la perspective de manger les bons petits plats de Roger qui ne l'ait décidée. Roger avait promis en effet de leur préparer un pique-nique. Pour avoir dîné deux fois chez lui, Cooper savait que sa cuisine était incomparable. Jamais il n'en avait goûté de meilleure.

Mais le plus étonnant dans l'histoire, c'était sa réaction à lui, Cooper. La veille, quand elle lui avait dit qu'elle viendrait, il s'était empressé de tout préparer. Dès lors qu'elle était à son travail, il considérait qu'il pouvait la laisser sans surveillance. Elle ne bougeait jamais du café.

Il avait fixé les sacoches à la selle et glissé dans l'une d'elles un plaid et des vêtements de pluie, au cas où le temps se dégraderait brusquement. Puis il était parti reconnaître l'itinéraire qu'ils prendraient, le long du canal. Il avait ensuite fait un saut au magasin de motos le plus proche pour acheter un second casque, qu'il avait choisi plus petit et bien rembourré car il veillait au confort de sa passagère. Pour une simple balade, c'était une dépense excessive mais, dans le fond, c'était le frère de Nell qui payait. De plus, elle était inquiète quand il ne portait pas de casque. Et ça, c'était quelque chose qu'il… ne supportait pas.

Ces préparatifs l'avaient occupé une bonne partie de la journée. Au fil des heures, une sorte de fébrilité avait grandi en lui. Il s'était bientôt retrouvé aussi excité qu'un adolescent à la veille de son premier rendez-vous galant. Il avait beau savoir que leur rencontre était truquée, que tout cela n'avait aucun sens, il était très impatient de faire cette balade avec elle.

Nell lui plaisait bien. Elle était si réservée que les rares fois où elle se laissait aller à sourire ou à rire étaient comme des rayons de soleil un jour de novembre. Cooper en aurait presque oublié celle qu'elle avait été avant. Mais, quand il repensait à la blonde sophistiquée de la photo, il se disait qu'il la préférait maintenant. Tanya Brown incarnait peut-être la femme idéale, mais elle était trop belle pour être vraie. Nell Parker n'était pas glamour pour deux sous mais elle, au moins, elle était authentique.

Et dire qu'il passait son temps à lui mentir…

Secouant la tête, il enfila ses bottes et son gros blouson de cuir. Il ne faisait qu'obéir aux ordres de Jones, songea-t-il pour se donner bonne conscience. Si le frère de Nell tenait à être celui qui lui annoncerait la nouvelle, c'était son droit le plus absolu. Et le drame remontant à presque huit mois, une semaine de plus ou de moins n'allait pas changer grand-chose. Cooper voulait simplement être là lorsqu'elle apprendrait que non seulement le cauchemar était terminé, mais qu'en plus, il n'avait jamais vraiment existé.

Il espérait qu'elle serait tellement contente de voir son grand frère vivant que, du coup, elle lui pardonnerait.

Mais il ne fallait pas rêver, songea-t-il en se dirigeant vers la petite maison blanc et jaune. Il devait représenter le cadet de ses soucis. Tout à la joie de retrouver son frère, elle n'aurait pas une pensée pour lui. Il brûlait cependant de la voir, ne serait-ce qu'une fois, sereine et détendue, et plus avec cet air de bête traquée, toujours sur le qui-vive et prête à rentrer dans sa coquille à la moindre alerte.

Sa mission accomplie, le frère et la sœur enfin réunis, il s'en irait, les poches bien remplies. Où ? Il ne le savait pas encore. Mais c'était souvent comme ça. Il partirait peut-être en mer, à la pêche au saumon, puisque c'était la saison. Ce n'était pas une pêche très sportive, aussi n'était-il pas vraiment fan. Mais, s'il n'aimait pas spécialement pêcher le saumon, il adorait le manger.

Comme il arrivait devant le cottage, la porte s'ouvrit et Nell apparut sur le seuil.

— Bonjour, dit-elle.

— Salut.

Il l'examina des pieds à la tête pour s'assurer que sa tenue vestimentaire était adéquate. Il lui avait conseillé de mettre un blouson et aussi des bottes pour protéger ses chevilles des brûlures que pouvaient occasionner les pots d'échappement. Elle avait suivi ses consignes : le blouson avait l'air chaud et les bottes étaient apparemment doublées de mouton. Et, comme elles avaient des talons plats et une semelle épaisse, elles seraient parfaites pour marcher.

— Alors ? Vous me trouvez comment ? demanda-t-elle ingénument.

C'était la première fois qu'il la voyait habillée autrement qu'en jean et en T-shirt taille XXL, et cela lui fit un choc. Un sacré choc même, car son pull moulait discrètement ses seins et, contrairement au T-shirt réglementaire du Waterfront, ne recouvrait pas ses hanches et ses fesses. Elle avait une très jolie silhouette et de longues jambes fines. Exactement comme sur la photo.

Une silhouette que sa tenue de serveuse, au café, gommait complètement.

— Bien, répondit-il brièvement.

— Que diriez-vous d'un café ? demanda-t-elle en lui tendant le gobelet qu'elle tenait à la main, et que Cooper, étrangement, n'avait pas remarqué. Ce serait bien que vous arriviez à former des phrases.

Il en resta bouche bée. Il ne l'avait jamais entendue plaisanter. Et encore moins se moquer de lui. Il fallait croire qu'elle commençait enfin à se dégeler. Et puis sa gentille attention lui allait droit au cœur.

— Je l'ai préparé exprès pour vous, ajouta-t-elle en voyant qu'il ne répondait pas. J'ai pensé que vous auriez du mal à vous en passer.

— Super, dit-il en prenant le café.

Il ne chercha pas à se justifier. Les raisons pour lesquelles il était complètement sonné, il n'arrivait même pas à se les expliquer, aussi aurait-il été bien en peine de les lui donner.

Ils allèrent frapper à la porte de Roger, qui les attendait. Il remit à Cooper un gros sac qui serait plus facile à caser dans l'une des sacoches de la moto que le panier habituellement dévolu aux pique-niques.

— Je ne vous ai pas mis de vin, dit le vieil homme, l'air navré.

— L'alcool et la moto ne font pas bon ménage, déclara Cooper en acquiesçant d'un hochement de tête.

Nell les regarda tour à tour, Roger d'abord, puis lui ensuite. Il eut l'impression qu'elle désapprouvait ses propos.

— Mais rien ne vous empêche d'en boire, ajouta-t-il à son intention. Puisque ce n'est pas vous qui conduisez.

Sa remarque était plus sèche qu'il ne l'aurait voulu.

Décidément, songea-t-il, cette femme produisait sur lui de bien curieux effets.

— Je préfère garder le vin pour ce soir, parce que tel que je connais Roger, dit-elle en couvant des yeux son logeur, il y aura très certainement des restes.

Roger sourit et leur fit signe de filer, puis il rentra chez lui.

— Comment va-t-on faire pour… ? demanda la jeune femme tandis qu'ils se dirigeaient vers la moto. Ah, mais je vois que vous avez tout prévu ! Ces sacoches sont drôlement pratiques.

Cooper fourra les victuailles dans l'une des sacoches. Il y avait de quoi nourrir un régiment. Il eut du mal à tout faire rentrer. La vue des sandwichs, du fromage et des crackers lui mit immédiatement l'eau à la bouche.

— Les sandwichs ont l'air délicieux. Vous savez à quoi ils sont ? demanda-t-il en refermant la sacoche.

— Non, mais je ne serais pas étonnée qu'il y ait dedans du jambon de Parme. Roger m'a demandé d'en acheter, hier soir.

Voilà pourquoi elle s'était arrêtée au supermarché, en rentrant chez elle, la veille. Cooper avait fait le pied de grue à l'entrée du magasin de bricolage, juste en face.

La vie de Nell étant réglée comme du papier à musique, il aurait sans doute pu se dispenser de la suivre partout, mais il ne voulait surtout pas risquer de la perdre, après tout le mal qu'il s'était donné pour la retrouver. Et puis cela ne faisait qu'une semaine qu'il la filait.

Une semaine *déjà*, songea-t-il en fronçant les sourcils. Sa mission touchait à sa fin. Il n'avait plus qu'à attendre l'arrivée de Tristan. Celui-ci tardait un peu mais Cooper était de moins en moins pressé de le voir débarquer.

— L'autre sacoche n'est pas pleine. Vous voulez y mettre votre sac à main ?

Comme elle ouvrait les mains pour lui montrer qu'elle

n'en avait pas pris, il se rendit compte qu'il ne l'avait jamais vue avec un sac.

— Votre carte d'identité. Et votre téléphone portable.

— Les papiers sont dans la poche de mon jean, et je n'ai pas de téléphone portable.

Cela le surprit. Et lui qui pensait voyager léger !

Lorsqu'il lui tendit le casque acheté la veille, c'est elle qui parut étonnée.

— D'où sort-il ? demanda-t-elle.

— Du magasin de motos de Port Angeles.

— Vous l'avez acheté exprès ?

— Vous avez dit que vous ne viendriez pas si je ne portais pas de casque. Et comme je tenais à ce que vous en portiez un vous aussi…

— Ça doit coûter cher, non ? demanda-t-elle.

Ce souci du prix interpella Cooper. Tanya Brown n'avait vraisemblablement jamais eu de problèmes d'argent. Le fait qu'elle s'interroge sur ce que lui avait coûté le casque ne cadrait pas avec ce qu'il savait d'elle et avec la photo du journal.

— C'est un casque d'occasion. Une bonne affaire. Il est en excellent état. Je suis sûr que vous serez très bien dedans.

Il aurait voulu lui offrir un blouson de cuir mais cet achat dépassait son budget. Il lui appartenait de faire en sorte qu'elle puisse s'en passer.

Spontanément, il demanda :

— Vos lunettes vous servent-elles à voir de loin ?

Elle eut l'air de trouver sa question bizarre.

— Pourquoi ?

Il haussa les épaules.

— A cause de la visière, elles risquent de vous gêner. Mais si vous ne pouvez pas faire autrement…

Elle hésita longuement. Puis, d'un geste brusque, comme si elle craignait de changer d'avis, elle enleva ses lunettes.

Ce qui prouve bien qu'elle n'en a pas besoin, songea Cooper.

Sans ces grosses lunettes qui lui mangeaient le visage, elle était beaucoup mieux. Si elle avait choisi une monture aussi peu seyante, ce n'était pas pour rien.

Elle enfila le casque et attacha la courroie sans aucune difficulté. Elle avait déjà pris le coup de main.

Cooper l'imita. Il n'en revenait pas de voir à quel point la jeune femme avait changé en l'espace de quelques mois. Il ne s'agissait pas seulement de son apparence physique, mais aussi de son mode de vie tout entier. Elle qui habitait dans un manoir louait à présent un minuscule cottage, elle qui conduisait une berline dernier cri allait maintenant à son travail à pied, elle qui ne faisait probablement rien de la journée trimait à présent six jours par semaine dans un café.

Mais, curieusement, cela n'avait pas l'air de la gêner beaucoup. Elle ne se plaignait jamais de son sort.

— On y va ? demanda-t-il.

Le casque bleu roi acquiesça. Derrière la visière, il distinguait mal le visage de Nell, mais il sentait qu'elle n'était pas tranquille.

— On fait comme l'autre fois. Si vous avez peur, vous me le dites et on s'arrête. On pique-niquera sur le bord de la route.

A ses yeux, il devina qu'elle souriait.

— Comment suis-je censée vous le dire ? demanda-t-elle.

Il faillit lui répondre de le serrer plus fort mais se ravisa, jugeant plus prudent de ne pas jouer avec le feu. Le trajet jusqu'au café, avec elle collée contre lui, l'avait mis dans tous ses états et il n'avait pas duré plus de cinq ou six minutes. Alors que serait-ce cette fois ?

Si cette fille l'excitait, cela prouvait qu'il n'accordait pas tant d'importance que cela au physique.

Ou alors qu'il était vraiment en manque.

— Tapez-moi sur la tête, dit-il pour répondre à sa question et aussi parce qu'il avait grand besoin que quelqu'un lui remette les idées en place.

11

Des erreurs, elle en avait fait quelques-unes dans sa vie — Jeremy était de loin la plus grosse — mais, depuis qu'elle avait pris un nouveau départ, cette balade était sa première bêtise, songea Nell. Qu'est-ce qu'il lui avait pris d'accepter ? Pourquoi tenait-elle tant à chevaucher cet engin de la mort cramponnée à cet homme qu'elle connaissait à peine ? Si c'étaient des sensations qu'elle voulait, elle était servie ! Son cœur battait à se rompre tandis que la moto se couchait dans un virage.

Elle avait peur, certes, mais en même temps elle trouvait cela génial. Tandis qu'ils roulaient à travers bois puis longeaient le canal, elle avait appris à anticiper les virages, à se pencher et à se redresser en même temps que Cooper. Comme soudés l'un à l'autre, leurs corps ne faisaient alors plus qu'un avec la moto. C'était une sensation grisante, et une expérience sensorielle totalement nouvelle, car jamais encore ses sens n'avaient été aussi sollicités.

Cooper était un motard expérimenté. Et, à dire vrai, elle ne détestait pas s'agripper à lui. Il était mince, musclé, et ne présentait aucun danger pour l'instant.

Elle risquait seulement d'avoir un accident.

Mais à quoi bon envisager le pire ? Un accident était peu probable. Par une aussi belle journée, il ne pouvait rien lui arriver de fâcheux. Le soleil était encore chaud en ce début d'automne et la nature se parait d'ors et de pourpres étincelants. Elle n'avait pas l'habitude d'avoir des saisons aussi marquées — en Californie, ce qui tenait lieu de saisons, disait-on pour plaisanter, c'étaient les inondations, les incendies, la sécheresse et les tremblements de terre.

Lorsqu'ils s'arrêtèrent au bord de l'eau, dans un grand parc paysager, elle constata avec surprise qu'ils avaient roulé plus de quarante-cinq minutes. Elle n'avait pas vu le temps passer.

En retirant son casque, Cooper lui dit en riant qu'il allait à présent enfiler sa casquette de guide. Il lui expliqua que ce qui faisait la spécificité de ce parc, situé à l'embouchure d'une rivière descendant de la péninsule Olympique et se déversant dans le canal, c'était le fait qu'on y trouve à la fois de l'eau salée et de l'eau douce. Il était déjà venu, apparemment, car tandis qu'ils se promenaient dans le parc il lui raconta toutes sortes de choses passionnantes sur le canal, dont il connaissait la flore et la faune sur le bout des doigts. Mais comment faisait-il pour arriver à retenir le nom de tous ces oiseaux ? se demanda soudain Nell, surprise par son savoir.

Lorsqu'ils s'assirent dans l'herbe pour faire honneur au pique-nique que leur avait préparé Roger, elle était affamée. Il y avait des mois qu'elle n'avait pas eu aussi bon appétit. Les verrines à l'avocat et aux crevettes étaient succulentes, les sandwichs bien garnis et la tarte aux kiwis délicieuse. Tout cela avait été soigneusement emballé et tenu au frais grâce à des bouteilles d'eau glacée.

— J'ai rarement aussi bien mangé, déclara Cooper. Il n'y a que Roger pour nous concocter un pique-nique digne d'un restaurant étoilé.

— Et moi, j'ai rarement *autant* mangé, confia la jeune femme d'un ton contrit.

— C'est le grand air qui vous a ouvert l'appétit. Et puis, semblant de rien, la moto, c'est plus physique qu'on ne le croit. Ça n'a rien à voir avec la voiture.

Elle confirma d'un hochement de tête.

— Il y a deux écoles, reprit Cooper : les partisans du synthétique, et même du Kevlar comme dans les gilets pare-balles, et ceux qui ne jurent que par le cuir.

— Comme vous, dit-elle en observant son gros blouson de cuir, posé dans l'herbe.

— C'était celui de mon père.

Elle décela une légère fêlure dans sa voix.

— Il est mort comment ? lança-t-elle étourdiment.

Elle se mordit la lèvre, désolée et prête à s'excuser, mais Cooper ne lui en laissa pas le temps.

— Il a eu le malheur d'entrer dans une supérette qui était en train de se faire braquer.

— Vous voulez dire qu'il n'avait pas été envoyé dans cette supérette ?

Il secoua la tête.

— Non. Il y est entré par hasard et est tombé sur un type armé d'un pistolet. Quand le type a vu son uniforme, il a pris peur et a tiré.

— Quelle horreur ! Il ne portait pas de gilet pare-balles ?

— Si, mais il a été touché à la nuque. La balle lui a sectionné la moelle épinière. Il paraît que la mort est instantanée. Il n'a pas eu le temps de se rendre compte de ce qui lui arrivait.

Il semblait si déprimé que, dans un élan d'empathie, Nell se surprit à lui faire à son tour des confidences.

— Ma mère, elle, a eu tout le temps de se rendre compte. Elle avait un cancer. Cela ne vaut pas mieux, vous savez.

Le souvenir de cette tragédie lui fit presque monter les larmes aux yeux.

— Je suis désolée, dit-elle. Votre père n'a vraiment pas eu de chance.

Tandis qu'elle luttait contre l'émotion qui l'avait submergée, Cooper posa une main sur les siennes. Ce contact lui fit un bien fou. Il savait ce qu'elle ressentait puisqu'il avait vécu à peu près le même drame. En pire, peut-être. La balle qui avait tué son père semblait encore plus injuste que la maladie qui avait emporté sa propre mère. Surtout que le père de Cooper était en service, alors que sa mère…

La voilà qui divaguait, songea-t-elle en s'efforçant de reprendre le contrôle de ses pensées. Mais cela n'avait rien à voir avec le fait que Cooper la touche.

— Non, vraiment pas de chance, approuva-t-il. D'autant plus que sans moi rien ne serait arrivé.

— Comment cela ?

— Ce jour-là, normalement, il ne devait pas travailler. C'est parce que, la veille, il s'était fait remplacer pour pouvoir assister à un match de base-ball dans lequel je jouais qu'il s'est retrouvé de service ce jour-là. C'est ma faute, en fait.

— Voyons, Cooper, vous ne pouvez pas dire ça ! En allant à ce match, il a fait ce que n'importe quel père digne de ce nom aurait fait pour son fils.

Il fit la grimace.

— J'ai entendu ça des centaines de fois.

Nell ne sut pas ce qui la vexa le plus : sa remarque amère ou le fait qu'il ait retiré sa main, dont la chaleur lui manquait déjà.

— Je voulais simplement dire…

— Oui, je sais que cela partait d'une bonne intention, l'interrompit-il. C'est seulement que…

Il se frotta le menton et soupira.

— A quatorze ans, on n'a pas ce genre de raisonnement. On est encore très centré sur soi-même et on a tendance à s'imaginer qu'on a une responsabilité dans tout ce qui nous arrive.

Elle ne pouvait pas lui donner tort.

— A cet âge-là, en effet, on est assez sectaire.

Il acquiesça d'un hochement de tête et la dévisagea longuement. Ce regard la mit étrangement mal à l'aise.

— Il n'a pas eu de chance, certes. N'empêche que c'est à cause de moi qu'il travaillait ce jour-là. Et ça, personne ne me l'enlèvera jamais de la tête. La culpabilité est une gangrène qui vous dévore vivant et vous pousse parfois à commettre des actes insensés.

Elle en savait quelque chose. Et, curieusement, Cooper Grant la regardait comme s'il savait qu'elle savait. Comme s'il avait percé à jour son secret. Car sa culpabilité à elle était bien réelle : Tris était mort par sa faute, exactement comme si elle avait pressé elle-même la détente.

Elle frissonna intérieurement et se focalisa sur la plus ancienne des deux blessures, celle qui lui faisait le moins mal.

— C'est très dur de perdre l'un de ses parents, déclara-t-elle.

Lorsqu'il remit sa main sur les siennes, elle sursauta presque imperceptiblement. Cela aurait dû l'alerter mais c'est à peine si elle y fit attention.

— Quel âge aviez-vous ?

— Dix-sept ans. Je n'étais plus une enfant mais ma mère et moi étions si proches… J'ai eu l'impression que le monde s'écroulait.

— C'était le cas, d'une certaine façon.

Enfin quelqu'un qui ne lui disait pas « Tu t'en remettras » ou « Ceux qui ont perdu leur mère à la naissance sont plus à plaindre que toi » !

— Oui, d'autant qu'après sa mort mon père a… complètement disjoncté. Il la connaissait depuis le lycée et ne se voyait pas vivre sans elle.

Cooper referma ses doigts sur les siens. Cela paraissait si naturel que Nell ne songeait même plus à s'en offusquer.

— Vous voulez dire qu'il s'est tué ?

— Je n'en sais rien. Probablement. Un jour, il est parti en abandonnant tout derrière lui. Y compris mon frère et moi.

Elle se rendit compte, trop tard, qu'elle aurait mieux fait de ne pas parler de Tris. Le simple fait d'évoquer son frère la mettait dans tous ses états.

— Vous ne savez pas ce qu'il est devenu ? demanda Cooper, visiblement intrigué.

— Non. Nous avons remué ciel et terre, mon frère et moi, mais sans succès. Ces cinq dernières années, j'ai essayé de faire l'impasse là-dessus.

— C'est impossible.

Là encore, Cooper faisait preuve d'une grande sagesse.

— En effet. Mais je m'en suis rendu compte un peu tard. J'avais terriblement besoin de sécurité. A tel point que j'ai fait… une grosse bêtise.

Comme il ne disait rien, elle se demanda pourquoi elle lui racontait tout ça. Peut-être parce que lui-même lui avait parlé de son père. Peut-être parce qu'il avait l'air de la comprendre. Peut-être à cause de son regard bienveillant…

— J'ai épousé un homme capable de m'apporter ce sentiment de sécurité que j'aspirais tant à retrouver. Il était puissant, charismatique. Je pensais qu'il me protégerait.

Cooper la fixait encore plus intensément, comme s'il se livrait à des conjectures et cherchait à résoudre l'énigme qu'il décelait en elle.

— Que s'est-il passé ? demanda-t-il pour l'inciter à continuer son récit.

Elle ne s'était pas privée de le questionner. Il avait joué le jeu de la franchise. C'était à son tour de tout lui dire.

— Un matin, au réveil, j'ai pris conscience que je n'étais plus qu'un… accessoire. Un joli bibelot qu'on pose sur une étagère et qu'on exhibe de temps en temps.

En le voyant froncer les sourcils, elle devina qu'il était en train de se demander ce qu'une fille comme elle pouvait bien avoir de décoratif.

Ses efforts n'avaient pas été vains. Sur ce plan-là, au moins, elle avait réussi. Se levant, elle entreprit de rassembler les assiettes, les couverts et les reliefs du pique-nique. Cooper les lui prit aussitôt des mains. Elle ramassa les détritus et alla les jeter à la poubelle.

Lorsqu'elle revint, il l'attendait près de la moto. Sans doute trouvait-il bizarre qu'elle ait brusquement mis fin à la conversation. Mais il ne posa aucune question, n'insista pas. Son silence en devenait presque embarrassant.

— Merci pour cette journée, dit-elle d'un ton un peu guindé. Et de m'avoir fait connaître cet endroit magnifique. Je n'ai pas encore eu beaucoup l'occasion de visiter la région, mais je vais me rattraper.

— Mais ce n'est pas fini, annonça-t-il.

Il y avait le trajet de retour, songea-t-elle. Et, bien que les jours aient déjà notablement raccourci — ce qui était nouveau pour elle —, ils avaient encore pas mal de temps devant eux.

Lorsque peu après s'être mis en route Cooper quitta la nationale et descendit vers la rivière, elle comprit qu'il n'avait pas l'intention de rentrer tout de suite. Au bout de quelques kilomètres, ils se garèrent au bord du chemin. Cooper lui fit signe d'enlever son casque.

— Où allons-nous ? demanda-t-elle en obtempérant.

— Vous verrez.

Il l'entraîna dans les bois jusqu'à un sentier dont l'accès n'était autorisé qu'à certains véhicules. Il se glissa derrière la barrière métallique. Voyant qu'elle hésitait à en faire autant, il la prit par la main, aussi fut-elle bien obligée de le suivre.

Mais elle n'était pas très rassurée. Soudain, elle vit un

petit bâtiment trapu et complètement aveugle. A côté de la lourde porte à doubles battants, il y avait une espèce de compteur électrique.

Refusant de faire un pas de plus, elle se figea.

— Nell ?

Il la regardait d'un air étonné. Mais il lui tenait fermement la main. Elle ne pouvait pas s'enfuir.

La peur au ventre, elle était comme pétrifiée. Des images terrifiantes s'imposèrent à elle tandis que les mots *kidnapping*, *séquestration*, *cachot* lui traversaient l'esprit. Ce bunker au milieu des bois était la cachette idéale.

On n'était pas près de la retrouver.

Ses pires cauchemars étaient sur le point de se réaliser. Elle était en train de vivre ses tout derniers instants de liberté. Bientôt, elle croupirait au fond d'une cave, à la merci de son ravisseur.

12

Cooper sentit qu'en Nell la curiosité avait fait place à la peur. Mais peur de quoi ? Il n'en avait aucune idée. Elle freinait des quatre fers, refusant d'avancer. La centrale hydroélectrique n'était pas très engageante, soit, mais ils allaient seulement passer devant.

— Venez, dit-il. Il faut qu'on contourne ce bâtiment. Le sentier est juste derrière.

— Le sentier ? fit-elle d'une voix blanche.

— Venez, répéta-t-il. Vous ne le regretterez pas, je vous assure. C'est à deux pas et c'est tout plat.

— Où mène-t-il, ce sentier ?

— C'est une surprise.

Elle le dévisagea, comme si elle cherchait à lire au fond de son âme.

Cette femme allait le rendre dingue. Il ne savait vraiment plus quoi penser. Ce qu'elle lui avait confié au sujet de son mariage ne concordait pas du tout avec ce que lui en avait dit son frère. Mais, plus que ses éventuels mensonges, c'était le fait qu'elle soit aussi craintive qui le gênait. Lui qui croyait avoir cerné sa personnalité n'y comprenait plus rien du tout.

— Je sais que, vu d'ici, ça ne paie pas de mine. Mais, une fois sur place, vous verrez que ça vaut vraiment le coup.

Elle ne le croyait pas, il le voyait bien. Il essayait de comprendre ce qui avait pu la rendre aussi méfiante, après la tragédie qui l'avait poussée à prendre la fuite. Qu'elle cherche à oublier, rien de plus normal. Mais pourquoi diable était-elle toujours sur la défensive ?

Comme elle essayait de nouveau de lui échapper, il lui lâcha la main.

— D'accord, dit-il. Si vous ne voulez pas venir, tant pis pour vous. Moi, je continue. Libre à vous de me suivre ou non. Mais, croyez-moi, si vous restez là, vous allez rater quelque chose.

Il contourna la centrale hydroélectrique pour rejoindre le sentier. Il n'avait pas fait trente mètres que la jeune femme se décidait finalement à lui emboîter le pas. Il ralentit un peu l'allure afin qu'elle puisse le rattraper.

Cela faisait un bout de temps qu'il n'était pas revenu. *Pourvu que ce soit aussi beau que la dernière fois !* songea-t-il, vaguement inquiet. Il avait tellement insisté pour que Nell l'accompagne qu'il craignait de perdre la face, si l'endroit se révélait finalement sans intérêt.

Après moult réflexions, il décida de garder le silence. Ainsi, il ne risquerait pas de dire quelque chose qui l'effraierait encore plus. Son seul souci pour l'instant était de l'empêcher de rebrousser chemin et, plus généralement, de disparaître de nouveau. Il se préoccuperait plus tard de chercher à savoir pourquoi elle était comme cela.

Ce qui l'embêtait surtout, c'était qu'elle ait peur de lui. Qu'avait-il bien pu faire pour lui inspirer une telle crainte ?

Nell était une empêcheuse de tourner en rond. La conversation qu'ils avaient eue tout à l'heure en était bien la preuve. Lui qui ne parlait jamais de son père, des circonstances de sa mort, de la culpabilité qui ne l'avait jamais quitté depuis, il s'était brusquement mis à tout lui raconter. Sans aucune raison. Car, si ensuite elle s'était confiée à son tour, il ne l'avait pas prévu. Il n'y avait eu aucun calcul de sa part.

En repensant à ce qu'elle lui avait dit, il eut tout à coup

une sorte de choc. Pourquoi n'avait-il pas compris tout de suite ? Le fait qu'elle ait été abandonnée par ses deux parents, tout d'abord par sa mère, morte d'un cancer, puis par son père, parti sans laisser d'adresse, pouvait expliquer, au moins en partie, qu'elle soit aussi craintive.

Comment aurait-il réagi, lui, si après la mort de son père sa mère avait sombré dans la dépression et finalement fichu le camp ? Après le drame, sa mère et lui avaient été si soudés qu'il n'osait même pas imaginer ce qu'il serait devenu s'il l'avait perdue, elle aussi…

Du coup, il comprit un peu mieux la profondeur du lien qui unissait le frère et la sœur. La disparition de leurs parents les avait rapprochés, d'où la réaction désespérée de Nell lorsqu'elle avait cru son frère mort. Si elle était également très attachée à son mari — même si cela restait encore à démontrer —, elle devait avoir l'impression que toutes les personnes auxquelles elle tenait finissaient toujours par l'abandonner, d'une manière ou d'une autre.

Cooper s'en voulait de ne pas avoir compris plus tôt.

Tu es d'autant plus impardonnable que tout cela, Grant, tu l'as toi-même ressenti.

Il se retourna pour s'assurer qu'elle suivait toujours. Elle avançait, mais de mauvaise grâce, comme le condamné se rendant à l'échafaud. Ils étaient presque arrivés, maintenant. Pour que ce soit une surprise, il fallait détourner son attention.

— Cela risque de glisser un peu, dit-il. Regardez où vous mettez les pieds.

Sur ces mots, il lui tendit la main.

Nell fixait la main que Cooper lui tendait. Elle pensait à la manière dont cette main avait serré la sienne, tout à l'heure, pour l'obliger à avancer. Il était hors de question qu'elle se laisse emmener n'importe où. Sauf que là, il lui laissait le choix. Il suffisait qu'elle lui dise que tout allait bien et qu'elle n'avait pas besoin d'aide. Il n'insisterait pas.

Mais, en ce cas, elle pouvait tout aussi bien lui donner la main. Où était le mal ?

Oh ! la, la ! songea-t-elle. Elle ne savait que faire !

Accepter ou refuser cette main devenait un véritable cas de conscience. A priori, Cooper cherchait simplement à lui éviter de glisser, car le sentier était humide et caillouteux.

Elle n'allait pas rebrousser chemin maintenant. Autant continuer jusqu'au bout.

Cette détermination enleva finalement la décision. Elle prit la main de Cooper, qui lui pressa les doigts une demi-seconde, comme s'il avait senti sa réticence.

Pas étonnant ! songea-t-elle, un peu honteuse. Si sa main avait eu sept doigts ou si elle avait été couverte de verrues, elle ne l'aurait pas regardée autrement !

Cooper lui recommanda de nouveau de faire attention. Elle trouva ses mises en garde excessives car en dehors des cailloux, ici et là, qui étaient effectivement glissants parce que recouverts de mousse, le sentier était très praticable. Soudain, alors qu'elle s'interrogeait sur la nature du bruit qu'ils entendaient depuis quelques instants — bruit qui s'amplifiait au fur et à mesure qu'ils avançaient —, Cooper se plaça devant elle.

— Vous pouvez lever la tête, maintenant.

Comprenant brusquement que, s'il avait autant insisté pour qu'elle garde les yeux baissés, c'était parce qu'il avait une idée derrière la tête, elle leva vers lui un regard interrogateur. Il s'écarta, car il avait fait en sorte de lui boucher la vue.

Pour une surprise, c'en était une ! Et de taille. La cascade faisait au moins quatre cents mètres de haut. Ce n'était pas un torrent grondant et tumultueux mais plutôt un faisceau de petits ruisseaux qui coulaient délicatement le long d'une paroi rocheuse et continuaient à serpenter au sol.

Elle n'en revenait pas. Qui irait imaginer qu'il puisse y avoir un endroit aussi féerique à quelques pas de la route ? Un endroit aussi beau et aussi paisible ? Le ruissellement de cette eau limpide l'emplit d'un sentiment de sérénité et de plénitude qu'elle n'avait pas éprouvé depuis très longtemps.

Cooper gardait le silence. Il la laissait profiter du spectacle et de la tranquillité des lieux. Lorsqu'elle se tourna vers lui, elle était confuse de lui avoir fait tout ce cirque à cause de la centrale hydroélectrique.

— Merci, dit-elle du fond du cœur.

— C'est plus impressionnant un peu plus tard dans l'année, quand il a beaucoup plu, expliqua-t-il. Mais je préfère comme ça. C'est tellement plus… charmant.

Voilà qui était très révélateur, songea-t-elle. La plupart des hommes auraient sans doute fait l'éloge du torrent impétueux et auraient méprisé le délicat ruissellement.

— Cela dit, quand il est en crue, le Snoqualmie vaut lui aussi la peine d'être vu. Il faut le regarder depuis la plate-forme d'observation pour se rendre vraiment compte de sa puissance.

Il aimait donc *aussi* les torrents impétueux, en conclut Nell, de plus en plus intriguée par la personnalité complexe de Cooper.

Le trajet de retour lui plut autant que l'aller, sauf qu'elle était un peu triste que la journée touche déjà à sa fin. Il y avait des siècles qu'elle ne s'était pas sentie aussi insouciante et qu'elle n'avait pas passé un aussi bon moment.

Et tout cela grâce à Cooper. Dire qu'elle l'avait soupçonné de vouloir la kidnapper !

Lorsqu'il gara la moto dans l'allée de Roger, elle en descendit à regret.

— Merci, répéta-t-elle une nouvelle fois. C'était vraiment chouette.

Il lui décocha ce sourire charmeur qui lui rappelait tellement Tris.

— La cascade vous a plu, n'est-ce pas ?

— Oui, beaucoup. Mais j'ai apprécié tout le reste aussi.

— Il faudra qu'un jour nous allions admirer le Snoqualmie. Comme ça, vous pourrez comparer. Il y a deux heures de route, mais c'est une très belle balade. Et si nous y allions la prochaine fois que vous aurez un jour de congé ?

S'il lui proposait une autre sortie, c'était qu'il avait lui aussi aimé celle qu'ils venaient de faire, songea Nell, ravie.

Elle s'en voulait de plus en plus de l'avoir mal jugé. Il ne serait pas si gentil s'il avait de mauvaises intentions ou s'il était à la solde de Jeremy.

— D'accord, dit-elle. Il y avait très longtemps que je n'avais pas passé une aussi bonne journée.

— Quel dommage que vous ne profitiez pas plus souvent d'une région aussi magnifique ! C'est très différent de… où déjà ? La Californie ?

D'instinct, la jeune femme se raidit. Mais elle parvint presque aussitôt à se raisonner. D'une part, la question n'avait rien d'indiscret et, de l'autre, la Californie était immense. Tous les jours, il y avait des gens qui en partaient. Elle n'avait aucune raison de nier.

— Oui. La seule cascade que j'aie vue là-bas est celle du parc de Yosemite.

Cela faisait partie de ses plus beaux souvenirs d'enfance.

— Je n'y suis jamais allé, avoua Cooper.

— Nos parents nous y ont emmenés, un été. Nous avons campé. Mon père faisait cuire des brochettes au barbecue pendant que ma mère nous surveillait. Mais, comme c'étaient les vacances, elle nous laissait relativement libres de nos mouvements.

Elle se tut, étonnée de lui en avoir tant dit. Cela faisait si longtemps qu'elle vivait seule et cachée qu'elle avait presque l'impression de parler une langue étrangère en lui faisant ces confidences.

— Qu'est-ce qui vous a poussée à partir ?

Cette fois, elle ne put juguler la peur qui la submergea.

— Pardon ?

— Vous aviez une vie plutôt agréable, non ?

— En effet. C'était une vie très agréable mais tous ceux qui la rendaient si plaisante sont partis.

Il lui fit grâce des platitudes de circonstance et secrètement elle lui en sut gré.

— Nell…

Il y avait une vraie chaleur dans sa voix. Presque de la tendresse. Brusquement, il s'avança vers elle, récupéra le casque et le posa sur la selle de la moto.

Puis il la prit dans ses bras.

En elle, la voix de la raison l'enjoignit de le repousser.

Mais le désir qui pulsait au creux de son ventre l'incita au contraire à se blottir contre lui.

Il était grand, il était fort et si gentil, si doux… Elle ne pouvait résister. Mais le mal n'était pas bien grand, si elle s'abandonnait juste un instant… Ne pouvait-elle s'octroyer un peu de chaleur et de réconfort, après tous ces mois de solitude ?

Il avait posé son menton sur le sommet de son crâne et se contentait de la tenir dans ses bras. Sans rien dire.

Combien de temps ils restèrent ainsi, Nell n'aurait su le dire. Au bout d'un moment, elle constata que ses forces diminuaient, que ses jambes devenaient de plus en plus molles. Sa méfiance semblait s'être endormie. Toute velléité de résistance momentanément neutralisée, elle se pressait contre Cooper, cherchant d'instinct la tendresse dont elle avait tellement besoin.

Dans un éclair de lucidité, elle prit soudain conscience de son extrême vulnérabilité. Il fallait qu'elle se ressaisisse. De toute urgence.

Elle s'écarta. Cooper ne la lâcha pas tout de suite. Quel plaisir aurait-il pu trouver dans cette étreinte ? se demanda-t-elle, persuadée qu'elle se faisait des idées.

— Merci encore. Il faut que j'y aille parce que demain je travaille et que mes affaires ne sont pas prêtes.

Elle mentait. Ses T-shirts à l'effigie du Waterfront étaient lavés et repassés. Mais c'était tout ce que son esprit embrumé avait trouvé pour lui sauver la mise.

Sur ce, elle tourna les talons. Si elle ne s'était pas retenue, elle serait partie en courant.

13

Debout dans le cockpit du *Peacemaker*, Cooper réfléchissait. Le bilan de la journée était contrasté.

Nell avait fait honneur au pique-nique, et ça, c'était une excellente chose.

Un peu plus tard, sur le sentier, elle avait pris peur et il avait été bien embêté.

Heureusement que la cascade lui avait plu !

Le retour s'était très bien passé. Exactement comme il l'avait espéré.

Sauf qu'en arrivant il s'était mis à lui poser tout un tas de questions. Et qu'il aurait vraiment mieux fait de s'abstenir.

Puis il l'avait prise dans ses bras. L'étreinte avait duré un sacré bout de temps. Et cela, il ne savait absolument pas si c'était une bonne ou une mauvaise chose. Ce qui était sûr, c'est qu'il ne s'attendait pas du tout à ce qu'elle lui fasse un tel effet. Qui aurait pu croire que cette fille, maintenant assez quelconque, le mettrait dans des états pareils ?

Fallait-il qu'il ait perdu la tête pour lui proposer une nouvelle balade ! Selon toute vraisemblance, dans une semaine, sa mission aurait pris fin. Et voilà qu'il lui proposait une sortie ! Il essayait bien de se convaincre que le but de la manœuvre était de la surveiller mais, au fond de lui, il n'était pas dupe.

Quand il se mettait à arpenter le cockpit de son bateau, c'était que quelque chose ne tournait pas rond.

S'immobilisant devant l'étagère en acajou sur laquelle il avait l'habitude de poser ses clés et son téléphone, Cooper se sentit brusquement coupable de ne pas avoir allumé son portable de toute la journée.

Allez, Grant, avoue que tu n'avais pas envie d'être dérangé !

En allumant son téléphone, il se demanda pourquoi Nell n'en avait pas. Ce n'était pas une question d'argent. Les téléphones à cartes prépayées étaient à la portée de tout le monde. Sans doute était-ce un choix délibéré de sa part. Elle avait rompu les amarres et coupé tout contact avec son ancienne vie.

Depuis la tragédie.

Cooper se remit à faire les cent pas. Ne pas pouvoir lui dire que son frère était vivant se révélait de plus en plus problématique, maintenant qu'il voyait Nell régulièrement. Il ne supportait plus de la savoir triste, abattue et en proie aux remords.

Elle adorait son grand frère. D'après ce que Jones lui avait dit, Nell et lui n'avaient que deux ou trois ans d'écart, ce qui expliquait sans doute qu'ils aient été si proches.

Ce lien s'était encore renforcé lorsqu'ils avaient perdu leurs parents et s'étaient retrouvés seuls.

Cooper n'avait ni frère ni sœur, mais il n'avait aucun mal à se mettre à leur place. Quand son père avait été tué, il s'était beaucoup inquiété pour sa mère. A quatorze ans, il était encore très impressionnable. Les violentes crises de larmes de sa mère lui laissaient présager le pire.

Le pire lui avait été épargné, cependant. Sa mère lui avait confié un jour, bien plus tard, que comme toutes les femmes de policiers elle connaissait les risques du métier et avait appris à vivre avec. C'était un peu comme un abcès, avait-elle expliqué. Elle le sentait, il la gênait, mais elle s'efforçait de ne pas y penser parce que cela devenait vite insupportable.

Et, lorsque ce que l'on redoutait depuis si longtemps arrivait, c'était comme si cet abcès se crevait. Ou on en mourait, à cause de l'infection, ou on guérissait doucement.

Sa mère avait eu de la chance. Elle avait guéri. Certes, elle avait encore les yeux rouges quand elle parlait de feu son mari, mais elle avait réussi à surmonter sa douleur. Selon son propre aveu, elle avait néanmoins bel et bien songé à mettre fin à ses jours. Seul l'amour que lui inspirait Cooper l'en avait dissuadée. Il était impensable qu'elle l'abandonne.

En apprenant que sa mère avait failli se suicider, Cooper avait eu un choc terrible. Pas seulement parce qu'il s'en était fallu de peu qu'il ne la perde elle aussi, mais parce que cela confirmait ce qu'il avait senti, à l'époque. A quatorze ans, il avait deviné ce qui se passait dans la tête de sa mère.

« Tu es perspicace et très observateur, Cooper. Tu ferais un excellent policier. »

Les paroles de son père lui revinrent brusquement à l'esprit. Troublé par l'acuité de ce souvenir, il se figea au milieu du cockpit. Il se rappelait parfaitement les circonstances dans lesquelles son père les avait prononcées. C'était à un match de la *Little League*. Une mère venait de récupérer son fils, à l'issue du match, et n'arrêtait pas de lui crier dessus tandis qu'ils regagnaient tous deux le parking.

— Elle est drôlement en colère, avait dit son père.

— C'est parce qu'elle a eu peur, avait rétorqué Cooper.

Son père avait eu l'air surpris.

— Comment le sais-tu ?

Pris de court, Cooper n'avait pas répondu tout de suite. Sa remarque avait jailli spontanément, sans qu'il sache très bien pourquoi. Mais il ne voulait pas perdre la face. Il lui avait fallu quelques instants pour retrouver le cheminement de pensées qui l'avait amené à cette conclusion. Mais son père ne l'avait pas brusqué.

— Le T-shirt de son fils était tout déchiré. Il s'était fait mal au bras, apparemment. Il saignait un peu. Elle le tirait, mais pas par son bras blessé, et elle lui reprochait de ne pas faire assez attention. Elle a eu peur et c'est pour ça qu'elle criait si fort. Maman fait la même chose, parfois.

Cette analyse lui avait valu une accolade qui l'avait rempli de fierté. Et l'avait conforté dans l'idée que c'était ce qu'il voulait faire, quand il serait grand.

Moins de six mois plus tard, son père était mort.

Son téléphone portable émit un bip qui le tira brutalement de ses pensées. Cooper en conclut que quelqu'un avait cherché à le joindre. Puis un second bip, d'une tonalité différente, l'avertit qu'il avait reçu un e-mail.

Celui-ci émanait de sa mère, qui se trouvait dans le Colorado et lui racontait avec force détails son séjour chez sa sœur. Il décida de lui répondre plus tard et écouta les messages qu'on lui avait laissés sur sa boîte vocale. Il y en avait deux de son copain de fac Derek, qui l'appelait au sujet d'un match de base-ball la semaine suivante, et un de sa dernière petite amie en date, qui lui annonçait à toutes fins utiles qu'elle venait de se fiancer. Il y avait aussi un message électronique de Tristan Jones. Depuis quelque temps, ce dernier semblait privilégier ce moyen de communication. Il y avait plus d'une semaine que Cooper n'avait pas entendu sa voix. Jones lui expliquait qu'il avait des réunions importantes en haut lieu mais qu'il espérait pouvoir se libérer le lendemain.

En haut lieu ? songea Cooper en reposant le téléphone sur l'étagère. Il semblait avoir de sacrées responsabilités. Le mari de Tanya n'avait pas fait les choses à moitié. Mais il avait failli le tuer, alors il lui devait bien cela. Sans doute était-ce aussi un moyen de se donner bonne conscience.

En tout cas, Jones avait l'air embêté de devoir différer encore une fois son arrivée. Il déclarait avoir été surpris que Cooper retrouve sa sœur aussi vite car, jusque-là, les recherches n'avaient rien donné.

Il voulait de toute évidence l'amadouer. Mais, si Cooper n'était pas dupe, il n'en était pas moins fier d'avoir mené à bien sa mission et donné à son client entière satisfaction.

La seule ombre au tableau était que ladite mission était sur le point de se terminer. Demain, ou après-demain si Jones passait la nuit à New York, le frère et la sœur seraient réunis, et lui-même n'aurait plus qu'à s'en aller.

Nell Parker disparaîtrait sans doute à jamais. Mais avait-elle seulement existé ? Tanya Jones Brown referait surface, belle, élégante et mondaine, et reprendrait sa vie d'avant, comme si de rien n'était. Il suffirait sans doute que son mari donne un gala de charité pour que ce hiatus de quelques mois soit oublié.

Son mari.

Cooper se sentit un peu sonné. Il savait depuis le début que Nell était mariée, mais curieusement ce détail lui était sorti de l'esprit. Quelle importance, dans le fond ? D'après Jones, le mari de Nell était un type bien. Il se servait de sa position sociale et de sa notoriété pour récolter des fonds à des fins caritatives.

Mais,s'il était si bien que cela, pourquoi sa femme était-elle partie ? Quand elle avait cru son frère mort, elle aurait pu se tourner vers son mari au lieu de prendre la fuite…

A supposer, bien sûr, qu'il se soit réellement agi d'un accident…

Cooper ne savait qu'en penser. Cette question l'avait tout de suite turlupiné. Mais, lorsqu'il avait retrouvé la jeune femme et vu à quel point elle était sur la défensive, la thèse de l'accident lui avait semblé vraisemblable. Sensible comme elle l'était, Nell n'avait pas supporté de rester là où le drame avait eu lieu. C'était compréhensible. Après la mort de son père, lui aussi avait eu envie de partir, se dit Cooper.

Quoi qu'il en soit, s'il y avait une chose qu'il devait garder présente à l'esprit, c'était que Nell était mariée. Il n'était pas un saint, loin s'en fallait, mais jamais il ne s'était amusé à convoiter la femme d'un autre. Et ce n'était pas maintenant qu'il allait commencer.

— Pourquoi avez-vous quitté la Californie ?

Nell ne s'attendait pas à une question aussi directe. Ce matin, lorsque Cooper était venu la chercher pour l'emmener au café à moto, elle avait décliné son invitation. La balade de la veille lui avait plu, pourtant, mais elle ne voulait pas prendre l'habitude de se faire conduire au travail. Et puis elle avait besoin de marcher.

Cooper avait alors obligeamment proposé de l'accompagner à pied. Ils avaient bavardé tout le long du chemin et elle s'était sentie en confiance jusqu'à ce qu'il revienne brusquement à la charge avec cette question. Elle s'en voulut d'avoir baissé sa garde.

Quelle idiote ! déplora-t-elle intérieurement.

— C'est à cause de la chaleur. Je ne la supportais plus.

— Et vos amis ?

Elle faillit ricaner. Quels amis ? Elle avait perdu de vue ceux qu'elle avait avant de se marier, et ceux de Jeremy n'étaient pas des amis à proprement parler mais des connaissances que Jeremy avait triées sur le volet. Etait éligible toute personne qu'il jugeait digne de briller dans les soirées qu'il organisait. Toute personne susceptible de lui rendre service un jour.

— Je pense que je ne leur manque pas tant que cela.

— Je n'en crois pas un mot.

— Merci, répliqua-t-elle en essayant de ne pas prendre son compliment au pied de la lettre.

Sans doute avait-il dit cela par politesse. Parce qu'il s'y sentait un peu obligé. Sa question n'avait peut-être rien de suspect, finalement. Cooper cherchait seulement à lui faire la conversation. *Peut-être...*

— En dehors de la chaleur, qu'est-ce qui vous a poussée à quitter un endroit aussi paradisiaque ?

Ou peut-être pas, songea-t-elle, de nouveau sur ses gardes. L'insistance de Cooper ne lui disait rien qui vaille.

— Oh, vous savez, la Californie, ce n'est pas, ou plutôt ce n'est plus ce que c'était, répondit-elle. Je ne regrette rien, croyez-moi.

— Vraiment ? Le ciel bleu, les plages de rêve, les fêtes, les célébrités ; tout cela ne vous manque pas ?

A ces mots, un frisson glacé la parcourut. Elle se mordit la lèvre tant elle était troublée. Ce qu'il venait de décrire correspondait exactement à la vie qu'elle menait là-bas.

Luttant contre la panique qui s'emparait d'elle à la moindre alerte et qui — compte tenu des propos de Cooper — semblait cette fois parfaitement justifiée, elle chercha désespérément une issue de secours.

Si elle s'était écoutée, elle serait partie en courant. Mais pour aller où ? Au café ? Ils n'étaient plus qu'à deux pas du Waterfront, et Cooper la suivrait à l'intérieur.

A l'idée de devoir partir pour de bon, son cœur se serra douloureusement. Elle commençait à se sentir chez elle, ici. Et Roger était comme un parrain pour elle et le seul ami qu'elle ait eu ces dernières années.

— Je suis sûr qu'il y a là-bas des gens qui seraient contents de vous revoir, poursuivait Cooper d'un ton léger.

Elle faillit lui crier que oui, qu'il y avait en effet quelqu'un qui serait content de la revoir et qui ne demandait qu'à finir ce qu'il avait commencé.

— Vous n'êtes pas à votre place, ici. Vous devriez briller dans les galas de charité et ce genre de mondanités, couverte de sequins et de diamants.

Elle sentit son cœur s'emballer. Il battait toujours plus vite quand Cooper était dans les parages. Mais, cette fois, c'était moins sa présence que ses propos qui la troublaient. Il avait l'air d'en savoir beaucoup plus long sur elle qu'il ne l'aurait dû. Et à cela il n'y avait qu'une explication.

Jeremy avait fini par la retrouver.

14

Cooper contemplait son café d'un œil morne. Lui qui le trouvait délicieux d'habitude avait aujourd'hui du mal à finir sa tasse.

Incapable de rester en place, il était revenu au Waterfront à l'heure du déjeuner. Il avait raconté à Nell, surprise de le voir à cette heure-là, qu'il avait besoin de pièces de rechange pour le *Peacemaker*. Il l'avait trouvée fatiguée et plus méfiante que jamais. Elle semblait s'être rendu compte qu'il la surveillait.

Il jeta un coup d'œil vers la cuisine. Nell était en grande conversation avec Riley, l'ancien marine qui faisait office de cuisinier. Cooper le vit poser une main sur le bras de la jeune femme, comme s'il cherchait à la rassurer.

Il regrettait de l'avoir effrayée. Il n'aurait jamais dû lui parler de sa vie d'avant. Mais il ne s'attendait pas à ce qu'elle panique. Elle devait se douter qu'il lui cachait quelque chose. Cependant, il ne voyait pas de *quoi* elle avait peur. Lorsqu'elle saurait pourquoi il était là, elle serait folle de joie.

Cette fille était un mystère. Perplexe, il essaya de se mettre à sa place.

Elle perd un être cher dans un accident stupide et prend la fuite. Elle débarque ici, très loin de chez elle et de son ancienne vie.

Jusque-là, il comprenait sa démarche. Ce qui lui échappait, c'était le besoin qu'elle avait eu de changer de tête et d'apparence. Il voulait bien croire que c'était une réaction typiquement féminine, mais cela le dépassait un peu.

Quoi qu'il en soit, elle fait la connaissance d'un inconnu à qui elle accepte de rendre service. Ils se revoient et semblent bien s'entendre, mais elle reste inexplicablement sur la défensive. Ils vont même se balader ensemble et tout se passe bien, mis à part cet instant de panique qu'elle a sur le chemin menant à la cascade.

Sur le moment, il avait bien cru qu'elle allait partir en courant.

Tout se gâte lorsqu'il se met à la questionner sur les raisons qui l'ont poussée à quitter une vie que presque tout le monde — pas lui mais beaucoup d'autres — lui envierait. C'était de la simple curiosité de sa part. Il cherchait à savoir pourquoi elle était toujours sur le qui-vive.

Mais elle prend peur. Pourquoi ?

Il ne comprenait pas. Qu'elle soit émotive, qu'elle soit susceptible, soit. Mais de quoi diable pouvait-elle bien avoir peur ?

Cooper se demandait si son client lui avait tout dit. Il y avait dans cette histoire quelque chose qui ne tournait pas rond. Mais quoi ?

Il but une gorgée de café. Celui-ci était tiédasse. D'habitude, Nell venait le resservir sans qu'il ait à réclamer.

Où était-elle, au fait ? Dans la cuisine, Riley vaquait à ses occupations. Seul.

Soudain, Sheila, la caissière, arriva avec la cafetière.

— Où est passée Nell ? demanda-t-il.

— Elle a dû s'absenter. Elle m'a demandé de la remplacer.

Cooper fronça les sourcils. Elle était sans doute sortie par la porte de derrière. Bizarre qu'elle ne lui ait rien dit. Elle n'était évidemment pas tenue de lui rendre des comptes mais, dans le courant de la conversation, elle aurait pu mentionner une course à faire ou un rendez-vous quelconque.

— Où est-elle allée ? demanda-t-il sans détour.

Sheila l'examina de la tête aux pieds.

— C'est vous qui louez une amarre à M. Donlan ? Le plaisancier, c'est vous, n'est-ce pas ?

Il acquiesça d'un signe de tête. Les nouvelles allaient vite, ici. Tout se savait. Enfin, presque tout. Parce qu'en ce qui concernait Nell rien ne transpirait. A croire que tout le monde cherchait à la protéger.

Mais cela n'avait rien d'étonnant. Elle inspirait ce genre de comportement. Lui-même avait été touché par son extrême vulnérabilité.

Rassurée, Sheila répondit :

— Je n'en ai aucune idée. Comme elle s'absente rarement, je ne fais pas d'histoires.

— Quand est-elle partie ?

La caissière jeta un coup d'œil à la grosse pendule murale.

— Il y a une vingtaine de minutes.

Et dire qu'il n'avait rien remarqué ! Absorbé par ses pensées, il ne l'avait pas vue filer.

— Quand revient-elle ?

— Je n'en sais rien. Elle a emprunté la voiture de Riley, alors elle risque d'en avoir pour un moment.

Il reposa brutalement sa tasse sur la table.

Bon sang ! Elle était partie en voiture.

La serveuse alla s'occuper des autres clients. Cooper se leva et se dirigea vers la cuisine. Maintenant, il savait ce que Nell complotait avec Riley, tout à l'heure.

Le cuisinier était en train de sortir de la friteuse un panier de frites dorées à point. Cooper alla droit au but.

— Où est Nell ?

Riley posa le panier sur son support pour laisser

s'égoutter les frites. Il ne répondit pas et ne lui fit même pas l'aumône d'un regard.

— Riley ?

L'homme continua de vaquer à ses occupations. Il glissa des morceaux de pain sous le gril, où cuisaient déjà des steaks hachés et des tranches de bacon.

— Où est-elle ? insista Cooper.

— Ça ne vous regarde pas, répondit sèchement Riley.

— Je m'inquiète pour elle.

— Laissez-la tranquille. C'est tout ce qu'elle vous demande.

— Elle a pris votre voiture. Je suppose qu'elle est allée loin. Sinon, elle serait partie à pied.

— Vous êtes drôlement malin, vous.

A son ton, il était clair que ce n'était pas un compliment.

Sheila lui apporta deux commandes qu'il s'empressa d'honorer. Cooper comprit qu'il n'obtiendrait plus rien du cuisinier. Mais à quoi bon lui tirer les vers du nez ? Il se doutait de ce qui s'était passé dans la tête de Nell.

Il l'avait bel et bien effrayée. A tel point qu'elle avait fichu le camp.

Il jeta une pièce sur le comptoir et sortit par la porte de derrière, au cas où, pour une fois, son intuition l'induirait en erreur. Mais la voiture de Riley n'était pas revenue. Et Nell n'était nulle part en vue.

Il jura entre ses dents. Quelle riche idée il avait eue de faire allusion à son passé ! Rien ne l'y obligeait. Seule sa curiosité l'avait poussé à la questionner. Voilà ce qu'il avait gagné ! Il ne s'expliquait toujours pas la réaction de la jeune femme, mais peu importait. Tout ce qui comptait, c'était qu'il la retrouve, vite ! Et qu'il se débrouille ensuite pour qu'elle reste ici.

Fort de cette pensée, il se mit en route. Elle avait dû

passer chez elle pour prendre ses affaires. Et dire au revoir à Roger.

Qu'avait-elle bien pu lui raconter ? se demanda Cooper, qui savait combien elle était attachée à son logeur.

Une pensée en entraînant une autre il songea que, Roger étant son ami, son protecteur, elle s'était peut-être confiée à lui. Et si le vieil homme savait ce qui la rendait aussi nerveuse ?

Cooper accéléra le pas. Avec un peu de chance, Nell serait encore là, ou Roger pourrait le renseigner.

Et que feras-tu si elle est là ? Tu ne vas quand même pas l'attacher ?

Il lâcha cette fois une bordée de jurons sonores.

Il n'y avait pas trente-six mille solutions. Le frère de Nell allait devoir entendre raison, se dit Cooper en sortant son téléphone de sa poche. Il tomba directement sur la messagerie de Tristan Jones. Celui-ci annonçait qu'il rentrait de Londres et serait joignable bientôt. Cooper attendit d'avoir quitté le sentier du littoral et d'être entré dans la zone pavillonnaire pour faire une nouvelle tentative. Sans résultat. Il en conclut que son client devait encore être dans l'avion.

C'était donc à lui, Cooper, de décider. Mais cette décision, il l'avait d'ores et déjà prise. Tant pis pour la surprise que Jones se réjouissait de faire à sa sœur ! Et tant pis si cette initiative lui coûtait une partie de ses honoraires.

Lorsqu'il se rendit compte que c'était là le cadet de ses soucis, il s'inquiéta sérieusement.

Il rédigea un SMS à Jones pour lui expliquer ce qui s'était passé puis il fourra son téléphone dans sa poche et se mit à courir.

15

Elle s'interdisait *formellement* de pleurer.

— Tu en es vraiment sûre ?

— Non, mais je préfère ne pas prendre le risque.

Debout dans l'embrasure de la porte du cottage, Roger la regardait rassembler ses affaires en toute hâte. Il semblait triste de la voir partir. Elle-même avait le cœur gros de devoir tout quitter : ce deux pièces où elle se sentait si bien, son travail, ses collègues et Roger, qu'elle considérait comme un ami.

Ces derniers temps, elle avait fait pas mal d'emplettes, alors qu'elle s'était juré au départ de s'encombrer le moins possible. Elle était arrivée avec un sac de voyage à moitié vide. Il lui en aurait fallu deux, maintenant, pour contenir toutes ses affaires.

Son gros blouson et ses bottes fourrées, elle les mettrait sur elle. Comme il faisait frisquet, cela tombait bien. C'était toujours cela de moins à transporter. Elle emportait la petite sculpture que Roger lui avait offerte en souvenir et la jolie baleine de verre soufflé achetée sur un coup de tête avec sa première paie. Elle prenait aussi l'écharpe bien chaude et toute douce que Sheila lui avait tricotée. Nell avait été très touchée par son geste, mais Sheila lui avait expliqué en riant que sa famille et ses amis croulant sous les pulls et les écharpes elle était ravie d'avoir quelqu'un pour qui tricoter.

Elle s'était d'ailleurs engagée à lui apprendre à tricoter. Cet hiver, quand les clients se feraient plus rares.

— Vous croyez que c'est votre mari qui est là-dessous ?

— Ça se pourrait bien. Cooper n'a pas arrêté de me demander d'où je venais et ce que je faisais.

Roger s'éclaircit la gorge.

— Où est le mal ? Il s'intéresse à vous, et c'est normal. Vous êtes une ravissante jeune femme.

— Tu parles ! Je ne suis rien de cela, marmonna Nell en fourrant une paire de chaussettes dans un interstice du sac.

— Vous avez tout fait pour vous enlaidir, je vous l'accorde, mais un œil exercé ne s'y trompe pas. Et votre Cooper n'a pas les yeux dans sa poche, il me semble.

— Ce n'est pas *mon* Cooper !

Elle avait protesté avec une véhémence que rien ne justifiait.

— Vous avez l'air de le regretter, répliqua Roger.

Des regrets, elle en avait à ne plus savoir qu'en faire.

— Je reviendrai peut-être, dit-elle d'une voix qui manquait singulièrement de conviction. C'est peut-être encore ici que je suis le plus en sécurité.

— Faites comme vous le sentez, ma petite Nell. Mais sachez que vous serez toujours la bienvenue.

Elle fut incapable de retenir ses larmes plus longtemps. Roger s'approcha et la serra contre lui. Elle fut un instant la fille qu'il n'avait jamais eue. L'affection de Roger était sincère et son étreinte, réconfortante.

Elle se sentit apaisée et non troublée comme lorsque Cooper Grant l'avait prise dans ses bras la veille. Cet homme était dangereux à plus d'un titre. Elle n'aurait jamais dû baisser sa garde.

Mais, maintenant que tout danger semblait écarté, elle commençait à se demander si elle ne s'était pas fait des idées. Cooper n'avait peut-être aucune mauvaise intention en lui posant toutes ces questions. Et si Roger avait raison ?

Quand tu n'as pas son regard perçant rivé sur toi, tu lui donnerais le bon Dieu sans confession! songea la jeune femme, qui ne demandait pas mieux que de se convaincre de son innocence. Elle n'avait pas envie de partir et de devoir de nouveau tout recommencer ailleurs.

Cesserait-elle un jour de payer son erreur de jeunesse ?

Arrête de te lamenter sur ton sort! Celui qui a payé ton erreur, c'est Tris! Alors cesse tes jérémiades.

— Je vous charge de ramener sa voiture à Riley. Et de tout lui expliquer. D'accord ?

— Vous pouvez compter sur moi.

Ce n'était pas très gentil de partir comme ça, en laissant le soin à Roger de prendre congé pour elle. Mais elle n'osait pas téléphoner, de crainte que son appel ne soit intercepté. Tant qu'elle ne serait pas loin d'ici, à l'abri, elle n'appellerait personne.

— Je vais vous préparer quelques provisions, déclara Roger, pour qui la nourriture était le nerf de la guerre. Venez me rejoindre dès que votre sac sera bouclé. Je vous conduirai à la gare routière.

Il la serra une dernière fois dans ses bras.

— Vous allez me manquer. Revenez-nous vite.

Lorsqu'il fut parti, elle resta un long moment immobile.

— Secoue-toi, dit-elle tout haut pour se donner du courage.

Elle ramassa ce qui traînait et s'apprêtait à fermer son sac lorsqu'elle s'aperçut qu'elle avait oublié sur le lit son sweater du Waterfront. Elle avait plié les T-shirts et les avait mis de côté pour que Roger les rapporte au café, en même temps que la voiture. Pour le sweater, elle hésitait.

Mais, comme c'était le seul qu'elle avait, elle décida de le garder. L'argent qu'on lui devait le paierait amplement.

Elle avait empilé sur sa table de chevet les livres empruntés à la bibliothèque avec la carte de Roger. Sans ces livres pour la distraire et lui faire oublier ses soucis, elle n'aurait peut-être pas tenu le coup.

Elle serait devenue complètement folle. Elle aurait…

Un bruit de pas la fit se redresser vivement. Zut ! Trop tard. Cooper Grant se tenait sur le seuil.

— Mais qu'est-ce que vous fabriquez ?

Son ton était brusque, son regard sévère. Mais, en même temps, il avait l'air soulagé. Elle préférait ne pas se demander pourquoi. Il haletait, comme s'il avait couru tout le long du chemin depuis le café. Ce n'était pas le genre de type à faire son jogging chaque matin, mais il était plutôt athlétique. Trois kilomètres ne devaient pas lui faire peur.

— Je prépare mes affaires, répondit-elle. Je dois partir.

— Où allez-vous ?

— Il faut que je m'en aille. Je n'ai pas le choix.

— Que se passe-t-il, Nell ?

— Cela ne vous regarde pas.

— Nell…, souffla-t-il en s'avançant d'un pas.

Elle recula d'autant, tout en sachant qu'à ce petit jeu-là elle n'irait pas très loin.

— N'essayez pas de m'en empêcher, prévint-elle en pure perte, car elle n'avait aucun moyen de lui échapper.

Cooper se passa une main dans les cheveux. Elle entendit biper son téléphone portable mais il ne fit pas mine de le sortir de sa poche. Il gardait les yeux rivés sur elle.

— C'est à cause de moi que vous prenez la fuite ? A cause de quelques malheureuses questions ?

— Pourquoi les avez-vous posées ? rétorqua-t-elle en fourrant sa trousse de toilette dans son sac et en fermant ce dernier d'un geste brusque qui trahissait son trouble.

— Par simple curiosité. Juste pour savoir. Où est le mal ?

Elle ne répondit pas et continua d'emballer ses affaires, comme si de rien n'était. Mais elle n'était pas sûre de pouvoir faire illusion encore très longtemps. Cooper était trop perspicace, et elle était trop transparente pour qu'il ne l'ait pas déjà percée à jour.

Pourvu qu'il ne se doute pas que je sais ! songea-t-elle en s'efforçant de reprendre contenance.

— Où allez-vous ? demanda-t-il pour la seconde fois.

Elle faillit répondre « Je n'en sais rien. » Parce qu'elle n'avait réellement aucune idée de ce qu'elle allait faire. Peut-être serait-elle contrainte, finalement, de chercher un bateau qui accepte de l'emmener en Alaska. Pourquoi fallait-il que la seule personne susceptible de lui rendre ce service soit précisément celle qui l'obligeait à partir ?

Et si Cooper essayait de la suivre ? Que ferait-elle ? Si elle avait réussi à échapper aussi longtemps à Jeremy, c'était parce qu'il ne s'attendait pas à ce qu'elle s'en aille. Il ne la croyait pas capable de tout quitter. Il était tellement centré sur lui-même que, pas un instant, il ne s'était mis à sa place.

— Je pensais que nous étions amis, dit Cooper.

— C'est le cas, admit-elle dans un souffle.

Une porte claqua. Roger sortait de chez lui. Allait-il cueillir quelque chose dans son jardin ? Ou revenait-il la chercher pour l'emmener à la gare routière ?

Il tombait mal. Elle ne voulait pas qu'il prenne un mauvais coup en s'interposant entre Cooper et elle. Tel qu'elle le connaissait, Roger chercherait à la protéger. Il était robuste et encore solide pour son âge, mais il avait soixante-douze ans.

Pour rien au monde elle ne voulait le mettre en danger. Roger était son meilleur ami. Plutôt mourir que de le perdre !

Et tant pis si elle abattait ses dernières cartes.

— Ne vous avisez pas de lui faire du mal, lança-t-elle d'un ton farouche.

Cooper ouvrit des yeux grands comme des soucoupes.

— Faire du mal à Roger ? Mais pourquoi diable m'en prendrais-je à lui ?

— Parce que j'en aurais beaucoup de chagrin. Et que c'est exactement ce qu'il cherche.

Soudain, Cooper changea complètement d'attitude.

— De *qui* et de *quoi* parlez-vous ? demanda-t-il d'une voix ferme qui exigeait une réponse.

Elle en avait trop dit. Elle devait à présent aller jusqu'au bout. Coûte que coûte.

— Vous le savez très bien ! Il a bien dû vous dire pourquoi j'étais partie, non ? Dieu sait d'ailleurs ce qu'il vous a raconté ! Je doute fort que sa version coïncide avec la vérité.

Cooper clignait des paupières, visiblement dérouté.

— Sa... version ? bredouilla-t-il. Mais à qui ?

Et s'il devenait violent en se sentant acculé dans ses derniers retranchements ? Elle savait qu'elle prenait des risques, mais la peur la galvanisait et lui évitait de fondre en larmes. Elle aurait tellement voulu s'être trompée au sujet de Cooper...

Il n'était probablement pas armé. Elle l'aurait vu s'il avait porté un revolver à la ceinture. Mais il n'y avait pas que les pistolets, songea-t-elle en déglutissant. Jeremy ne l'avait-il pas menacée avec un couteau ?

— L'homme qui vous a engagé, répondit-elle.

— Nell..., fit-il, mais elle se moquait pas mal de ce qu'il s'apprêtait à lui dire.

Elle venait de lire sur son visage la confirmation de tous ses soupçons.

La question qu'elle se posait maintenant portait sur la nature des ordres que Jeremy lui avait donnés.

Mais de cela aussi elle se moquait. Elle était anéantie. Elle se sentait flouée.

— Il vous a donné l'ordre de me tuer ? demanda-t-elle d'une voix sans timbre. Ou bien de me ramener pour qu'il puisse s'en charger lui-même ?

16

Cooper Grant se laissait rarement surprendre. Il lui arrivait d'être étonné, mais jamais au point de perdre l'usage de la parole. Ce qu'il venait d'entendre l'avait cependant bel et bien stupéfié.

Comment Nell pouvait-elle le soupçonner de vouloir la tuer ?

Il la regardait, bouche bée.

— Vous ne pensiez pas que je devinerais, hein ? C'est vrai que j'ai failli ne rien voir. Mais rassurez-vous : vous êtes très fort. J'avoue que vous m'avez bien eue.

Il secoua la tête.

— Nell ! dit-il de nouveau.

— Puisque les masques sont tombés, appelez-moi Tanya.

Il se demandait comment elle avait deviné, et si ce n'était pas simplement sa paranoïa qui la poussait à le soupçonner. Quoi qu'il en soit, elle savait qu'il n'était pas celui qu'il prétendait être. Et là, elle n'avait rien inventé.

La honte le submergea. Il avait beau se dire qu'il n'avait rien fait d'autre que s'acquitter de sa mission, sa culpabilité n'en était pas moins grande. Mais il devait se ressaisir car elle était sur le point de s'en aller. N'en déplaise à son client, il allait lui dévoiler le pot aux roses. C'était le seul moyen de la retenir.

— Ecoutez-moi, Nell. Ou plutôt Tanya.

Elle ne cilla pas, ce qui acheva de le convaincre qu'elle était sûre de ne pas s'être trompée.

Curieusement, ce constat le contraria.

— Je n'étais pas censé vous le dire, reprit-il. Il voulait vous faire la surprise.

— Tu parles d'une surprise !

Son ton dur, plein d'amertume, donna à Cooper un coup au cœur. La réaction de la jeune femme lui paraissait incompréhensible. Qu'elle lui en veuille à lui, soit. Les gens appréciaient rarement de s'être fait berner. Mais ce n'était pas après lui qu'elle en avait.

Cogite, imbécile ! s'ordonna-t-il. *Elle croit que son frère est mort. Détrompe-la et tu verras bien.*

— Tristan est vivant.

Voilà. Il l'avait dit. Mais sa déclaration fut accueillie par un silence de mort. Elle ne cilla même pas.

— C'est ce qu'il vous a chargé de me dire ? Que mon frère était vivant ?

— C'est votre frère qui m'a engagé, expliqua-t-il.

Une profonde affliction se peignit sur ses traits.

— Mon Dieu ! marmonna-t-elle, le regard ravagé par la douleur. Comment peut-on être aussi cruel ? Comment ai-je pu un jour…

Elle s'interrompit et émit une sorte de rire grinçant.

— Mais peu importe. Tout est ma faute. Je n'aurais jamais dû vous faire confiance, ni à l'un ni à l'autre !

Cooper commençait à en avoir assez. Pourquoi le regardait-elle comme ça ? Pourquoi ce ton dur et désabusé ? Elle était tellement persuadée que son frère était mort qu'elle refusait de le croire et lui reprochait d'être cruel. Quant à l'autre personne dont elle parlait, Cooper croyait deviner de qui il s'agissait.

Il éclaircirait ce point plus tard. Le plus urgent était de lui faire comprendre que son cauchemar était terminé.

— Il est vivant, Nell, dit-il doucement. Il a essayé de

vous retrouver dès qu'il a repris connaissance après le drame. Il a bien failli mourir. Mais il s'en est sorti.

— Il est mort, déclara Nell d'un ton sans réplique. Dans mes bras. Jamais je ne l'aurais abandonné s'il avait survécu.

Cooper tiqua intérieurement. Il ignorait ce détail.

— Je lui ai parlé, dit-il. A plusieurs reprises.

— Quoi ?

Cette fois, il était sûr d'avoir capté son attention.

— S'il a fait appel à moi, c'est parce qu'il pensait que vous risquiez de venir dans le Nord-Ouest. D'après ce qu'il m'a dit, cette région est liée à vos meilleurs souvenirs d'enfance. C'est là que vous avez passé vos dernières vacances en famille.

Elle écarquilla les yeux mais, l'instant d'après, son expression se durcit de nouveau, comme si elle avait trouvé une explication qui allait dans le sens de sa paranoïa.

— Il m'a raconté que cet été-là vous aviez campé au bord d'un lac, tous les quatre, poursuivit Cooper. Vos parents étaient au courant de la maladie de votre mère, mais ils ne vous en avaient pas parlé. Ils ne voulaient pas vous gâcher vos vacances. Tant qu'elle n'avait pas commencé le traitement, ils préféraient vous laisser dans l'ignorance.

Elle blêmit et chancela. Il faillit la prendre dans ses bras mais se ravisa. C'était une très mauvaise idée.

— Votre père se moquait de vous parce que vous vouliez toujours remettre à l'eau les poissons que vous aviez pêchés.

Elle se décomposa. Il sentit qu'il était proche du but.

— Votre frère m'a dit qu'il vous avait donné un surnom, Miss Ecolo, qui vous est toujours resté.

Elle posa une main sur sa bouche tandis que ses jambes se dérobaient sous elle.

Il se précipita à sa rescousse et… la prit dans ses bras.

Il ne pouvait quand même pas la laisser tomber. Elle s'affaissa contre lui en marmonnant. Il dut se pencher vers elle pour comprendre ce qu'elle disait.

— Non, non, c'est impossible, répétait-elle comme un mantra.

Pourquoi refusait-elle de le croire ? Mais, si elle avait tenu Jones dans ses bras au moment de ce qu'elle avait cru être son dernier souffle, pas étonnant qu'elle soit si difficile à convaincre. Si seulement elle ne s'était pas enfuie…

Si elle ne s'était pas enfuie, jamais tu ne l'aurais rencontrée, songea-t-il en aidant la jeune femme, secouée de frissons, à s'asseoir sur le lit. Il prit place à côté d'elle et, glissant un doigt sous son menton, l'obligea à lever la tête.

Il y avait un tel désarroi dans son regard étrangement fixe qu'il comprit pourquoi son frère tenait tellement à lui annoncer la nouvelle lui-même. Jones était persuadé qu'elle aurait besoin de le voir pour le croire.

Sous le choc, il lui faudrait sans doute un petit moment pour admettre qu'elle avait pu se tromper. Lorsqu'elle constaterait de visu que son frère était sain et sauf, elle serait heureuse, évidemment, mais comment réagirait-elle quand elle se rendrait compte qu'elle l'avait abandonné alors qu'il vivait encore ?

Cooper ne serait pas là pour la réconforter et il le regrettait vivement. Son frère la ramènerait sans doute très vite chez elle. Elle retrouverait son ancienne vie d'épouse riche et comblée et oublierait ces quelques mois à Port Murphy.

Il essaya d'imaginer les transformations qu'elle s'infligerait de nouveau pour ressembler à la femme qu'elle était avant. Elle laisserait pousser ses cheveux et leur rendrait leur blondeur naturelle. Elle troquerait ses jeans et ses

T-shirts contre de belles robes sexy. Mais il estima plus sage de ne pas trop s'attarder là-dessus.

Peut-être simplement parce qu'il préférait la Nell qu'il connaissait à la Tanya sophistiquée de la photo.

Soudain, elle leva le nez et demanda :

— Qui êtes-vous ?

Sa question le surprit. Agréablement. Il y avait tellement de choses qui exigeaient des explications ! Si elle avait choisi de commencer par là, ce n'était sans doute pas par hasard.

Du calme, Cooper ! Cela n'a rien à voir avec toi. C'est juste que tu constitues l'élément le plus tangible dans ce chaos.

— Un imposteur, ça, je sais, reprit-elle. Mais encore ?

— Tout ce que je vous ai dit est la pure vérité, répliqua Cooper.

— Une vérité fondée sur un énorme mensonge.

— Ce n'était pas *toute* la vérité, je vous l'accorde.

Elle le fixait comme s'il s'était rendu coupable de haute trahison à son égard. La déception qu'il lisait dans son regard lui faisait mal. Il ne comprenait pas : elle aurait dû se réjouir de savoir son frère vivant et reléguer le reste au second plan.

— Je ne suis pas à l'origine de ce mensonge, expliqua-t-il d'une voix tendue. C'est Tristan qui voulait que vous le voyiez en chair et en os. Il m'avait interdit de vous mettre au courant.

— Vous l'avez fait quand même.

Il désigna le sac d'un geste du bras.

— Vous alliez partir.

— Je n'avais pas le choix.

Elle parlait d'une voix monocorde, éteinte. Cela ne se passait pas du tout comme il l'avait imaginé.

— Mais maintenant vous l'avez, dit-il d'un ton qu'il voulut encourageant.

— Vous êtes quoi, au juste ? Détective privé ?

— Oui, en quelque sorte.

— Un détective qui vit sur un bateau et lit des romans policiers ?

— Peu importe qui je suis.

— Pour moi, ça a son importance. Si vous mentez sur votre identité, vous êtes susceptible de mentir aussi sur le reste.

Elle avait raison. Il aurait pu rétorquer qu'un mensonge par omission n'était qu'un demi-mensonge mais il préféra faire profil bas.

— Nell, écoutez-moi, dit-il en choisissant soigneusement ses mots. Votre frère a été gravement blessé mais il a survécu. Il vous a cherchée partout. Il est content de savoir que vous allez bien. Quand je vous ai retrouvée, il était à Londres, en déplacement. Mais il arrive.

Voilà. Cette fois, ça devrait être bon, espéra-t-il.

Elle l'avait écouté sans ciller. Très lentement, elle se leva et s'écarta du lit.

— Votre histoire est bien ficelée mais il y a un personnage que vous semblez avoir oublié.

— Votre mari ? Lui aussi vous a cherchée, mais de l'autre côté, plus au sud. D'après Tristan, il culpabilise beaucoup. Ce n'est pourtant pas sa faute. Ce sont des choses qui arrivent.

— Pas sa faute ?

— Non. Cela peut arriver à tout le monde de prendre un innocent pour un cambrioleur. Il a commis une erreur.

— C'est plutôt mon frère qui a commis une erreur.

— Votre frère ? Quelle erreur ?

— Il m'a sauvé la vie.

Elle était encore plus perturbée qu'il ne l'avait cru.

— Je ne vous suis plus du tout, Nell. De quoi parlez-vous ?

Elle le dévisagea. Elle avait les mâchoires crispées.

— Tristan a reçu la balle qui m'était destinée.

17

Nell s'en voulut d'avoir, contre toute logique, cru un très bref instant qu'il y avait effectivement eu une erreur, une terrible erreur, et que Tristan était bien vivant.

C'était encore plus stupide que d'avoir fait confiance à Cooper Grant.

Il s'était levé et lui faisait face. Elle recula de nouveau, prête à s'enfuir à la moindre alerte.

— Nell, je ne suis pas sûr que vous sachiez exactement ce qui s'est passé ce soir-là.

— Je le sais mieux que vous. J'y étais !

— C'était un accident. Encore une fois, ce sont des choses qui arrivent.

— Il ne s'agit pas d'un accident.

Il fronça les sourcils, visiblement déconcerté.

— Dans l'obscurité, votre mari n'a pas reconnu votre frère. Il a cru que c'était un cambrioleur et il a tiré. Il s'en veut terriblement, d'après ce que m'a dit votre frère.

— Quoi ?

— Il regrette aussi de vous avoir effrayée, ajouta Cooper. C'est un affreux quiproquo, une tragique erreur sur la personne, comme il peut y en avoir parfois.

— Une seconde, dit la jeune femme, abasourdie. Vous voulez dire que Jeremy a reconnu avoir tiré sur Tris ?

— Bien sûr. Pourquoi nierait-il puisqu'il s'agit d'un accident ?

Ce n'était pas un accident. Mais plutôt que d'user sa salive à essayer de le faire comprendre à Cooper, elle préféra s'enquérir de ce que Jeremy avait bien pu lui raconter.

— D'après vous, que s'est-il passé, ce soir-là ?

Rien ne prouvait qu'il allait lui dire la vérité, bien sûr. Mais il n'avait plus aucune raison de lui mentir. Plus aucune raison non plus de chercher à se faire bien voir pour gagner ses faveurs, ou de jouer les jolis cœurs.

Il parut hésiter, puis haussa les épaules et dit :

— Votre frère est allé chez vous ce soir-là pour vous aider à préparer la surprise que vous vouliez faire à votre mari pour son anniversaire. Jeremy était déjà couché et dormait. Il s'est réveillé inopinément et a cru qu'un cambrioleur s'était introduit dans la maison. Il a pris son revolver et est allé voir. Dans le noir, il n'a pas reconnu votre frère. Il lui a sauté dessus et le coup est parti.

Elle prit une grande inspiration. Il fallait qu'elle se calme.

— Si je comprends bien, c'est… la version officielle ?

— Oui. Pour une fois, les médias s'en sont tenus aux faits. Sauf qu'ils ont annoncé que votre frère était mourant. C'est vrai qu'il n'est pas passé loin de la mort.

Il lui jeta un regard censé la réconforter.

— Vous n'êtes pas la seule à l'avoir cru mort. Les secours ont réussi à le ranimer, mais il s'en est fallu de peu.

— Vous croyez que je n'ai pas vérifié ? Son pouls ne battait plus. Il ne respirait plus. Il…

Sa voix montait dans les aigus. Sentant qu'elle était au bord de l'hystérie, elle se tut.

— Vous n'êtes pas médecin, Nell. Certains grands blessés ont été sauvés in extremis. Les médecins font parfois des miracles. Ce n'est pas si exceptionnel, vous savez.

Ses oreilles se mirent à bourdonner, son cœur à tambouriner. Et si c'était vrai ? Et si son frère chéri s'en était sorti ?

C'était tellement énorme, tellement incroyable que

plutôt que de s'attarder sur cette folle éventualité elle préféra creuser la question qui la turlupinait le plus dans cette histoire.

— Ce que je ne comprends pas, c'est que Jeremy ait reconnu lui avoir tiré dessus.

Cooper se renfrogna. Il semblait réellement déconcerté. Mais elle savait maintenant quel excellent comédien il était.

— Même si cela n'avait pas été un accident, il pouvait difficilement faire autrement. La police n'aurait eu aucun mal à établir sa responsabilité. Je suppose qu'il avait des résidus de poudre sur les doigts.

Elle cligna des yeux.

— La police a vérifié ?

— Après qu'il a reconnu avoir tiré ? Oui, bien sûr. Elle ne fait pas les choses à moitié.

Si Jeremy ne s'était pas dénoncé, la police n'aurait sans doute rien vérifié du tout. Elle en était persuadée. Jeremy était capable de baratiner n'importe qui. Elle l'avait souvent vu à l'œuvre. Quelle que soit la situation, il arrivait toujours à s'en tirer.

— Pourquoi trouvez-vous étonnant qu'il ait reconnu avoir tiré ?

— Je pensais qu'il m'accuserait, qu'il me mettrait tout sur le dos.

— Vous pensiez qu'il allait dire à la police que vous aviez tiré sur votre frère ?

Il avait l'air stupéfait.

— Oui. C'est une des raisons pour lesquelles je me suis enfuie.

Un long et lourd silence s'installa. Puis Cooper le rompit.

— Je crois que vous devriez me donner votre version des faits.

— Ce n'est pas une « version ». C'est la vérité.

— La vérité est souvent multiple. Chacun voit les

choses à travers son propre filtre. N'importe quel policier vous dira qu'un témoin oculaire n'est jamais fiable à cent pour cent. Si vous avez cinq témoignages, vous aurez cinq versions différentes des faits.

— C'est ce que votre père vous a appris ? Mais était-il réellement policier, au fait ?

Cooper eut l'air blessé.

— Je ne vous ai pas raconté des fariboles. Tout était vrai. Et c'est effectivement mon père qui m'a appris à me méfier de ce que les gens prétendent être la vérité. D'après vous, Nell, comment les choses se sont-elles passées, cette nuit-là ?

Elle hésitait. Pourquoi lui accorderait-elle sa confiance après ce qu'il lui avait fait ? Il s'était bien moqué d'elle.

Qui a été assez naïve pour prendre pour argent comptant tout ce qu'il racontait ? dit en elle une petite voix narquoise.

Il semblait disposé à l'écouter. Mais, pour en avoir bien trop souvent fait l'expérience, elle savait pertinemment qu'elle n'avait aucune chance contre Jeremy Brown.

— Vous connaissez Jeremy ? demanda-t-elle. Enfin, je veux dire, lui avez-vous déjà parlé au téléphone ?

— Non, jamais. C'est à votre frère que j'ai eu affaire.

« A votre frère. » Elle se retint de hurler. Jeremy allait bien être obligé de venir pour mener à son terme son plan démoniaque, songea-t-elle. C'était sa seule chance de le démasquer.

Mais elle n'arrivait pas à se décider. Il aurait suffi d'un mot, que Cooper insiste un peu trop pour qu'elle se taise définitivement. Mais il attendait, patiemment, comme s'il avait senti qu'elle ne parlerait qu'à condition qu'il se fasse oublier.

— Tris est bien venu, ce soir-là. C'est moi qui le lui avais demandé. Il était toujours là quand j'avais besoin de lui.

Elle réprima un frisson. Cette histoire, elle ne l'avait racontée qu'une fois quelques jours plus tôt. A Roger, qui l'avait accueillie chez lui. C'était la moindre des choses qu'il connaisse la vérité.

Prenant une grande inspiration pour se donner du courage, elle reprit son récit, déterminée à aller jusqu'au bout.

— Je ne l'avais pas fait venir pour m'aider à préparer une surprise pour l'anniversaire de Jeremy. C'était bien moins drôle que ça. En fait, mon mari savait que j'avais demandé le divorce. Et il était… *furieux* est un faible mot. Personne, absolument personne ne quitte Jeremy Brown de son propre chef. Il me l'avait fait très clairement comprendre.

Cooper se rembrunit.

— Vous voulez dire qu'il était… violent ?

— Pas physiquement, non. Il ne m'a jamais frappée. Il n'aurait jamais pris le risque de me faire des marques que j'aurais pu montrer. Mais ses méthodes n'en étaient pas moins efficaces. Isolement, menaces, railleries, colère : rien ne m'a été épargné. Je n'en pouvais plus. Pourtant, le monde entier semblait considérer qu'il n'y avait pas plus charmant que lui.

— Vous avez dû le penser aussi, à une époque.

Elle soutint son regard sans ciller.

— En effet. J'ai vu en lui une sorte de Prince charmant. Il était beau, riche, puissant : tout ce dont je croyais avoir besoin. J'étais naïve. Tris disait que je m'étais laissé berner. Le résultat était le même.

— Continuez, dit Cooper, nonchalamment appuyé au mur comme s'il n'avait rien d'autre à faire que l'écouter.

Comme s'il était à sa disposition.

Tu rêves ! songea-t-elle en s'obligeant à redescendre de son petit nuage.

— Pendant deux ou trois ans, tout s'est relativement bien passé, reprit-elle. Je découvrais un monde qui était pour moi entièrement nouveau. Et qui me fascinait, je l'avoue. Jeremy avait une bonne situation. Il était connu et reconnu.

— D'après votre frère, il a collecté des millions de dollars pour toutes sortes d'œuvres caritatives à travers le monde.

— En effet. Mais, au fil du temps, je me suis rendu compte qu'il n'y avait là-dessous aucune générosité. Jeremy était en quête de pouvoir, de prestige, de reconnaissance. Il se fichait pas mal des malheureux pour lesquels il organisait ces collectes. Ce qu'il voulait, c'était qu'on parle de lui, qu'on l'admire, qu'on l'adule. Il n'a jamais eu que du mépris pour la plèbe, comme il disait quand il parlait des défavorisés.

— Plutôt arrogant, non ?

— Très, fit-elle d'un ton neutre car elle ne savait pas si c'était un jugement que Cooper portait sur Jeremy ou une simple remarque sur ce genre de mentalité.

Malgré elle, elle s'était remise à marcher de long en large. Il devait la prendre pour une cinglée.

— Et ce soir-là, donc ?

Elle se figea. Qu'est-ce qu'il lui avait pris de lui raconter sa vie ? Pourquoi ne s'était-elle pas contentée de lui dire ce qui s'était passé ce soir-là ? Quel besoin avait-elle de se justifier ? Pourquoi tenait-elle tant à lui faire comprendre qu'elle était la victime, et que son mari était un imposteur ?

Il fallait bien qu'elle arrive à le convaincre de sa bonne foi si elle voulait le gagner à sa cause. Sinon, il risquait de l'empêcher de partir.

— J'ai donc fini par demander le divorce. Je savais que je risquais gros. Un mot de travers, une attitude déplacée entraînait inévitablement des représailles.

— D'où votre fuite, je suppose ?

— J'ai pensé que c'était peut-être la meilleure solution.

— Pardon ?

— Au début, je me suis demandé si, sans le vouloir, je ne lui avais pas rendu service. Sa femme disparaît mystérieusement. Gros coup de projecteur. Tout ce qu'il adore, en somme.

— Mais… ?

— J'avais oublié son but ultime. Comme on pouvait s'y attendre, Jeremy veut se présenter aux élections. Il a une âme de politicien. A supposer que ces deux mots ne soient pas contradictoires !

Cooper esquissa un sourire.

— La disparition de sa femme risquait de nuire à son image, poursuivit-il.

Elle acquiesça d'un signe de tête.

— Votre frère dit que vous reprochiez à votre époux de consacrer trop de temps à ses collectes de fonds et de ne pas en passer assez à la maison, avec vous.

Le fin fond de l'histoire, elle le connaissait. Il n'y avait qu'une explication possible aux allégations de Cooper et à sa présence ici. Mais ce qu'elle venait d'entendre la confortait dans ses soupçons : jamais Tris n'aurait dit cela d'elle.

— C'est du Jeremy tout craché. Il aime me faire passer pour une sale égoïste, capricieuse et puérile.

Cooper semblait sceptique. Elle n'en était pas surprise. Jeremy était *très* persuasif. Mais il fallait en finir. Elle allait tout lui dire. Puis elle partirait. Loin.

Et s'il cherchait à la retenir, eh bien… elle aviserait le moment venu.

— Cette nuit-là, Jeremy s'est effectivement levé parce qu'il avait entendu du bruit. Et il nous a surpris. Tris m'aidait à rassembler quelques affaires. *Mes* affaires.

Il n'aurait plus manqué que Cooper la prenne pour une voleuse !

— Les bijoux de ma mère, des photos de famille, etc. J'aurais mieux fait de prendre ce qui m'appartenait avant de lui parler divorce. Quand il a compris ce qui se passait, il est entré dans une colère noire. Je n'avais pas vu qu'il avait un revolver, mais Tris, lui, s'en était rendu compte. J'ai essayé de le raisonner, mais Jeremy hurlait. Soudain, l'écume aux lèvres, il a pointé son revolver sur moi.

Cooper étouffa un cri d'effroi. Elle ne le regardait pas. Elle jouait sa dernière carte. Libre à lui ensuite d'en faire ce qu'il voudrait.

La gorge serrée, elle reprit le fil de son récit.

— Jeremy a tiré juste au moment où Tris se jetait devant moi pour me protéger.

Elle leva les yeux et affronta son regard.

— C'est moi que Jeremy voulait tuer. Mon frère s'est interposé. Il est mort par ma faute.

18

Cooper était complètement sonné. Son père avait sûrement raison quand il disait qu'il y avait autant de versions des faits que de témoins oculaires. Mais là, les différences entre les deux versions étaient de taille !

Il y en avait forcément un des deux qui mentait. Ce n'était pas possible autrement. Mais pourquoi Tristan Jones mentirait-il ? C'était lui, la victime, dans cette histoire. Nell — ou Tanya — n'avait pas non plus vraiment de raisons de mentir. De plus, elle lui avait paru sincère. La détresse qu'il avait vue sur son visage, les larmes qui brillaient dans ses yeux, le tremblement de sa voix n'avaient pas l'air factices.

A moins que… la jeune femme ne soit encore plus gravement perturbée que ne l'avait laissé entendre son frère. Avait-elle imaginé ce scénario de toutes pièces ? Etait-ce le seul moyen pour elle d'accepter ce qu'il s'était passé — ou ce qu'elle croyait qu'il s'était passé ? Traumatisée par ce qu'elle avait cru être la mort de Tris, avait-elle pu se créer ce faux souvenir ?

Mais pourquoi accuserait-elle son mari d'avoir voulu la tuer ? Cela n'avait aucun sens. Surtout si Jeremy voulait se présenter aux élections ! Ce n'était pas en tirant sur sa femme, même accidentellement, qu'il allait convaincre les électeurs de voter pour lui. Un divorce était préférable.

Il secoua la tête, incapable de se faire une opinion. Sans doute allait-il falloir attendre l'arrivée du frère pour tirer les choses au clair. L'affaire semblait plus complexe qu'il ne l'avait cru au départ. Il ne s'agissait pas simplement d'une fugue à la suite d'une tragédie évitée de justesse.

Lorsque Jones serait là, Nell verrait qu'il n'était pas mort et tout rentrerait dans l'ordre.

A moins qu'elle ne dise la vérité…

Elle le fixait en silence, attendant une réaction de sa part. Que pouvait-il lui dire ? S'il prétendait qu'elle l'avait convaincu de sa bonne foi, elle n'en croirait pas un mot. Elle était si méfiante. Mais, s'il la traitait de menteuse, elle ficherait le camp et il serait obligé de l'en empêcher. Il ne se voyait pas la prendre à bras-le-corps. Encore que…

Bon sang ! C'était bien le moment.

Il jura intérieurement. Entre ce que disait l'un et ce que disait l'autre, les choses étaient déjà bien assez embrouillées comme ça. Il n'avait vraiment pas besoin que sa libido s'en mêle. Et que ses pulsions se déchaînent. Il ferait mieux d'ignorer ses états d'âme. Mais il avait du mal à se défaire d'un mauvais pressentiment qui le poussait à prendre fait et cause pour la jeune femme.

Il secoua la tête. Au pire, elle était un peu dérangée. Au mieux, elle… disait la vérité ?

Il en était revenu à la case départ !

Que devait-il en conclure, si elle disait la vérité ?

— Je vous prie de m'excuser un instant, dit-il en sortant son téléphone de sa poche.

Il consulta les derniers SMS reçus. Les deux derniers étaient de Jones, qui lui annonçait dans le premier qu'il était arrivé et qu'il louait une voiture, et dans le second qu'il avait embarqué à bord du ferry et serait dans moins d'une heure à l'adresse que Cooper lui avait indiquée.

Ce dernier message ayant été envoyé une heure plus tôt, le dénouement était proche.

Si Nell mentait, ou si elle divaguait, l'arrivée de son frère allait enfin permettre de clarifier les choses.

Si au contraire elle disait vrai, cela risquait de très mal tourner. Parce que, dans ce cas, Cooper aurait été pris pour un imbécile.

— Nell, écoutez-moi…

Elle avait empoigné son sac de voyage et glissé la courroie autour de son épaule.

— Non. Vous n'avez pas arrêté de me mentir.

Il ouvrit la bouche pour protester puis renonça. Il avait menti par omission, ou par obligation, mais quelle importance puisque le frère de Nell allait arriver d'une minute à l'autre ?

Son frère… ou quelqu'un d'autre.

Cooper réfléchissait. Ses neurones s'agitaient. De deux choses l'une. Ou son frère avait raison, et elle racontait n'importe quoi. Cette version était la plus plausible, d'une part parce qu'il avait lu les articles publiés dans les journaux, d'autre part parce que au téléphone Jones lui avait fait bonne impression. Cooper savait cependant que le premier son de cloche était toujours celui auquel on avait tendance à se fier.

Ou alors elle disait la vérité. Et, dans ce cas, elle l'avait échappé belle, et il l'avait mise dans le pétrin. Sans compter que, si elle disait la vérité, il ne savait plus qui était qui.

Qui l'avait engagé, par exemple ?

Une portière de voiture claqua. Les doigts crispés sur la lanière de son sac, Nell se figea, en proie à la panique. Elle avait peur mais, en même temps, elle ne pouvait s'empêcher d'espérer. Il le voyait à son visage tendu.

— Nell…

— Espèce de salaud ! lança-t-elle entre ses dents serrées.

Elle regardait en direction de la fenêtre. Il ne savait pas si elle s'adressait à lui ou si elle parlait de l'homme qui avançait vers le cottage. Elégant dans son costume sur mesure et son manteau de cachemire noir, le visiteur avait la démarche d'un homme qui domine et dirige le monde.

Du charme, du charisme et du pouvoir.

Cooper comprit qu'il s'était fait avoir.

— Je vous déteste, lança Nell d'une voix sourde. Vous étiez au courant, n'est-ce pas ? Vous saviez que mon frère était mort, mais vous vous êtes servi de lui pour me piéger.

— Je ne savais pas, protesta-t-il. Jamais je n'aurais pensé…

Elle n'écouta pas ses piètres explications. Elle fit volte-face et se dirigea vers la fenêtre qui donnait sur l'arrière. Elle l'ouvrit et fit passer son sac de l'autre côté.

Mais l'homme au costume entra avant qu'elle ait le temps d'enjamber le rebord de la fenêtre. Il ne fit pas attention à Cooper : seule Nell l'intéressait. Lorsqu'elle se retourna vers lui, ses yeux lançaient des éclairs.

— Tu t'en vas déjà, ma chérie ?

L'homme s'avançait vers elle. D'instinct, Cooper lui emboîta le pas. Cet homme n'était assurément pas le frère bien-aimé de la jeune femme. Il en avait maintenant la certitude. Et cela expliquait pourquoi il s'était brusquement mis à lui envoyer des SMS. Il craignait que Nell n'entende sa voix et ne le reconnaisse, s'il téléphonait.

— Grand Dieu ! Tu as l'air d'une péquenaude comme ça.

— Va au diable !

Cooper avait rejoint la jeune femme, qui fusillait son mari des yeux.

— Quel langage ! s'écria celui-ci. C'est d'un vulgaire ! Je n'ai jamais réussi à te rendre distinguée. Dès que nous serons rentrés, il faudra tout reprendre de zéro.

— Je ne rentrerai pas. Tu es un meurtrier et un menteur.

— Du calme, Nell, murmura Cooper en se plaçant ostensiblement à côté d'elle, face au mari sarcastique.

Il voulait qu'elle sache qu'il était de son côté, au propre comme au figuré, mais le regard qu'elle lui lança n'était pas très encourageant.

— Tu vas rentrer bien gentiment à la maison. Tu es ma femme et, à ce titre, tu dois m'obéir.

— Je te rappelle que j'ai demandé le divorce.

Il esquissa dans l'air un geste agacé de la main.

— Ce n'était pas très malin, il faut bien l'avouer. Mais il y a belle lurette que la requête est partie à la poubelle. Dès notre retour, j'annoncerai publiquement que je t'ai pardonné ces mois d'angoisse et je te ferai suivre par les meilleurs spécialistes. Je m'occuperai bien de toi, tu verras.

— Quelle grandeur d'âme ! ironisa Nell.

— Absolument. C'est ce que tout le monde pensera. Ma cote va grimper.

Quel sale type ! songea Cooper. Nell n'avait pas exagéré.

— Si tu crois que je vais marcher dans tes combines, tu te trompes !

— Tu seras bien obligée, si tu ne veux pas que je révèle que c'est toi qui as tiré sur ton frère et qu'en bon époux que je suis je me suis dénoncé à ta place. Je craignais que la prison ne te soit fatale, compte tenu de ta fragilité psychologique. Là encore, je ne peux que m'attirer la sympathie.

Cooper jeta un regard à Nell. Si elle n'avait pas prédit que son mari chercherait à tout lui mettre sur le dos, peut-être Cooper aurait-il gobé son histoire. Ce type savait s'y prendre pour embobeliner les gens.

Et pas seulement les gens. Il était passé au détecteur de mensonges !

— Ça suffit ! intervint Cooper.

Brown le regarda comme s'il venait de s'apercevoir de sa présence. Tentant de faire oublier ses menaces, il haussa les épaules.

— Ce ne sont que des mots. J'ai tendance à me laisser emporter, expliqua-t-il avec un sourire enjôleur. Laissez-moi vous remercier pour votre excellent travail et vous présenter des excuses pour ce retard indépendant de ma volonté.

— Vous n'êtes pas Tristan Jones.

L'homme balaya cette objection d'un revers de main.

— Je vous paierai ce que je vous dois, n'ayez crainte.

— Vous m'avez menti. Du début à la fin.

— Et alors ? Où est le problème, tant que vous êtes payé ?

— C'est ignoble.

Cooper n'était pas certain que *tout* ce que lui avait dit Nell était vrai, mais ce qui était sûr, c'était que son mari était un sacré menteur. Et peut-être aussi un tueur.

— Elle n'ira nulle part tant que je n'aurai pas tiré l'affaire au clair, reprit-il.

— Dois-je vous rappeler que vous travaillez pour moi ?

— C'est faux.

Visiblement, Brown n'avait pas l'habitude qu'on lui tienne tête.

— C'est Tristan Jones qui m'a engagé.

— Un mort ? fit Brown en ricanant.

Sentant que la jeune femme, à côté de lui, s'était raidie en entendant son mari confirmer brutalement le décès de Tristan, Cooper s'en voulut de lui avoir donné de faux espoirs. Elle ne disait rien, mais elle avait l'air très abattue. Il craignait qu'elle ne fasse une bêtise ou ne se mette en danger.

— J'ai été engagé par un imposteur. Un menteur qui a usurpé l'identité d'un mort. C'est ignoble et parfaitement immoral. Je n'ai donc plus aucune obligation envers vous.

— Qui êtes-vous pour me faire la leçon ? riposta Brown d'un ton sarcastique. Vous vous prenez pour un preux chevalier volant au secours d'une gente demoiselle ?

Sachez qu'elle est loin d'être gentille. Quant à être une demoiselle… Encore qu'elle ait très peu d'expérience. Au lit, elle est vraiment nulle.

Nell ne cilla pas. Cooper en conclut que ce n'était sans doute pas la première fois qu'elle entendait son mari l'humilier de la sorte.

— Quel parfait gentleman ! ironisa à son tour Cooper.

— Pensez ce que vous voulez. Nous partons, déclara Brown.

— Je crains qu'il ne vous faille attendre l'arrivée de la police.

Brown éclata de rire.

— A quoi bon ? dit Nell en secouant la tête. Appeler la police ne servirait à rien. Quand ils sauront qui il est, quels appuis il a, quelle personnalité est prête à intervenir en sa faveur, les flics le laisseront faire ce qu'il veut.

— Les flics ne mangent pas tous de ce pain-là, répliqua Cooper.

— Si c'est ce que vous croyez, vous êtes un imbécile et vous ne valez pas mieux qu'elle, déclara Brown. Or j'en ai assez des imbéciles. Ça suffit. On s'en va.

En le voyant faire un pas vers Nell, Cooper comprit qu'il allait devoir agir. Cet individu n'emmènerait Nell nulle part tant que la vérité ne serait pas clairement établie.

Mais il ne serait pas facile de lui faire entendre raison. Sans doute allait-il falloir employer la manière forte…

19

Lorsque Cooper fit mine de s'interposer entre eux, Jeremy se figea et reporta son attention sur lui. Nell l'avait déjà vu à l'œuvre : elle savait qu'il chercherait à se le mettre dans la poche.

Mais Cooper semblait totalement insensible à son charme.

Peut-être Jeremy n'avait-il pas jugé nécessaire de lui sortir le grand jeu. Après tout, Cooper était à son service. Il n'avait pas de comptes à lui rendre. Il ne s'attendait pas à ce que Cooper lui reproche de lui avoir menti.

C'était bizarre qu'il n'ait pas mieux préparé son coup, lui qui était d'habitude si prévoyant. Il se moquait bien sûr des dommages collatéraux. Et du fait que Cooper ait lui-même été obligé de lui mentir depuis le début.

— Allons, allons, on se calme, dit Jeremy en se ressaisissant.

— Vous le premier, suggéra Cooper.

— Je reconnais m'être un peu énervé. Mais admettez qu'il y a de quoi. Cette femme pousserait à bout le plus patient des hommes.

Il se tourna vers elle, affichant de nouveau son air suffisant.

— Allez, viens, Tanya.

— Nell. Je m'appelle Nell, maintenant.

Elle se sentit ridicule de l'avoir repris là-dessus, mais ça avait été plus fort qu'elle.

— C'est encore pire que Tanya, lâcha Jeremy d'un ton

méprisant. Je déteste ces noms qui passent de génération en génération.

— En dehors de toi, je ne sais pas ce que tu ne détestes pas !

— Merci pour cette brillante analyse, dit Jeremy d'un ton railleur.

— Si je suis si bête que ça, pourquoi tiens-tu tellement à ce que je rentre avec toi ?

— Parce que tu risques de me nuire. Tu vas faire ce que je te dis. Je ne te laisserai pas anéantir mes plans.

— Tu n'as pas besoin de moi.

— Mais si. Dans la politique, c'est l'image qui compte, et l'impression qu'elle donne. Tu fais partie du tableau d'ensemble. Que tu le veuilles ou non. Il faut donc que tu reviennes et que tu te tiennes tranquille.

— Il n'en est pas question.

Jeremy fit comme s'il n'avait pas entendu.

— Cette coupe de cheveux est ridicule. Et cette couleur ne te va pas du tout. Mais, une fois que tu seras allée chez le coiffeur et que tu seras débarrassée de ces horribles lunettes, tu seras de nouveau présentable.

— Un accessoire. Voilà ce que j'ai toujours été, n'est-ce pas ?

— Oui, et alors ? Pourquoi t'ai-je choisie, à ton avis ? Parce que tu étais malléable à souhait. Avec un peu de bonne volonté, tu feras une excellente première dame.

— Tu n'as pas peur que je dévoile le pot aux roses ?

— Tu passerais pour une folle. Et moi, pour un saint homme de te supporter malgré tes crises de démence. Bon gré mal gré, il faudra que tu la fermes.

Cooper avait gardé le silence pendant cet échange. Imperceptiblement, il s'était petit à petit rapproché d'elle, remarqua Nell. Mais, n'osant plus faire confiance à personne, elle recula vers la fenêtre, à travers laquelle

elle espérait encore pouvoir s'échapper. A la première occasion, elle filerait.

— Tu n'as pas peur que je dise des choses embarrassantes ou compromettantes ? demanda-t-elle pour faire diversion.

— Non, parce que tu ne feras aucune déclaration spontanée.

— Tu vas m'acheter un prompteur et je réciterai bien gentiment mon texte, c'est ça ?

Il leva la main. Une fraction de seconde, elle crut qu'il allait la gifler. Dans un réflexe d'autodéfense, elle prit un soliflore qui traînait sur le guéridon et le lui jeta à la figure. Machinalement, il se baissa pour l'éviter. Elle en profita pour se retourner vers la fenêtre et plonger.

Elle atterrit au milieu d'un parterre de fleurs, juste à côté de son sac. Elle se releva en vitesse, empoigna celui-ci et fila.

Elle entendit Jeremy crier. Elle courut jusqu'à l'allée, dans laquelle elle avait laissé la voiture de Riley. Mais une berline gris métallisé portant le macaron d'un loueur de voitures bloquait le passage, l'obligeant à revoir ses plans.

Il y avait bien la moto de Cooper mais elle n'avait jamais conduit ce genre d'engin.

Il ne lui restait plus qu'à prendre ses jambes à son cou.

Elle s'apprêtait à foncer vers la route lorsqu'elle entendit Roger ouvrir sa porte. Elle se retourna pour lui crier de rester à l'abri.

Trop tard !

Comme dans un effroyable cauchemar, elle vit Roger sortir de chez lui.

Et elle sentit une main qui l'agrippait par-derrière.

20

— Lâchez-moi !

Cooper savait que Roger devait se demander ce qui se passait. Mais il n'avait pas le temps de lui donner des explications. Il fallait qu'il empêche Nell de partir.

— Lâchez-moi tout de suite ! ordonna la jeune femme en se débattant comme une diablesse.

— Pas avant que vous ne vous soyez calmée et que vous ne m'ayez écouté.

— Me calmer ? Avec l'autre furieux qui va arriver d'une seconde à l'autre ?

Elle cherchait à lui échapper mais il tenait bon. Il ne voulait pas qu'elle disparaisse de nouveau. Il voulait s'assurer qu'elle ne risquait rien. Et il était curieux de connaître le fin mot de l'histoire. C'était la première fois qu'une de ses enquêtes prenait un virage à cent quatre-vingts degrés.

— Cooper Grant, je vous ordonne de la lâcher, cria Roger du haut des marches.

Tout vieux qu'il était, le bonhomme était un adversaire bien plus redoutable que Jeremy Brown. Il était sec, tout en muscles et en nerfs, alors que dans son costume sur mesure Brown avait l'air d'une mauviette.

— Tout va bien, Roger, assura-t-il en levant sa main droite dans un geste d'apaisement. Il ne va rien se passer avant au moins quelques minutes.

— Vous nous avez bien eus, Nell et moi, fit Roger.

— Quelques minutes ? s'étonna Nell.

— Je l'ai attaché avec un des T-shirts que vous aviez laissés.

Il passa sous silence la bagarre. Et ne lui dit pas non plus que, s'il ne s'était pas retenu, il ne se serait pas contenté de neutraliser Brown. Il lui aurait cassé la figure. Il avait horreur qu'on le prenne pour un imbécile. Sans compter le calvaire que ce salaud avait fait subir à Nell.

— Mais il ne restera pas attaché longtemps. Nous ferions mieux d'appeler le shérif.

— Non ! Il n'arrivera pas à temps, et de toute façon ce n'est pas moi qu'il croira mais Jeremy. Comme d'habitude. Laissez-moi partir, je vous en prie !

— D'accord, dit Cooper du ton résolu d'un homme qui devait se décider très vite. Mais le temps que nous dégagions ce véhicule, ajouta-t-il en désignant de la pointe du menton la voiture que Brown avait laissée de toute évidence intentionnellement en travers de l'allée, il sera là.

— Que faire, alors ?

— Le *Peacemaker*. Nous allons prendre le *Peacemaker*. Vous lui échapperez plus facilement. Avec un peu de chance, il n'a peut-être même pas remarqué le bateau.

— Vous croyez que je vais vous faire confiance et monter à bord avec vous ?

— Vous avez autre chose à proposer ? Cette fois, au moins, vous ne partirez pas seule. A bord, nous aurons tout le temps de réfléchir à un plan d'action.

Elle était tentée d'accepter mais hésitait encore à lui accorder sa confiance.

— Le temps presse, Nell. Il va se détacher et quand il sera là…

Elle lança un regard dans la direction de Roger, qui ne les avait pas quittés un seul instant des yeux. D'un hochement de tête, elle lui indiqua que tout allait bien.

— C'est bon, Roger. Il est de mon côté. Et prêt à m'aider.

— Il a ligoté le lascar. Je suppose qu'on peut lui faire confiance.

— Merci, dit Cooper en s'emparant du sac de la jeune femme. Nous ferions mieux de filer. Quand il verra que nous ne l'avons pas attendu, il risque de vous poser des questions, ajouta-t-il en se tournant vers Roger. Vous le reconnaîtrez sûrement : il a un œil au beurre noir.

— Je me charge de M. Brown, répondit Roger avec un sourire. Je sais très bien jouer les vieillards sourds et séniles.

— Je n'en doute pas une seconde ! s'exclama Cooper en lui rendant son sourire.

— Mais, avant qu'il ne se pointe, je vais rentrer la moto dans le garage. Il l'a sûrement vue, quand il est arrivé. Je lui ferai croire que vous êtes partis à moto. « Cette saleté de bécane, je suis bien content d'en être débarrassé ! » maugréa-t-il en endossant à la perfection son rôle de vieux grincheux.

Cooper salua sa prestation d'un grand sourire.

— Roger, ça a été un vrai plaisir de vous connaître.

— J'espère que je n'aurai pas à regretter de vous avoir rencontré, dit Roger, redevenu sérieux.

Un bruit leur fit tourner la tête en direction du cottage. Suivi par une bordée d'injures. Cooper vit la panique se peindre sur le visage de Nell. Son seul souci désormais étant de la protéger, il renonça à appeler la police. Il devait l'aider à s'enfuir. Il ne pouvait pas la trahir.

Pour le reste, ils aviseraient plus tard, une fois qu'elle serait à l'abri.

— On va contourner la serre, indiqua-t-il à la jeune femme.

Comme tétanisée, elle hocha la tête.

Il la prit par la main et ils se mirent à courir comme des dératés en direction du quai et du *Peacemaker*. Nell s'empressa d'exécuter ses ordres, défaisant fébrilement les amarres pendant qu'il sautait à bord et fonçait démarrer le moteur. Puis elle grimpa à son tour en ramenant les cordages du mieux qu'elle pouvait. Ils auraient le temps plus tard de les enrouler correctement.

Ils avaient paré au plus urgent. Le *Peacemaker* quittait son mouillage avec eux à son bord. Et vogue la galère !

N'ayant jamais beaucoup navigué, Nell ne connaissait pas grand-chose aux bateaux. A en juger par l'air concentré de Cooper, sortir du port n'avait rien d'évident. Mais il semblait sûr de lui. Ses grandes mains carrées autour de la barre manœuvraient avec aisance. Il connaissait son affaire.

Lorsqu'ils eurent gagné la baie, qui débouchait dans le Puget Sound, le vent se leva et il se mit brusquement à faire frisquet. Le départ avait été si précipité que Nell n'avait pas eu la présence d'esprit de prendre son blouson. Elle frissonnait, même à l'abri dans le poste de pilotage.

— Il doit y avoir une parka dans le casier qui se trouve derrière vous, lança Cooper par-dessus son épaule.

Elle batailla pour ouvrir ledit casier mais, une fois qu'elle eut enfilé la parka, elle se sentit nettement mieux. Elle ne pouvait cependant s'empêcher de marcher de long en large, comme chaque fois qu'elle était préoccupée. Elle craignait d'agacer Cooper mais elle était incapable de rester en place.

Du coin de l'œil, elle guettait sa réaction. Pour l'instant, il ne semblait pas particulièrement gêné par ses allées et venues. Mais peut-être n'osait-il pas lui dire de se tenir tranquille. Il savait qu'elle avait besoin de réfléchir.

Il y avait un second fauteuil en face de la barre. Elle faillit aller s'y asseoir puis se ravisa, préférant continuer à faire les cent pas. Etait-ce là que la mère de Cooper s'asseyait quand son père était à la barre ? se demanda-t-elle en l'observant. Que de souvenirs il devait avoir dans ce bateau…

— En bas, dans la cuisine, dit-il soudain, il y a des M & M's.

— Merci, je n'ai pas faim.

— Je m'en doute. Mais vous devriez en manger quelques-uns avant que le contrecoup ne se fasse sentir.

— Quel contrecoup ?

— Après un stress, lorsque l'adrénaline reflue, on passe souvent par une période d'abattement.

— Je vois. Il y en a qui mangent des Mars dans ces cas-là. Vous, ce sont des M & M's si je comprends bien ?

Il haussa les épaules, un petit sourire aux lèvres.

— A chacun son péché mignon, dit-il.

— Vous les préférez de quelle couleur ?

— Je les aime tous, déclara-t-il avec une franchise désarmante. Ce qui compte, c'est la manière de les manger.

— Parce qu'il y a plusieurs manières de les manger ?

— Oui, bien sûr. On peut les engouffrer par poignées entières et les avaler quasiment tout ronds. C'est nul.

— Et quelle est la bonne manière, d'après vous ?

Cette conversation l'amusait énormément et elle adorait le voir sourire.

— Il faut les manger un par un. Et prendre le temps de les déguster. On brise l'enrobage d'un coup de dent et on s'attaque au cœur.

C'est un peu ce que vous avez fait avec moi ?

Cette pensée s'imposa brusquement à elle, comme si elle infusait depuis un moment dans son esprit.

Il accomplissait une mission. Tu étais sa cible. Rien de plus.

Mais, si tel était le cas, pourquoi lui avait-il proposé de l'aider ? Que faisaient-ils là tous les deux, sur son bateau ?

Toutes ces questions la rendaient encore plus nerveuse. Pour se donner une contenance, elle se décida à descendre dans la cabine, qui se révéla bien plus spacieuse qu'elle ne le pensait. Elle était accueillante et décorée avec goût.

Partout il y avait des boiseries, et le plancher était recouvert d'un joli tapis découpé de manière à épouser la forme des casiers, sous les sièges, et la base du grand mât, qui se dressait au centre du bateau.

Sur le comptoir de la cuisine, elle remarqua tout de suite le paquet de M & M's. L'évier, le réfrigérateur, le four à micro-ondes étaient comparables à ceux de n'importe quelle habitation standard. Il y avait même un lave-vaisselle. Et, plus surprenant encore, un compacteur de déchets. Mais cela semblait indispensable quand on restait en mer longtemps. Tout cela lui rappelait l'intérieur des grands camping-cars qu'elle avait vus dans des foires-expositions.

Elle prit le paquet de bonbons et regagna le poste de pilotage. Cooper se servit et procéda exactement comme annoncé pour les manger. Nell n'en avait toujours pas envie mais, craignant le contrecoup qu'il lui avait prédit, elle l'imita.

— Roger est un dur à cuire quand les circonstances l'exigent, vous ne trouvez pas ? dit Cooper, au bout d'un moment.

Elle sourit.

— Roger a plus d'un tour dans son sac. C'est quelqu'un de formidable. A propos, Jeremy vous a frappé, tout à l'heure ?

— Pensez-vous ! Ce gars-là est un bureaucrate. Il n'avait jamais reçu un coup de poing de sa vie.

— J'ai l'impression que j'ai raté quelque chose.

Il lui décocha ce sourire irrésistible dont il avait la spécialité.

— Il est tombé comme un sac de riz. Il m'a donné

moins de fil à retordre que certains saumons qu'il m'est arrivé de pêcher.

Elle se mit à rire. Puis se tut brusquement, honteuse d'oser plaisanter alors que sa situation était pour le moins critique.

Cooper se retourna pour la regarder. Cette fois, il ne fit pas que lui jeter un coup d'œil. Il la contempla longuement. Elle se sentit fondre sous son regard.

— C'est comme ça que je vous aime, souffla-t-il.

Ces mots lui mirent du baume au cœur et firent disparaître comme par magie son anxiété. Cela n'avait évidemment pas grand-chose à voir avec le fait qu'ils se trouvaient maintenant en haute mer, et que Jeremy ne risquait pas de les rattraper. Cet état de grâce, elle savait qu'elle le devait à Cooper. Son sauveur.

Eperdue de gratitude, elle restait debout à côté de lui tandis qu'il tenait la barre. Le paysage la fascinait bien moins que son visage. Cependant, lorsqu'elle s'aperçut que la terre était à présent très loin derrière eux, elle sentit poindre en elle une légère appréhension.

Cooper, à qui on ne pouvait décidément rien cacher, se rendit compte tout de suite que quelque chose n'allait pas.

— Rassurez-vous, ce bateau est fiable, malgré son âge. Et nous ne sommes pas vraiment en haute mer.

— Ah bon ? dit la jeune femme, tout étonnée.

— Attention, je ne dis pas que le détroit compte pour du beurre. Il est large, profond et très, très froid. Mais cela n'a rien à voir avec le grand large proprement dit. C'est très impressionnant de se retrouver au milieu de nulle part et de naviguer pendant des jours et des semaines sans rien voir d'autre que l'océan à perte de vue.

Elle réprima un frisson, qui redoubla lorsque la houle augmenta et qu'il lui fallut se retenir d'une main au tableau de bord.

— Cela vous est déjà arrivé ?

— Une fois ou deux. Mais c'est une expérience frustrante quand on a un bateau à moteur parce qu'on reste tributaire des ports, malgré tout. Il faut bien faire le plein de temps en temps. L'idéal, c'est un voilier, équipé d'un moteur.

— Logique.

— La logique ne suffit pas. Il n'y a pas plus imprévisible que l'océan, vous savez. Mais je ne m'aventure plus guère au large. Je fais plutôt du cabotage. C'est très tendance, paraît-il. Je passe pour un écolo.

Ecolo ? songea la jeune femme en se raidissant. Son frère l'avait surnommée Miss Ecolo parce qu'elle rejetait à l'eau les poissons qu'elle pêchait. Cooper, qui l'avait sans doute appris de la bouche de Jeremy, s'était servi de ce souvenir pour la manipuler. Et ça, elle n'était pas près de l'oublier.

Machinalement, elle recula d'un pas. Mais cela ne servait à rien puisqu'elle n'irait nulle part. Elle était prisonnière. Quant à sauter par-dessus bord, à moins d'être suicidaire, ce n'était pas la peine d'y penser. Dans l'eau glaciale du détroit, sans combinaison, elle ne tiendrait pas longtemps.

Elle commençait à se demander si, en s'enfuyant, elle ne s'était pas jetée dans la gueule du loup.

Les intentions de Cooper à son égard n'étaient pas claires. Sur ce bateau, en pleine mer, elle n'avait aucune chance de lui échapper s'il était mal intentionné.

D'elle, il ne ferait qu'une bouchée.

21

Le pilotage du bateau ne requérant visiblement plus toute son attention, Cooper lui jeta un regard oblique. Elle ne sut comment l'interpréter mais comprit que quelque chose le chagrinait.

— Vous recommencez à vous méfier de moi ? demanda-t-il.

Elle recula encore, mais plus ostensiblement cette fois.

— Comment faites-vous pour deviner ce qui se passe dans la tête des autres ?

— Il suffit d'ouvrir les yeux. Les gestes, l'expression du visage sont très révélateurs. Et puis, ajouta-t-il avec un sourire narquois, vous mentez très mal.

— Contrairement à vous !

Il regarda de nouveau droit devant lui, attentif à tout écueil susceptible d'endommager la coque du navire.

— Dans ce métier, on peut difficilement faire autrement, dit-il d'un ton maussade. Mais, la plupart du temps, ça ne me dérange pas.

La plupart du temps ? Fallait-il en conclure que, dans ce cas précis, ça le dérangeait ? Devait-elle le croire ?

Pourquoi jouirait-elle d'un statut particulier ?

Il ne fallait pas rêver !

Au lieu de se bercer d'illusions, la jeune femme préféra se concentrer sur les questions restées sans réponse.

— Vous avez dit que vous étiez une sorte de détective privé. Qu'entendez-vous par là ?

— Je suis détective à mes heures. Ce n'est pas un métier que j'exerce à temps plein. Je n'ai pas pignon sur rue et je ne suis pas référencé dans les pages jaunes de l'annuaire téléphonique.

— Comment les gens savent-ils, en ce cas ? Comment trouvez-vous vos clients ?

— Par le bouche-à-oreille. Ma publicité, ce sont mes anciens clients qui me la font. Il suffit qu'un flic parle de moi à un de ses collègues, qui à son tour passera le message à quelqu'un d'autre, et ainsi de suite. Cela va très vite.

— Les flics vous envoient des clients ?

Il acquiesça.

— Même ceux qui ne vous connaissent pas ?

— Oui. Certains d'entre eux connaissaient mon père, expliqua-t-il. Ou ont entendu parler de lui. Pour beaucoup, le fait que je sois le fils d'un policier mort dans l'exercice de ses fonctions est un gage de confiance.

Etait-ce là une pique qui la visait ?

— Autrement dit, il faudrait que je vous fasse confiance, moi aussi, malgré tous les bobards que vous m'avez racontés, sous prétexte que votre père était un type bien ?

Cette fois, il ne chercha pas à se disculper.

— Je vous ai bien fait confiance, moi, dit-il en la fixant d'un air grave, presque solennel.

— Comment cela ?

— Vous m'avez dissuadé d'appeler le shérif, tout à l'heure. J'aurais pu écouter mon instinct, mais c'est vous que j'ai écoutée.

Elle n'y avait pas pensé, mais force lui était d'admettre qu'il avait raison. Il l'avait crue quand elle lui avait dit que Jeremy se débrouillerait pour embobeliner les policiers.

E, du coup, il l'avait aidée à fuir. Après s'être interposé entre Jeremy et elle lorsque la confrontation avait tourné au vinaigre. Il fallait reconnaître aussi qu'il avait changé de camp relativement vite.

Mais peut-être sa loyauté avait-elle basculé dès la semaine dernière, lorsqu'il était entré pour la première fois au Waterfront.

— Oui, en effet, dit-elle avec un temps de retard. Je vous en suis très reconnaissante.

— Alors qu'est-ce qui ne va pas ? insista Cooper avec douceur. J'ai dit quelque chose qui a réactivé votre méfiance. Mais quoi ?

Il méritait de savoir, songea-t-elle.

— C'est quand vous avez parlé d'écolo. Cela m'a rappelé mon frère. Comment saviez-vous qu'il m'appelait Miss Ecolo ?

— C'est… mon client qui me l'a dit.

Elle remarqua son hésitation. Il n'avait pas dit « votre mari », ni même « Jeremy ».

— Mais comment le savait-il ? Personne ne le lui avait jamais dit.

— Vous en êtes sûre ?

— Tris n'aimait pas Jeremy. Je l'imagine mal lui racontant l'histoire des poissons que je remettais à l'eau. Quant à moi, je suis absolument certaine de ne jamais lui en avoir parlé. Cela ne concernait que Tris et moi.

— Votre frère vous a peut-être appelée Miss Ecolo devant lui ?

— Cela m'étonnerait. Il ne le faisait que quand nous étions seuls et que nous évoquions le bon vieux temps.

— Ce que vous appelez le bon vieux temps, c'est quand vous aviez encore vos parents ?

Elle fut touchée par sa douceur et sa délicatesse. Seule une personne qui avait vécu les mêmes choses pouvait montrer une telle empathie.

— Oui, répondit-elle dans un souffle.

— Quand votre frère a-t-il utilisé cette épithète pour la dernière fois ?

Elle s'en souvenait parfaitement, aussi n'eut-elle pas à réfléchir longtemps.

— Dans un e-mail. Le jour de l'anniversaire de maman.

— Votre mari a très bien pu lire cet e-mail.

— Non, parce qu'il ne connaissait pas mon mot de passe et que…

Elle s'interrompit tout net, consciente de sa naïveté.

— Bien sûr. C'est forcément comme ça qu'il l'a su.

— Il n'a sans doute même pas eu besoin de votre mot de passe. Il existe des programmes qui permettent de savoir tout ce qui se passe sur un ordinateur. Ils servent essentiellement au contrôle parental.

Elle fit la grimace. Jeremy l'ayant toujours considérée comme une enfant, il était tout à fait capable de l'avoir espionnée. Et dire qu'elle ne s'était jamais doutée de rien !

— Il devait voir tout ce que je faisais. Je suis vraiment trop bête ! gémit-elle.

— La naïveté n'a rien à voir avec la bêtise, Nell.

Elle sentit au ton de sa voix qu'il était à cran.

— Vous êtes en colère, fit-elle.

— Je ne supporte pas d'avoir été pris pour un imbécile. Et je m'en veux d'avoir tout gobé sans broncher. Vous voyez, moi aussi, je suis naïf. Et pas qu'un peu !

Il l'avait presque convaincue de sa bonne foi.

— Si je l'avais vu, si je lui avais parlé de vive voix, reprit Cooper, je me serais peut-être douté de quelque chose. Mais tout s'est passé par téléphone, puis par e-mail et par SMS.

Il y avait dans sa voix une telle contrition qu'elle se sentit obligée de le consoler.

— Pas sûr. Jeremy est très, très habile.

— Tout à l'heure, pourtant, il a perdu la face.

— C'est bien la première fois que je le vois tomber le masque devant un étranger. Il devait être tellement occupé à me détester qu'il a baissé la garde sans s'en rendre compte.

— Ce qu'il déteste surtout, c'est que vous vous soyez enfuie. Loin de lui et de sa tyrannie.

Bizarrement, ces paroles la réconfortèrent. A tout prendre, elle préférait que Jeremy la déteste pour ce qu'elle avait fait, plutôt que pour ce qu'elle était. Parce que, pour qu'elle ait réussi à lui faire perdre la face, il fallait que cette haine soit terrible.

— Je suis désolé, Nell. Mais peut-être devrais-je dire Tanya ?

— Je préférerais qu'on ne m'appelle plus jamais Tanya. Mais de quoi êtes-vous désolé ?

— D'avoir pris tout ce qu'il me disait pour parole d'évangile. De ne pas avoir cherché à en savoir plus. Je vous ai fait vivre un enfer en soutenant mordicus que votre frère n'était pas mort. Et ça, je crois que je ne me le pardonnerai jamais.

Les mots avaient jailli avec une telle fluidité qu'elle en conclut qu'il devait les avoir sur le cœur depuis un bon moment. Son mea culpa la toucha.

— Le fait qu'il veuille vous annoncer lui-même la nouvelle ne me plaisait qu'à moitié, poursuivit Cooper. Mais il avait fini par me convaincre que vous refuseriez de me croire si je vendais la mèche. Il tenait à vous faire la surprise. Je m'en serais voulu de lui gâcher ses effets.

Dans sa fureur, elle n'avait pas réfléchi à tout cela. C'est vrai que, vue sous cet angle, sa faute lui paraissait beaucoup moins grande. Outre l'humilité et le regret, elle perçut dans sa voix une espèce d'autocritique qui acheva de dissiper la colère qu'elle ressentait à son égard.

— Il est très convaincant.

— Et j'étais censé exécuter ses ordres.

Il ne pouvait pas savoir. Et, s'il ne lui avait rien dit, c'était effectivement pour ne pas contrevenir aux ordres de son client. C'était aussi parce qu'il croyait bien faire.

Elle s'aperçut soudain qu'ils avaient changé de direction. Cooper avait viré à bâbord. A gauche. Les mots *tribord* et *droite* ayant tous deux un « r » dans la première syllabe, lui avait un jour fait remarquer son père, impossible de se tromper. Cette astuce mnémotechnique s'était effectivement révélée infaillible. Jamais plus elle n'avait confondu.

— Où allons-nous ? demanda-t-elle, complètement désorientée.

— Là où nous étions avant que vous ne vous mettiez en pétard contre moi.

Sa réponse était formulée bizarrement. Nell en fut un instant décontenancée. Si elle n'était pour lui qu'une simple mission, pourquoi ses mouvements d'humeur l'affectaient-ils autant ?

Cette question méritait réflexion. Mais elle différa le moment de se colleter avec ce terrible casse-tête car elle venait de se rendre compte qu'ils approchaient du pont flottant de *Canal Hood*.

— Nous regagnons le parc d'Etat ?

— Nous n'allons pas très loin, oui.

Elle fixait le pont, droit devant eux.

— N'est-il pas censé s'ouvrir quand un bateau passe ?

— Seulement quand il s'agit d'un gros bateau. Ou d'une péniche. Ou encore de l'US Navy.

— Pourquoi avez-vous choisi cet endroit ?

— Le canal est par définition une voie sans issue. Ce n'est sûrement pas là que votre ex viendra nous chercher. L'autre avantage que j'y vois est la proximité de Bangor.

— La base navale ?

Il acquiesça.

— Il faut faire attention à ne pas trop s'approcher si on ne veut pas avoir affaire à l'US Navy. Que Brown s'avise de nous poursuivre en bateau et il verra que ses grands airs et son bagout ne marchent pas à tous les coups.

— Mais nous, comment ferons-nous ?

Cooper haussa les épaules.

— On risque de rencontrer quelques difficultés mais on finira par trouver un endroit où personne ne viendra nous chercher noise. Cela vaut le coup d'essayer, juste pour le plaisir d'assister à la déconfiture de Brown.

Il y avait une telle jubilation dans sa voix qu'elle en eut chaud au cœur. Enfin quelqu'un qui prenait son parti contre Jeremy ! Enfin quelqu'un en qui elle pouvait avoir confiance !

Mais un peu plus tard, une fois le pont franchi, lorsque après avoir jeté l'ancre Cooper lâcha enfin la barre et se tourna vers elle, une sourde appréhension la saisit de nouveau.

— Le moment est venu, dit-il gravement, de me raconter toute l'histoire depuis le début.

Elle n'avait aucune envie de se lancer dans le récit de ses tribulations.

Mais elle n'avait pas vraiment le choix.

22

Cooper avait senti tout de suite qu'il n'avait pas usé sa salive pour rien. Son mea culpa lui avait enfin permis de gagner la confiance de Nell. Et, accessoirement, de soulager sa conscience. Car il en avait assez de traîner comme un boulet les mensonges dont il l'avait abreuvée. Il s'en voulait encore plus depuis qu'il savait que lui-même s'était laissé berner. Sa naïveté impardonnable l'avait poussé à détruire le fragile équilibre que Nell avait trouvé à Port Murphy.

Et tout cela à cause de Jeremy Brown. Ce type était vraiment un salaud, un menteur et un despote. De cela au moins Cooper était sûr. Mais, si Tristan était mort dans les circonstances relatées par Nell, ils avaient affaire à un meurtrier.

Sans compter qu'il t'a manipulé, songea Cooper, haineux.

Son œil au beurre noir, il ne l'avait vraiment pas volé ! S'il avait été moins pressé de rattraper Nell avant qu'elle ne disparaisse de nouveau, Cooper ne se serait probablement pas contenté d'un simple coquard.

Nell l'observait sans rien dire. Mais elle n'avait pas l'air d'en penser moins. Il sentait bien qu'elle restait sur la défensive, malgré tout.

Si elle l'avait suivi, c'était parce qu'elle ne pouvait pas faire autrement. Il n'avait aucun doute là-dessus.

Elle était pelotonnée sur la banquette, tandis que lui s'asseyait dans un fauteuil. Ils auraient pu s'installer sur le pont car il faisait encore relativement doux, mais elle préférait rester à l'intérieur. Ce qu'il comprenait.

C'était plus prudent, même s'il était peu probable que Jeremy ait repéré le bateau. Ou qu'il les ait vus embarquer. Mais même dans ce cas, le bateau étant par chance tourné du mauvais côté, il n'avait pas pu lire son nom. A moins d'y passer beaucoup de temps, il n'avait aucune chance de le reconnaître parmi tous les bateaux qui naviguaient dans le détroit.

— Vous pouvez retirer vos lunettes, dit-il en espérant qu'elle ne s'effaroucherait pas pour si peu. Et vos lentilles de contact. Puisqu'elles ne servent plus à rien.

Elle parut étonnée, puis soulagée, mais semblait hésiter.

— Mais si je dois m'enfuir de nouveau…

Elle se tut lorsqu'elle le vit secouer la tête.

— Cela n'arrivera plus, Nell.

Elle frissonna.

— Vous ne comprenez pas. Jeremy s'est constitué un réseau de personnalités toutes prêtes à se décarcasser pour lui. Il a collecté des fonds pour les plus grands de ce monde. Dans le seul but de s'assurer leur gratitude et de soigner son image.

— Les grands de ce monde, comme vous dites, ne sont pas au-dessus des lois.

Mais elle n'écoutait pas et tremblait à présent de tous ses membres.

— Nell, je vous assure qu'il va devoir payer pour ce qu'il a fait. Dussé-je y consacrer le reste de ma vie, je veillerai à ce que justice soit rendue.

Elle le regarda avec des yeux ronds.

— Pourquoi un tel acharnement ? Simplement parce qu'il vous a menti ?

— C'est une des raisons.

Mais ce n'était ni la seule ni la plus importante.

Elle le regardait fixement, comme si elle cherchait à deviner quelles pouvaient être les autres raisons. Mais il aurait été lui-même bien incapable de les énumérer. Tout cela était si compliqué ! Tout ce qu'il savait, c'était qu'elle comptait désormais à ses yeux plus que n'importe quoi d'autre.

— Il a le bras long, dit-elle. Il s'en sortira toujours.

Constatant qu'aucun de ses arguments ne semblait pouvoir la détourner de son idée fixe, il décida de faire diversion.

— Venez. Je vous offre un tour du propriétaire. Puis je vous laisserai vous installer.

Tout en se levant, elle lui jeta un regard oblique.

— Vous avez l'intention de me garder à bord longtemps ?

— Un certain temps. Ici, vous êtes en sécurité. Nous pouvons partir à tout moment si votre mari venait à retrouver notre trace. Je suppose qu'il a les moyens de lancer des recherches aussi bien en mer que sur terre ?

— Il est riche et n'hésitera pas à tout mettre en œuvre pour me retrouver. Mais il est puissant, surtout. Grâce à ses nombreuses relations.

— Il suffit qu'il décroche son téléphone pour obtenir tout ce qu'il veut. C'est bien cela, n'est-ce pas ?

Elle hocha la tête.

— Exactement.

— Même ici, dans le nord du pays ?

— Oui, hélas.

— Ses relations sont-elles vraiment si haut placées que cela ?

Nell fit la grimace.

— Il a aidé le président dans sa campagne électorale.

Cooper accusa le coup.

— Quand je vous disais que personne ne pouvait rien contre lui ! gémit la jeune femme.

Il la prit par les épaules.

— S'il a commis un meurtre, il paiera. La loi est la même pour tout le monde, croyez-moi.

Elle prit une profonde inspiration mais Cooper sentait ses épaules trembler sous ses doigts. Il l'attira doucement à lui et la prit dans ses bras. Elle se raidit tout d'abord, mais les tremblements cessèrent au bout de quelques instants, et elle finit par se blottir contre lui.

— Vous n'avez plus rien à craindre, murmura-t-il. Je suis là. Je ne vous laisserai pas tomber.

Elle poussa un petit gémissement qui lui donna encore plus envie de la protéger. Dans ses bras, elle semblait si fragile et si vulnérable qu'il avait peine à croire qu'elle ait réussi à s'enfuir et à se cacher aussi longtemps.

Il avait fallu qu'il s'en mêle et vienne tout bouleverser !

A cause de lui, la vie de Nell était de nouveau un enfer.

— Je suis désolé, dit-il tout bas. Sincèrement désolé. Je me suis lancé à vos trousses sans chercher à comprendre. Votre mari m'a bien eu. La coupure de journal qu'il m'a envoyée était pour moi une preuve suffisante de la véracité de ses dires. Si j'avais creusé un peu, j'aurais découvert que…

Il se tut, soucieux d'épargner la jeune femme.

— Que Tris était bien mort ? murmura-t-elle. Je comprends. Je connais Jeremy. Il n'y a pas plus faux et plus hypocrite que lui. Il passe son temps à entourlouper les gens. Vous n'aviez aucune raison de ne pas le croire.

— Cela me changeait de d'habitude. Des adultères et des affaires de drogue. Pour une fois que je devais retrouver quelqu'un dans le but de lui annoncer une bonne nouvelle…

Elle leva la tête vers lui. En voyant ses yeux humides, il comprit qu'elle luttait contre les larmes. Sa force de caractère le toucha encore plus que sa détresse.

Et dire que ce salaud de Brown la lui avait décrite comme étant instable, un peu dérangée et incapable de se prendre en charge !

Il avait essayé de se faire passer pour le grand frère bienveillant, habitué aux excentricités de sa sœur.

Ce type était une ordure de la pire espèce, se dit Cooper en repensant aux ignobles mensonges qu'il avait essayé de lui faire avaler.

— Qu'y a-t-il ? demanda Nell, qui avait dû voir la colère déformer ses traits.

— Les propos que votre mari m'a tenus prennent un sens différent maintenant que je sais qu'il n'est pas votre frère, comme il le prétendait.

Elle poussa un soupir à fendre l'âme.

— Il a dû dire pis que pendre de moi !

— Quand je vous ai rencontrée, que j'ai vu qui vous étiez, je n'ai pas compris. Vous ne ressembliez en rien à la femme qu'il m'avait décrite.

Elle le gratifia d'un regard qui fit battre son cœur à coups redoublés. Il ne méritait pas une telle reconnaissance. Elle le fixait comme s'il s'était conduit en héros. Alors qu'en réalité il avait été complètement idiot.

— Mais je ne parlais pas de ce qu'il m'a dit à votre sujet, reprit-il. Je pensais plutôt à ce qu'il m'a dit à propos de lui.

— De lui ? De Tris parlant de Jeremy ?

Cooper acquiesça.

— Il disait que Jeremy était vraiment un type bien, que le coup de feu était parti accidentellement, et que Jeremy se sentait affreusement coupable.

— Jeremy ne s'est jamais senti coupable de quoi que ce soit, asséna la jeune femme d'un ton sec.

— Il disait que, pour se faire pardonner, Jeremy l'avait fait entrer dans je ne sais quel ministère et que c'était la raison pour laquelle il se trouvait à Londres et ne pouvait venir tout de suite.

— A Londres ! fit Nell d'un air dégoûté. Certains de ses gros clients sont là-bas. Ainsi que sa maîtresse. Ou plutôt une de ses nombreuses maîtresses.

Cooper ne fut aucunement surpris. Cela cadrait avec le personnage.

— Cela expliquait aussi pourquoi ses chèques émanaient d'un compte au nom de Brown & Cie.

— J'espère qu'il vous payait bien.

— Oui. Pour ça, au moins, il ne s'est pas fichu de moi. Mais, pour en revenir à ses déclarations, il prétendait qu'il vous était très attaché et qu'il n'aurait de cesse de vous avoir retrouvée.

— Là, je crois qu'il ne mentait pas, dit Nell d'un ton las. Je pense en effet qu'il remuera ciel et terre pour me retrouver et que jamais il n'acceptera de divorcer.

Il posa une main sur sa tête et la pressa doucement contre sa poitrine. Elle ne se déroba pas.

— Il finira par se faire une raison. Il faudra bien.

— Non, il ne renoncera jamais à moi.

— Bien sûr que si.

Cooper mit dans sa voix toute la conviction dont il était capable.

— Je vais y veiller personnellement, promit-il avec la même solennité que le jour où, sur la tombe de son père, il s'était engagé à prendre soin de sa mère.

Il se devait de protéger Nell maintenant qu'il l'avait mise dans le pétrin. C'était le moins qu'il puisse faire.

Même si, sans lui, Brown l'aurait probablement retrouvée quand même. Car un autre détective se serait chargé du travail. Et Dieu seul savait ce qu'il serait alors arrivé. Cet autre détective aurait laissé Brown faire à sa guise, et à l'heure qu'il était Nell serait de nouveau entre les griffes de ce monstre.

Plutôt que dans ses bras à lui. Blottie contre sa poitrine, tout contre son cœur, qui ne battait plus que pour elle.

Il ne put s'empêcher de resserrer son étreinte.

— Je vais vous débarrasser de lui. Je ne sais pas encore comment, mais je trouverai. Il faudra que vous m'aidiez. Que vous me donniez un maximum d'informations. Je vous garantis que nous allons le faire tomber.

Il vit une petite lueur d'espoir s'allumer au fond des yeux de la jeune femme, qui restait visiblement sceptique.

— Cooper…

— Faites-moi confiance, Nell. Il a beau être haut placé et bénéficier de puissants appuis, sa chute n'en sera que plus rude.

L'espoir illumina le regard de Nell comme un soleil. Cooper en fut tout ébloui.

Incapable de résister plus longtemps à l'attrait qu'elle exerçait sur lui, il prit son visage entre ses mains, pencha la tête et l'embrassa.

23

L'esprit totalement en déroute, Nell entendit un petit gémissement dont elle n'identifia pas tout de suite la provenance. Lorsqu'elle comprit que ce gémissement était le sien, elle songea vaguement que tout cela était très gênant, et qu'il fallait que ça s'arrête, mais elle n'avait ni la force ni l'envie de mettre un terme à ce moment de pure folie.

Son seul désir était au contraire de le prolonger, de rester le plus longtemps possible dans les bras de Cooper et de s'abandonner tout entière à ses baisers.

Il l'avait déjà embrassée, un peu plus tôt dans la journée. Ce premier baiser l'avait bouleversée, mais elle avait mis son trouble sur le compte de la peur et du stress liés à sa fuite.

Elle se trompait.

Cooper lui faisait bel et bien perdre la tête. Pour s'être laissé embarquer par un homme qu'elle connaissait depuis moins de quinze jours, il fallait qu'elle ne soit pas tout à fait dans son état normal. Et même carrément devenue folle… pour tomber dans ses bras et lui abandonner ses lèvres.

Le pire, c'était qu'elle aimait cela et ne cherchait pas à s'en cacher.

Elle adorait sentir ses lèvres impatientes écraser les siennes, son corps fébrile se presser contre le sien, son souffle s'affoler tandis qu'il approfondissait son baiser.

Le peu de lucidité qu'il lui restait cherchait à contrer les effets désastreux du désir incandescent qui s'était emparé d'elle. Mais, dans le feu de la passion, elle était sourde aux avertissements de sa raison, qui tentait de lui rappeler qu'elle avait juré à une époque qu'on ne l'y reprendrait pas. Qu'elle y réfléchirait à deux fois avant de se laisser séduire par qui que ce soit.

C'était sans compter avec Cooper Grant.

Il l'embrassait avec une telle fougue qu'elle faisait à peine attention à cet objet dur, dans son dos, qui exerçait sur sa colonne vertébrale une pression désagréable. Les sensations que faisait naître la langue de Cooper sur ses lèvres attisaient son désir, l'embrasaient tout entière.

Soudain, elle sentit ses mains viriles descendre jusqu'à ses épaules, puis sa taille, autour de laquelle elles se refermèrent, tandis que d'un geste impérieux il la plaquait contre lui.

Nell avait l'impression de ne plus toucher terre. Jamais elle n'avait rien éprouvé d'aussi grisant. Pour lutter contre le vertige, elle avait fermé les yeux, mais elle se sentait comme aspirée dans ce tourbillon de sensations inouïes.

Plus rien au monde n'existait en dehors de cet homme qui la pressait contre lui.

Qui l'*emprisonnait* entre ses bras.

La panique la saisit. Une panique viscérale, totalement irrationnelle. Cooper n'y était pour rien mais elle ne put s'empêcher de le repousser. Comme il ne bougeait pas, ne faisait pas mine de la lâcher, elle faillit se mettre à hurler.

Mais ce ne fut pas nécessaire.

Il recula d'un pas, les mains en l'air, paumes ouvertes et tournées vers elle en signe de reddition. Il avait l'air ahuri de quelqu'un qui ne comprend rien à ce qu'il lui arrive.

Elle se mettait à sa place. Si, comme elle, il s'était laissé emporter par la passion, sa brutale réaction de rejet devait lui faire l'effet d'une douche froide.

N'empêche qu'il l'avait lâchée.

Et voilà que maintenant, par une étrange ironie du sort, elle se sentait terriblement seule et grelottait.

— Je suis désolé, bredouilla-t-il. J'ai cru que… je ne voulais pas. Oh, et puis zut ! Je suis sincèrement désolé.

— Il ne faut pas.

— Non, bien sûr. Cela ne se reproduira pas. Je vous le promets.

— Je voulais dire qu'il ne fallait pas être désolé, précisa Nell.

Il avait l'air complètement éberlué.

— C'était… merveilleux, reprit Nell.

Un vif soulagement se peignit sur les traits de Cooper.

— C'était fantastique, admit-il. Pas très professionnel mais fantastique.

— Professionnel ? Je ne suis pas votre cliente.

— Non, en effet, concéda-t-il. Et Brown non plus, ajouta-t-il d'un ton où perçait la colère. Mon seul client est Tristan Jones. Et je suis persuadé qu'il voudrait que je veille sur sa sœur.

A ces mots, elle se sentit littéralement fondre. Si Cooper les avait prononcés avant de l'embrasser…

— Cooper…, murmura-t-elle en regrettant amèrement de l'avoir repoussé.

Il resta un long moment immobile, à l'observer. Puis il dit très calmement :

— Je croyais que vous m'aviez dit que Jeremy n'était pas violent.

Il cherchait manifestement à comprendre le pourquoi de sa réaction.

— Il ne m'a jamais frappée, déclara-t-elle. Jamais il ne s'abaisserait à faire quelque chose d'aussi vulgaire. Mais il passait son temps à me pousser à bout, à me harceler et à me mettre des bâtons dans les roues. Il prenait un malin plaisir à me rappeler qu'il régentait ma vie. Je ne pouvais rien faire sans son consentement, ni aller nulle part s'il en avait décidé autrement.

Elle vit à l'expression de son visage qu'il comprenait un peu mieux ce qui s'était passé dans sa tête.

— Jamais je ne…

Elle ne le laissa pas finir sa phrase.

— Je le sais bien, Cooper. Ne venez-vous pas de le prouver ?

Il la fixa de nouveau. Ce regard pénétrant, qui semblait lire au fond des âmes, la mettait toujours un peu mal à l'aise.

— Ça a été plus fort que moi, expliqua-t-elle. Vous n'y êtes pour rien, rassurez-vous.

— J'ai cru que ce que je vous faisais vous déplaisait.

— C'était loin de me déplaire. Si ça n'avait pas été aussi… fantastique, dit-elle en choisissant exprès le terme qu'il avait utilisé, je vous aurais arrêté bien avant.

Un sourire satisfait apparut sur ses lèvres : ouf ! Son amour-propre était sauf.

— Venez, dit-il en jetant sur son épaule le sac de voyage de Nell. Je vais vous faire visiter le bateau.

Lorsqu'il lui tendit la main, elle la prit sans hésiter. Elle désirait lui montrer qu'elle ne lui en voulait pas, lui prouver qu'elle lui faisait confiance. Enfin.

Au regard qu'il lui lança, elle comprit qu'il avait reçu le message cinq sur cinq. Rien ne lui échappait. S'il avait eu Jeremy en face de lui, il l'aurait probablement tout de suite percé à jour. Or démasquer Jeremy était loin d'être à la portée de tout le monde.

Ce ne devait pas être facile tous les jours de vivre avec quelqu'un d'aussi perspicace, songea-t-elle. Mais, au bout du compte, cela devait présenter bien plus d'avantages que d'inconvénients.

Effarée par la tournure que prenaient ses pensées, elle

s'empressa de refouler cette drôle d'idée. Que lui arrivait-il ? Cela ne tournait décidément plus très rond. Pas étonnant, se dit-elle, puisque Cooper lui tenait la main.

Ils s'engagèrent dans une coursive. Une porte, sur la gauche, était grande ouverte. Nell jeta un coup d'œil à l'intérieur de ce qui se révéla être un atelier. Il y avait divers outils, un établi, et une légère odeur d'essence flottait dans la pièce.

— C'est le garage, expliqua Cooper. La porte que vous voyez là-bas me permet de rentrer et de sortir facilement ma moto.

— Pratique, dit Nell. Mais à propos, votre moto, vous ne l'avez pas prise.

Il haussa les épaules.

— Je suis sûr que Roger en prendra grand soin. Il va peut-être même vouloir l'essayer.

— Il en est tout à fait capable, rétorqua Nell avec un sourire.

Quand le reverrait-elle ? se demanda-t-elle, soudain triste d'avoir dû le quitter aussi précipitamment.

— Dans quelque temps, vous ferez honneur à sa cuisine, prédit Cooper, et vous lui raconterez la débâcle de Jeremy Brown.

Elle le fixa.

— Vous m'épatez. J'aimerais bien avoir moi aussi ce don de télépathie.

— Cela n'a rien de sorcier, en fait. Il suffit d'être observateur et un tant soit peu perspicace. Il faut aussi avoir une bonne mémoire.

— Jeremy se débrouillait pas mal, dit-elle.

En voyant Cooper se figer, elle ajouta vivement :

— Il n'est pas perspicace pour deux sous, mais il observe beaucoup et note mentalement tout ce qui est susceptible de lui servir plus tard.

— Je n’ai pas très envie d’être comparé à lui.

— Je ne compare pas. C’était une simple remarque. Tout ce qu’il voit, tout ce qu’il entend, il l’utilise pour manipuler les gens. Pour les séduire ou les intimider. Tandis que vous, euh…

— Tandis que moi, je le fais naturellement. C’est ce que vous vouliez dire ?

Elle acquiesça d’un hochement de tête.

— A peu près.

— J’aime mieux ça. Ici, annonça-t-il en balayant l’air de la main, c’est la cuisine. Les placards sont vides. Je n’ai pas souvent mangé à bord récemment. Il va falloir faire des courses.

A l’idée de devoir sortir, elle frémit. En l’espace de quelques heures, ce bateau était devenu son refuge. Elle savait pourtant que, où qu’elle soit, Jeremy finirait toujours par la retrouver.

— Et là, c’est la buanderie, poursuivit Cooper en montrant une porte.

— La buanderie ?

Il fit coulisser la porte, qui dissimulait un combiné lave-linge sèche-linge ultra-compact.

La chambre principale se trouvait à l’arrière du bateau. Elle était spacieuse et lumineuse. De chaque côté, des hublots alternaient avec des penderies et autres placards. Sous deux des hublots, il y avait des banquettes intégrées recouvertes de coussins moelleux. Sous le lit, de vastes tiroirs offraient des rangements supplémentaires.

Jetant le sac sur le lit, Cooper désigna une porte.

— Le cabinet de toilette. Vous trouverez des serviettes sur l’étagère. Les réservoirs ont été remplis récemment ; nous ne devrions pas manquer d’eau. Mais le chauffe-eau n’étant pas très puissant, évitez de rester trop longtemps sous la douche.

— Une douche chaude est plus que je n'en demandais.

Lorsqu'il sourit, Nell sentit son cœur bondir dans sa poitrine.

— Il y a tout ce qu'il faut. Si vous avez besoin de quoi que ce soit, n'hésitez pas à me le demander. Je pourrai sans doute vous dépanner. Sauf si ce sont des trucs de nana.

Elle ne put s'empêcher de rougir. Baissant les yeux, elle vit son sac, sur le lit, et s'avisa soudain que Cooper entendait la faire dormir là. Dans sa chambre. Dans *son* lit.

Elle le regarda en se demandant si, après le baiser qu'ils avaient échangé, il allait profiter de la situation.

— Ne vous inquiétez pas, dit-il. Je sais bien que ce n'est pas parce que vous m'avez embrassé que vous avez pour autant envie de coucher avec moi. Je le regrette, bien sûr, mais je comprends.

Elle piqua un fard.

— Mais comment…

— C'était écrit en lettres de feu sur votre visage.

Il disparut dans la salle de bains et en ressortit moins d'une minute plus tard avec ses affaires de toilette.

Comme il s'apprêtait à la laisser, il posa sur elle un regard vibrant de désir.

— Si jamais vous changez d'avis, je suis au bout du couloir. A vous de voir.

Il aurait suffi d'un mot, songea Nell. Ce mot lui brûlait les lèvres. Elle mourait d'envie de le prononcer. Mais elle se contenta de le penser. Très, très fort.

Restez.

24

C'est ta faute, mon vieux. Tu n'avais qu'à pas l'embrasser.

Cooper avait beau se faire la leçon et se jurer de ne plus y penser, impossible de trouver le sommeil. Dure et étroite, la couchette de la chambre d'amis lui rappelait constamment que Nell était dans son lit.

Même le clapotement des vagues contre la coque, qui d'habitude le berçait, lui donnait des idées lubriques. Et les cris des oiseaux nocturnes, qui déchiraient de temps à autre le silence de la nuit, évoquaient dans son imagination enfiévrée les cris d'extase qu'il aurait aimé arracher à la femme endormie à seulement quelques mètres de lui.

Il se retourna pour la énième fois en donnant au passage un grand coup de poing dans son oreiller, qui n'y était pourtant pour rien.

— C'est entièrement ta faute, marmonna-t-il dans le noir.

Comme Nell le lui avait fait judicieusement remarquer, encore heureux qu'elle ne soit pas sa cliente ! Mais c'était une piètre consolation.

Car la jeune femme n'en était pas moins au centre de sa mission. A supposer qu'il ait encore une mission ! Son employeur lui ayant menti de bout en bout, ayant usurpé l'identité de quelqu'un d'autre à des fins malveillantes, tué le frère de Nell et tenté de la tuer elle aussi, Cooper ne se sentait plus aucune obligation envers lui.

Il savait à présent ce qu'il s'était passé cette nuit-là. C'était si clair dans sa tête qu'il avait presque l'impression d'avoir assisté au drame. Lorsque Jeremy Brown avait surpris sa femme en train de faire ses valises, de nuit, en catimini, avec l'aide de son frère, il avait compris qu'il l'avait perdue. Qu'il ait débarqué avec un revolver pointé sur eux, en croyant avoir affaire à des cambrioleurs, ou qu'il se soit emparé de l'arme seulement après importait assez peu.

Tristan Jones s'était interposé entre Nell et lui. Pour la protéger. S'il avait réagi aussi vite, c'était probablement parce qu'il savait Brown potentiellement dangereux.

« Un mot de travers, une attitude déplacée entraînait inévitablement des représailles. »

Les paroles de Nell résonnaient encore à ses oreilles. Mais, puisque Brown était au courant qu'elle avait demandé le divorce, pourquoi n'avait-il pas essayé *avant* de l'en dissuader ?

Sans doute la croyait-il incapable de partir…

Mais il la sous-estimait. Il pensait avoir épousé une blanche colombe, docile et soumise. Quant à Nell, elle avait tellement souffert de la disparition de ses parents qu'elle avait cru avoir enfin trouvé la sécurité à laquelle elle aspirait.

Toute gentille qu'elle était, elle avait cependant fini par en avoir assez. La blanche colombe s'était alors transformée en aigle.

A cette pensée, une étrange vague de chaleur submergea Cooper. Il comprit qu'il était fier de Nell. De ce qu'elle était devenue. Un jour, lorsqu'elle serait prête à l'entendre, il le lui dirait.

Mais, en attendant, il n'avait d'autre choix que de garder tout cela pour lui et d'imposer le silence à ses sens soudain en émoi.

Lorsque l'aube s'insinua sur les montagnes, il constata

que s'il avait finalement réussi à dormir un peu, pour ce qui était de mater sa libido, c'était un beau fiasco.

Après avoir passé la nuit à s'autoflageller, il décida qu'il était grand temps d'en finir. Il se leva et se mit en quête de son téléphone. Faute d'une connexion Wi-Fi, il devrait se contenter de son portable pour effectuer les recherches qu'il aurait dû entreprendre il y a belle lurette.

Il avait trop mauvaise conscience de s'être montré aussi négligent dans son enquête, d'avoir oublié qu'un bon détective ne doit jamais prendre ce que les gens lui disent pour argent comptant.

Quelques instants plus tard, il avait sous les yeux les renseignements essentiels. Tandis qu'il en prenait connaissance, il se demanda s'il aurait soupçonné quoi que ce soit, même en faisant son travail correctement. Les brèves déclarations de Brown après le drame, les extraits de journaux télévisés qui le montraient ne lui auraient probablement pas apporté grand-chose.

Ce qui aurait pu l'éclairer, en revanche, c'étaient les nombreux articles qui indiquaient que Tristan Jones était mort sur le coup. Nulle part il n'était mentionné que, grâce à l'intervention des secours, la victime avait été sauvée in extremis. Or le drame ayant défrayé la chronique, ce détail n'aurait en aucun cas pu passer inaperçu.

Mais Jeremy Brown avait le bras suffisamment long pour soudoyer un journaliste et obtenir une coupure de journal dans laquelle figurait ce miraculeux sauvetage.

Si Cooper n'était pas allé chercher plus loin, c'était parce que son client prétendait être le frère de Nell. Il se serait plus facilement méfié si Brown s'était présenté comme étant son mari.

Quoi qu'il en soit, il avait manqué à tous ses devoirs, et Nell payait les pots cassés.

— Cooper ?

Le son de cette voix douce et tout ensommeillée fit voler en éclats ses résolutions les plus farouches. Il s'était juré de se sortir Nell de l'esprit mais, avant même de tourner la tête dans sa direction, il savait que dès qu'il la verrait il n'aurait qu'une envie : la ramener au lit illico.

Il ne l'avait pas souvent vue sans lunettes. Débarrassée de ses horribles bésicles, elle était méconnaissable.

Elle était en jean, comme d'habitude, mais elle avait troqué son éternel T-shirt contre un joli pull fin à manches longues. Elle ne portait pas de chaussures, juste des chaussettes assorties à son pull.

— Vous avez froid ? Je peux mettre le chauffage, si vous voulez.

— Il y a vraiment tout ce qu'il faut, sur ce bateau.

— Même l'air conditionné, si jamais nous étions obligés de partir sous les tropiques !

Elle s'avança vers lui en souriant. Ses cheveux étaient un peu ébouriffés et ses yeux… d'un bleu hallucinant.

— Je comprends, maintenant, pourquoi vous portiez des lentilles de contact marron. Des yeux pareils ne passent pas inaperçus.

Elle fixa le sol, l'air gêné.

— Je suis bien contente d'en être débarrassée, confia-t-elle.

— En fait, vous n'avez besoin ni de lentilles ni de lunettes ?

Elle secoua la tête et bâilla.

— Vous avez mal dormi ? demanda-t-il.

— J'ai dormi comme un bébé. Le bruit des vagues m'a bercée.

Vous avez bien de la chance ! songea Cooper.

— Parfait, dit-il plus sèchement qu'il ne l'aurait voulu. J'ai préparé du café. Il ne sera pas aussi bon que celui du Waterfront, mais on s'en contentera.

— Merci, c'est gentil. Je… je m'en veux d'être partie comme une voleuse, hier, dit-elle d'une toute petite voix.

Il s'y attendait. Tout danger écarté, elle commençait à mesurer les conséquences de son départ précipité.

— Vous aviez décidé de partir, répliqua-t-il.

— Oui, mais pas comme ça. Je voulais…

— Dire au revoir à tout le monde ? Pas la peine, déclara-t-il en comblant d'une seule enjambée la distance qui les séparait. Puisque bientôt vous serez de retour.

Elle frémit et il ne put s'empêcher de la prendre dans ses bras. Elle ne le repoussa pas.

— J'ai presque envie de vous croire, murmura-t-elle.

— Presque ne suffit pas. Vous *devez* me croire.

Lorsqu'il la vit secouer la tête, il n'insista pas. Le choc que lui avait causé la brusque réapparition de son mari et les conséquences que ce retour avait eu sur sa vie ne l'incitaient évidemment pas à croire en un avenir meilleur.

Hier, elle n'avait pas eu le temps de penser à tout cela. S'il la voulait plus sereine, il devait lui changer les idées.

— Il y a une petite supérette à l'extérieur du parc. Je vais aller faire les courses, déclara-t-il.

— Vous partez ? demanda-t-elle, soudain alarmée.

— Mieux vaut que j'y aille seul. Brown n'est pas près de nous retrouver, mais par mesure de sécurité je préfère que vous restiez cachée.

— Bon, dit-elle d'un ton pas très convaincu.

— Faites-moi une liste de ce qu'il vous manque. Je ne vous garantis pas que je trouverai tout, mais qui ne tente rien…

— Ce sera long ?

— Quoi donc ? Mon absence ? Ou notre séjour à bord ?

Elle esquissa un sourire auquel il répondit aussitôt.

— J'en ai pour une heure ou deux, précisa-t-il.

Elle fronça les sourcils. Il était tellement habitué à la

voir avec ses lentilles qu'il était surpris chaque fois qu'il croisait son regard. Ses yeux étaient d'un bleu si lumineux !

— Comment allez-vous faire pour rapporter tout ça ?

Son sens pratique reprenait le dessus, songea-t-il en souriant. C'était bon signe.

— J'ai un sac à dos et deux bras costauds. Cela devrait suffire. Sauf si vous tenez à boire du vin tous les soirs.

Elle secoua la tête puis soupira.

— Nous allons rester là longtemps ? demanda-t-elle.

— Mieux vaut être prévoyants. Il va nous falloir quelques jours pour trouver un moyen de nous débarrasser définitivement de votre mari.

— Je vous envie votre bel optimisme.

— Il faut y croire, Nell. Ce moyen, nous allons le trouver.

— Mais il est…

— Je sais. Ce matin, j'ai fini par me décider à faire quelques recherches.

— Alors vous avez vu ? Il est invulnérable.

— Personne n'est invulnérable. Dans ce milieu, les réputations se font aussi vite qu'elles se défont. Nous le ferons tomber, d'une manière ou d'une autre. En attendant, il faut que nous nous organisions. Et que nous cogitions.

— D'après vous, de combien de temps disposons-nous ?

— Si Roger a été convaincant, nous devrions être tranquilles encore un moment. Mais Brown finira bien par découvrir l'existence du *Peacemaker*.

— Il ne sait pas que vous vivez sur un bateau ?

Cooper eut un petit rictus.

— Non, répondit-il. Si vous n'avez pas un bureau et une assistante, personne ne vous prend au sérieux. J'évite donc de m'étendre sur mon mode de vie.

Elle lui jeta un regard amusé.

— Vous avez quelque chose contre les bureaux ?

Il faillit lui répondre qu'il ne les aimait pas plus que

les maisons, mais il se ravisa et opta pour une réponse plus pragmatique.

— Je n'ai pas les moyens d'avoir à la fois un bureau et un bateau. Le choix a été vite fait.

— C'est parce que le *Peacemaker* appartenait à votre père que vous avez décidé de le garder ?

— Oui. Ce bateau était le rêve de sa vie. Une sorte d'aboutissement. Il était impatient d'être à la retraite pour pouvoir faire le tour du monde.

Elle ouvrit de grands yeux.

— Et votre mère était partante ?

— Pas plus que ça, mais elle l'aurait suivi. Elle disait toujours qu'elle se sentait partout chez elle.

Nell battit des paupières comme pour refouler les larmes qui lui étaient montées aux yeux.

— C'est ce qui s'appelle…

Elle se tut, visiblement trop émue pour finir sa phrase.

— De l'amour, murmura-t-il. Ces deux-là ont vécu quelque chose d'unique.

Il devina à son silence qu'elle pensait à la manière tragique dont leur romance s'était terminée.

— Est-ce que cela vaut le coup ? demanda-t-elle tout bas.

— Je n'en sais rien, répondit Cooper.

A cette question, sa mère aurait sans aucun doute répondu par l'affirmative. Mais lui était incapable de se prononcer. Et pour cause : il n'était même pas sûr de pouvoir un jour aimer quelqu'un.

Cette pensée le rendit presque aussi nerveux que le fait de passer la nuit à quelques mètres de Nell. Parce qu'il sentait confusément que la jeune femme n'était pas étrangère à toutes ces préoccupations, totalement inédites pour lui.

Et parce qu'il brûlait de désir pour elle, à tel point qu'il se demandait s'il ne risquait pas de déclencher l'alarme incendie.

25

C'est complètement fou, songeait Nell en triant la laitue.

Pendant que Jeremy était en train de remuer ciel et terre pour la retrouver, Cooper et elle étaient tranquillement occupés à préparer à manger, comme si de rien n'était.

Elle se serait presque crue en vacances.

Chaque fois qu'elle lui demandait ce qu'il avait l'intention de faire, Cooper l'arrêtait. Ils verraient cela plus tard, disait-il. Rien ne pressait.

C'était commode. Et au final assez reposant. En mer, elle avait l'impression que rien ne pouvait lui arriver. Telle une princesse dans son donjon, elle se sentait à l'abri des envahisseurs.

Et des dragons de tout poil, songea-t-elle en souriant.

Sauf qu'elle n'était pas dans un conte de fées et que, dans la réalité, on n'était en sécurité nulle part. Si elle s'avisait de l'oublier, elle risquait de le payer cher. Et même très cher.

Que se serait-il passé, hier, au cottage, si cela avait mal tourné ? Cooper s'était interposé, certes, mais si Jeremy avait été armé le drame d'il y a quelques mois aurait très bien pu se répéter.

A moins que… Cooper n'ait lui-même une arme ? En tant que détective privé, même occasionnel, peut-être possédait-il un port d'arme.

— C'était plus marrant tout à l'heure.

Elle sursauta. Cooper était juste derrière elle.

— Pardon ?

— Je ne sais pas à quoi vous pensiez tout à l'heure, mais cela vous faisait sourire.

— A des bêtises, répondit-elle en soupirant.

— Mais encore ?

— Je pensais aux dragons qui menacent parfois les princesses retranchées dans leurs donjons, expliqua-t-elle d'un ton sinistre car elle n'avait plus du tout envie de sourire.

— Le dragon est encore loin, assura Cooper. Et un dragon, vous savez, ça se terrasse. Sinon, nous en serions envahis. Nous ne pourrions pas faire un pas sans en croiser un.

L'image était si loufoque qu'elle en resta bouche bée. Cooper souriait, content de sa petite plaisanterie. Cela faisait longtemps que ça ne lui était pas arrivé mais elle se mit à rire. De bon cœur.

— Voilà qui fait plaisir à entendre. Vous voyez que vos dragons ont du bon, dit Cooper d'un ton enjoué.

Elle qui croyait que Jeremy l'avait immunisée à tout jamais contre l'embarras découvrit qu'elle était encore capable de rougir. Cela faisait même deux fois que ça lui arrivait en moins de vingt-quatre heures.

La première fois, c'était quand Cooper lui avait dit qu'il savait bien que ce n'était pas parce qu'elle l'avait embrassé qu'elle avait pour autant envie de coucher avec lui.

En se remémorant ses paroles, elle ne put réprimer un frisson. Frisson qui n'avait rien à voir avec la température de l'air et tout à voir avec la chaleur qui irradiait de son ventre.

Cooper était loin de s'imaginer que, si elle avait si bien dormi la nuit dernière, c'était à cause de l'odeur qui flottait dans sa chambre et dans son lit. Une odeur de peau, douce et virile à la fois. Une odeur totalement grisante.

Si seulement il savait ce qu'il lui en avait coûté de

refuser son invitation à aller le rejoindre… Et combien elle avait regretté de ne pas oser !

Jamais elle n'avait autant désiré un homme de toute sa vie.

Elle se rendait compte à quel point c'était ridicule. Une fois ne lui avait donc pas suffi ? Fallait-il qu'elle soit faible et stupide pour aller chercher refuge dans les bras du premier homme venu !

Non que Cooper ressemble de quelque manière à Jeremy. Ce n'était heureusement pas le cas. Il n'en demeurait pas moins qu'elle était attirée par lui pour les mêmes raisons qui l'avaient poussée à se jeter au cou de son futur ex-mari. La grande fautive, c'était elle. Elle courait après quelque chose qui n'existait pas. N'avait-elle pas encore compris que jamais elle ne serait en sécurité ?

La grande nouveauté, c'était évidemment le désir que lui inspirait Cooper. Elle ne se reconnaissait pas dans la femme pantelante qu'elle était devenue. Cette libido débridée la laissait rêveuse. Et dire que, jusque-là, elle avait toujours pensé que le désir sexuel était un mythe !

Elle se demandait d'ailleurs ce que Cooper pouvait bien lui trouver. Même débarrassée de ses affreuses lunettes, elle n'était pas particulièrement sexy sans maquillage, avec ses cheveux en bataille et ses yeux cernés.

Mais peut-être n'était-il pas très regardant. Tout ce qu'il voyait, lui, c'était qu'il l'avait sous la main.

S'il avait envie d'elle, sans doute était-ce simplement parce que l'abstinence commençait à lui peser.

Ce ne pouvait être que cela.

Soudain, elle se rendit compte qu'elle avait préparé de la salade pour un régiment. Perdue dans ses pensées, elle n'avait pas fait attention à ce qu'elle faisait.

Regardant autour d'elle, elle se demanda à quoi elle pourrait bien s'occuper pour tuer le temps. Afin d'économiser l'eau, ils avaient lavé à la main les assiettes du dîner. Les réservoirs étaient pleins mais, tant qu'ils n'étaient pas dans un port, mieux valait ne pas gaspiller.

Et si elle prenait une douche ? Mais, s'il arrivait quoi que ce soit pendant qu'elle était en train de se laver, que ferait-elle, toute nue et toute trempée ? Non, par mesure de prudence, elle préférait attendre le retour de Cooper.

C'est ça. Attends qu'il revienne pour te pavaner devant lui toute nue et toute trempée !

En imaginant la scène, et ses suites éventuelles, elle eut alternativement des bouffées de chaleur et des frissons, ce qui lui fit craindre d'être réellement devenue folle.

Elle regagna sa chambre. Ou plutôt celle de Cooper. Elle lui savait gré de la lui avoir cédée aussi spontanément et d'avoir migré dans la chambre d'invités, dont elle aurait très bien pu se contenter. Jeremy n'en aurait certainement jamais fait autant. Egoïste comme il l'était, il aurait gardé la meilleure chambre pour lui.

Elle songea à la manière dont sa vie avait été une fois de plus chamboulée. Jamais elle n'aurait pensé qu'après toutes ces tribulations elle se retrouverait sur un bateau échoué au milieu d'un canal.

Après avoir connu une vie bourgeoise, conformiste et ennuyeuse, auprès d'un mari très attaché à son petit confort et à ses habitudes, elle avait rompu les amarres.

Mais, au bout du compte, la vie qu'elle s'était choisie ne valait pas beaucoup mieux. Très vite, elle s'était trouvée engluée dans une routine sclérosante.

Elle décida finalement de prendre une douche rapide, se sécha les cheveux et s'habilla en essayant de se concentrer sur ce qu'elle faisait. Mais elle n'arrivait pas à chasser de son esprit le terrible bilan qu'elle avait dressé de sa vie passée.

En quittant Jeremy, qu'avait-elle gagné, finalement ?

Certes, elle n'était plus sous sa coupe, mais était-elle plus libre pour autant ?

Et voilà qu'à présent, après avoir tellement craint le changement et l'imprévu, elle mêlait son destin à celui d'un quasi-inconnu. D'un homme incapable de se fixer quelque part, vivant comme un vagabond, sans attaches, allant là où le courant l'emportait.

Elle gagna le salon où, entre les deux fenêtres, étaient accrochées trois photos encadrées. Sur la première, on voyait un homme installé à la barre, un jeune garçon assis sur ses genoux. L'homme souriait au photographe. Nell n'eut aucun mal à deviner qui il était : son fils avait exactement le même sourire. Sur cette photo, Cooper n'avait sans doute pas plus de douze ans. Le regard dont il couvait son père débordait d'admiration et de dévotion.

En songeant au drame qui les avait frappés si peu de temps après, la jeune femme sentit son cœur se serrer. Comment Cooper supportait-il d'avoir en permanence sous les yeux une photo qui lui rappelait son bonheur perdu ?

Et si ce n'était pas lui qui l'avait accrochée là mais son père ? En ce cas, Cooper se sentait obligé de la laisser. Mais, si la photo était là depuis toujours, sans doute n'y faisait-il même plus attention.

Le deuxième cliché montrait un jeune homme en uniforme de policier posant devant le drapeau américain. On se rendait compte en regardant cette photo que Cooper était le portrait craché de son père. Nell se demanda quel effet cela faisait à sa mère d'avoir un fils qui ressemblait comme deux gouttes d'eau à feu son bien-aimé. Etait-ce une consolation ou au contraire un supplice ?

Sans doute un peu des deux. Nell se souvenait que les yeux verts et les cheveux auburn que Tristan avait eu la chance d'hériter de leur mère la rendaient parfois mélancolique. Car elle-même tenait de leur père. Ce père qu'elle s'était appliquée à rayer de sa mémoire après qu'il les eut abandonnés.

La dernière photo représentait Cooper en toge universitaire, à la cérémonie de remise des diplômes. Sa mère posait fièrement à côté de lui. Petite et mince, vêtue d'un tailleur vert pâle, elle arborait un sourire étrangement triste. Il y avait autour d'eux trois hommes à l'air sévère.

Penchée sur la photo, Nell se mit à scruter ces visages sur lesquels s'exprimaient à la fois joie et tristesse.

— Mes pères de substitution.

La voix de Cooper, dans son dos, la fit sursauter. Une fois de plus. Mais comment faisait-il pour se déplacer sans bruit ?

Il se délesta de son sac à dos plein à craquer et de ses deux cabas. Puis il vint se placer juste derrière elle, ce qui n'était pas pour calmer les battements frénétiques de son imbécile de cœur.

— Celui qui est le plus à gauche est Dave Lindsay, le coéquipier de mon père lorsqu'il a été tué. A côté, c'est leur chef, le lieutenant Pinsky qui, entre-temps, est devenu commissaire. Le dernier s'appelle Chuck Hernandez, le premier coéquipier de mon père dans la police. Il a pris sa retraite deux ans avant la mort de papa.

— Pourquoi dites-vous que ce sont vos pères de substitution ?

— Ils se sont investis dans mon éducation et ont aidé maman à subvenir à mes besoins. Et aux siens. Ils ont été là chaque fois que nous avons eu besoin d'eux.

— C'est formidable.

— Ils avaient passé une espèce de pacte. Entre flics, c'est une pratique courante. Si l'un des quatre venait à disparaître, les trois autres devaient veiller sur sa famille.

Cela devait être terrible d'exercer un métier aussi risqué,

pensa Nell. De savoir qu'à tout moment on pouvait y laisser sa peau.

— C'est encore plus formidable, dit-elle.

— Je les aime beaucoup. Je sais que je pourrai, compter sur eux s'il arrivait quelque chose à maman en mon absence.

— Votre mère était très belle, fit Nell en regardant de nouveau la photo. Elle devait être fière de vous, ce jour-là.

— Ce qui n'est plus le cas, aujourd'hui, n'est-ce pas ?

— Ce n'est pas ce que je voulais dire, protesta-t-elle, gênée.

— J'ai l'habitude. La plupart des femmes critiquent mon mode de vie. Je n'ai pas d'attaches, pas de travail régulier et pas de domicile fixe. Vous voyez le tableau.

— Et ça ? l'interrogea Nell en balayant l'air d'un geste ample de la main. Cela vaut bien un petit appartement. Et puis, comme vous me l'avez expliqué l'autre jour, vous êtes tributaire des ports. Des attaches, vous en avez presque malgré vous.

Il sembla déstabilisé, comme s'il ne s'attendait pas à ce qu'elle prenne fait et cause pour lui.

— Je pense en outre que votre volonté de poursuivre le rêve de votre père est admirable. Du moins, tant que vous y trouvez votre compte.

— Ce rêve, je l'ai totalement fait mien.

Qui étaient ces femmes qui critiquaient son mode de vie ? se demanda Nell. Quel rôle avaient-elles joué dans sa vie ?

Elles, elles ne l'auraient probablement pas laissé dormir seul dans la chambre d'invités…

— Et si vous me parliez un peu de votre père, Nell, dit soudain Cooper.

26

Nell se raidit. Visiblement, sa question lui déplaisait.

— Que voulez-vous que je vous dise ? Un jour, il est parti et nous ne l'avons plus jamais revu.

— Quel âge aviez-vous ?

Elle haussa les épaules comme si tout cela n'avait plus aucune importance. Mais il n'était pas dupe. Si elle s'en fichait tant que cela, pourquoi se montrait-elle aussi amère ?

— Dix-huit ans depuis la veille. Et Tris presque vingt. Mon père a décrété qu'il s'était occupé de nous jusque-là, et que nous étions assez grands pour nous prendre en charge. Maintenant que vous savez l'essentiel, nous pourrions peut-être changer de sujet, non ?

— C'est très mauvais de garder tout cela pour vous. La rancœur est un acide qui vous ronge de l'intérieur. Croyez-moi, je sais de quoi je parle. Après la mort de mon père, j'étais tellement dégoûté que je me suis mis à filer un mauvais coton. Cela aurait pu très mal tourner.

Elle lui jeta un regard en coin. Il désigna la photo prise à la remise des diplômes.

— Dave a eu vent de mes bêtises. Désespérant de me faire entendre raison, ma mère avait dû l'appeler. Un soir, il est venu me trouver, m'a emmené loin de la maison et m'a passé un sacré savon. Il a dit que je trahissais la mémoire de mon père, que, s'il voyait ça, celui-ci aurait honte de moi. Et que je faisais pleurer ma mère. Il m'a ensuite recommandé de réfléchir à tout ça. Et il est parti.

— Il vous a laissé passer la nuit dehors ?

— Absolument. J'avais une bouteille d'eau pour tout ravitaillement. Je ne vous dis pas la nuit que j'ai passée ! Taraudé par la faim, grelottant, malheureux comme les pierres. Je vous avouerais qu'en plus je n'étais pas très rassuré. Cet endroit était vraiment sinistre.

Elle frissonna.

— Mais c'est affreux !

— Qui aime bien châtie bien. La leçon a porté ses fruits. Je lui en ai tellement voulu de m'avoir abandonné en pleine nature que pas un instant je ne me suis demandé ce que mon père aurait pensé de ma conduite.

Il vit la jeune femme se décomposer.

— D'après vous, il faudrait que je lui pardonne ?

Cooper préféra biaiser.

— Votre mère l'aimait ? demanda-t-il.

— Oui, et je dois dire à la décharge de mon père qu'il l'a soignée avec un dévouement exemplaire quand elle est tombée malade.

— Il l'aimait, donc.

Elle acquiesça d'un hochement de tête.

— Cela ne fait aucun doute.

— Mais vous pensez que, vous, il ne vous aimait pas ?

— Pas assez pour rester.

— Il est quand même resté jusqu'à votre majorité.

— Certes, mais il y était un peu obligé.

Cooper ne savait pas pourquoi il tenait tant à la faire parler de son père et de son sentiment d'abandon. Peut-être parce que lui-même était passé par là.

— Votre père comptait sans doute sur votre frère pour veiller sur vous. Vous ne croyez pas ?

— Il savait que Tris prendrait toujours soin de moi. En cas de besoin, ajouta-t-elle vivement. Je pouvais me débrouiller seule au quotidien.

C'était pourtant ce qu'elle avait recherché en Jeremy Brown : une présence, quelqu'un qui l'assiste en permanence. Mais à quoi bon retourner le couteau dans la plaie ?

— Que penserait votre mère du jugement que vous portez sur votre père ?

— Elle penserait qu'il aurait dû s'occuper de ses enfants !

— C'est ce qu'il a fait. Il n'est pas parti tout de suite. Il était malheureux mais il est resté pour vous élever et, quand enfin vous avez été assez grande pour vous débrouiller seule, il vous a placée sous la protection de votre frère.

Elle le fixa, comme s'il venait de lui révéler une information capitale.

— Il était malheureux, répéta-t-elle à mi-voix.

— Votre frère et vous n'étiez pas les seuls à pleurer votre mère, déclara Cooper. Et puis, comme dit la mienne, les enfants ne sont pas faits pour vivre avec leurs parents. Ils doivent un jour quitter le cocon familial et fonder un foyer. C'est dans l'ordre des choses.

Elle poussa un cri étouffé, fit brusquement volte-face et courut se réfugier dans sa chambre, dont elle claqua la porte.

— Bravo, mon vieux, tu as gagné ! marmonna Cooper.

Il entreprit de déballer et de ranger les courses. En plus des denrées de base, il avait fait provision de poisson frais et de viande, qu'il avait l'intention de congeler.

Ces tâches domestiques étaient les bienvenues car, pendant qu'il s'occupait de l'intendance, il ne pensait pas à la lourde responsabilité qu'il avait prise en se chargeant de Nell. Ce n'était pas parce que son père avait contribué à démanteler un réseau de trafic de drogue et reçu la médaille du courage pour avoir sauvé d'un incendie une mère et ses deux enfants que lui-même était capable de protéger la jeune femme.

Contrairement à son père, il n'avait rien d'un héros. Tout

le monde admirait son père, et beaucoup l'aimaient. Lui n'était qu'un plaisancier qui jouait parfois les détectives. Peu de gens l'admiraient et presque personne ne l'aimait. En dehors de sa mère, évidemment.

— N'avez-vous jamais eu envie d'être policier, comme votre père ?

Il avait entendu claquer les sabots de la jeune femme, aussi ne fut-il pas surpris par son retour. En revanche, sa question le décontenança. Il y répondit donc sans détour.

— Si, bien sûr.

— Qu'est-ce qui vous a fait changer d'avis ?

— Ma mère, dit-il en montrant la photo prise le jour de la remise des diplômes. Après la mort de mon père, elle m'a fait promettre de ne jamais entrer dans la police. Compte tenu des circonstances, je ne pouvais pas refuser. Je ne voulais pas lui briser le cœur.

— Mais si vous en rêviez…

Il haussa les épaules.

— Avec le temps, elle aurait pu oublier. Quelques années plus tard, elle m'a avoué qu'elle ne s'y serait pas réellement opposée. Mais j'avais déjà renoncé à être un jour policier. Comme j'avais renoncé à devenir neurochirurgien, président de la république ou astrophysicien.

Sa plaisanterie la fit à peine sourire.

— Pourquoi ? demanda-t-elle.

— Parce que je n'étais pas assez adroit pour être chirurgien, pas assez ambitieux pour faire de la politique et pas assez intelligent pour me consacrer à la recherche.

— Il faut se méfier de l'ambition. Ce n'est pas toujours une bonne chose, dit-elle, l'air sombre.

Sans doute pensait-elle à son ex-mari, songea Cooper. Le regard baissé, elle garda le silence un long moment. Puis elle prit une profonde inspiration et lança tout à trac :

— Je suis désolée.

De quoi s'excusait-elle ? C'est lui qui avait été maladroit.

— J'étais trop en colère après mon père pour songer à lui trouver des excuses. Je crois même que je le tenais en partie pour responsable de la mort de ma mère. Je lui en voulais de ne pas avoir pu la sauver.

— C'est normal.

— Peut-être. Vous vous êtes bien reproché pendant des années d'avoir indirectement causé la mort de votre père.

Il acquiesça.

— Mais vous avez fini par comprendre que vous n'y étiez pour rien.

— Je l'ai compris mais jamais totalement admis. C'est plus fort que moi.

— Je n'ai pour ma part jamais réussi à me raisonner, confia la jeune femme. Je lui en ai toujours voulu. Sa défection n'a fait que me conforter dans ce que je pensais de lui. Il ne nous aimait pas. C'est aussi simple que cela.

— Il ne vous est jamais venu à l'esprit qu'il vous aimait peut-être trop, au contraire ?

— Non, répondit Nell avec un soupir. Il a bien essayé de se justifier, mais je n'ai rien voulu entendre. Le comble de l'ironie, c'est que face à l'adversité je fais comme lui : je fuis. Mais ce n'est pas pour autant que je lui pardonne.

— J'imagine qu'il n'est pas parti en vous laissant dans le besoin ?

— Non, en effet. Il venait d'hériter de son père une grosse somme d'argent qu'il nous a léguée à son tour sous forme de rente mensuelle. Nous avions largement de quoi vivre.

— On ne peut donc raisonnablement pas parler d'abandon.

— C'est vrai, admit Nell, en proie à un maelström d'émotions qui transparaissaient dans son regard, maintenant qu'il n'était plus masqué par des lunettes. Il a simplement fui une situation qui lui était devenue insupportable.

— Avez-vous eu de ses nouvelles, par la suite ?

— Episodiquement. A chacun de nos anniversaires, on recevait une carte, qui partait aussitôt à la poubelle.

— Vous ne la lisiez même pas, je parie ?

Elle fit une petite grimace.

— Je le détestais. Tout ce que je voyais, c'était qu'il nous avait abandonnés. A l'époque, j'étais trop jeune pour faire la part des choses. Mais depuis j'aurais pu, *j'aurais dû*, surmonter ce sentiment d'abandon et de trahison et chercher à comprendre.

— Moi aussi j'en ai voulu à mon père, confia Cooper. Il est parti si vite. Ce sentiment d'abandon, je l'ai ressenti aussi.

— Votre père à vous n'a pas eu le choix. Le mien, si !

Elle se mordit la lèvre, comme si elle regrettait de se montrer aussi vindicative.

— Tournez la page, Nell. Vous vous faites du mal pour rien. Je vous sens prête à évacuer cette souffrance.

Elle eut l'air étonnée.

— Ah bon ?

— Si vous ne l'étiez pas, vous n'en parleriez pas aussi spontanément. Le plus gros du travail est fait, croyez-moi.

Elle s'abîma dans ses pensées puis murmura :

— Merci.

— Ma mère dit toujours que les épreuves de la vie ne sont utiles que si on fait profiter les autres de ce qu'elles nous ont appris.

— Votre mère semble être une femme formidable.

— Je confirme. Je pense que vous l'apprécieriez.

— Oui, sûrement, souffla Nell en jetant un coup d'œil à la photo.

— Quand tout sera réglé, je…

Il s'interrompit. C'était absurde d'imaginer que Nell et

lui resteraient en contact une fois que toute cette histoire serait terminée. Il n'y avait aucune raison.

— Qui est responsable de la mort de votre frère ? lança-t-il brusquement pour noyer le poisson.

Elle blêmit, comme sous l'effet d'une gifle.

— Puisque nous en sommes à essayer de faire la part des choses, expliqua-t-il d'un ton radouci, je m'assure simplement que vous avez revu votre position.

Elle le fixa sans rien dire. L'expression de son visage était indéchiffrable.

— J'ai compris que le vrai responsable était Jeremy.

Il poussa un grand soupir de soulagement.

— A la bonne heure ! J'imagine que l'idée a dû faire son chemin.

— Oui, sans doute. Sinon, comme vous le faisiez remarquer tout à l'heure, elle ne se serait pas imposée à moi avec une telle évidence. Mais vous êtes pour beaucoup dans cette prise de conscience, ajouta-t-elle en le regardant droit dans les yeux. Vous êtes un homme remarquable, Cooper Grant. Quoi que vous puissiez en dire.

Il se sentit gêné tout d'abord.

Puis terriblement excité.

— Arrêtez de me regarder comme ça, marmonna-t-il.

— Comment, comme ça ?

— Comme si vous regrettiez de ne pas m'avoir rejoint dans ma chambre, la nuit dernière.

— C'est le cas.

Il se troubla. L'air sembla soudain se raréfier. Il avait du mal à respirer. Si Nell n'avait pas été elle-même gênée par sa propre audace, il serait probablement resté bouche bée, comme un goujon au bord de l'asphyxie.

— Il n'est pas trop tard, dit-il d'une voix rauque qu'il reconnut à peine.

— Vous êtes sûr d'en avoir envie ? demanda-t-elle.

Comment pouvait-elle en douter ? Il ne pensait qu'à ça ! Mais, avec le mari qu'elle avait eu, pas étonnant qu'elle doute de sa capacité à séduire un homme !

Il allait lui montrer à quel point il avait envie d'elle.

Dès qu'il la prit dans ses bras, il sentit son corps réagir au quart de tour. Il allait falloir qu'il se calme et fasse les choses bien. Il sentait confusément qu'il ne devait pas brusquer Nell, qu'il devait prendre tout son temps et adopter le rythme qu'elle-même aurait choisi. Car on ne lui avait encore jamais demandé son avis. Jusque-là, elle avait subi.

Il allait lui montrer ce que c'était que faire l'amour.

Mais, lorsqu'ils furent dans la chambre et entreprirent de se déshabiller mutuellement, Cooper constata qu'elle était presque aussi impatiente que lui. A peine lui eut-il retiré son pull, dévoilant une poitrine plus voluptueuse que ne le laissaient penser ses vêtements trop amples, qu'elle voulut le débarrasser de son sweater. Lorsque, au passage, ses longs doigts fins effleurèrent son ventre nu, tous ses muscles se raidirent et il s'arrêta de respirer.

Il dégrafa son soutien-gorge. Ses seins étaient ronds à souhait et semblaient faits pour ses mains. Mais elle ne lui laissa pas le temps d'en savourer la douceur. D'un geste fébrile, elle défit le bouton de sa braguette et descendit la fermeture Eclair.

Il dut se faire violence pour prononcer les paroles d'usage.

— Si vous voulez arrêter, dites-le. C'est possible à tout moment.

Pour toute réponse, elle lui baissa son jean.

A partir de ce moment-là, tout s'accéléra. Lorsqu'ils tombèrent nus sur le lit, bras, jambes et souffles mêlés, il renonça à y aller doucement.

Il s'efforça cependant de rester vigilant et attentif à une éventuelle réticence de la part de Nell, car elle pouvait encore changer d'avis, mais son cerveau fonctionnait au ralenti.

Puis elle se mit à le caresser d'une main hésitante, et il eut encore plus de mal à garder le contrôle. Fou de désir, il murmura son nom en agrippant l'oreiller. Comme mues par une volonté propre, ses mains à lui glissèrent alors sur le corps de Nell, s'insinuèrent entre ses cuisses, dans son intimité chaude et humide. Lorsqu'il toucha son clitoris, elle gémit et se cambra pour mieux s'offrir à la caresse de ses doigts.

Eperdu, incapable de refréner plus longtemps le désir qu'il avait de la faire sienne, il se positionna au-dessus d'elle. Docile et plus que consentante, elle noua ses jambes autour de sa taille et le guida obligeamment en elle.

Il lui fit l'amour avec une fougue inouïe. Lorsqu'elle l'appela tout bas, lorsqu'il la sentit se raidir et que le fourreau de chair qui l'emprisonnait se mit à pulser, il s'abandonna enfin en criant son nom. Jailli du plus profond de son être, ce cri rauque, viscéral, presque animal, lui donna dans un premier temps l'impression de se rompre puis, tout de suite après, d'avoir enfin trouvé sa moitié.

27

— On va bien finir par trouver quelque chose pour le coincer. Et si on l'attaquait sur le chapitre de ses liaisons ?

— Il y aurait de quoi faire, dit Nell. Il a une douzaine de maîtresses, dont cinq que je connais plus ou moins.

— Tu as des preuves ?

— Rien de vraiment concret, malheureusement.

Ils étaient assis autour de la table et Cooper avait sa main gauche posée sur celle de Nell tandis que, de l'autre main, il prenait des notes : une constellation de noms, de lieux et d'événements qui convergeaient tous vers le mot qu'il avait écrit en capitales en haut de la page : Brown.

Contre toute attente, Cooper s'était révélé être un amant non seulement passionné mais aussi très décontracté. Il avait ri de leur maladresse et su détendre l'atmosphère. Elle en avait presque oublié d'être gênée et terrifiée à l'idée de ne pas se montrer à la hauteur. Il lui avait d'ailleurs prouvé, d'une manière bien plus éloquente que les mots qu'il aurait pu prononcer, que si Jeremy la trouvait aussi nulle au lit c'était parce qu'il n'y connaissait rien.

— Et puis, dans ce milieu, les liaisons sont choses courantes, fit-elle. Le prestige de celui qui peut se targuer d'avoir un aréopage de maîtresses n'en est que plus grand. Il feindra l'embarras, exprimera des regrets et glissera adroitement qu'avec la femme à moitié cinglée dont il était affublé il était normal qu'il aille voir ailleurs.

L'expression de mépris qui s'afficha sur le visage de Cooper lui fit chaud au cœur.

— Il avait des maîtresses ou des amants ? demanda-t-il tout à trac.

— Pardon ?

— Il est homo ?

Etait-ce un compliment qu'il lui faisait ? Il sous-entendait que, si Jeremy ne la trouvait pas attirante, c'était parce qu'il était homosexuel. Mais elle n'avait plus besoin d'être rassurée sur son pouvoir de séduction après l'après-midi qu'ils venaient de passer… dans les bras l'un de l'autre.

— Non, je ne crois pas. En fait, Jeremy n'aime que lui. On ne peut pas dire qu'il m'ait beaucoup poursuivie de ses assiduités.

— Tant mieux, grommela Cooper. En dehors de ses liaisons extraconjugales, a-t-il un talon d'Achille ? Si on pouvait l'accuser de corruption, ce serait parfait.

Réprimant un soupir, Nell s'interrogea mollement. Cela faisait des heures qu'ils planchaient sur leur dossier d'accusation. Des heures qu'elle attendait avec impatience le moment où, enfin, ils pourraient se recoucher. Elle avait l'impression que jamais elle ne serait rassasiée de Cooper et que, s'ils passaient un mois entier au lit, elle en demanderait encore.

Au début, elle avait craint qu'il ne la trouve trop passionnée, qu'elle ne lui apparaisse comme étant en manque. Mais il s'était chargé de chasser toute pensée de son esprit, explorant chaque centimètre carré de son corps avec un ravissement tel qu'elle aurait pu se prendre pour la huitième merveille du monde.

Elle s'obligea à redescendre de son petit nuage et à se concentrer sur ce qu'il était en train de lui dire.

— … n'importe quoi de ce genre.

— Excuse-moi, j'étais dans la lune.

Il leva le nez de son bloc-notes et la fixa. A en juger par le sourire qui apparut sur ses lèvres, ce qu'il vit eut l'air de le satisfaire et de flatter son ego de mâle. Mais il lui fit grâce de ses commentaires, ce dont elle lui sut gré car elle était déjà bien assez rouge comme cela.

— Je te demandais s'il y avait, à ta connaissance, quelque chose qu'il chercherait à tout prix à cacher. Concernant son travail, les gens qu'il rencontre, les coups de téléphone qu'il reçoit, ou n'importe quoi d'autre.

— Il était très secret et ne me confiait presque rien. Quand il avait un rendez-vous, il se gardait bien de préciser où et avec qui.

— Et, pour collecter des fonds, il s'y prenait comment ?

— Cela se faisait au cours de galas de charité, ou de grands banquets. Je devais jouer les gentilles petites épouses tirées à quatre épingles. Ma tenue vestimentaire, ma coiffure, mon maquillage : tout devait être parfait. Il m'obligeait à me teindre les cheveux. J'ai horreur du blond et je suis bien contente d'avoir retrouvé ma couleur naturelle.

Elle marqua une pause, s'attendant plus ou moins à ce que Cooper l'encourage à redevenir blonde.

— Elle te va bien, dit-il simplement.

Rassurée, elle reprit le fil de son récit.

— Il dépensait une fortune dans des toilettes choisies par une styliste professionnelle mais, si la tenue que je portais avait le malheur de lui déplaire, c'était toujours ma faute et jamais celle de la styliste.

D'un grognement, Cooper manifesta sa désapprobation.

— Et son bureau ? demanda-t-il. Il en avait bien un, non ?

— Je n'y allais jamais, sauf quand il me l'ordonnait.

— Quand il te l'*ordonnait* ?

— Jeremy ne demande pas, il ordonne. J'ai dû aller

deux ou trois fois à son bureau. Il me jugeait trop stupide pour lui être d'une quelconque utilité.

Cooper émit une espèce de ricanement.

— Pourquoi te faisait-il venir, alors ?

— Pour impressionner les donateurs et se faire passer pour un mari dévoué.

— *Dévoué* ? répéta-t-il d'un ton indigné.

— Parfaitement. Il fallait qu'il soit dévoué pour supporter mes nombreux défauts.

— Bon sang ! Heureusement que vous n'avez pas eu d'enfants. Il en aurait probablement fait des monstres.

— Jeremy ne voulait pas d'enfants. Il m'avait prévenue que, si je tombais enceinte, il me ferait immédiatement avorter. Mais il faisait croire à tout le monde qu'il adorait les enfants et qu'il regrettait que je sois stérile.

Pendant quelques instants, Cooper la fixa sans rien dire. Puis il lui posa la question qu'elle redoutait tant, cette question à laquelle elle n'avait jamais été fichue de répondre.

— Pourquoi es-tu restée avec lui aussi longtemps ?

— Je me le suis souvent demandé. Par faiblesse, je suppose. Au début, j'ai apprécié de me sentir de nouveau en sécurité. J'ai supporté sa tyrannie parce que je la prenais pour de l'amour. Et puis je préférais encore être mal mariée plutôt que de me sentir une fois de plus seule et abandonnée.

— Ton frère était au courant ? demanda-t-il avec douceur.

— Je ne lui en ai pas parlé tout de suite. Tris avait autre chose à faire qu'à s'occuper de sa petite sœur. Mais, à la longue, il s'est rendu compte que je n'étais pas heureuse et il m'a conseillé de partir. Lorsque je me suis enfin décidée à faire ce qu'il fallait, il m'a aidée et assistée dans toutes les démarches.

Sa voix tremblait un peu sur la fin, mais Cooper avait passé un bras autour de ses épaules.

— Quand il est mort, ajouta-t-elle après un long silence, j'ai eu l'impression de me retrouver seule au monde.

— Cela ne t'a pas empêchée d'aller de l'avant, ce qui prouve bien que tu avais plus de ressources que tu ne le pensais. Tu étais en état de choc. Mais tu as réussi à partir et à conquérir ton indépendance.

Cooper la soutenait, l'encourageait et la réconfortait au besoin. Mais en aucun cas il ne la considérait comme une incapable, qu'il fallait assister. Il savait qu'elle n'était pas telle que Jeremy la lui avait décrite.

Il la croyait et il croyait en elle.

Cette certitude lui redonna la force d'espérer. Tout n'était peut-être pas perdu. A eux deux, ils allaient trouver un moyen de la sortir de là.

Elle leva la tête, regarda Cooper et ne résista pas à l'envie de l'embrasser.

Ce baiser n'était pas censé se prolonger, mais le désir ardent qui les avait poussés dans les bras l'un de l'autre tout à l'heure les embrasa de nouveau. Et lorsque, essoufflé, le regard enflammé, Cooper s'écarta d'elle, elle ne put s'empêcher de protester.

— Doucement, dit-il. Sinon, ça va encore finir au lit.

— Et alors ? rétorqua-t-elle non sans une pointe de défi.

Son audace l'étonnait elle-même, mais c'était la première fois qu'elle désirait un homme avec une telle intensité.

Cooper ne se fit pas prier. Il se leva, l'attrapa par le bras et l'entraîna dans la chambre avant même qu'elle comprenne ce qu'il lui arrivait. Il entreprit de la dévêtir mais l'impatience rendait ses gestes fébriles et maladroits. Lorsqu'elle posa ses mains sur les siennes, il leva vers elle un regard interrogatif, comme s'il s'attendait à ce qu'elle change d'avis.

Elle avait perdu l'habitude qu'on lui demande son avis. Cela lui faisait tout drôle. D'autant qu'elle sentait qu'il aurait suffi d'un mot pour que Cooper la laisse tranquille.

Cette pensée ne fit que raviver les flammes de son propre désir. Elle se jeta sur lui pour le déshabiller, bien décidée à prendre la direction des opérations. C'était à son tour, cette fois, songea-t-elle avec une ferveur nouvelle qui la laissa perplexe.

Lorsque, enfin nus, ils tombèrent sur le lit, que personne n'avait pris la peine de refaire, elle se lança dans une lente et méticuleuse exploration du corps de son amant. Elle avait follement envie de sentir sous ses mains son torse musclé, de passer les doigts dans les boucles sombres de la toison de son torse, de caresser et d'embrasser son ventre plat, ses cuisses galbées, son sexe gonflé de désir. Elle voulait tout connaître de lui, l'apprendre sur le bout des doigts.

Lorsqu'il roula sur le dos, les bras en croix, et invita Nell à le chevaucher, la jeune femme comprit qu'ayant apprécié de la voir prendre l'initiative il entendait la laisser se débrouiller seule jusqu'au bout. Pour quelqu'un d'aussi inexpérimenté qu'elle, la tâche était malaisée, aussi faillit-elle renoncer. Mais Cooper vint à la rescousse. Il prit ses seins en coupe, en captura les pointes entre ses doigts, les titilla, les agaça jusqu'à ce qu'elle gémisse, frémisse et s'ouvre complètement à lui.

Et lorsque, enfin, il la pénétra, lorsqu'il l'agrippa aux hanches pour aller encore plus loin en elle, lorsqu'il se mit à psalmodier son prénom d'une voix altérée par la passion, Nell sut que, désormais, elle n'était plus seule.

Réveillé par un petit gémissement, Cooper se tourna vers Nell, qui dormait, recroquevillée sur elle-même. La vision de cette femme, en position fœtale, l'émut presque autant que le cri plaintif qui s'était échappé de ses lèvres.

Après ce par quoi elle était passée, il aurait été très étonnant qu'elle ne fasse pas de cauchemars.

Pour lui faire sentir qu'il était là, prêt à la réchauffer et à la protéger, il se plaqua doucement contre elle. Si seulement il pouvait la tirer des griffes de son futur ex-mari !

Mais c'était quasi impossible car, comme Nell le lui répétait depuis deux jours, Jeremy était invincible. Pour avoir vécu avec lui, pour avoir supporté sa tyrannie, pour avoir été harcelée moralement pendant toutes ces années, elle savait de quoi elle parlait. D'après elle, c'était comme s'ils s'attaquaient à la mafia armés d'une simple fronde.

Peut-être leur fallait-il envisager une approche différente, trouver autre chose. La méthode utilisée d'habitude pour confondre un meurtrier n'était vraisemblablement pas applicable ici. D'ailleurs, ils ne pouvaient même pas prouver que Jeremy Brown était le meurtrier. Ce salaud avait pris ses précautions et fait en sorte que la seule personne qui aurait pu témoigner contre lui soit considérée comme quelqu'un d'instable et non digne de foi.

De nouveau, Nell s'agita dans son sommeil et poussa un cri strident qui glaça le sang de Cooper.

— Nell, réveille-toi. Tout va bien. Tu ne risques rien.

— Cooper ?

— Je suis là, murmura-t-il en se blottissant encore plus étroitement contre elle. Ne t'inquiète pas. Je serai toujours là.

Toujours ?

En général, il évitait de se projeter dans l'avenir. Les belles promesses, les serments, l'amour éternel, ce n'était pas pour lui.

Et puis à quoi bon tirer des plans sur la comète et faire

des projets d'avenir alors qu'il n'était même pas sûr que Nell *ait* un avenir ?

— Je suis désolée de t'avoir réveillé, dit-elle dans le noir.

— Il ne faut pas, murmura-t-il en la serrant contre lui.

Elle se retourna et déclara tout de go :

— Alors ça tombe bien. Parce que j'ai très envie de toi.

Plaquant ses lèvres sur les siennes, elle l'embrassa voracement, ravivant instantanément les flammes de son désir.

Bien plus tard, tandis que l'aube s'infiltrait à travers les hublots et que blottis l'un contre l'autre, enfin repus, ils profitaient de ce moment d'intimité, Cooper repensa à l'idée qui avait germé dans son esprit au beau milieu de la nuit.

— De quelle manière voudrais-tu te venger de Jeremy ?

Nell se figea, regrettant visiblement que son futur ex-mari vienne troubler la sérénité de leur tendre tête-à-tête.

Mais elle finit par répondre. Avec force soupirs.

— Je voudrais qu'il soit inculpé, que tout le monde sache qu'il n'a pas tué Tris par accident en s'interposant héroïquement entre lui et moi, mais qu'il l'a abattu de sang-froid. Je voudrais qu'il soit humilié publiquement et déchu de toutes ses responsabilités. Je demande beaucoup, je sais, mais j'en ai assez de vivre avec la hantise qu'il me retrouve.

Elle soupira de nouveau.

— Je sais aussi, reprit-elle, qu'avec les relations qu'il a il y a de fortes chances pour qu'il s'en sorte blanc comme neige.

— De quoi serais-tu prête à te contenter ?

— Que veux-tu dire ?

— Ta comparaison avec la mafia m'a fait penser à quelque chose. Quand Al Capone a été condamné, ce n'était pas pour banditisme mais pour fraude fiscale.

— Certes, mais je ne vois pas le rapport avec Jeremy.

— Pourquoi se compliquer l'existence ? Il suffit parfois d'utiliser les armes qu'on a sous la main.

— Quelles armes ? demanda Nell, intriguée.

Il eut une brève hésitation, puis lança comme on se jette à l'eau :

— Toi, évidemment.

28

Nell se demandait ce qu'elle faisait là, à tourner en rond comme un animal en cage.

Car la chambre d'hôtel avait beau être luxueuse, elle n'en restait pas moins une cage.

Elle se sentait prise au piège, telle une chèvre qu'on aurait sacrifiée pour appâter le lion. Or le lion était tout près. Son instinct la poussait à s'enfuir mais Cooper la surveillait.

Elle se dirigea vers la fenêtre et regarda au-dehors. Seattle était une belle ville, mais à la vie citadine elle préférait la tranquillité qu'elle avait trouvée de l'autre côté du détroit.

Lorsqu'on frappa à la porte, elle fit volte-face. Son cœur cognait dans sa poitrine. Plus morte que vive, elle regarda Cooper s'avancer vers la porte, l'ouvrir et faire entrer Jeremy dans la pièce comme un vieil ami perdu de vue.

— Désolé pour le coquard, lança Cooper. J'étais hors de moi.

Jeremy s'assura d'un simple coup d'œil que Nell était bien là et se désintéressa aussitôt d'elle. Mais ce regard fugace suffit à renseigner Nell sur son état d'esprit : il était furieux contre elle.

— Elle a le don de faire sortir les hommes de leurs gonds, confia Jeremy de ce ton complice qu'il employait parfois avec des donateurs particulièrement coriaces.

En costume-cravate et manteau de cachemire noir, il

était élégant, comme à son habitude, mais bizarrement il semblait gêné aux entournures et n'arrêtait pas de bouger les épaules.

— Il n'était pas nécessaire de me mentir, fit Cooper.

— Je vous prie de m'en excuser. Je ne voulais pas qu'elle s'enfuie de nouveau, vous comprenez. Si elle s'était méfiée de vous, elle serait partie. Vous deviez donc vous-même rester dans l'ignorance.

— Je vois. De toute façon, le patron a toujours raison.

— A ce propos, la prime a été versée sur votre compte, dit Jeremy. Comme convenu, aucune poursuite ne sera engagée contre vous après notre… petit malentendu.

— Merci.

— Vous êtes dur en affaires, monsieur Grant. C'est un trait de votre personnalité que j'admire beaucoup.

Cooper eut l'air si flatté que Nell en fut presque troublée.

— Tant mieux, parce qu'elle m'a donné du fil à retordre, déclara-t-il sans la regarder.

Il semblait vraiment excédé. Il était si bon comédien que Nell se troubla pour de bon.

— Je suis bien placé pour savoir qu'elle n'est pas facile, répondit Jeremy. C'est pourquoi j'ai accepté de vous verser cette prime sans discuter.

— Je me suis renseigné à votre sujet. Si j'avais su à qui j'avais affaire, jamais je ne l'aurais aidée à s'enfuir.

— J'en suis persuadé. Mais je ne voulais pas qu'elle sache que c'était moi qui la cherchais. J'escomptais que vous ne chercheriez pas à en savoir plus.

— Ah bon ? fit Cooper, étonné.

— Pourquoi vous ai-je choisi, à votre avis ? Parce qu'on m'a dit que vous faisiez de l'excellent travail, mais que vous aviez tendance à négliger les détails. C'était exactement ce que je voulais.

— Je vois.

— Ne le prenez pas mal, surtout. Il y a certainement un marché pour ce genre d'enquête. Celles pour lesquelles il vaut mieux ne pas poser trop de questions.

Cooper eut un sourire crispé.

— J'ai peut-être trouvé un créneau, dit-il d'un ton enjoué, en totale contradiction avec son rictus.

— Pourquoi pas ? s'exclama Jeremy. Je connais des tas de gens riches et influents, qui seraient susceptibles de faire appel à vous.

Pour une fois, songea Nell en les regardant deviser comme deux vieux copains, Jeremy ne mentait pas. Il pouvait en effet booster la carrière de Cooper.

Elle se sentait de plus en plus mal à l'aise.

Jeremy aussi, d'ailleurs. Son manteau, pourtant confectionné sur mesure, semblait vraiment inconfortable.

— Je vous félicite d'avoir mené à bien cette mission. J'espère que vous n'avez pas eu trop de mal à la convaincre de vous suivre. Vous a-t-elle cru ?

— Tout s'est passé comme prévu, assura Cooper. Elle a pensé que vous vouliez la récupérer.

Jeremy renifla.

— Quelle idiote ! Mais je ne vous apprends rien. Vous m'avez dit vous-même que vous la trouviez très limitée.

Il avait vraiment dit ça ? Il y allait un peu fort, non ? Nell sentit soudain son sang se glacer dans ses veines. Et si elle était réellement tombée dans un piège ? Et si le but de la manœuvre était non pas de coincer Jeremy, mais de l'aider à parvenir à ses fins ? Et si Cooper travaillait pour lui ?

Mais pourquoi l'aurait-il aidée à s'enfuir ? Le jour où Jeremy avait débarqué au cottage, Cooper aurait très bien pu la retenir et la livrer à son mari…

Ses pensées tournaient en rond et la jetaient dans la confusion la plus totale. Une seule chose était sûre : s'il s'avérait que Cooper lui avait menti, et que tout ce qui s'était passé entre eux était une imposture, autant qu'elle retourne avec Jeremy, parce qu'en ce cas-là elle était bel et bien stupide et ne méritait pas de vivre.

— … ce que vous avez l'intention de faire d'elle ?

Elle s'obligea à écouter ce que disaient les deux hommes. Si Cooper l'avait trahie, elle n'y pouvait rien. Il faudrait qu'elle se débrouille sans lui.

Cooper avait posé la question d'un ton désinvolte afin de ne pas éveiller la suspicion de Jeremy.

— Cela ne vous regarde pas.

Cooper haussa les épaules.

— Vous devriez la laisser jacasser. Ce qu'elle raconte est tellement dingue que personne ne la croira.

Nell déglutit. Il était si convaincant qu'elle ne savait plus quoi penser et commençait vraiment à se demander si elle n'allait pas finir entre les mains de Jeremy.

Lequel se mit soudain à avancer vers elle.

C'est à toi, songea-t-elle en inspirant un grand coup pour se donner du courage. Il allait falloir qu'elle montre à son tour des talents de comédienne. Et fasse croire à Jeremy qu'elle était brisée, alors qu'en réalité elle bouillonnait de rage et se retenait pour ne pas l'étrangler.

Le téléphone de Cooper sonna. Il s'excusa et leur tourna le dos pour répondre.

— Allez, viens, Tanya.

Ce prénom, dans la bouche de Jeremy, acheva de la déstabiliser. Elle fut tout à coup persuadée que Cooper l'avait trahie et allait laisser Jeremy l'emmener.

Lorsque Jeremy l'agrippa par le bras, elle recula vivement, comme sous l'effet d'une brûlure.

— Tu crois que je vais te suivre sans regimber ?

— Oui, bien sûr, répondit-il d'un ton exagérément posé.

— Alors que tu as tué mon frère ?

Jeremy secoua la tête d'un air affligé.

— Voyons, Tanya, c'était un accident, tu le sais très bien. La police et les médias le savent aussi. Tu ferais mieux de l'admettre, si tu ne veux pas finir internée, sous calmants.

C'était l'une de ses menaces favorites. Et celle que la jeune femme craignait le plus. Un court instant, elle eut l'impression de vaciller au bord d'un précipice prêt à l'aspirer. Se raccrochant à la colère qui l'embrasa telle une torche, elle résista au vertige. Pas question de céder cette fois-ci. Seule ou pas, elle allait tenir tête à Jeremy.

— Plutôt mourir ! lança-t-elle d'un ton farouche.

— Alors sois raisonnable si tu ne veux pas aller chez les fous.

Elle fit celle qui n'avait pas entendu.

— Plutôt mourir que de passer une seconde de plus en ton ignoble compagnie ! ajouta-t-elle.

Il lui serrait le bras à le broyer.

— Tu es une belle ordure, Jeremy. Un escroc, un menteur, un profiteur. Un vrai parasite.

— Je regrette que tu sois devenue aussi vulgaire, mon chou.

Il n'avait pas élevé la voix et semblait toujours aussi calme, mais elle vit une étincelle s'allumer au fond de ses yeux. Etait-ce de la colère, ou seulement de la surprise ? Il ne la connaissait pas rebelle et devait la trouver décidément bien changée.

— Eh bien, moi, ce que je regrette, c'est de t'avoir supporté aussi longtemps !

— Ma patience a des limites, siffla-t-il entre ses dents.

— Ce n'est malheureusement pas ton seul défaut.

Soudain il la lâcha et leva le bras, comme pour la gifler. Il ne l'avait jamais frappée, mais elle s'était toujours montrée docile. Elle s'empressa de reculer et de se mettre hors de sa portée.

— Ferme-la ! ordonna-t-il.

Il fit un pas vers elle, remua les épaules, jeta un coup d'œil à Cooper, toujours au téléphone, puis la fixa d'un air mauvais.

— Je vais avoir du pain sur la planche, dit-il en soupirant.

— Tu parles ! Tu n'as jamais rien fait de tes dix doigts. Tu ne sais que profiter des autres. Tu es une sangsue, un…

— Ferme-la ! répéta-t-il d'un ton nettement plus menaçant.

Il voulut l'empoigner de nouveau mais elle se déroba.

— Ne me touche pas. Tu me dégoûtes. Tu me donnes de l'urticaire.

Cette fois, il était bel et bien en colère. Ses yeux lançaient des éclairs. Et Nell jubilait.

— Qu'attends-tu pour me tuer ? demanda-t-elle d'une voix qu'elle voulut méprisante. Avec un peu de chance, cette fois tu ne rateras pas ton coup.

— Je regretterai jusqu'à la fin d'avoir manqué ma cible.

Elle retint son souffle. Etait-ce un aveu suffisant ? Dans le doute, elle préféra le pousser dans ses derniers retranchements.

— Si Tris ne s'était pas interposé, tu m'aurais atteinte.

— Tu lui dois une fière chandelle. Sans lui, tu ne serais en effet plus de ce monde. Mais il n'est plus là pour te protéger.

— Je suis assez grande pour me débrouiller seule.

Jeremy ricana.

— Tu crois vraiment être en mesure de me tenir tête ? A *moi* ? Si ton imbécile de frère ne s'en était pas mêlé, tu y passais, cette nuit-là.

— C'est donc comme ça que vous vous en êtes sorti ?

La question de Cooper le laissa un instant pantois. Il semblait avoir oublié sa présence.

— Pardon ? fit-il en se tournant vers Cooper.

— C'est comme ça que vous avez réussi à passer avec succès l'épreuve du détecteur de mensonges. Il s'agissait *réellement* d'un accident. Car c'est Nell que vous vouliez tuer et non son frère. Vous étiez donc de bonne foi.

Le ton admiratif de Cooper devait lui mettre du baume au cœur après toutes les horreurs que Nell lui avait dites. Jeremy retrouvait un peu de sa superbe.

— Absolument. Je savais que je ne risquais rien. C'est pourquoi j'ai insisté pour passer au détecteur de mensonges.

— Vous ne vous attendiez pas à ce que son frère s'interpose. Vous avez dû être surpris, non ?

— C'était un casse-pieds. Ce n'est pas lui que je voulais tuer, mais il n'a eu que ce qu'il méritait.

Cette fois, tout était clair. Jeremy venait de reconnaître qu'il avait cherché à la tuer.

— Le tour est joué ! s'exclama Cooper en regardant enfin Nell, à qui il décocha un clin d'œil. Tu as fait du bon boulot, mon cœur.

A ces mots, les craintes de Nell fondirent comme neige au soleil. Si elle ne s'était pas retenue, elle se serait jetée au cou de Cooper pour se faire pardonner d'avoir douté de lui.

Jeremy les regarda tour à tour, abasourdi.

— Qu'est-ce que c'est que cette histoire ?

— Après avoir avoué que vous aviez l'intention de tuer votre femme, mais que son frère vous en avait empêché, vous l'avez de nouveau menacée. Nous n'en demandions pas tant.

Jeremy en resta bouche bée. Nell faillit éclater de rire, mais elle ne voulait pas se réjouir trop vite de la déconfiture de son futur ex-mari. Il était capable d'échapper à toute condamnation.

— Vous m'avez tendu un piège, lança-t-il, accusateur.

— Oui, et bien qu'instable et écervelée, votre femme, ou plutôt future ex-femme, vous a eu comme un bleu ! s'exclama Cooper.

Sa jubilation étant contagieuse, Nell ne put cette fois s'empêcher de rire. Ce qui ne fit que décupler la colère de Jeremy.

— Personne ne vous croira. La police vous rira au nez. Un détective privé à la gomme et une femme à moitié folle ? Vous n'avez aucune chance. Je connais les meilleurs avocats du pays, et tant que je n'en ai pas décidé autrement, Tanya est à moi. Et à moi seul !

Très sûr de lui, aussi calme que Jeremy était énervé, Cooper répliqua :

— Il va pourtant bien falloir que vous renonciez à elle. Que vous acceptiez le divorce et vous absteniez désormais de la critiquer et même de dire quoi que ce soit à son sujet.

— Vous êtes fou.

Cooper ne releva pas.

— Il va falloir que vous renonciez aussi à toute carrière politique. Des gens comme vous, nous en avons déjà beaucoup trop dans ce pays.

— Pour qui vous prenez-vous ? lâcha Jeremy.

Sa colère était tombée et il semblait presque amusé, au grand dam de Nell, qui se demandait ce qu'il mijotait.

— J'ai essayé de convaincre Nell de vous soutirer de quoi vivre à l'abri du besoin jusqu'à la fin de ses jours, mais même votre argent semble la dégoûter. Il ne vous reste plus qu'à partir vous installer dans une île du Pacifique.

— Partir, moi ? Certainement pas.

— Il va pourtant bien falloir, dit Cooper.

— Eh bien, c'est ce que nous verrons, riposta Jeremy.

Nell comprit soudain pourquoi il avait sans arrêt ce mouvement des épaules pour remonter son manteau. Le vêtement tirait d'un côté, à cause du pistolet qui était caché dans sa poche et qu'il braquait maintenant droit sur elle.

29

— Je craignais d'avoir à en arriver là, dit Jeremy en feignant si bien la contrariété que quiconque ne le connaissant pas sous son vrai jour s'y serait laissé prendre.

Mais son vrai jour, elle ne le connaissait que trop, songea Nell. Il n'y a pas si longtemps, elle se serait moquée qu'il lui tire une balle dans la tête. Cela aurait même été une délivrance.

Du coin de l'œil, elle crut voir Cooper lever la main comme pour dire « stop » mais elle était trop occupée à fixer le canon du revolver braqué sur elle pour s'inquiéter de ce qu'il faisait.

— Lâchez tout de suite ce revolver, ordonna-t-il.

— Vous êtes un crétin, Grant, déclara Jeremy sans quitter Nell des yeux un seul instant. J'aurais pu vous rendre riche.

— Le plus crétin des deux, c'est vous, si vous croyez vous en tirer comme ça, répliqua Cooper en faisant un pas en avant comme pour s'interposer entre le revolver et elle.

Nell eut une effroyable impression de déjà-vu. Un frisson glacé lui parcourut l'échine à la pensée de ce qu'il risquait de se passer. Jeremy avait la détente facile. La dernière fois qu'un homme avait cherché à la protéger, il était mort. Pour rien au monde elle ne voulait perdre Cooper.

Elle n'en prenait conscience que maintenant, mais elle tenait à lui. Elle était tombée amoureuse de lui et ne voulait pas qu'il lui arrive malheur.

Si elle devait le perdre lui aussi, elle en mourrait. Et, tant qu'à mourir, autant que cela aille vite et avec le moins de souffrances possible.

— Quelle aurait été ta défense ? demanda-t-elle à Jeremy. Si tu m'avais tuée ? Quand on tire sur sa propre femme, on peut difficilement prétexter une erreur sur la personne.

— Bien sûr que si. Il faisait noir, j'ai vu une ombre et j'ai tiré. Il aurait évidemment fallu que je tue aussi ton frère. Cela aurait été le seul moyen de m'assurer de son silence. On m'aurait cru.

Sidérée par son assurance et son cynisme, Nell ne put réprimer un frisson. Et le pire, c'était qu'il avait probablement raison : on l'aurait cru.

— Pourquoi ne m'as-tu pas mis le meurtre sur le dos ? demanda-t-elle. Une dispute qui tourne mal et le coup de feu part accidentellement. On t'aurait cru, là aussi.

— Oui, bien sûr, admit Jeremy, qui avait retrouvé sa bonne humeur. Mais je ne voulais pas que la police t'embarque. Tu m'appartiens corps et biens, et c'est à moi de décider de ton sort.

— Tu as l'intention de me punir ? Pour quelle faute ? Parce que j'ai l'audace de te quitter ?

— Tu ne peux rien faire sans ma permission, déclara-t-il.

— Va au diable, Jeremy !

Il se mit à rire. Elle avait toujours détesté son rire de faux-jeton qui se prenait pour le roi du monde. Elle dut se retenir pour ne pas lui sauter à la gorge. Elle savait qu'il tirerait avant qu'elle ait le temps de lui faire le moindre mal, ou que Cooper s'interposerait et mourrait à sa place.

— Vous êtes mégalomane et imbu de votre personne, dit Cooper en faisant un pas en avant.

— Et vous, vous êtes un bon à rien qui gaspille le peu

qu'il sait faire ! répliqua Jeremy. Et je vous conseille de ne pas vous mêler de ça ou vous risqueriez de le regretter.

— Comme le frère de Nell ?

En voyant Cooper avancer encore et se placer en plein dans la ligne de tir, Nell poussa un cri. Vif comme l'éclair, Cooper bondit sur Jeremy, mais au lieu de chercher à le désarmer il se glissa sous son bras tendu et lui donna un grand coup d'épaule. Le coup partit et la balle alla se loger dans le plafond. Ils tombèrent l'un sur l'autre et commencèrent à se battre. Nell comprit très vite que le revolver était coincé entre eux.

Juste au moment où quelqu'un ouvrait la porte de la chambre à la volée, un second coup de feu partit. En entendant Cooper grogner, Nell sentit son sang ne faire qu'un tour.

Folle de rage, elle s'empara du premier objet qui lui tombait sous la main et en asséna un grand coup sur le crâne de Jeremy, qui s'effondra en gémissant. Puis, comme pétrifiée, elle lâcha le seau à glace en métal argenté.

Aucun des deux hommes ne bougeait. L'espace d'un effroyable instant, Nell crut qu'elle avait de nouveau perdu l'être auquel elle tenait le plus au monde.

Mais Cooper n'était pas mort. Il repoussa Jeremy, à moitié assommé, et se redressa.

Toute tremblante, Nell s'agenouilla à côté de lui, sans s'occuper de l'homme qui avait débarqué sans crier gare. Cooper se traîna jusqu'à elle et la prit dans ses bras. Elle le serra très fort dans les siens.

Au bout de quelques instants, Cooper leva la tête vers le nouveau venu, qui les observait en silence. Nell reconnut l'un des hommes qu'elle avait vus en photo à bord du bateau.

— Salut, Dave, dit Cooper au policier qui s'agenouilla à son tour pour passer les menottes à Jeremy.

— Tu l'as échappé belle, hein ?

— J'ai mis toutes les chances de mon côté, dit Cooper en tapotant son torse bizarrement rembourré. Je me doutais que, s'il avait tiré une fois, il risquait de recommencer. Merci pour le gilet. Et pour ton aide.

— Tu as eu de la chance qu'il ne te tire pas une balle dans la tête.

Nell frémit mais Cooper, lui, se contenta de hausser les épaules.

— Je ne lui en ai pas laissé le temps.

Dave secoua la tête.

— C'est fou ce que tu me rappelles ton père.

Il y eut un long silence embarrassé.

— Merci, dit finalement Cooper en souriant à l'ancien partenaire de son père.

— Cela aurait pu ne pas être un compliment, fit Dave d'un ton qui contredisait ses propos. Tu as pris un risque énorme.

— Penses-tu ! Je n'étais pas seul. J'ai une coéquipière de choc.

— Je veux bien te croire, répondit Dave en souriant à Nell. Et la vidéo a parfaitement fonctionné. Il a beau avoir le bras long, ajouta-t-il en désignant Jeremy, qui commençait à recouvrer ses esprits, personne ne pourra rien pour lui sur ce coup-là.

Nell tripota la broche en forme de fleur fixée au revers de sa veste. En dépit de leur taille, ces caméras étaient incroyablement performantes. Elle en avait déjà vu, mais jamais elle n'aurait imaginé en avoir un jour l'usage.

Jamais non plus elle n'aurait imaginé qu'elle vivrait de telles aventures.

Ou tomberait amoureuse.

Eperdument amoureuse.

***

Contre toute attente, Cooper recouvra vite son calme. Il avait eu la peur de sa vie lorsque Brown avait pointé son revolver sur Nell. A ce moment-là, il avait vraiment craint pour la vie de la jeune femme.

Elle n'était pas censée venir à ce rendez-vous. Cooper ne voulait pas la mettre en danger, mais elle avait tellement insisté qu'il avait fini par céder. Lorsqu'elle avait refusé catégoriquement de porter un gilet pare-balles sous prétexte que cela risquait de tout faire capoter, il l'avait soupçonnée d'avoir des tendances suicidaires.

— Je n'ai jamais autant aimé la vie, avait-elle affirmé en plantant dans ses yeux un regard qui lui avait donné un coup au cœur.

Il y avait dans ce regard tout un tas d'émotions où se mêlaient la peur, l'admiration, le désir et l'amour, et — plus effrayant encore — une folle envie que ces sentiments durent toujours. Cooper avait compris que, dès qu'ils auraient neutralisé son futur ex-mari, il devrait s'occuper de ce problème.

Mais, maintenant que le moment était venu de l'affronter, il en avait beaucoup moins peur. Il se sentait plutôt résigné.

Depuis qu'ils avaient regagné le *Peacemaker,* Nell semblait parfaitement détendue. Ils allaient passer la nuit à bord, mais restaient en contact avec Dave, qui lui avait une fois de plus prouvé sa loyauté en acceptant de l'aider et en écoutant son histoire abracadabrante.

— Cooper ? Ça va ? demanda la jeune femme, qui le regardait vérifier que les hublots étaient tous bien fermés car on annonçait une tempête.

— Oui, mais je ne te cache pas que je suis contrarié depuis que je sais que j'ai la réputation d'être un feignant.

— Tu n'es pas feignant du tout, protesta-t-elle.

— Juste un peu négligent, alors.

— Décontracté, tout au plus, dit Nell, qui cherchait visiblement à le consoler.

— Je reconnais que je me suis laissé vivre. Comme j'avais promis à ma mère de ne pas entrer dans la police, j'ai prétexté une vocation contrariée pour ne rien faire d'autre.

— Tu as tort de te déprécier. Tout à l'heure, tu as montré de quoi tu étais capable.

— Tu parles ! C'est toi qui as quasiment tout fait. Je me suis contenté d'appeler en renfort l'ex-coéquipier de mon père. Celui-ci aurait honte de moi, s'il savait ce que je suis devenu.

— Je suis sûre que non. D'autant que, comme Dave te l'a dit, ta carrière va décoller. Après une histoire pareille, tous les journaux vont parler de toi. Tu seras bientôt célèbre.

Force lui était de reconnaître qu'elle avait raison sur ce point. Lui qui avait toujours compté sur le bouche-à-oreille pour sa publicité constatait que les nouvelles allaient très vite car, cet après-midi, son téléphone n'avait pas arrêté de sonner. Il ne s'attendait pas à ce que sa vie soit à ce point chamboulée et, sur le moment, il ne l'avait pas très bien pris.

— Merci de jouer les attachés de presse, dit-elle. Les journalistes et autres reporters sont de vrais pots de colle.

— De rien.

— Et merci encore de m'avoir sauvé la vie.

— Merci à toi d'avoir sauvé la mienne. Tu n'y es pas allée de main morte avec ton seau à champagne.

— Merci aussi de… m'avoir crue.

Il se tourna vers elle en fronçant les sourcils.

— A un moment, dit-il, j'ai eu l'impression que tu te posais des questions. Tu t'es mise à douter de moi, n'est-ce pas ?

Elle baissa les yeux.

— Oui, avoua-t-elle dans un souffle.

— Mais ça ne t'a pas empêchée de jouer ton rôle jusqu'au bout.

Elle leva la tête et prit une inspiration avant de déclarer :

— Parce que, si je devais découvrir que tu m'avais trahie, je préférais mourir de toute façon.

— Je n'aurais jamais fait ça, assura-t-il en la prenant dans ses bras. *Jamais.*

Un peu plus tard, lorsque la pluie se mit à tomber et que, blottis l'un contre l'autre dans son grand lit, fourbus mais heureux, ils se reposaient, Cooper se décida à évoquer l'avenir.

— Ce ne sera pas facile. Malgré les preuves que nous avons contre Jeremy, il va falloir qu'on se batte pour le faire inculper.

— Je sais.

— Dave y travaille déjà. Il dit que cette affaire sera son bâton de maréchal. La dernière avant la retraite. Il va y consacrer toute son énergie et ira jusqu'au bout pour que justice soit faite.

— Tant mieux, souffla Nell, qui semblait enfin y croire.

— Demain, si tu veux, nous irons voir Roger.

— Oui, ce serait bien, dit la jeune femme en se collant à lui, ce qui allait immanquablement réactiver le désir qu'il avait d'elle. Il faut absolument que tu récupères ta moto.

— Mmm…

Sa moto était pour l'instant le cadet de ses soucis. Nell avait la peau si douce et elle était si belle, si désirable…

— Ensuite, il faudra…

Elle laissa sa phrase en suspens. Domptant ses pulsions, Cooper prit le relais.

— Oui, dès que possible, il faudra…

Elle se figea tandis qu'à son tour il cherchait ses mots.

— Il faudra quoi ?

— Il faudra que nous mettions le cap vers le sud. Ces quelques jours en mer te permettront de décompresser et, une fois à L.A., tu pourras… aller te recueillir sur la tombe de Tristan.

— Quelle tombe ? demanda Nell en s'appuyant sur un coude, le front soucieux. Je ne sais même pas où il est.

— Il a été enterré juste à côté de ta mère. J'ai appelé Alex Ayala, son meilleur ami. Il s'est occupé de tout.

— Tu es vraiment formidable, dit-elle en se coulant contre lui.

— Redis-le-moi dans une dizaine de minutes, murmura-t-il au creux de son oreille.

— Je n'y manquerai pas, assura-t-elle avant de l'embrasser voracement.

Elle se sentait enfin libre, enfin rassurée, et semblait bien décidée à en profiter et à en faire profiter Cooper, qui ne demandait pas mieux.

Lorsque, repus l'un de l'autre, ils retombèrent sur le lit, pantelants, il trouva le courage de lui ouvrir son cœur. Elle accueillit sa déclaration avec une émotion non dissimulée et lui avoua timidement qu'elle partageait ses sentiments.

A sa grande surprise, Cooper découvrit alors que les liens qui s'étaient tissés entre eux n'avaient rien d'aliénant, et que les « Je t'aime » qu'ils avaient échangés pouvaient être au contraire libérateurs.

Le vagabond était enfin prêt à se fixer. Même la perspective de vivre dans une maison, comme tout le monde, ne lui faisait plus peur.

Mais c'est à bord du *Peacemaker*, avec la mer pour seul horizon, que Nell et lui allaient d'abord faire leur nid.

Epilogue

C'était la troisième fois qu'elle se rendait sur la tombe de Tris. Et la dernière avant longtemps. La meute de journalistes qui ne la lâchaient pas d'une semelle en dépit des tentatives de dissuasion de Cooper, qui se tuait à leur répéter qu'elle n'avait « aucune déclaration à faire », avait rendu pénibles ces visites au cimetière. Ce matin, pour être sûre d'être tranquille, elle était venue tôt. Par discrétion, Cooper s'était écarté.

Sa perspicacité, cette manière qu'il avait de toujours deviner ses pensées n'en finirait jamais de l'étonner. Non seulement il la comprenait, mais il la soutenait aussi, en lui rappelant chaque fois qu'elle flanchait que, si elle avait tenu le coup après tout ce qu'elle avait enduré, c'était parce qu'elle était forte, et non fragile et instable comme son futur ex-mari le prétendait.

Les quelques jours qu'ils avaient passés en mer, en tête à tête sur le *Peacemaker*, lui avaient fait un bien fou. Aux petits soins pour elle, Cooper l'avait entourée de son affection et l'avait aimée avec passion. Grâce à lui, elle avait cessé de se tourmenter pour son avenir.

Ils avaient très peu parlé de l'affaire mais, un jour, Cooper lui avait montré une photo de Jeremy, menotté, l'air furibond et défait. Elle avait ressenti une certaine jubilation à le voir dans cet état.

Juste avant d'arriver à Los Angeles, après une courte escale à Santa Barbara, Cooper l'avait prévenue que l'arrestation de Jeremy défrayait la chronique et que tous les médias l'attendaient pour l'interviewer.

Elle avait néanmoins été surprise de l'intérêt suscité par l'affaire et avait dû apprendre à ruser pour échapper aux journalistes.

Puis les rouages de la justice l'avaient rattrapée et il lui avait fallu passer des heures et des heures à s'expliquer. Elle avait découvert que Cooper avait pris les devants et fait à la police tout un tas de déclarations dans lesquelles il avait expliqué pourquoi elle avait pris la fuite et pourquoi elle n'avait pas confiance en la justice.

A la demande de Cooper, la police avait entrepris de lui prouver qu'elle avait tort.

Elle se pencha sur la tombe de son frère pour retirer une feuille d'arbre. Elle avait appelé Alex pour le remercier d'avoir veillé à ce que Tris soit enterré à côté de sa mère. Elle lui avait su gré de sa discrétion alors que, visiblement dévoré de curiosité, il brûlait de la questionner. Un jour, elle lui raconterait ce qui s'était passé.

Elle déposa sur la tombe de Tris un bouquet d'œillets rouges, ses fleurs préférées, puis se tourna vers la tombe voisine, qu'elle fleurit à son tour, mais de lys blancs.

N'eût été Cooper, et l'avenir radieux qui se profilait à ses côtés, elle aurait été tentée d'aller rejoindre les siens. Ils lui manquaient tellement…

Elle vit Cooper approcher, suivi d'un homme d'une cinquantaine d'années qu'elle ne connaissait pas. Elle supposa que c'était un inspecteur ou un adjoint du procureur.

Debout entre les deux tombes, elle posa une main sur chacune d'elles, ferma les yeux et pensa très fort à son frère et à sa mère.

— Je vous aime, murmura-t-elle, et vous allez beaucoup me manquer. Mais je vais m'en sortir. Je vous le promets.

Puis elle s'assit, s'attendant secrètement à recevoir une

réponse de l'au-delà, un signe quelconque, un message. N'importe quoi. Elle savait que plus tard elle rirait d'y avoir cru, mais elle ne pouvait s'empêcher d'espérer.

— Nell ?

Cooper s'agenouilla à côté d'elle et lui prit la main.

— Pardonne-moi de te déranger mais…

Elle ne le laissa pas finir.

— Tu ne me déranges pas. Je commençais à divaguer.

Il prit son autre main et se mit à fixer la jeune femme d'un drôle d'air, comme s'il s'apprêtait à lui annoncer quelque chose.

— Qu'y a-t-il ? demanda-t-elle, pleine d'appréhension.

— Tu m'aimes ?

Elle trouva étrange qu'il pose la question. Mais répondit sans hésitation :

— Oui.

— Alors souviens-t'en si tu te mets en colère contre moi.

Elle s'écarta, déroutée.

— En colère contre toi ? Mais pourquoi donc ? Tu m'as énormément aidée et…

Elle s'interrompit en le voyant secouer la tête.

— J'ai cru bien faire, dit-il en l'obligeant à se relever et à se tourner face à l'homme qui se tenait à deux mètres d'eux.

Son visage lui disait vaguement quelque chose. Comme elle fouillait sa mémoire, elle remarqua qu'il avait les joues humides. Il pleurait et ne cherchait pas à sécher ses larmes.

Il la regardait, ses yeux bleu turquoise rivés sur elle.

Le cœur de Nell s'emballa.

— Bonjour, Miss Ecolo, dit-il, la voix tendue.

— Papa ? lança-t-elle dans un souffle.

Cooper s'écarta pour les laisser en tête à tête mais, du coin de l'œil, il guettait sa réaction, craignant visiblement qu'elle ne prenne mal son initiative. Comme si elle pouvait lui en vouloir d'avoir retrouvé son père !

C'était à sa connaissance la plus belle déclaration d'amour qu'on lui ait jamais faite à ce jour.

Elle le regarda droit dans les yeux.

— Je t'aime.

Il poussa un gros soupir de soulagement.

— Moi aussi, je t'aime.

— Je sais. Tu viens encore de me le prouver.

Il sourit. Elle l'imita, le cœur débordant d'amour et de gratitude.

Puis elle alla embrasser son père.

LAUREN NICHOLS

D'imprudentes retrouvailles

BLACK *ROSE*

éditions HARLEQUIN

Titre original : DEADLY REUNION

Traduction française de VANESSA AUCANOT

83-85, boulevard Vincent-Auriol, 75646 PARIS CEDEX 13.
Service Lectrices — Tél. : 01 45 82 47 47
www.harlequin.fr

1

Il aurait préféré être en route pour l'enfer, songea Michael « Ike » Walker tandis que, au volant de son 4x4 noir, il s'éloignait du petit port pittoresque et s'engageait dans une rue étroite.

Ravalant deux années de ressentiment, il fouilla les alentours du regard à la recherche d'une maison victorienne blanche en cours de rénovation. Conscient du genre d'accueil qu'il recevrait, il n'était pas pressé d'en revoir la propriétaire, mais il n'avait pas le choix. Lorsque la maison apparut dans son champ de vision, il sentit l'appréhension lui nouer l'estomac.

Il tourna dans l'allée, se gara et descendit de voiture.

A la lueur du soleil couchant, il se dirigea vers les marches menant au porche et les gravit sans s'arrêter, de crainte de se raviser et de préférer un coup de téléphone au face-à-face.

C'était une bien grande maison pour une seule personne, se dit-il en se renfrognant alors qu'il appuyait sur la sonnette. Cela dit, la situation personnelle de Lindsay avait peut-être changé.

Non qu'il s'en soucie. Désormais, elle était libre de voir qui elle voulait et de faire ce qu'il lui plaisait, tout comme lui. Impatient d'en finir, il appuya sur la sonnette une seconde fois.

— Une minute ! cria Lindsay depuis l'intérieur de la maison.

Lorsqu'elle ouvrit enfin la porte, elle écarquilla les yeux sous l'effet de la surprise et le sourire accueillant qu'elle affichait s'évanouit.

Les secondes qui suivirent parurent interminables à Ike. Un véritable supplice.

Dans l'obscurité grandissante, la sirène mélancolique d'un remorqueur retentit au loin tandis qu'Ike voyait la douleur, la tristesse et les reproches passer dans ses beaux yeux verts, qui avaient soudain pris la teinte d'une mer houleuse. Il eut un pincement au cœur et se détesta d'éprouver de nouveau le vieux désir familier. Tout était terminé entre eux depuis maintenant dix-huit mois.

— Bonjour, Ike, dit-elle enfin après avoir pris une profonde inspiration.

— Bonjour, Lindsay.

Comme naguère chaque fois qu'il la regardait, il sentit son sang se mettre à courir plus vite dans ses veines. Ses épais cheveux blonds étaient noués avec un ruban. Mince et joliment hâlée, elle portait un short taillé dans un jean et un T-shirt vert pâle assorti à ses yeux.

Il ne put s'empêcher d'être agacé de lui voir aussi belle allure, car cela le ramena soudain en arrière, dans leur ancien lit, au milieu des draps en désordre. Le souvenir des moments où il se perdait en elle, de son souffle chaud sur sa peau et de son doux rire contre son cou, de la manière dont son corps s'emboîtait si parfaitement au sien était encore terriblement vivace.

Sans chercher à cacher son impatience, Lindsay attendait de connaître la raison de sa visite.

— Il faut qu'on parle, annonça-t-il sèchement. Est-ce que je peux entrer ?

— Ça dépend, répondit-elle avec raideur. Serons-nous capables d'avoir une conversation civilisée sans divertir les voisins ?

— Si tu l'es, je le suis aussi, assura Ike.

A son expression réticente, il était évident qu'elle en doutait. Elle s'écarta néanmoins pour le laisser entrer.

Une odeur de vernis et de pot-pourri effleura ses narines tandis que son regard se posait sur l'escalier en chêne qui menait à l'étage. Puis il tourna la tête sur la droite en direction d'un immense salon. La pièce offrait un contraste saisissant avec l'extérieur légèrement délabré de la maison. Des cadres-photos, de tailles et de formes assorties, recouvraient presque entièrement les murs couleur crème, et des rideaux roses encadraient les voilages en dentelle qui masquaient les portes-fenêtres. Le mobilier paraissait neuf, à l'exception des tables… et du profond fauteuil tapissé de rose qu'ils avaient acheté ensemble.

— Joli, lâcha-t-il à contrecœur avant de la suivre dans la pièce.

— Merci.

Puis, comme si elle se sentait obligée de justifier l'acquisition de sa nouvelle résidence, Lindsay ajouta :

— C'est plus proche de mon travail.

Elle alluma les lampes tempête qui se trouvaient de part et d'autre du sofa en tissu imprimé rose et crème, puis demanda :

— Comment m'as-tu trouvée ?

— Grâce à ta mère.

Elle s'immobilisa et attendit avec impatience qu'il poursuive.

— Je suis d'abord passé à ton ancien appartement. Quand la femme qui y vit à présent avec une flopée de chats m'a dit que tu avais déménagé et étais revenue vivre à Spindrift, j'ai supposé que tu habitais de nouveau avec Arlene. Masochiste comme je suis, j'ai décidé d'aller chez elle.

A sa grande surprise, Ike vit une lueur de compassion traverser son regard.

— Oh ! murmura-t-elle en détournant les yeux. Comment est-ce que ça s'est passé ?

— A peu près comme tu l'imagines. Si elle avait su que le grand méchant chasseur de primes était de retour en ville, je suis sûr qu'elle aurait rassemblé tous ses crucifix et accroché de l'ail au-dessus de ses portes et fenêtres.

La gorge de Lindsay se serra. Bien malgré elle, les murs qu'elle avait érigés autour de son cœur pour se protéger d'Ike commençaient à se fissurer, laissant de nouveau passer la peine. Bon sang ! Elle ne voulait pas éprouver quoi que ce soit pour lui ! Elle voyait quelqu'un d'autre à présent et essayait de se construire une nouvelle vie. Malheureusement, les émotions profondes qu'il parvenait encore à susciter en elle refusaient de rester enfouies.

Comme elle avait besoin d'un moment pour se reprendre, elle désigna d'un geste le fauteuil qu'ils avaient acheté ensemble à une vente aux enchères, un mois après leur mariage.

— Assieds-toi, proposa-t-elle avant de se diriger vers la cuisine. Je viens de préparer du café. Je vais t'en chercher une tasse.

— Merci, mais je ne compte pas rester longtemps.

Il attendit qu'elle revienne avec le café pour poursuivre :

— Il s'est passé quelque chose, hier après-midi. Un événement sur lequel j'ai besoin d'enquêter. Seulement, je ne peux pas le faire sans ton aide…

En proie à l'appréhension, Lindsay recula nonchalamment de quelques pas et s'efforça de ne pas remarquer à quel point le polo noir d'Ike moulait à la perfection ses larges épaules, de ne pas admettre qu'aucun autre homme n'avait jamais eu plus belle allure dans un simple jean. La légère barbe qui ombrait sa mâchoire et ses cheveux châtain foncé, plus longs que par le passé, ajoutaient encore à sa virilité. Les dix-huit mois qui s'étaient écoulés depuis leur séparation avaient ajouté de la maturité à sa beauté sexy et rude, le rendant encore plus séduisant.

Ses efforts pour ne pas se remémorer à quel point elle l'avait aimé durant les six mois qu'avait duré leur relation furent vains.

Elle humecta ses lèvres nerveusement.

— Est-ce que c'est à propos de nous ?

— Pas précisément, répondit-il froidement. D'ailleurs, depuis belle lurette, il n'y a plus de « nous ».

Lindsay se hérissa.

— Nom d'un chien, Ike, ne me fais pas regretter d'avoir ouvert la porte !

— Je me suis contenté de répondre à ta question.

Ils recommençaient leurs anciennes chamailleries, et elle ne le supportait pas. Les mots durs qu'ils s'étaient lancés au visage la dernière fois qu'ils s'étaient vus la faisaient encore grincer des dents ; elle n'arrivait toujours pas à comprendre comment ils avaient pu en arriver là. Elle le foudroya du regard.

— Dis-moi simplement ce que tu as en tête, que nous puissions en finir et poursuivre cette soirée chacun de notre côté.

Et nos vies, ajouta-t-elle en son for intérieur.

— Bien. Hier après-midi, près du poste de police de Portland, un type nommé Decker a été tué par des coups de feu tirés d'une voiture. Tank Exton le ramenait en prison quand c'est arrivé. Il était recherché pour avoir raté sa convocation au tribunal. Ça te rappelle quelque chose ?

Comment aurait-il pu en être autrement ? songea Lindsay. Frappée par une impression de déjà-vu, elle sentit l'air lui manquer. Déplaçant légèrement le coussin qui se trouvait dans l'angle du sofa, elle s'assit.

— Continue.

— Juste avant que Decker soit assassiné, un témoin l'a entendu exprimer son souhait d'être transféré dans une autre aile du bâtiment. Il a dit que, sans cela, il ne vivrait pas assez longtemps pour témoigner contre son dealer. Et il a ajouté que ce ne serait pas la première fois, que la même chose s'était déjà produite il y a deux ans.

Des frissons parcoururent Lindsay tandis que des images de son frère cadet passaient devant ses yeux à la vitesse de l'éclair.

— Le témoin de la conversation s'est peut-être trompé, fit-elle.

Sa voix manquait de conviction.

— Peut-être qu'il a cru avoir entendu…

— Le témoin est un policier que je connais et il ne se trompait pas. Tank me l'a confirmé ce matin quand je suis passé le voir à sa salle de sport.

Lindsay se releva. Elle avait besoin de marcher, de se concentrer sur ce qu'Ike insinuait et de tenter de comprendre.

— Ça ne signifie pas que le meurtre d'hier est lié à la mort de Ricky, dit-elle, sur la défensive. L'homme qui l'a frappé n'est-il pas toujours en train de purger sa peine ?

— Ton frère n'a pas été « frappé » ; il a été battu à mort. Et le détenu en question était déjà sous le coup de plusieurs condamnations à perpétuité. Une de plus ne changeait rien au temps qu'il devait passer derrière les barreaux. Je serais même prêt à parier une année de salaire que sa famille — ou même lui — y a gagné quelque chose.

Tandis que ses frissons redoublaient, Lindsay commença à prendre conscience de ce que cela pourrait signifier.

Pour elle, pour sa mère… et pour Ike.

— Mon Dieu ! souffla-t-elle en se frottant les bras comme si elle avait froid.

— Une enquête est en cours sur les coups de feu

d'hier, mais personne ne veut croire qu'il y a un lien avec la mort de Ricky. En fait, ils ne veulent simplement pas rouvrir une affaire classée. Le nombre de cas à résoudre les tient tellement occupés qu'ils n'ont ni le temps ni l'envie d'examiner les faits. En conclusion, à moins qu'une preuve tangible établissant un lien entre les deux crimes soit découverte, la mort de Ricky demeurera un meurtre aléatoire. Et celui qui l'a commandité s'en tirera à bon compte.

Ike chercha son regard avec détermination.

— Si cette preuve existe, nous devons la trouver. *Je* dois la trouver. Je vis avec ce poids depuis deux ans, Lindsay.

— Nous vivons tous avec ce poids depuis deux ans.

— Mais je suis le seul à avoir du sang sur les mains.

Ses paroles furent suivies d'un silence. Ike semblait attendre qu'elle dise quelque chose, mais Lindsay se rendit compte qu'elle ne pouvait pas ne pas être d'accord avec sa dernière remarque. Il était bel et bien responsable. Pas de la manière littérale dont il l'avait formulé, mais parce que, contre ses souhaits, il avait ramené Ricky dans la prison où il avait perdu la vie.

— Etant donné que tu ne t'empresses pas de me rassurer et de me dire que je ne faisais que mon travail, j'en déduis que ta mère n'est pas la seule à continuer de m'en vouloir.

— Ike…

— Non, ça ne fait rien. Je m'y suis habitué.

Il n'aurait pas eu à le faire s'il l'avait écoutée, songea Lindsay en essayant de chasser de son esprit le passé qui rejaillissait à toute vitesse.

Elle n'avait pas envie de penser encore à cette journée. Elle ne voulait pas se souvenir des torrents de larmes qu'elle avait versés, ni du pasteur et de l'officier de police qui s'étaient présentés chez sa mère pour leur annoncer la terrible nouvelle. Malgré ses efforts, elle se revit soudain dans la cuisine où sa mère poussait des cris déchirants et hurlait à Ike de sortir de sa maison en l'accusant d'avoir livré son unique fils à son bourreau.

L'impuissance qui se lisait dans le regard d'Ike lui avait brisé le cœur. Elle s'était retrouvée partagée entre sa loyauté envers lui et celle envers sa mère… jusqu'à ce que cette dernière s'effondre avec des douleurs de poitrine. La terreur avait alors envahi Lindsay à l'idée qu'elle puisse la perdre le même jour que son frère.

Ce jour avait marqué le commencement de la fin pour Ike et elle. Pour la première fois, leur mariage se trouvait mis à l'épreuve et il n'y avait pas résisté.

Et Ike lui disait maintenant que la mort de son frère n'avait pas juste été un événement aléatoire et malheureux. Qu'une personne avait voulu se débarrasser de lui et probablement payé pour s'assurer que ce serait fait !

Horrifiée, elle scruta le visage d'Ike.

— Qui a commandité le meurtre ? Qui pouvait bien vouloir la mort de Ricky ?

— Je l'ignore. Hier, je suis allé parler à l'agent de la brigade des stupéfiants qui l'avait arrêté. D'après lui, ton frère était en affaires avec un nouveau fournisseur de drogue — quelqu'un d'encore trop peu important dans le milieu pour qu'ils aient le moindre indice sur son identité.

— Tu aurais dû laisser Tank ramener Ricky en prison, dit-elle d'une voix mal assurée. C'était à lui que le contrat avait été confié, pas à toi.

Le soupir las qu'il poussa lui laissa entrevoir derrière son expression fermée l'homme compatissant qu'elle avait aimé autrefois.

— Je t'ai déjà expliqué mes raisons un millier de fois. Dois-je recommencer ?

Lindsay secoua la tête et se dirigea vers l'une des portes-fenêtres. Dehors, l'obscurité s'épaississait.

Tank était un ami, mais il faisait preuve de brutalité avec les fugitifs qui opposaient de la résistance. Ike avait découvert cela lorsqu'ils avaient commencé à travailler ensemble pour la même société de cautionnement. Tout comme Lindsay et sa mère, Ike savait que Ricky ne se laisserait pas emmener de son plein gré. C'était pour cette raison que, malgré les supplications de Lindsay pour qu'il ne s'en mêle pas, il avait insisté pour partir à sa recherche quand il ne s'était pas présenté au tribunal. Tank avait lui aussi fait remarquer à Ike que Ricky faisait partie de sa famille et que, s'il se chargeait de son arrestation, il risquait de s'attirer plus d'animosité qu'il ne pourrait en gérer. Ike était resté sourd à toutes leurs mises en garde. Quand il avait une chose en tête — quand il était convaincu d'avoir raison —, rien ne le faisait changer d'avis.

Au fond d'elle, Lindsay savait que son frère aurait été tué de la même façon si Tank l'avait ramené en prison. Mais le refus d'Ike de tenir compte de ses supplications avait encore envenimé la situation. Le fait que ses souhaits aient été sommairement rejetés l'avait blessée.

Si Ricky n'était pas mort et si sa mère n'était pas tombée malade, ils seraient peut-être parvenus à mettre toute cette histoire derrière eux. Hélas ! ce n'est pas ce qui s'était passé.

Quelle tragédie ! Lui qui ne voulait pas que Ricky soit blessé, il avait fini par leur faire du mal à tous.

Sa voix grave la tira de ses pensées.

— Toutes les affaires de Ricky, celles qui se trouvaient dans son appartement, ont été apportées au domicile de ta mère et entreposées dans son ancienne chambre après sa mort. S'il existe un lien avec l'homme qui aurait pu commanditer le meurtre il y a deux ans, c'est là que la preuve se trouve. Nous devons absolument mettre la main dessus.

Les intentions d'Ike devenant soudain claires dans son esprit, Lindsay se détourna de la fenêtre et secoua la tête énergiquement.

— Non. Hors de question. Ma mère se porte bien, à présent. Déterrer le passé une nouvelle fois risquerait de…

— N'as-tu pas envie de savoir ?

— Bien sûr que si ! s'exclama-t-elle, au bord des larmes. Mais je refuse de mettre la santé de ma mère en danger, même s'il y a la moindre probabilité que tu aies raison. Elle a déjà eu beaucoup de chance que sa crise cardiaque ne soit pas trop grave. Ricky est mort, et rien ne pourra le ramener. Si rouvrir l'enquête n'intéresse pas la police, n'en parlons plus. De toute façon, qui peut affirmer que ce Decker savait vraiment de quoi il parlait ? Ike, tu sais ce qui est arrivé la dernière fois que tu as décidé de faire le travail d'un autre.

C'était un coup bas, mais il décida de l'ignorer. La seule chose qui comptait était qu'il obtienne ce qu'il voulait.

— Oui, je le sais. Et je me le rappelle chaque fois que j'entre dans mon appartement et que tu n'es pas là.

Avant qu'elle n'ait le temps de répondre, il soupira de nouveau et balaya du regard le T-shirt et le short en jean qu'elle portait, puis remonta jusqu'à son visage. Son regard s'était adouci, nota Lindsay.

— J'ai manqué à mes devoirs envers Ricky, reprit-il. A partir du jour où je t'ai rencontrée, j'ai essayé de le remettre dans le droit chemin et je n'y suis pas arrivé. Si, en le ramenant en prison, je l'ai livré à un meurtrier, il faut que je le sache. Et que le véritable responsable paie.

Il marqua une pause.

— Parle à ta mère. Demande-lui si elle accepte de me laisser examiner les affaires de Ricky. Je jure de tout laisser exactement comme je l'aurai trouvé.

— Comment peux-tu me demander une chose pareille ?

Tu sais ce qu'elle ressent ! Elle ne s'est jamais remise de t'avoir vu passer les menottes à mon frère dans sa cour.

— Ta mère sait aussi bien que moi que j'ai essayé de parler avec lui avant d'en arriver là.

Seulement, comme cela n'avait donné aucun résultat, Arlene s'était attendue à ce qu'Ike ferme les yeux, à ce qu'il laisse son beau-frère s'enfuir, se remémora Lindsay. Perdre l'argent de la caution lui était complètement égal.

— Il avait vingt-trois ans, Lindsay. L'heure était venue pour lui de grandir et de faire face aux conséquences de ses choix minables — pas de courir retrouver sa mère comme il le faisait toujours pour lui demander de l'argent et, pire, faire d'elle une complice de ses crimes. Par ailleurs, il savait que les stups s'intéressaient à un plus gros poisson que lui et qu'ils allaient immanquablement lui proposer un marché en échange d'informations. Il n'aurait pas passé une seule minute derrière les barreaux.

— Exactement comme le fugitif qui s'est fait tuer hier, répliqua Lindsay en le fixant droit dans les yeux.

Ike ne broncha pas tandis que la culpabilité et les mauvais souvenirs s'abattaient de nouveau sur lui. Comme toujours, ses paroles le transpercèrent.

— Au moins, réfléchis-y.

Telle qu'il la connaissait, il savait que la discussion n'irait pas plus loin ce soir.

— Si tu changes d'avis, tu me trouveras au Drifter.

— Tu as pris une chambre en ville ? Portland n'est qu'à quarante-cinq minutes en voiture !

— C'est uniquement pour cette nuit.

Il hésita, puis décida d'insister en utilisant une approche différente.

— Comme j'espérais que tu voudrais obtenir justice pour ton frère, j'ai réservé une chambre en pensant pouvoir inspecter ses affaires dans la matinée.

Il se dirigea vers la porte d'entrée avant d'ajouter :

— Apparemment, j'avais tort.

Lindsay s'élança derrière lui tel un ouragan.

— Ne t'avise pas de me faire culpabiliser ! Mon refus n'a rien à voir avec de l'indifférence, et tu le sais. Alors cesse d'essayer de me manipuler. Je ne mettrai pas la santé de ma mère en danger !

— Très bien. Je trouverai un autre moyen pour obtenir son accord.

Furieux, Ike commença à sortir, puis s'arrêta net. Il avait le droit d'éprouver de l'amertume mais pas d'attaquer Lindsay au sujet de sa relation avec son frère. Elle l'avait toujours adoré, depuis le jour où il était né, et malgré les ennuis qu'il ramenait à la maison. Sa remarque l'avait blessée ; il ne pouvait pas la quitter comme ça.

— En arrivant, j'ai senti une odeur de vernis, dit-il doucement. As-tu démarré un nouveau projet ?

Durant leur courte relation, Lindsay avait toujours été en train de travailler sur quelque chose : la rénovation d'une table ou d'une commode, ou encore la création de guirlandes en pommes de pin pour offrir à Noël.

Ayant noté son changement d'attitude, elle prit une profonde inspiration.

— J'ai obtenu cette maison à un bon prix à cause de la masse de travaux dont elle a besoin. Je rénove actuellement les boiseries d'origine, mais je ne m'attaque qu'à une pièce à la fois pour ne pas devenir folle.

Ike sortit sous le porche et s'arrêta en haut des marches pour promener son regard sur le quartier paisible. Il faisait à présent nuit noire, et l'air avait fraîchi. Des millions d'étoiles constellaient le ciel, et seules les stridulations des grillons troublaient le silence. Au loin, le faisceau du phare de Spindrift balayait l'espace à intervalles réguliers.

Il tourna la tête vers Lindsay et croisa de nouveau son regard vert. Son estomac recommença à se nouer.

— Si jamais tu changes d'avis…

— Ce ne sera pas le cas. Ma mère n'a plus que moi, et je ne peux pas la laisser penser…

— Quoi ? Que tu t'es ralliée à l'ennemi encore une fois ?

— Ike, ce n'est pas juste.

— Non, en effet, répondit-il d'un ton grave. Ça ne l'a jamais été.

Puis il descendit les marches et regagna son 4x4 sans se retourner.

Lindsay suivit le véhicule des yeux jusqu'à ce qu'il disparaisse au bout de la rue. Le cœur serré, elle rentra chez elle et s'adossa à la porte qu'elle venait de verrouiller. Des larmes se mirent à rouler sur ses joues.

Dix-huit mois… Bon sang ! Elle croyait être guérie, enfin libérée de ces regrets déchirants et des reproches dont elle n'avait jamais voulu l'accabler — même si elle l'avait fait et le faisait encore. Elle ne pouvait pas s'en empêcher. Malgré la force de l'amour qui existait sans doute toujours entre eux, cela ne changeait rien au fait qu'il avait ignoré ses supplications et ses avertissements et que cela avait conduit à la mort de son frère.

Qu'il aille au diable ! songea-t-elle en essuyant ses larmes. S'il avait laissé Tank ramener Ricky en prison, s'il l'avait simplement écoutée et s'il avait respecté tout ce que représente une famille, elle serait peut-être en train de vernir les boiseries de *leur* maison. Son frère serait peut-être arrivé plus tard à la prison, et l'homme qui lui avait ôté la vie aurait peut-être déjà été transféré dans une autre partie du bâtiment.

Sauf si Ike avait raison, si la mort de Ricky n'était pas due au hasard mais avait été programmée…

L'une des choses qu'Ike avait dites lui revint soudain à l'esprit et ses pensées prirent une nouvelle direction. Il avait affirmé qu'il trouverait une autre manière d'obtenir l'accord de sa mère. Qu'entendait-il par là ? Avait-il l'intention de se rendre seul chez elle ?

A cette idée, elle sentit son cœur manquer un battement et fonça jusqu'à la salle à manger. Sa mère n'avait pas appelé pour la prévenir qu'Ike était en chemin — et elle l'aurait fait si elle en avait été capable.

Lorsqu'elle arriva près du téléphone et constata qu'il n'était pas bien repositionné sur son socle, elle poussa un soupir de soulagement. En début de soirée, un télévendeur avait appelé et, impatiente de se remettre au travail, elle avait mal raccroché.

A peine eut-elle remis l'appareil en place qu'il se mit à sonner. Elle essuya les larmes de ses yeux et s'éclaircit la gorge avant de décrocher.

— Allô ?

— Lindsay ?

La voix d'Arlene Hollis, d'ordinaire pleine de tendresse, trahissait son agacement. Lindsay était néanmoins contente de l'entendre ; elle allait bien.

— Oui, maman, c'est moi.

— Tu as une drôle de voix.

L'inquiétude s'immisça aussitôt dans celle de sa mère.

— Ma chérie, est-ce que tu pleures ?

Lindsay réprima un soupir et leva les yeux au ciel, priant pour une intervention divine. Elle n'avait aucune envie d'avoir cette conversation avec sa mère. Ni ce soir ni à un autre moment.

— Je vais bien, maman.

— Je l'espère. Voilà un bon moment que j'essaie de te joindre, et que la ligne sonne occupée.

— Désolée. Je viens seulement de m'apercevoir que mon téléphone était mal raccroché.

Un lourd silence s'installa pendant quelques secondes. Puis sa mère demanda d'un ton méfiant et loin d'être aimable :

— Pour quelle raison ton téléphone était-il mal raccroché ? Et à cause de qui ?

2

Dès qu'il arriva dans sa chambre de motel, Ike jeta son sac de voyage sur une chaise et en sortit une boîte d'aspirine. Puis il alla à grandes enjambées dans la salle de bains. En proie à une forte migraine, il avala deux comprimés et se pencha pour boire directement au robinet afin de les faire descendre.

Tandis qu'il s'essuyait la bouche du revers de la main, des images défilèrent dans son esprit — il ne s'agissait plus seulement de Ricky. Lindsay était désormais présente elle aussi, et de façon insistante. Il s'efforça de repousser les souvenirs qui l'assaillaient.

Bon sang ! Pourquoi ne lui avait-il pas téléphoné au lieu de faire le trajet jusqu'ici ? Même si elle avait eu envie de raccrocher, elle ne l'aurait pas fait ; elle était trop bien élevée pour cela. Seulement, une petite voix fautrice de troubles lui avait murmuré avec insistance qu'il aurait de meilleures chances d'atteindre son but en lui parlant face à face. Et, comme un idiot, il l'avait écoutée.

Il retira d'un coup sec ses bottes de cow-boy et les laissa en plan sur le sol. Puis il ôta sa chemise, son jean et ses chaussettes, et les ajouta à la pile. Alors qu'il se redressait, il saisit du coin de l'œil son reflet dans le miroir. D'un pas hésitant, il s'en approcha et s'observa d'un air grave.

Paraissait-il plus vieux que ses trente-six ans ou avait-il juste… l'air plus sombre ? Il n'avait pas encore le moindre cheveu blanc et les rides au coin de ses yeux se voyaient à peine sur son visage bronzé.

Mais il n'était pas allé chez le coiffeur depuis des mois et arborait une barbe de quelques jours. Il semblait aussi hagard que les fugitifs qu'il attrapait. Si l'on ajoutait à cela la cicatrice d'une ancienne blessure par balle qu'il avait à la hanche, le résultat final était sacrément attirant, songea-t-il avec sarcasme.

Pourquoi diable se préoccupait-il de l'allure qu'il avait ce soir ?

Tu connais la réponse à cette question, gros malin, murmura une voix dans sa tête.

Détournant brusquement les yeux du miroir, Ike se hérissa. Sur la défensive, il tenta de se convaincre qu'il s'en moquait complètement. Il n'était pas venu jusqu'ici pour impressionner Lindsay.

Avec un juron, il se débarrassa de ses sous-vêtements, prit sur le bord du lavabo le savon et le shampooing fournis par le motel, puis entra dans la cabine de douche.

Lindsay venait de dire au revoir à sa mère et s'apprêtait à se remettre au travail quand le téléphone sonna de nouveau. En soupirant, elle retourna dans la salle à manger. Elle ne supporterait pas un autre discours acerbe sur les travers d'Ike Walker. Pas ce soir. Pas quand la requête troublante qu'il lui avait faite continuait de la tenailler et que son cœur lourd souffrait encore de l'avoir revu.

A son grand soulagement, elle constata que le numéro affiché à l'écran lui était inconnu, bien que local. Tout valait mieux qu'une nouvelle diatribe de sa mère, même un autre télévendeur…

C'est la voix douce de John Fielding, dans laquelle elle perçut son sourire, qui résonna dans l'appareil. Récemment arrivé de Boothbay, le nouveau propriétaire de la librairie avait une dizaine d'années de plus que Lindsay. Dès leur rencontre, le jour de la réouverture officielle de la boutique, elle l'avait apprécié. La sympathie avait dû être réciproque, car il l'avait invitée à sortir dès le lendemain. Leur premier rendez-vous datait du week-end dernier. Ils étaient allés jusqu'à Portland pour dîner et voir une pièce de théâtre. Puis ils avaient discuté de leur amour des livres autour d'un café au lait et de *biscotti* dans un petit bistrot.

— Bonsoir, John, dit-elle, ravie de ce coup de téléphone qui venait lui rappeler les changements qu'elle tentait d'apporter à sa vie.

Depuis qu'Ike et elle s'étaient séparés, elle avait consacré toutes ses journées au travail, à passer du temps en compagnie de sa mère et à sortir occasionnellement avec ses amies.

— Comment allez-vous ?

— Bien, merci, répondit-il avec une légère hésitation. Pardonnez-moi, mais vous avez l'air fatiguée. J'espère que je n'appelle pas trop tard.

Il n'était que 20 h 15, mais elle se sentait bel et bien épuisée. Elle laissa néanmoins glisser sa remarque — elle savait exactement qui blâmer pour son état et n'avait aucune envie d'en parler.

— Bien sûr que non, il n'est pas trop tard. A quoi dois-je cet appel ?

— Eh bien, dit-il en s'enthousiasmant peu à peu, vous avez mentionné la semaine dernière avoir prévu de profiter de vos vacances pour faire des travaux dans votre maison. Et j'espérais que vous pourriez réserver l'une de ces journées pour moi. Même quelques heures, ce serait merveilleux ! Je ne veux pas être médisant, mais mon prédécesseur était un peu dépourvu d'imagination, et je me demandais si vous seriez d'accord pour m'aider à donner meilleure allure à la librairie. Cela nous permettrait également de mieux faire connaissance. Et je serai ravi de vous emmener dîner au restaurant de votre choix après ça.

— Ce serait avec plaisir, répondit Lindsay.

Elle regrettait que cette perspective ne l'excite pas davantage — et savait également qui blâmer pour ça.

— Quand aimeriez-vous vous attaquer à ce projet ? poursuivit-elle. Je travaille encore demain et vendredi. Ensuite, je serai libre pendant deux semaines.

— Que diriez-vous de dimanche en huit ? J'ai hâte de commencer mais, étant donné que je viens d'ouvrir, j'ai encore besoin d'un peu de temps pour m'organiser. Par ailleurs, cela me laissera le temps d'effectuer certaines étapes préliminaires. Est-ce que ça vous convient ?

— Ce sera parfait. D'ici là, je serai probablement contente de délaisser le papier de verre et le vernis pendant quelques heures, dit-elle en rassemblant tout l'enthousiasme dont elle était capable.

Elle raccrocha, bien déterminée à chasser Ike et les événements de la soirée de son esprit. Alors qu'elle s'apprêtait à quitter la pièce, une photo posée sur le vaisselier attira son regard. Elle y figurait en compagnie de Ricky et de leur mère. Le cliché avait été pris deux ans après la mort de son père, quand elle avait seize ans et son frère onze. Le cœur serré, elle tendit la main pour prendre le cadre.

Ricky était le miracle de ses parents. Quand elle était née, les médecins leur avaient annoncé qu'ils ne pourraient pas avoir d'autres enfants. Puis il était arrivé, et tous trois l'avaient couvert d'amour — surtout elle, sa grande sœur, sa protectrice. Un après-midi, tandis que Richard Hollis conduisait son fils à un match de base-ball, un conducteur en état d'ébriété les avait heurtés de plein fouet et il avait été tué sur le coup. Ils avaient tous été dévastés par sa mort, mais Ricky plus encore. Il n'avait que neuf ans, à l'époque, et l'accident l'avait laissé en proie à la culpabilité du survivant. Après le drame, il avait lutté pour trouver sa place dans le monde.

Les yeux de nouveau pleins de larmes, elle caressa le visage de son frère à travers le verre du cadre. Envahie par la peine et l'impuissance, elle se reprocha une fois de plus de ne pas avoir fait son devoir de grande sœur.

Avec un souffle tremblant, elle reposa la photo et s'essuya les yeux avant que les larmes ne se mettent à couler. Ike avait raison. Ils devaient découvrir s'il existait un lien entre la mort de Ricky et celle du fugitif assassiné la veille, s'il s'agissait d'un acte de violence aléatoire ou d'un meurtre prémédité.

Dix minutes plus tard, après avoir changé de vêtements et enfilé un jean délavé et un sweat-shirt bleu marine, elle descendait à grands pas, dans l'obscurité de la nuit, la route menant au port.

Le Krafty Millie's Café fut bientôt en vue. De la musique et des voix s'en échappaient chaque fois que des clients sortaient pour regagner leur voiture. Le Drifter Motel, qui partageait le même parking spacieux, se trouvait juste à côté. Son enseigne au néon clignotante indiquait qu'il restait des chambres libres.

Le pouls de Lindsay s'accéléra lorsqu'elle aperçut le 4x4 noir d'Ike garé devant l'une des chambres, la seule qui semblait occupée à proximité de son véhicule et dont la lumière extérieure était allumée.

Après avoir pris une profonde inspiration, elle traversa le parking.

Elle s'apprêtait à frapper quand la porte s'ouvrit tout à coup et qu'une main la saisit par le bras pour l'attirer d'un coup sec à l'intérieur.

— Désolé si je t'ai fait peur, grommela Ike tandis qu'elle reprenait son souffle.

Il referma rapidement la porte et appuya sur l'interrupteur mural à côté de lui.

— Je t'ai entendue approcher, et je tiens à ce que les papillons de nuit trouvent un autre endroit où dormir. J'aurais dû éteindre la lumière extérieure plus tôt.

— Aucun problème, répondit Lindsay d'une voix tremblante.

Le contact de ses doigts sur sa peau provoqua de petits picotements qui remontèrent en flèche le long de son bras, avant de se propager dans le reste de son corps. Lorsqu'elle posa les yeux sur lui, elle se rendit compte qu'il venait de prendre une douche. Ses cheveux étaient humides, et il n'avait pas eu le temps de boutonner la chemise kaki qu'il avait enfilée. Elle garda un instant le regard fixé sur son torse nu avant de se hâter de reporter son attention sur son visage.

Tandis qu'ils se jaugeaient en silence, Lindsay comprit qu'elle avait commis une erreur en venant. L'alchimie qui existait entre eux et qu'ils n'avaient jamais pu ignorer était toujours aussi forte. Elle lui mettait les nerfs à vif, lui asséchait la bouche. Et la chaleur qui se dégageait du corps d'Ike, tout proche, n'était pas faite pour l'aider.

Détournant les yeux pendant qu'il boutonnait sa chemise, elle promena son regard sur l'ameublement sommaire de la chambre, l'écran de la télévision allumée et les photos marines accrochées aux murs.

— Tu es venue m'annoncer que tu as changé d'avis, j'espère.

Ike retira la serviette blanche qu'il avait jetée sur son épaule et la posa sur le dossier de l'unique chaise de la pièce. Dessus se trouvaient empilés son sac de voyage, un dossier plein à craquer et la sacoche contenant son ordinateur portable, qu'il gardait toujours à portée de main.

Les rares fois où il n'était pas à la poursuite d'un fugitif ou en train de faire du travail de terrain pour un détective privé de Portland, il traquait les criminels en ligne. Un jour, il avait dit en plaisantant qu'il pourrait travailler nu, depuis son lit. Qu'un téléphone et une connexion internet étaient tout ce dont il avait besoin.

— Ce n'est pas de gaieté de cœur, mais j'ai effectivement changé d'avis, répondit Lindsay. Tu as raison. Si une personne a pris des dispositions pour faire assassiner mon frère, elle doit payer.

Lorsque leurs regards se croisèrent, elle sentit remonter à la surface son ancienne attirance pour lui, l'ancien magnétisme qu'il exerçait sur elle et l'envie folle d'aller se blottir dans ses bras. Mais cette époque était révolue, se rappela-t-elle en s'éclaircissant la gorge.

— Cependant, la partie n'est pas gagnée, ajouta-t-elle. Ma mère est encore amère.

— Elle me l'a clairement fait comprendre quand je l'ai vue ce soir.

Ike alla jusqu'à la cafetière électrique posée sur la commode.

— A vrai dire, je suis étonné qu'elle ne t'ait pas appelée dès que je suis parti de chez elle pour te prévenir que j'étais en route.

Il lui jeta un rapide coup d'œil.

— Est-ce qu'elle t'a contactée ?

— Je lui ai parlé après ton départ, dit-elle, estimant inutile de lui raconter l'histoire du téléphone mal raccroché.

— As-tu obtenu son consentement au sujet de la fouille ?

— Non. Je l'ai invitée à venir dîner demain soir et j'aborderai le sujet à ce moment-là.

— Lindsay, plus nous attendons…

— Je ne pouvais pas lui demander une chose d'une telle importance par téléphone.

Il parut réfléchir à sa remarque un instant.

— Tu as raison, reconnut-il avec pondération. D'autant qu'elle n'aurait probablement pas été très réceptive ce soir.

Ni plus ni moins que n'importe quel autre soir, songea Lindsay avec une pointe de regret. Autrefois, sa mère appréciait Ike — du moins autant qu'elle pouvait apprécier une personne qui venait se mettre entre ses enfants et elle. Depuis l'accident qui avait coûté la vie à son mari, Arlene était devenue possessive et demandait beaucoup d'attention. Elle possédait une affaire de couture prospère, mais n'avait jamais travaillé en dehors de chez elle et ne s'était par conséquent pas fait beaucoup d'amis. Sa vie avait toujours tourné autour de sa famille. Depuis la mort de Ricky, Lindsay se sentait d'autant plus de responsabilités envers elle.

Ike prit la verseuse de la cafetière et désigna les deux lits d'un mouvement de la tête.

— Va t'asseoir. J'étais sur le point de faire du café.

Hors de question qu'elle boive du café, décréta Lindsay en son for intérieur. Pas quand le moindre souffle d'air suffisait à la rendre nerveuse.

Il se dirigeait vers la salle de bains quand son téléphone portable sonna.

— Excuse-moi une seconde, marmonna-t-il en revenant vers le lit pour prendre l'appareil sur la table de chevet.

Il vérifia le numéro affiché sur l'écran et, les sourcils froncés, se détourna de Lindsay.

— Salut, Brandy. Comment vas-tu ?

Lindsay entendit la voix forte et rieuse de Brandy Maitlin par-dessus le faible bourdonnement de la télévision et se hérissa aussitôt.

— Ça va, mais les choses ne se passent pas aussi bien sans mon beau chasseur de primes numéro un. J'ai besoin de toi, play-boy !

Jetant un coup d'œil furtif en direction de Lindsay,

Ike remonta doucement son pouce sur le côté du téléphone jusqu'au bouton permettant de baisser le volume. Puis il s'éloigna jusqu'à la fenêtre avant de poursuivre la conversation.

— Désolé, je ne suis pas disponible pour l'instant.

Après quelques secondes de silence, il sourit et répondit à ce que venait de lui dire Brandy d'une voix amusée :

— Non, peu importe combien d'argent tu mets sur la table. Je suis débordé, entre les fugitifs et le travail de terrain pour Larry. Par ailleurs, je viens de démarrer un autre projet. Passe plutôt un coup de fil à Tank.

En proie à un soudain accès de jalousie, Lindsay s'approcha d'Ike et lui prit la verseuse qu'il tenait toujours. Puis elle alla dans la salle de bains pour la remplir d'eau.

Pendant toute la durée de leur relation, avant et pendant leur mariage, Lindsay avait eu plusieurs fois l'occasion de voir Brandy en action quand Ike se trouvait à proximité. Cette femme le désirait vraiment.

A l'époque, elle s'en moquait — elle savait qu'Ike l'aimait et qu'il ne voyait en Brandy que la patronne de Maitlin Bail Bonds. Mais dix-huit mois étaient une longue période, et elle avait du mal à imaginer qu'un homme comme lui puisse rester célibataire aussi longtemps… D'autant que Brandy était jeune, belle et « avait besoin de son beau chasseur de primes ». Le ton badin de sa voix ne lui avait pas échappé.

Les deux mois de disputes et d'accusations qui avaient précédé leur divorce lui revinrent soudain à la mémoire. Elle se demanda si Brandy avait été là pour calmer la colère et la frustration d'Ike.

L'eau qui débordait de la verseuse la ramena au présent. Elle ferma le robinet et attrapa une serviette propre pour l'essuyer, après l'avoir vidée un peu.

Quand elle se retourna, Ike se tenait dans l'embrasure de la porte.

Sentant le rouge lui monter aux joues, elle avança d'un pas décidé, l'obligeant à s'écarter de son chemin. Elle versa le sachet de café dans le filtre, remplit le réservoir d'eau et appuya sur le bouton pour mettre la cafetière en marche.

— Que voulait Brandy ? demanda-t-elle en se tournant vers Ike.

Etrangement, elle ne se sentit pas mal à l'aise d'avoir posé la question.

— Elle avait besoin de quelqu'un pour partir à la poursuite d'un fugitif. Je lui ai dit d'appeler Tank parce que j'avais besoin de temps pour m'occuper d'un autre projet.

— Lui as-tu confié de quoi il s'agissait ?

— Pas encore.

— Comptes-tu le faire ?

— Probablement. Nous n'avons aucun secret l'un pour l'autre.

— Est-ce que tu couches avec elle ?

Un ange passa. Bien qu'elle se soit exprimée avec calme, Lindsay sentit qu'elle se mettait à trembler. Quant à Ike, son expression était indéchiffrable.

— Qu'est-ce que ça ferait si c'était le cas ? demanda-t-il après quelques secondes de silence.

— Rien, répondit Lindsay en redressant le menton. Tant mieux pour toi. Elle est belle, vous faites tous les deux le même métier ; je suis certaine que vous ne serez jamais à court de sujets de conversation passionnants.

Une lueur de contrariété traversa le regard d'Ike et son ton se durcit.

— Tu sais quoi ? On ferait peut-être mieux d'aller boire ce café au Krafty Millie's Café. Ce soir, c'est ouvert jusqu'à 23 heures. Horaires d'été.

Lindsay secoua la tête. Elle n'avait pas besoin de café.

Les images d'Ike et de sa patronne se livrant à des activités autres que professionnelles qui défilaient dans son esprit suffisaient à l'énerver.

— Non, merci, répondit-elle sèchement.

Elle se dirigea vers la porte et ajouta :

— J'ai dit tout ce que j'avais à dire.

— Certaines choses ne changent jamais, pas vrai ? fit Ike. Chaque fois que la situation devient un peu délicate entre nous, tu prends la fuite. Quelque part, ta mère doit être en train d'applaudir.

A ces mots, Lindsay se retourna vivement.

— Je me demandais combien de temps il s'écoulerait avant que tu ne t'en prennes de nouveau à elle.

Elle saisit la poignée de la porte.

— Je m'en vais.

— Vas-y, tu es douée pour ça !

Les yeux embués de larmes, Lindsay s'immobilisa et pivota sur ses talons. Ike était allé trop loin ; à l'expression inquiète qu'il affichait, elle sut qu'il l'avait également compris.

— Ecoute…, reprit-il avec un soupir. Allons boire un café et discuter en mangeant une part de tarte à la crème et à la noix de coco.

A quoi bon ? Cela ne changerait rien à la situation, songea Lindsay. Il y avait trop de souvenirs douloureux et de mots durs entre eux. Ils finiraient simplement par se disputer là-bas, et les clients de Millie n'avaient pas besoin d'assister à ce genre de spectacle. Ike lui rappellerait que c'était elle qui avait engagé la procédure de divorce, elle répliquerait alors qu'il avait prononcé le mot en premier, et ils finiraient par ne plus se parler du tout, ce qu'elle ne pouvait pas se permettre. Ils allaient devoir travailler ensemble.

— Je ne peux pas, Ike.

— Pourquoi pas ?

Pour une raison étrange, elle voulait qu'il sache qu'un autre homme s'intéressait à elle. Peut-être parce qu'il avait fait allusion à une éventuelle relation entre Brandy et lui, avant de laisser planer le mystère sans rien confirmer, ni nier. Quoi qu'il en soit, il lui semblait inconcevable qu'il ait pu rester seul aussi longtemps, même si c'était précisément ce qu'elle avait fait.

— Parce que je vois quelqu'un en ce moment et que, dans cette ville, les rumeurs vont bon train à la moindre occasion, expliqua-t-elle.

Comme Ike demeurait silencieux, elle poursuivit :

— John est le nouveau propriétaire de la librairie. Je ne vois aucune raison de le mettre mal à l'aise.

— Comme tu veux.

S'attendant à une autre réaction de sa part, Lindsay ne put s'empêcher de se sentir blessée par son apparente indifférence.

— Il faut que je rentre et que je dorme un peu, ajouta-t-elle, la gorge serrée. Je commence tôt demain.

— Tiens-moi au courant quand tu auras parlé à ta mère.

— Bien sûr.

Dès qu'elle fut hors de la chambre et sentit sur sa peau l'air frais de la nuit, une vague de soulagement l'envahit. Elle se tourna vers Ike.

— Bonne nuit.

— Bonne nuit. Sois prudente en rentrant.

— Nous sommes à Spindrift, répliqua-t-elle. Il n'arrive jamais rien de mal par ici.

Tandis qu'elle traversait le parking, elle repensa avec un pincement au cœur à la réponse d'Ike lorsqu'elle lui avait dit qu'elle voyait quelqu'un.

Son désir de lui faire savoir qu'elle allait de l'avant

n'avait débouché sur rien. Il se moquait bien qu'elle puisse avoir une relation avec John Fielding.

Vingt minutes plus tard, Ike songeait encore à quel point il avait eu envie de toucher Lindsay. Ça lui était complètement égal que quelques papillons de nuit s'engouffrent dans la chambre. Il avait simplement éprouvé le besoin de recréer un lien avec elle, ne serait-ce que pendant quelques secondes, pour savoir si ce vieux sentiment à vous couper le souffle et à vous donner l'impression d'avoir reçu une boule de bowling dans le ventre était encore là.

Et c'était le cas.

Il prit les hamburgers qu'il venait d'aller chercher au Krafty Millie's Café et se dirigea vers le lit le plus proche. Après avoir retiré ses bottes, il tapota les oreillers, les remonta contre la tête de lit et s'assit en s'y adossant. Il déballa le premier des trois cheeseburgers que Millie avait préparés pour lui.

Pendant qu'il attendait au comptoir, il avait senti qu'elle mourait d'envie de lui demander si sa réapparition en ville avait un rapport avec Lindsay. Comme il n'avait pas fourni la moindre information, elle s'était contentée de lui lancer des regards interrogateurs, en vain.

Il avala une bouchée de son cheeseburger et attrapa la télécommande de la télévision sur la table de chevet. Il zappa jusqu'à ce qu'il tombe sur un film qu'il avait déjà vu plusieurs fois et qui ne requérait pas une grande concentration de sa part. De toute façon, il aurait été bien incapable de se focaliser sur quoi que ce soit d'autre que Lindsay pour l'instant.

Elle voyait quelqu'un ? Et lui qui n'avait pas regardé une seule autre femme depuis leur séparation ! Il n'en avait même pas éprouvé l'envie.

Il mordit une nouvelle fois dans son cheeseburger,

puis le reposa sur son papier d'emballage. Rien — ni la nourriture, ni le café, ni le film — ne pouvait effacer les images inquiétantes qui encombraient son esprit.

S'emparant de son téléphone portable, il composa le numéro de la salle de sport de Tank, située en dehors de Portland. Il avait besoin de connaître dans le détail les moindres paroles prononcées par Decker avant qu'il soit abattu. Il devait concentrer toute son attention sur le meurtrier de Ricky Hollis.

Pas sur la femme séduisante qui avait suivi l'exemple de son père et était sortie de sa vie.

Il était 6 h 30, le lendemain matin, lorsque Lindsay arriva devant le Krafty Millie's Café. Redressant les épaules, elle prit une profonde inspiration et entra. Elle connaissait bien les habitudes d'Ike et le trouva installé au comptoir, comme elle s'y attendait, avec une tasse de café devant lui, entouré d'autres lève-tôt.

Un sourire jovial aux lèvres, Millie Kraft lui adressa un signe de la main depuis la caisse enregistreuse où elle rendait la monnaie à un client.

— Bonjour, Lindsay ! Qu'est-ce qui vous amène ici aux aurores ?

Fantastique ! songea Lindsay en décochant un sourire à la petite femme en uniforme noir et blanc, et aux cheveux bouclés grisonnants. *Informez donc Ike que ma présence à cette heure est inhabituelle.*

— J'attaque simplement la journée de bonne heure, répondit-elle en remarquant qu'Ike l'observait avec curiosité.

Le regard de Millie se posa successivement sur l'un et l'autre, avant de se fixer de nouveau sur Lindsay.

— Thé citron, comme d'habitude ?

— Oui, merci.

Lindsay vit les yeux d'Ike glisser brièvement sur son

chemisier blanc, son pantalon bleu marine et son coupe-vent de la même couleur. Puis il plongea son regard dans le sien, l'invitant à le rejoindre d'un signe de tête. Au lieu de cela, elle se dirigea vers la banquette en vinyle rouge la plus proche de la porte.

Ike quitta lentement comptoir, contourna quelques tables et la rejoignit sans se presser, sa tasse de café à la main. Il portait un jean et des bottes, ainsi que la chemise kaki qu'il avait revêtue après avoir pris sa douche, la veille au soir, et dont les manches roulées dévoilaient ses avant-bras bronzés et musclés.

Dès qu'il fut installé en face de Lindsay, il attendit que Millie lui ait servi son thé et soit repartie pour parler.

— Apparemment, tu ne t'inquiètes plus que les rumeurs aillent bon train, fit-il d'une voix traînante.

— N'aie pas l'air aussi suffisant. J'ai simplement besoin de savoir comment te joindre au cas où ma mère accepterait de te laisser inspecter les affaires de Ricky.

— Il t'aurait suffi d'appeler ma chambre au motel pour obtenir ce renseignement.

— Comme tu aurais pu me téléphoner hier pour me faire part de ta requête au lieu de conduire pendant quarante-cinq minutes pour venir jusqu'ici.

Le visage d'Ike se figea.

— Je l'ai fait par courtoisie. Je pensais que tu n'avais pas besoin d'apprendre l'abjecte nouvelle par téléphone.

Il but une gorgée de café en observant la coiffure de Lindsay par-dessus le bord de sa tasse, qu'il reposa pour sortir son portefeuille de sa poche.

Lindsay s'attendit à ce qu'il fasse une remarque sur son chignon, pratique pour la longue journée de travail qui l'attendait. Il avait toujours préféré qu'elle laisse ses cheveux lâchés.

Mais il n'en fit rien. A la place, il extirpa une carte de visite de son portefeuille et la lui tendit.

— Est-ce que tu fais encore équipe avec Sam Cooper ? s'enquit-il.

— Cinq jours par semaine.

Lindsay parcourut la carte des yeux. Pour des raisons évidentes, le numéro de son domicile n'y figurait pas. Seuls s'y trouvaient son numéro professionnel et celui de son téléphone portable. Brandy avait insisté pour que tous ses chasseurs de primes aient une carte de visite sur eux — au cas où ils tomberaient par hasard sur quelqu'un ayant besoin d'un garant.

— Sam et Jennie sont-ils toujours ensemble ? demanda-t-il d'un ton désinvolte.

Lindsay mit la carte dans la poche de son coupe-vent et acquiesça.

— Certains mariages durent. D'autres, non.

Tel un joyeux papillon de nuit attiré par la lumière, Millie arriva en virevoltant avec sa cruche de café à la main. Un large sourire éclairait toujours son visage, et elle espérait à l'évidence une bonne nouvelle. Au cours des semaines qui avaient précédé leur départ pour Las Vegas dans le but de se marier, Ike et Lindsay avaient passé leurs journées sur la banquette au fond du café, à parler, à rire et à s'efforcer de ne pas se toucher toutes les deux secondes, sous les yeux de Millie, qui observait la scène avec jubilation.

— Est-ce que je vous ressers quelque chose ?

Lindsay secoua la tête en souriant.

— Merci, Millie, mais je dois bientôt m'en aller.

Elle n'avait même pas encore touché à son thé.

— Sinon, Sam va finir par croire que je l'ai abandonné, ajouta-t-elle.

— Ike ? demanda Millie avec espoir.

— Non, merci. J'ai également une journée bien remplie qui m'attend.

Le sourire de Millie s'évanouit pour laisser place à la préoccupation.

— Un autre sale type à attraper ?

— Le pire de tous.

— Vous devriez vraiment changer de profession, grommela-t-elle. Soyez prudent.

— Merci. Je ferai attention.

Dès qu'ils furent de nouveau seuls, Ike sortit un billet de cinq dollars de son portefeuille et le mit sur la table.

Lindsay le regarda en haussant un sourcil.

— Quel pourboire généreux !

— Non, ça couvre les deux boissons, plus le pourboire.

Lindsay soupira et se leva. Elle extirpa deux dollars de la poche de son coupe-vent et les déposa sur la table.

— Je paie ma part.

— Pas quand tu es avec moi, répliqua Ike.

Il se leva à son tour.

— Je ne suis pas *avec* toi.

Ike ramassa l'argent de Lindsay et combla lentement la distance qui les séparait. Son regard patient rivé au sien, il plia les deux billets et les remit dans la poche de son coupe-vent. Comme il ne retirait pas sa main, le pouls de Lindsay s'emballa.

— Garde ton argent pour le déjeuner, murmura-t-il. Ou paie quelques frites à Sam.

La chaleur de sa main dans son coupe-vent se communiqua au pantalon de Lindsay… puis à sa peau, ce qui réveilla vivement sa libido. Puis, soudain, son contact familier et décontracté lui déplut fortement. Il savait parfaitement l'effet que cela produisait sur elle et abusait de la situation.

Ecartant sa main, Lindsay ressortit l'argent de sa poche et le jeta de nouveau sur la table.

— Sam ne mange plus de frites, répliqua-t-elle pour lui faire comprendre qu'il ne connaissait plus aussi bien les détails de sa vie. Il a subi un triple pontage à l'automne dernier.

Puis, tandis qu'elle continuait à lutter contre la nervosité qui la faisait frémir, elle recula et ajouta :

— Je te recontacterai après avoir parlé à ma mère.

Trois heures plus tard, Sam Cooper et Lindsay désinfectaient l'ambulance après avoir transporté un homme en proie à une très forte fièvre quand le téléphone se mit à sonner dans le garage de l'hôpital. Jetant son éponge dans le seau, Sam descendit du véhicule pour aller répondre.

— C'est pour toi, annonça-t-il à Lindsay.

— Qui est-ce ?

Son équipier, avec sa coupe de cheveux en brosse, lui lança un regard taquin et remua les sourcils.

— Un type qui semble vraiment mourir d'envie de te parler.

Les joues empourprées, Lindsay se hâta d'aller vers le téléphone tandis que Sam gloussait derrière elle.

— Cet appel améliorera peut-être un peu ton humeur grincheuse.

— Je ne suis pas grincheuse, maugréa-t-elle par-dessus son épaule. Je suis juste… pensive.

— Dans ce cas, tu penses à la mauvaise chose.

La voix au téléphone n'était pas celle de l'homme dont les yeux marron irrésistibles et la beauté sauvage la hantaient depuis la veille, mais celle de John Fielding. Il l'appelait pour l'inviter à dîner le soir même.

Lindsay frotta ses paupières pour en évacuer la tension. Elle avait mal dormi et, Sam avait raison, guère souri.

Merci beaucoup, Ike, songea-t-elle.

— Je suis désolée, John, j'ai déjà des projets pour la soirée. Nous nous verrons quand je viendrai vous aider à décorer la librairie.

— Entendu, répondit-il avec une pointe de déception.

Elle ferma les yeux et grimaça.

— Rappelez-moi quelques jours avant afin de me faire savoir à quelle heure je dois passer.

— Entendu. J'ai hâte d'y être.

En raccrochant, Lindsay avait le regard dans le vide et l'impression que le décor se brouillait autour d'elle. Ike était en train de lui gâcher la vie. Hier encore, elle trouvait la compagnie de John agréable ; c'était un homme charmant et intéressant, qui avait de la conversation.

Aujourd'hui, elle lui apparaissait comme une obligation.

3

Lindsay se leva pour commencer à débarrasser la table et se mordit la langue pour la centième fois depuis le début de la soirée.

Sa salle à manger n'étant toujours pas utilisable, sa mère et elle s'étaient installées dans la cuisine où un bouquet de lilas blanc ornait le centre de la table recouverte d'une nappe en dentelle blanche. Lindsay avait également sorti son service en porcelaine dont elle se servait rarement. Le tout donnait un aspect élégant et printanier à sa cuisine en chêne aux teintes pêche et menthe.

Un CD de musique instrumentale que sa mère appréciait particulièrement procurait un fond sonore. Pour ce dîner, elle avait préparé un poulet à l'orange, des pommes de terre cuites au four et des brocolis à la vapeur. Malheureusement, aucun de ses efforts ne semblait impressionner Arlene Hollis. Dès l'instant où Lindsay avait mentionné Ike, la température avait chuté de dix degrés dans la pièce.

— Incroyable ! s'exclama Arlene avec colère. Il est en ville depuis moins de vingt-quatre heures, et nous voilà soudain revenues en arrière. Tu es prête à lui donner tout ce qu'il veut, sans tenir compte de mes sentiments sur la question.

— Maman, répondit calmement Lindsay en se rasseyant, je ne lui ai rien donné et tu sais parfaitement que je me soucie de ce que tu ressens. Ike pense qu'il pourrait exister un lien entre la mort de Ricky et un autre meurtre survenu récemment. Il veut simplement que je te demande l'autorisation de…

— De profaner la chambre de ton frère et sa mémoire ? Je t'ai parfaitement entendue la première fois. Mais cet homme n'a qu'un seul but en tête : trouver quelqu'un d'autre pour lui faire endosser la responsabilité de ce qui est arrivé.

Posant sa serviette à côté de sa tasse, Arlene se leva de sa chaise.

— Ricky l'avait prévenu que quelque chose de terrible se produirait s'il ne quittait pas la ville. Et quelle a été la réaction d'Ike ? Il a ignoré ses mises en garde ! L'argent que devait lui rapporter ce contrat l'intéressait bien plus que les supplications d'un jeune homme ayant commis une malencontreuse…

Sa voix se brisa, l'empêchant de terminer sa phrase. Lindsay se leva d'un bond et vint se placer à côté d'elle. Il était inutile de lui faire remarquer qu'Ike n'était pas intéressé par l'argent que cela devait lui rapporter ou que Ricky avait passé la majeure partie de sa vie à crier au loup et à exagérer ses ennuis et ses besoins de manière démesurée. Sa mère n'était pas d'humeur à l'entendre.

Pressant légèrement son épaule à travers le pull rose pâle qu'elle portait, Lindsay croisa ses yeux noisette pleins de larmes contenues. Les mêmes yeux que Ricky.

— Maman, s'il te plaît, calme-toi ! implora-t-elle d'une voix douce. Il s'agissait uniquement d'une requête, pas d'une exigence. S'il te tient tellement à cœur de ne pas laisser Ike fouiller les affaires de Ricky, je lui expliquerai que ce n'est pas possible.

Arlene refoula ses larmes d'un battement de paupières.

— Mais tu penses que c'est nécessaire.

— Oui. Si quelqu'un a délibérément…

— Non. La réponse est non, l'interrompit-elle avec

plus de vigueur. Je ne veux pas que cet homme remette les pieds dans ma maison. Plus jamais ! Et crois-moi, Lindsay, si tu le laisses revenir dans ta vie, il te détruira encore une fois.

Avec un soupir, Lindsay leva les yeux au plafond. Elle était incapable de contenir sa frustration plus longtemps.

— Maman, ni lui ni moi ne souhaitons reprendre notre relation ! Nous menons des vies séparées, désormais. Tout est terminé entre nous. Nous sommes tous les deux passés à autre chose.

L'expression d'Arlene resta tendue.

— Je ferais bien de me mettre en route, annonça-t-elle en jetant un coup d'œil à sa montre. Il commence à se faire tard.

— Il n'est que 19 heures. Reste au moins pour le dessert. J'ai préparé une salade de fruits et acheté de la glace au yaourt à la pêche.

— Ce sera pour une autre fois.

Arlene se dirigea vers le salon pour récupérer son sac à main.

— Comme je te l'ai dit plus tôt, ta tante Cheryl doit téléphoner, et je ne veux pas la faire attendre.

Inutile d'insister, songea Lindsay en retenant un soupir. Elle était à l'évidence déterminée à s'en aller, et rien ne la ferait changer d'avis.

— Est-ce que ça va ? demanda-t-elle lorsqu'elles arrivèrent dans l'allée, où la Toyota bleue de sa mère était garée.

— Oui, répondit Arlene avec raideur. Ou plutôt, ça ira bien dès que cet homme sera reparti pour Portland et qu'il nous laissera tranquilles.

Arlene l'embrassa rapidement et s'installa au volant. Elle mit le contact puis le coupa et redescendit de voiture, les yeux embués de larmes.

— Oh ! ma chérie ! murmura-t-elle en prenant Lindsay dans ses bras. Je n'aurais pas dû réagir aussi mal, surtout après le délicieux dîner que tu as préparé.

Elle s'écarta de sa fille et plongea son regard inquiet dans le sien.

— Tu sais à quel point ton père et ton frère me manquent. Je… je ne veux simplement pas te perdre toi aussi. Pas encore une fois. Et je crains que cela ne se reproduise si tu laisses cet homme revenir dans ta vie. Il n'est pas bon pour toi, ma chérie.

Bien qu'elle reconnaisse là les manœuvres habituelles de sa mère, Lindsay ne put s'empêcher d'éprouver une pointe de culpabilité.

— Tu ne me perdras pas, dit-elle doucement. Tu es toute ma famille, et je t'aime. Mais accepterais-tu de faire une chose pour moi ?

— Tout ce que tu veux, ma chérie.

— Réfléchis à ce dont nous avons parlé, maman. Ça pourrait être important.

Le regard d'Arlene se durcit un instant puis elle acquiesça, étreignit Lindsay une dernière fois et s'en alla.

Avec un soupir, Lindsay rentra chez elle et se dirigea vers le téléphone posé sur le vaisselier. Ike allait être aussi déçu qu'elle. Il ne leur restait plus qu'à espérer que, après mûre réflexion, sa mère comprendrait la nécessité d'obtenir justice et changerait d'avis.

Prenant la carte de visite qu'il lui avait donnée, elle composa le numéro de son portable et éprouva de nouveau une sensation de vide dans la poitrine. Peut-être, si elle avait dit à sa mère avec quelle indifférence Ike avait appris qu'elle sortait avec John Fielding, Arlène n'aurait-elle pas eu à s'inquiéter.

La messagerie s'enclencha et la voix grave d'Ike se fit entendre.

— Ici Ike. Si vous écoutez ceci, je n'ai probablement pas de réseau car mon téléphone est toujours allumé. Laissez-moi un message et je vous rappellerai.

— Bonjour, c'est moi, dit Lindsay d'un ton neutre. J'appelle simplement pour t'informer que les choses ne se sont pas bien passées avec ma mère. Je ferai une nouvelle tentative demain, quand elle aura eu le temps de réfléchir à la question, et je te recontacterai ensuite. Inutile de me rappeler. Passe une bonne soirée.

Alors qu'elle finissait de débarrasser la table et remettait ses jolies coupes à dessert en cristal dans le placard, elle fut forcée de reconnaître qu'elle n'avait pas envie qu'il passe une bonne soirée. Pas après avoir complètement gâché la sienne, même sans avoir été présent.

D'ailleurs où était-il ? Que faisait-il… et avec qui ?

Avec un regain d'énergie, elle mit le lave-vaisselle en marche, retira le vase de la table et ôta d'un mouvement brusque sa nappe en dentelle. Elle ne voulait pas y penser. Ils étaient tous les deux passés à autre chose.

N'était-ce pas ce qu'elle avait affirmé à sa mère ?

Le lendemain, samedi matin, Ike poussa la porte de la bibliothèque municipale de Spindrift, un bâtiment à un étage, aux murs de couleur pâle. Tendu, il s'arrêta devant le bureau de la bibliothécaire, une femme d'un certain âge, et lui demanda la direction de la section enfants. Après avoir obtenu les indications nécessaires, il passa devant une rangée d'ordinateurs éteints et plusieurs hommes âgés en train de lire le journal à la lumière du soleil qui se déversait par la baie vitrée.

En apercevant Lindsay, au fond de la bibliothèque, il éprouva un pincement au cœur à la fois indésirable et agréable. Installée sur un tabouret, elle était entourée d'étagères bondées de livres et faisait la lecture à une dizaine d'enfants — âgés de quatre à six ans — assis en tailleur devant elle.

Restant en retrait, Ike prit un livre sur une étagère afin de se donner une contenance et commença à le feuilleter tandis qu'il écoutait le ton expressif de sa voix au fur et à mesure qu'elle lisait. Elle ressemblait à une jeune et jolie mère dévouée, songea-t-il, forcé de détourner le regard avant que son corps ne trahisse ses autres pensées.

Il se remémora avec nostalgie le désir qu'elle avait exprimé, durant leur mariage, de s'impliquer pendant son temps libre dans des programmes qui venaient en aide aux enfants. Lorsqu'il l'avait interrogée sur ses motivations, Lindsay lui avait répondu avec un grand sourire qu'elle avait besoin d'entraînement pour « le jour » où ils auraient eux-mêmes des enfants.

Hélas ! ce jour n'était jamais venu, songea-t-il avec une pointe de regret.

Une explosion de cris de déception le tira de ses pensées au moment où Lindsay referma le livre posé sur ses genoux. Elle remit à chaque enfant un bon aux couleurs de l'arc-en-ciel qui leur donnait droit à une glace, puis les laissa aller rejoindre leurs parents.

Ike reposa son livre sur l'étagère tandis qu'elle s'approchait de lui. Il ne s'était pas rendu compte qu'elle avait remarqué sa présence. Cela dit, il y avait toujours eu une sorte de lien invisible, une énergie qui passait entre eux, et une conscience intuitive que l'autre était proche.

— Bonjour, murmura-t-elle.

Il balaya du regard son pantalon kaki et son pull blanc, ainsi que ses cheveux blonds qui tombaient sur ses épaules et encadraient son visage.

— Bonjour, répondit-il. J'ai eu ton message.

— Dans ce cas, tu sais qu'elle a dit non.

— En effet.

Au-delà de sa déception, Ike était surtout frustré. Il voulait avancer dans ses recherches. Même s'il ne disposait d'aucun élément solide sur lequel fonder son enquête, son instinct lui disait que l'inspection des affaires de Ricky était l'unique moyen de... De quoi ? D'obtenir l'absolution pour ses propres péchés ? De prouver à Lindsay et à sa mère que, si Ricky n'avait pas été tué ce jour-là, quelqu'un se serait de toute façon tôt ou tard chargé de l'éliminer pour l'empêcher de parler ?

— Comment pouvons-nous la faire changer d'avis ?

Lindsay hésita un instant.

— Je vais aller récupérer mon sac, dit-elle enfin. Nous serons mieux à l'extérieur pour discuter.

Dehors, le soleil brillait haut dans le ciel.

Le parking municipal se trouvait à une vingtaine de mètres devant eux, au-delà des bureaux d'une petite compagnie d'assurances et d'un institut de beauté.

— De quelle manière m'as-tu trouvée, cette fois ? s'enquit-elle.

— Grâce à ta voisine, celle qui a un camping-car garé dans son allée. Lorsqu'elle m'a aperçu devant ta porte, elle m'a interpellé et m'a informé que le samedi tu faisais la lecture aux enfants.

Lindsay sortit ses clés de voiture de son sac en arrivant sur le parking.

— Tout à l'heure, tu m'as demandé comment nous pouvions faire changer ma mère d'avis. La réponse à cette question est que je n'en sais rien.

Ike fronça les sourcils.

— J'espérais que tu aurais obtenu de meilleurs résultats après votre conversation d'aujourd'hui. Parce que celle que j'ai eue hier soir avec les amis peu fréquentables de ton frère ne m'a mené nulle part.

Il travaillait donc, comprit Lindsay avec une pointe

de satisfaction. Il n'était pas en train de prendre du bon temps en compagnie de Brandy ou d'une autre.

— Tu es allé parler à ses amis ? Lesquels ? Qu'ont-ils dit ?

Il jeta un coup d'œil à sa montre et fronça les sourcils.

— As-tu quelque chose de prévu pour l'heure à venir ? demanda-t-il.

— Non.

— Que dirais-tu de descendre jusqu'au port pour manger un morceau ? proposa-t-il en posant brièvement sa main sur la sienne pour la retenir. Nous pourrons marcher et parler tout en nous empiffrant. J'ai sauté le petit déjeuner, et mon estomac crie famine.

Inquiète de ce que les gens diraient s'ils les voyaient ensemble, de ce que John penserait, et de ce que sa mère éprouverait si elle l'apprenait, Lindsay ne répondit pas tout de suite. Elle finit cependant par acquiescer et fourra ses clés dans la poche de son pantalon. Elle n'avait pas faim. Ce qui l'intéressait, c'était de savoir si Ike avait découvert un élément susceptible de décider sa mère à accepter de le laisser examiner les affaires de Ricky. Parce que, sous ses airs bravaches, son attitude rebelle et son irresponsabilité, son frère était quelqu'un de bien, au fond. Elle était convaincue qu'il aurait pu changer avec le temps, surtout si Ike avait été à ses côtés pour le guider. Ils se devaient à eux-mêmes — et à la mémoire de son frère — de découvrir la vérité sur ce qui s'était réellement passé.

Vingt minutes plus tard, ils longeaient nonchalamment les quais. Les mouettes tournoyaient bruyamment dans le ciel dégagé, et Ike engloutissait son petit déjeuner composé d'un croissant et d'un café noir.

A plusieurs reprises, Lindsay se surprit à étudier les contours de sa bouche charnue et masculine, à se remémorer des souvenirs et à éprouver des sentiments qu'elle n'aurait pas dû éprouver. Elle était contente d'avoir accepté de le laisser lui offrir un thé glacé, car cela lui occupait les mains. Elle n'avait cessé de les mettre dans ses poches et de les en sortir depuis qu'Ike les avait effleurées plus tôt, envoyant le long de son bras une décharge d'électricité vibrante, qui s'était propagée à son corps tout entier.

— Comme je te le disais, je n'ai rien obtenu, poursuivit-il. Ou ces types ont trop de connexions, ou ils n'en savent pas plus que nous.

Il marqua une pause avant d'ajouter :

— Quoi qu'il en soit, même s'ils ignorent l'identité de celui qui est au sommet de la chaîne, je reste convaincu qu'ils détiennent des informations. Ce matin, quand je suis passé à la salle de sport, Tank m'a donné plusieurs noms que je n'avais jamais entendus auparavant. J'essaierai de mettre la main sur ces types ce soir — à moins que ta mère ne change d'avis d'ici là.

— Ce soir ? Pourquoi faut-il que tu attendes la nuit pour le faire ?

Les anciennes craintes de Lindsay — celles qu'elle avait dû gérer chaque fois qu'il quittait la maison avec un nouveau contrat en main — remontèrent à la surface.

— Pourquoi ne vas-tu pas parler à ces gens dans la journée ?

Sa remarque parut l'amuser.

— Parce que ces gens-là ne sont pas du genre à se montrer avant le coucher du soleil. Tank m'a indiqué les endroits où ils traînent.

— Ils doivent bien habiter quelque part !

— Certainement, mais je ne connais pas leurs adresses et je doute que les noms sous lesquels ils sont connus soient répertoriés dans l'annuaire.

— Tout ça ne me plaît pas, Ike.

— Je ferai attention. Tu me connais.

Elle le connaissait même trop bien, songea Lindsay.

Accompagnés par le clapotis de l'eau contre l'embarcadère, ils quittèrent le port et remontèrent vers la rue principale.

Jetant un coup d'œil en direction de Lindsay, Ike eut un petit rire.

— Détends-toi !

Elle lui lança un regard furieux et but une gorgée de thé. Elle se rappelait la blessure causée par la balle qu'il avait eue à la hanche gauche et aussi cette nuit où elle avait passé un long moment à arpenter la salle d'attente des urgences pendant qu'un médecin suturait une entaille au-dessus de son œil droit — entaille à présent réduite à un minuscule trait blanc en majeure partie dissimulé par son sourcil brun. Rien ne disait que cela ne se reproduirait pas.

— Est-ce que quelqu'un t'accompagne ? s'enquit-elle.

Lorsqu'il partait procéder à une interpellation, Ike faisait généralement appel à un équipier ou contactait la police afin d'obtenir des renforts.

— Non. Cette fois, il s'agit d'une affaire personnelle.

— Dans ce cas, n'oublie pas de mettre ton gilet pare-balles avant de te rendre au Vieux Port. Ne le laisse pas dans ta voiture.

Esquissant un sourire, Ike termina son café et jeta le gobelet dans une poubelle qui se trouvait sur son passage.

— Tu ne devrais pas dire ce genre de choses, Linz. Je vais finir par croire que tu t'inquiètes pour moi.

Agacée, Lindsay eut une grimace dédaigneuse. Juste une fois, elle aurait aimé qu'ils puissent avoir une conversation post divorce qui soit sérieuse.

— Je compatis simplement avec mes collègues ambulanciers. Ce sont eux qui doivent se précipiter sur les lieux quand un idiot oublie de faire preuve de bon sens.

— N'essaie pas de te rattraper, répliqua-t-il d'un ton décontracté.

Le sourire qui s'était formé sur les lèvres de Lindsay vacilla légèrement quand ils arrivèrent à hauteur de sa voiture. Elle déposa son gobelet sur le toit du véhicule et plongea la main dans sa poche pour prendre ses clés. Soudain, elle n'avait plus envie de dire au revoir à Ike, et lui semblait n'en avoir pas envie non plus. Si elle faisait abstraction des dernières minutes stressantes, leur promenade avait été… presque agréable.

— Appelle-moi dès que tu auras parlé à ta mère, dit-il d'un ton sérieux. Dis-lui que je ferai la fouille de la manière qui lui convient. Et, surtout, fais-lui bien comprendre que ce qu'elle pense de moi n'a aucune importance et que c'est uniquement pour son fils qu'elle doit accepter.

— Je ferai mon possible pour la faire changer d'avis, mais je ne peux rien te promettre.

Lindsay ouvrait sa portière quand il posa une main calleuse et chaude sur son bras.

— Linz ?

Elle se retourna et croisa son regard interrogateur. Tout ce qu'il s'apprêtait à dire parut soudain disparaître au profit de quelque chose de plus essentiel. De plus fondamental. Le pouls de Lindsay s'accéléra et une vague de chaleur déferla en elle lorsque Ike pressa ses lèvres contre les siennes.

4

Lindsay eut l'impression de flotter tandis qu'Ike la serrait dans ses bras et que leurs bouches avides se retrouvaient comme si rien n'avait changé. Les sensations étaient les mêmes que deux ans plus tôt. Leurs corps réchauffés par le soleil se tendirent l'un vers l'autre, même s'ils étaient déjà aussi proches qu'ils pouvaient l'être.

C'était presque comme s'ils avaient soudain reçu le pouvoir de remonter le temps, comme si les années n'étaient pas passées et qu'il n'y avait pas eu tant de larmes versées.

Mais ce n'était qu'une illusion.

Décollant ses lèvres des siennes, Lindsay retira ses mains des cheveux doux et épais d'Ike. Puis, les joues chauffées par un embarras cuisant, elle pressa lentement ses paumes contre son torse. Elle devait mettre de la distance entre eux.

Le désir mit un moment à disparaître du regard sombre d'Ike. Ils se dévisagèrent en silence pendant ce qui parut une éternité, la respiration haletante et le pouls battant à toute vitesse, douloureusement conscients que quelque chose de dangereux venait de se produire contre leur volonté.

Le claquement d'une portière suivi du ronflement d'un moteur tirèrent brusquement Lindsay de sa torpeur. Consternée, elle recula contre sa voiture. Mon Dieu ! Le conducteur avait dû passer juste devant eux pour aller jusqu'à son véhicule garé à l'autre bout du parking — il n'y avait pas d'autre entrée. En dehors du sang qui rugissait à ses oreilles, elle n'avait rien entendu. Durant ces quelques secondes d'insouciance et d'irresponsabilité, son monde s'était résumé à Ike. Tout le reste, au-delà de ses paupières closes, avait cessé d'exister.

Troublée, elle détourna la tête et passa la main dans ses cheveux. Comment diable en étaient-ils arrivés là ? s'interrogea-t-elle, le regard fixé sur ses sandales.

— Je… Tu étais sur le point de dire quelque chose ? bredouilla-t-elle.

— En effet, répondit-il doucement.

Il attendit qu'elle relève la tête vers lui avant de poursuivre :

— Je m'apprêtais à te demander si tu voulais de l'aide pour vernir tes boiseries. Etant donné que je prévois de rester dans les parages un moment, autant me rendre utile.

Son regard, encore brillant de passion, descendit sur ses lèvres et s'y attarda un peu plus longtemps qu'il l'aurait dû.

— Remarque, ce n'est peut-être pas une si bonne idée, murmura-t-il, l'air gêné.

Tandis que la voiture qu'elle avait entendue démarrer approchait, Lindsay jeta un coup d'œil pour voir qui était au volant. Son cœur se serra lorsqu'elle reconnut l'une des dames de la société des Chapeaux rouges — le club de couture auquel appartenait sa mère —, Madeline quelque chose… Arlene et elle n'étaient pas extrêmement proches, mais elle connaissait Lindsay.

— Merveilleux ! s'exclama cette dernière avec un soupir. D'ici le coucher du soleil, mon nom sera sur toutes les lèvres des habitants de la ville.

Ike désigna la Chevrolet Impala verte de la tête.

— Est-ce que cette femme va être un problème ?

— Non. Peut-être… Je ne sais pas !

Se débarrassant de son incertitude, Lindsay poursuivit avec fermeté :

— Non. Elle ne sera pas un problème.

Après tout, elle n'était plus une enfant. A trente-deux ans, elle était stupide de s'inquiéter de ce que les gens — y compris sa mère — pouvaient penser du fait qu'elle embrasse un homme dans un lieu public, en plein jour. Elle ne pouvait pas changer ce qui s'était passé, mais elle pouvait s'assurer que cela ne se reproduirait pas.

Ravalant sa susceptibilité, elle revint à la remarque qu'Ike avait faite plus tôt.

— Merci de proposer ton aide, mais j'ai des courses à faire et je dois encore passer chez ma mère pour tenter une nouvelle fois de la convaincre. Que tu le croies ou non, je tiens autant que toi à ce qu'elle accepte.

— Je suis content de l'entendre. Tiens-moi au courant. Je serai dans les parages jusqu'à 16 heures. Ensuite, je retournerai en ville. Je dois voir quelqu'un avant de me rendre au Vieux Port, ce soir.

La question échappa à Lindsay sans qu'elle puisse la retenir.

— Un rendez-vous galant ?

— Que crois-tu ? répliqua Ike, l'air agacé.

Lindsay n'avait pas envie de connaître la réponse à sa question. Pas quand la sensation du baiser qu'ils avaient échangé lui brûlait encore les lèvres. Et pas quand l'entendre risquait de lui briser le cœur.

— On m'a demandé de délivrer une injonction, reprit-il comme elle ne disait rien. Il faut que je le fasse avant que le type ne file par le premier avion.

Regrettant de ne pas avoir appris à réfléchir avant de parler, Lindsay grimaça intérieurement. Etrangement, ce défaut particulier semblait ne se manifester que lorsque Ike se trouvait à proximité. Elle ouvrit sa portière et monta dans sa voiture.

— Que comptes-tu faire jusqu'à 16 heures ? s'enquit-elle en croisant de nouveau son regard.

Ike prit le gobelet de thé posé sur le toit du véhicule de Lindsay et le lui tendit.

— Je vais aller au Krafty Millie's Café. J'ai mon ordinateur portable avec moi. Si l'endroit n'est pas plein à craquer, je m'installerai sur la banquette du fond et me mettrai à jour dans mes dossiers.

— Sois prudent, ce soir, au Vieux Port !

Ike acquiesça, puis elle referma sa portière.

Tandis qu'elle sortait du parking, Lindsay le regarda dans son rétroviseur se diriger vers son 4x4. Les picotements qu'elle avait ressentis plus tôt quand elle était blottie dans ses bras revinrent. Ils avaient pris la bonne décision en ignorant le baiser qu'ils avaient échangé plutôt que d'en faire toute une affaire, décréta-t-elle même si elle se sentait tout à coup démoralisée.

Quelle réaction étonnamment intelligente et civilisée de leur part !

Il était 20 h 15 quand Ike arriva à son appartement. Il jeta ses clés sur la table basse bon marché, située à côté du canapé qui avait tout aussi peu de valeur. La pièce ne comportait que quelques meubles d'occasion. Il s'absentait si souvent pour son travail qu'il n'avait besoin que d'une chose : un endroit où dormir quand il rentrait chez lui.

Déposant son sac de voyage sur le canapé recouvert de tweed marron, il jeta un coup d'œil autour de lui et constata l'énorme différence entre l'endroit où il vivait et la maison de Lindsay.

Chez lui, il n'y avait pas de fleurs, pas de photos aux murs, pas de napperons en dentelle sur des tables d'époque, ni de plantes aux fenêtres, mais il s'en moquait.

Il traversa la pièce jusque dans la cuisine et décolla le

mot que sa femme de ménage avait scotché sur la cafetière. Tandis qu'il lisait ce qui y était inscrit, un léger sourire se forma sur ses lèvres. Puis il ouvrit le frigo et sortit le plat qu'elle avait laissé à son intention. L'étiquette collée sur le couvercle indiquait :

Soupe minestrone. A consommer avant mardi.

Un pain fait maison était posé à côté.

Conscient de sa chance de connaître Leona Parlavecci, il versa la moitié de la soupe dans un bol qu'il plaça dans le micro-ondes, après quoi il se dirigea vers le téléphone accroché au mur.

— Vous n'êtes pas obligée de me nourrir, Leona, dit-il quand elle décrocha.

La petite femme aux cheveux grisonnants et au fort accent italien, à l'autre bout du fil, eut un petit rire.

— De la même manière que vous n'êtes pas obligé de me surpayer quand je nettoie votre appartement. Pourtant, vous le faites. Quand j'ai vidé votre corbeille à papier, j'ai constaté qu'elle était pleine d'emballages de fast-food. Vous avez besoin d'une femme qui prenne soin de vous, Michael.

Ike sourit de nouveau. Leona était la seule à l'appeler encore par son prénom. Le jour où ils s'étaient rencontrés, elle lui avait expliqué qu'Ike était un nom de gangster et qu'elle ne faisait pas le ménage pour les gangsters. Il avait eu beau lui dire qu'il descendait d'une longue lignée de policiers, elle n'avait pas changé d'avis.

— J'ai cherché, mais il n'y en a pas deux comme vous, Leona. Et Frank n'apprécierait sûrement pas que je fasse des avances à son épouse.

Le rire joyeux de Leona résonna dans le téléphone.

— Si vous êtes incapable de trouver une gentille fille, c'est que vous cherchez aux mauvais endroits. Vous devriez aller à l'église. Il y a de jolies jeunes femmes célibataires à St Joe's.

Le sourire d'Ike s'élargit.

— Pour l'instant, appréciez votre dîner, conclut Leona.

— Encore merci, Leona.

Dès qu'il eut raccroché, il alla couper un morceau de pain qu'il emporta, ainsi que sa soupe, jusqu'à la table. Il alluma la télévision et se laissa tomber sur une chaise pour déguster le cadeau de sa femme de ménage. La nourriture avait beau être délicieuse, elle ne passa pas comme d'habitude, et il savait pourquoi. Trop de pensées encombraient son esprit : Ricky et ses amis voyous qui disaient ne rien savoir, le meurtre de Decker, et surtout… Lindsay.

A une époque, il avait cru avoir trouvé la femme de sa vie. Tandis que le bruit de la télévision s'estompait, il se rappela le goût de sa peau, son odeur et la sensation de son corps dans ses bras.

Il se remémora à quel point il aimait rentrer le soir, après avoir côtoyé la lie de l'humanité toute la journée, pour retrouver la douceur de ses caresses et son intégrité intransigeante. Elle l'avait aidé à avoir une meilleure opinion de lui-même, l'avait fait se sentir un homme neuf. Après trop de mauvais choix et un père qui lui avait tourné le dos, Ike avait enfin recommencé à avoir confiance en l'amour, grâce à elle. Et c'est alors qu'elle était partie.

Il attrapa la télécommande et zappa pendant quelques secondes avant d'éteindre la télévision. Puis il prit le journal posé près de lui et le feuilleta jusqu'à ce qu'il finisse par tomber sur ce qu'il cherchait.

Mercredi, le meurtre de Decker faisait la une. Ce soir, elle était consacrée à une affaire plus croustillante. Le suivi de l'histoire était relégué en page six, à peine quelques lignes en bas de page pour la fin tragique d'un jeune homme paumé.

Sa soupe terminée, il se leva pour aller laver son bol et sa cuiller dans l'évier. Après les avoir essuyés et rangés, il jeta un coup d'œil au téléphone-répondeur silencieux. Pas de nouvel appel, pas de nouveau message.

Il se rendit ensuite dans sa chambre pour se changer avant de descendre jusqu'au Vieux Port. Cela faisait bien longtemps qu'il ne s'était pas senti aussi seul dans cet appartement. D'habitude, il était trop occupé à courir après des fugitifs pour le remarquer ou si fatigué quand il rentrait qu'il ne désirait qu'une chose, dormir.

Ce soir, c'était différent, comprit-il tandis que le visage de Lindsay passait dans son esprit.

Dimanche matin, après avoir enfilé une robe bain de soleil turquoise et blanc, des sandales à talons blanches et s'être brossé les cheveux, Lindsay s'approcha du miroir et vérifia son apparence. Son regard ne cessait de glisser vers le téléphone posé sur la table de chevet.

Avec un soupir, elle prit son sac à main et se mit en route. Une autre journée ensoleillée s'annonçait.

Lorsqu'elle se décida enfin à appeler Ike sur son portable, en début d'après-midi, il parut évident qu'il attendait son appel.

— Je pensais avoir de tes nouvelles hier soir.

— J'avais prévu de te téléphoner. Puis il a commencé à se faire tard, et je me suis dit que tu devais dormir ou être sorti.

Ou être au lit en charmante compagnie, ajouta-t-elle mentalement, déconcertée par les images qui lui vinrent en tête.

— As-tu délivré ton injonction ?

— Oui. Est-ce que tu as parlé à ta mère ?

Lindsay prit une profonde inspiration avant de répondre :

— J'ai essayé, Ike. Malheureusement, elle campe sur ses positions. Ta présence dans sa maison reste liée à trop de souvenirs douloureux. Mais je…

Des coups retentirent soudain bruyamment à la porte de l'appartement d'Ike, audibles à travers la ligne téléphonique.

— Ne quitte pas, on frappe à la porte, annonça Ike avec impatience. Je reviens tout de suite. C'est probablement Tank.

— Inutile, répondit vivement Lindsay. Je n'ai rien d'autre à ajouter, pour l'instant. Nous poursuivrons cette conversation plus tard.

Serrant les dents, Ike reposa rapidement son téléphone et ramassa les rapports d'arrestation de Ricky et de Decker qu'un ami policier lui avait remis. Il les fourra sous le canapé tandis que son visiteur continuait de frapper à la porte avec insistance.

— Une seconde ! cria-t-il. J'arrive !

Personne n'avait besoin de savoir qu'il avait ces documents en sa possession, et son ami policier ne souhaitait pas que son chef apprenne l'aide qu'il lui apportait.

Dès qu'il ouvrit la porte et vit son jeune frère dans le couloir, la contrariété d'Ike s'envola. Eric s'avança pour le serrer dans ses bras. Ils ne s'étaient pas vus depuis deux mois et, même s'ils se parlaient fréquemment au téléphone, ce n'était pas la même chose.

— Il était temps que tu montres ta sale tête par ici ! s'exclama Ike quand ils s'écartèrent l'un de l'autre.

— Que veux-tu… Nous autres, policiers de Boston, sommes occupés à faire respecter la loi. Nous n'avons pas le temps d'avoir une vie sociale. D'un autre côté, ajouta Eric, tu sais où nous vivons, papa et moi.

A cette remarque, le sourire d'Ike s'évanouit.

— Oui, je suis sûr qu'il adorerait que sa brebis galeuse de chasseur de primes vienne lui rendre visite.

Eric secoua la tête en soupirant, puis retourna dans le couloir pour prendre un pack de bières posé sur le sol.

— Je les ai trouvées en montant l'escalier, plaisanta-t-il avec un large sourire en revenant dans l'appartement.

Ike comprit alors qu'il n'avait pas décidé de parcourir deux cents kilomètres simplement pour voir son grand frère. Apparemment, l'heure du sermon avait de nouveau sonné. Le clan Walker avait une tradition de longue date : quand un homme de la famille devait discuter d'un sujet important, il apportait de l'alcool pour amadouer sa cible. Seulement, Ike connaissait la stratégie… Il eut un petit sourire intérieur en songeant qu'Eric était justement venu prêcher un dimanche.

— D'accord, dit-il en désignant de la main le sofa et le fauteuil. Choisis ta chaire et décapsule deux de ces bouteilles. Qu'est-ce qui te préoccupe ? Même si j'ai ma petite idée sur la question.

Deux heures plus tard, quand on frappa de nouveau à la porte, Ike n'était pas de la meilleure humeur.

— Des renforts ? demanda-t-il en se tournant vers Eric. Est-ce que notre grand frère, Gabe, attend dans le couloir ?

— Non, il n'aurait pas frappé, répliqua Eric depuis la cuisine où il était en train de jeter un paquet de chips périmé à la poubelle. Il aurait apporté le bélier dont il se sert avec son équipe du SWAT.

Ike se leva pour aller ouvrir. Un frisson le parcourut lorsqu'il découvrit qui se tenait sur le seuil. Lindsay avait un sac en plastique plein accroché à un bras et tenait un plat rectangulaire recouvert de papier aluminium. Il perçut une alléchante odeur de tomate et d'ail. Elle n'était cependant pas aussi alléchante que la jeune femme blonde qui se tenait devant lui et dont le débardeur rose pâle, rentré dans son jean, mettait en valeur la taille fine.

Ike plongea le regard dans ses beaux yeux verts.

— Bonjour.

— Bonjour, répondit-elle.

Comme il restait planté là, Lindsay jeta un coup d'œil hésitant à l'intérieur de l'appartement.

— Nous ferions mieux de manger ça pendant que c'est encore chaud, dit-elle en souriant.

Puis son sourire s'effaça.

— Est-ce que tu as de la visite ?

Pestant contre sa propre stupidité, Ike recula pour la laisser entrer.

— Désolé, je ne m'attendais pas à ta visite. Eric est là.

Il marqua une pause et ajouta :

— Je vois que tu n'as pas oublié mon adresse.

Eric s'approcha au même instant, le visage rayonnant.

— Hé ! Linz !

Son regard se posa successivement sur Ike et elle.

— Est-ce que vous vous remettez ensemble ?

Leur « non » rapide et simultané ne fit vaciller son sourire que l'espace d'une seconde. En un clin d'œil, il débarrassa Lindsay du plat chaud et du sac en plastique, qu'il tendit à Ike, et la souleva dans ses bras. Il la fit tournoyer et planta un baiser bruyant sur ses lèvres.

— Parfait ! Dans ce cas, épouse-moi sur-le-champ !

Ike eut envie de l'étrangler.

— Très bien, Roméo, maugréa-t-il quand son frère reposa enfin Lindsay. Laisse-lui un peu d'espace pour respirer.

Elle avait toujours apprécié Eric, songea Lindsay tandis qu'elle s'extirpait de son étreinte. Il était un perpétuel rayon de soleil, à l'opposé du ciel nuageux qu'évoquait Ike. Monsieur Spontanéité face àMonsieur Sérieux-et-Sexy.

— Quel plaisir de te voir ! s'exclama-t-elle avec chaleur. Est-ce que tu passes la nuit ici ? J'ai apporté suffisamment de nourriture pour un régiment. Cannellonis, salade et pain à l'ail.

Eric lui rendit son sourire, mais déclina son offre.

— Dieu sait que c'est tentant, mais je m'apprêtais à partir. Je travaille à la première heure, demain, et la route est longue jusqu'à Boston.

Même si elle n'était restée mariée que six mois avec Ike, Lindsay en savait suffisamment sur ses problèmes familiaux pour sentir que quelque chose clochait. Son frère n'aurait pas parcouru une telle distance juste pour lui rendre visite et repartir au bout de deux heures. Elle ne put s'empêcher de se demander s'il s'agissait du même problème qui durait depuis des années, puis se reprit. Cela ne la regardait plus. D'autant que, si Pete Walker en voulait encore à son fils de ne pas avoir marché sur ses traces, elle n'y pouvait rien.

— Je suis désolée que tu t'en ailles déjà. J'aurais adoré que l'on puisse rattraper le temps perdu.

Elle désigna de la tête le plat qu'Ike emportait dans la cuisine.

— Les cannellonis sont encore chauds, ajouta-t-elle. Si tu veux, tu peux en manger un peu avant de prendre la route — ou en emporter pour plus tard.

— Non, ça ira, répondit Eric d'un air sombre. Mais je veux bien une autre étreinte avant de partir. Tu m'as manqué.

Il l'attira contre lui et l'embrassa sur la joue.

— J'ai une question à te poser, murmura-t-il.

— Laquelle ?

— Comment cet imbécile a-t-il pu te laisser t'en aller ?

*
* *

Dès qu'Eric fut parti, Lindsay rejoignit Ike dans la cuisine. Il avait sorti des assiettes du placard, déposé le plat chaud sur le plan de travail, versé la salade dans un grand saladier et sorti du sac le pain à l'ail. Malgré les rires préenregistrés provenant d'une vieille sitcom à la télévision, toute l'énergie avait quitté la pièce en même temps qu'Eric. Un silence solennel flottait à présent dans l'air.

— Est-ce que tu as faim ? demanda-t-elle. Si ce n'est pas le cas, tu n'as qu'à tout mettre au frigo et le garder pour plus tard.

Ike souleva le papier aluminium du plat et découvrit les cannellonis recouverts de rondelles de pepperoni et de mozzarella fondue. Une odeur épicée se répandit instantanément dans l'appartement.

Le regard d'Ike demeurait sombre, bien qu'il s'efforçât de le dissimuler. Incapable de se taire plus longtemps, Lindsay voulut savoir ce qu'il y avait.

— Est-ce que tu as envie d'en parler ? reprit-elle pendant qu'il commençait à découper le pain à l'ail.

— Non.

— Et si j'insiste ?

Avec un soupir, Ike se tourna vers elle.

— On dirait que tout le monde cherche à m'attendrir, aujourd'hui. D'abord Eric avec de la bière, et maintenant toi avec des cannellonis et du pain à l'ail. Que se passe-t-il ? Je sais déjà que ta mère a refusé que j'inspecte les affaires de ton frère. A-t-elle décidé de m'intenter un procès pour harcèlement ?

La gorge nouée, Lindsay détourna la tête.

— Non, la nourriture est pour moi. C'est moi qui ai besoin d'être entourée ou réconfortée ou… autre chose.

— Pour quelle raison ? s'enquit-il en la dévisageant d'un air perplexe.

— Parce que je m'apprête à faire quelque chose que je ne devrais pas.

Visiblement préoccupé, Ike resta silencieux un instant. Il savait qu'elle n'était pas du genre à faire tout un cinéma pour rien.

— Que se passe-t-il ?

Lindsay hésita une seconde.

— Avant que je te réponde, promets-moi que tu me laisseras aller au bout de mon explication sans faire le moindre commentaire. J'y ai beaucoup réfléchi.

— Je suis tout ouïe.

Trois minutes plus tard, Ike était incrédule.

— C'est absolument hors de question ! s'exclama-t-il.

Reportant son attention sur les cannellonis, il en déposa une part sur chaque assiette.

— Je refuse de mettre les pieds chez ta mère en son absence, poursuivit-il.

— Pourquoi pas ? Tu n'as aucun scrupule à faire irruption sans prévenir au domicile de particuliers ou dans des chambres de motel quand tu vas interpeller un fugitif. Avec ma clé, tu pourras entrer directement.

Au regard scandalisé qu'il lui lança, Lindsay devina qu'il croyait qu'elle le connaissait mieux que ça.

— Suis-moi, marmonna-t-il.

Il ajouta un morceau de pain à l'ail sur chaque assiette et les apporta jusqu'à la table.

— C'est en train de refroidir.

C'était bien la dernière chose que Lindsay avait à l'esprit pour l'instant, mais elle le suivit néanmoins.

— Ike, les affaires de Ricky doivent être inspectées.

— Eh bien, fais-le.

— Pas sans toi. Tu as une idée de ce que tu cherches. Moi, je ne saurais même pas reconnaître une preuve pertinente si on m'en mettait une sous les yeux.

Il écarta une chaise de la table et l'invita à s'asseoir d'un regard noir. Puis il lui donna une serviette en papier et retourna dans la cuisine. Lindsay n'avait cependant pas fini de plaider sa cause.

— Mardi, en fin d'après-midi, ma mère a prévu de se rendre à Bangor, reprit-elle lorsqu'il revint avec la salade et deux verres d'eau. Elle va rester chez ma tante Cheryl jusqu'à jeudi matin, ce qui nous laissera suffisamment de temps. D'autant que les affaires de Ricky ne sont pas très nombreuses.

Ike se laissa tomber sur la chaise en face d'elle.

— Mange tes cannellonis pendant qu'ils sont encore chauds.

Il en avala lui-même une bouchée avant de boire une gorgée d'eau. Sa contrariété se reflétait encore sur son visage sombre.

— Au fait, je suis indigné par ce que tu as dit tout à l'heure. Enfoncer des portes fait partie de mon travail quand je suis à la poursuite d'un fugitif. Sans l'effet de surprise, j'ai peu de chances d'aboutir. Mais ça ne veut pas dire que j'y prends le moindre plaisir. Tu es comme mon père, lâcha-t-il avec amertume en reposant son verre. Vous pensez tous les deux que les chasseurs de primes ne sont que des cow-boys rebelles sans une once de respect pour la loi.

Lindsay écarquilla les yeux.

— Ike, ce n'est pas du tout… Excuse-moi. Je me suis laissé emporter. Il n'était pas dans mes intentions d'insinuer que tu étais coupable de quoi que ce soit.

— Ce n'est rien, répondit-il machinalement.

— Au contraire. J'ai toujours respecté ta profession. Mon opinion sur ce point n'a pas changé. Je trouve simplement honteux qu'une poignée de pauvres types aient entaché la réputation de tous les chasseurs de primes.

Elle marqua une pause.

— Pour en revenir à la fouille des affaires de Ricky, je n'arrive pas à croire que tu renonces à une telle opportunité. Tu semblais si déterminé, hier, que j'ai du mal à comprendre ta réaction. Si nous dénichons une preuve, je trouverai le moyen d'arranger les choses avec ma mère. Je te le promets. Par ailleurs, si cela permet de mettre la main sur le véritable responsable de la mort de mon frère, elle ne m'en voudra pas longtemps.

— Tu ne peux pas faire ce genre de promesse…

— Réfléchis ! Si Decker et Ricky ont tous les deux été tués délibérément, il pourrait arriver la même chose à quelqu'un d'autre qui en saurait trop. N'éprouves-tu aucune responsabilité face à une telle éventualité ?

Ike s'arrêta de manger. Une lueur de tristesse traversa son regard.

— Lindsay, si je fais ce que tu demandes, je deviendrai exactement ce que mon père et ta mère pensent que je suis.

Son expression se durcit.

— Changeons de sujet… Je n'arrêterai pas de chercher des réponses, mais je ne le ferai pas à ta façon. J'ai d'autres options.

Frustrée, Lindsay prit son assiette et ses couverts, puis se leva et se dirigea vers le plan de travail de la cuisine. Elle remit les cannellonis auxquels elle n'avait pas touché dans le plat ; la conversation lui avait coupé l'appétit.

— Très bien, dit-elle avec raideur. Parlons de la raison pour laquelle Eric t'a rendu visite.

— Evitons, veux-tu ? marmonna Ike.

— C'est à propos de ton père, n'est-ce pas ? Ton frère veut de nouveau que vous tentiez de vous réconcilier.

— Laisse tomber.

— Non. Réagir comme tu le fais n'est pas sain. Il faut que tu en parles.

Ike soupira, puis s'essuya la bouche avec sa serviette avant de se lever à son tour.

— Pourquoi es-tu aussi agaçante, ce soir ?

— Ce n'est pas le cas.

— Si.

Elle croisa son regard exaspéré.

— Eh bien, je ne l'étais pas à mon arrivée. L'humeur de quelqu'un a dû déteindre sur moi.

La mâchoire contractée, Ike la dévisagea froidement, une centaine de pensées défilant dans son esprit à toute vitesse. C'est alors qu'à la grande stupéfaction de Lindsay il enroula un bras autour de sa taille et la poussa vers la porte d'entrée qu'il ouvrit d'un coup sec.

— Au revoir. Merci pour les cannellonis, c'était délicieux.

Lindsay se dégagea d'un mouvement brusque et referma la porte en la faisant claquer. Elle se tourna face à lui avec un air de défi.

— Je ne partirai pas. Si tu veux te débarrasser de moi, tu devras me porter jusqu'à ma voiture. Tu…

Sa phrase s'acheva par un cri tandis qu'il la soulevait de terre.

— Si tu y tiens…, marmonna-t-il.

5

Ike et Lindsay se dévisagèrent en silence, la colère et la frustration faisant des étincelles entre eux, telle une ligne à haute tension tombée sur une route mouillée.

En seulement quelques secondes, l'humeur de Lindsay avait complètement changé. C'est alors qu'elle se rendit compte qu'elle avait un bras enroulé autour du cou d'Ike et que ses lèvres n'étaient qu'à quelques centimètres des siennes.

Sa bouche s'asséchа. Jusqu'à présent, elle avait pu contrôler la tension sexuelle qui n'était jamais très loin. Mais, avec le visage d'Ike aussi proche du sien, son odeur chaude et virile qui lui emplissait les narines et le contact de ses doigts contre son sein droit, elle avait du mal à continuer.

— Repose-moi ! ordonna-t-elle, les joues empourprées. Tu as gagné, je m'en vais. J'ai visiblement dépassé les bornes.

Au regard sans joie qu'il lui lança, elle comprit qu'il n'avait nullement l'intention de la contredire sur ce point. Avec un soupir, il se décida enfin à la reposer mais ne recula pas.

— D'après mon frère, mon père serait prêt à mettre un terme à notre conflit, lui confia-t-il enfin. Eric veut que j'aille à Boston le week-end prochain.

Une vague de joie balaya presque le désir physique

qu'éprouvait Lindsay. Il avait besoin de l'approbation de son père — et ce depuis très longtemps.

— Ike, c'est merveilleux ! Qu'as-tu répondu ?

Clignant des yeux, il la dévisagea comme s'il venait de lui pousser une seconde tête.

— Que c'est hors de question !

— Pourquoi ? Tu tiens enfin ta chance d'arranger la situation entre vous deux !

— Pourquoi ? Parce que je sais comment ça va se passer !

— Tu n'en as aucune idée. Et il faut bien que quelqu'un fasse le premier pas.

— Je l'ai fait. Trois fois déjà. Et tout ce que j'ai reçu pour ma peine, ce sont des sermons sur le gâchis de mon diplôme de justice pénale et sur la honte que je lui fais en gagnant de l'argent ainsi.

Il eut un petit rire.

— Oh oui ! Je suis vraiment impatient d'endurer cela encore une fois. Tu étais présente lors de la deuxième tentative de réconciliation, tu sais comment ça s'est terminé.

Lindsay hocha la tête. Ils venaient de rentrer de leur mariage à Las Vegas et Ike l'avait emmenée à Boston pour la présenter à son père et à ses frères. Les choses s'étaient mal passées. Sur le trajet du retour, il avait affirmé avec insistance que l'attitude de son père lui était complètement égale, mais elle avait bien vu la peine affichée sur son visage.

De nouveau agité, il alla dans la cuisine.

— Veux-tu une tasse de café ? Je l'ai préparé juste avant ton arrivée.

— Non, merci, répondit Lindsay en le suivant.

Elle ne comprenait pas son refus d'accorder une autre chance à son père. Pour sa part, elle ferait presque n'importe quoi pour pouvoir de nouveau parler au sien.

Jetant un coup d'œil par la fenêtre, elle fut surprise de constater que la nuit tombait déjà.

— Je ferais bien de me mettre en route, dit-elle tandis qu'il sortait une tasse du placard. Il va bientôt faire nuit. Puis-je néanmoins ajouter une dernière chose avant de partir sans que cela te fasse grincer des dents ?

Les épaules voûtées sous son T-shirt noir, Ike se tourna vers elle d'un air résigné.

— Je t'écoute.

— Si tu décides de faire une nouvelle tentative de réconciliation avec ton père, je serai heureuse de t'accompagner. Tu sais, pour faire tampon. Lorsque j'ai fait sa connaissance, il a paru m'apprécier.

Ike s'appuya contre le plan de travail et la dévisagea d'un air pensif. Evidemment que Pete l'avait appréciée ; c'était le cas de tous ceux qui la rencontraient.

— Merci pour ton offre, répondit-il. Mais c'est à son tour de se manifester. Cette fois, c'est à lui de venir jusqu'à moi.

— Il a soixante-sept ans.

— Et il est toujours fort comme un bœuf et aussi têtu qu'une mule.

— Sans doute, concéda Lindsay avec hésitation. Seulement, un de ces jours, tu recevras un appel et il sera alors trop tard pour faire quoi que ce soit pour arranger la situation. Trop tard pour être désolé et s'inquiéter de savoir qui a dit quoi à qui. En dépit de tout, tu restes sa chair et son sang. Sous sa douleur et sa fierté, il t'aime.

— Tu n'as passé que quelques heures en sa présence. Comment peux-tu dire ce genre de choses ?

— Parce que je vois la situation sous un angle différent — sans les souvenirs douloureux qui t'empêchent de considérer les choses clairement.

Esquissant un sourire, elle ajouta :

— Et je suis également très douée pour juger les gens.

Ike voulut lui rendre son sourire, mais son visage refusa de coopérer. Aux yeux de Lindsay, la famille était un cadeau qui devait être apprécié et entretenu. La distance qui s'était créée entre sa mère et elle après la mort de son frère l'avait presque détruite, et lui aussi en conséquence. Il refusait néanmoins de changer d'avis sur la question. Combien de fois un homme était-il supposé ramper et supplier pour obtenir un mot gentil ? Il ne supportait tout simplement plus l'idée de le faire une fois encore.

— Es-tu certaine d'être forcée de partir ? demanda-t-il pour changer de sujet et parce qu'il commençait à se rendre compte qu'il appréciait de nouveau sa compagnie.

Ce n'était pas une bonne chose, car il était conscient que ça ne pouvait pas durer. Et, en même temps, c'en était une parce qu'il se sentait blessé et que sa simple présence lui faisait du bien.

— Oui, il le faut vraiment.

— Veux-tu que je te porte jusqu'à ta voiture ? proposa-t-il avec un large sourire.

Lindsay éclata de rire et une sensation agréable passa entre eux.

— Merci, mais je pense pouvoir y arriver seule.

— Comme tu veux. Je t'accompagne quand même.

Ike leva les yeux vers le ciel tandis qu'ils s'arrêtaient près de la voiture de Lindsay. Elle aurait accompli la majeure partie du trajet avant qu'il ne fasse complètement nuit.

— Sois prudente sur la route.

Elle ouvrit sa portière.

— Promis, répondit-elle en plongeant son regard dans le sien.

Aussitôt, Ike éprouva cette attirance qui avait toujours existé entre eux, cet irrépressible besoin de la toucher.

Il s'efforça de garder les yeux sur son visage et de ne pas

les laisser glisser vers sa poitrine, sous son débardeur rose, que ses doigts avaient effleurée plus tôt.

— Nous ne nous en sommes pas trop mal sortis ce soir, pas vrai ?

— En effet, acquiesça-t-elle avec un sourire entendu. Aucun de tes voisins n'a appelé la police, et les assiettes sont toutes intactes.

A vrai dire, ils ne s'étaient jamais jeté la vaisselle à la tête lors de leur rupture. Ils avaient bien eu quelques disputes mais, la plupart du temps, leurs divergences de vues s'étaient réglées plutôt dans le calme.

Lindsay s'installa au volant, puis referma la portière et baissa sa vitre avant de mettre le contact.

— Bonne nuit, Ike.

— Bonne nuit. Encore merci pour le dîner. Oh ! fit-il comme une pensée lui revenait soudain. L'occasion d'aborder le sujet ne s'est pas présentée mais, hier soir, un barman du Vieux Port m'a donné le nom d'un autre type que ton frère fréquentait : Lift Johnson. Je n'ai pas encore réussi à le localiser, mais dès que j'apprends quelque chose…

Elle hocha la tête.

— J'attendrai ton appel.

Ike ne bougea pas jusqu'à ce que la voiture de Lindsay ait disparu au bout de la rue. Puis il retourna vers son immeuble.

Tandis que les réverbères s'allumaient autour de lui, il se demanda quelle aurait été sa réaction s'il l'avait embrassée pour lui souhaiter bonne nuit. Lui aurait-elle rendu son baiser comme elle l'avait fait sur le parking de la bibliothèque ? Ou lui aurait-elle rappelé — comme il se le rappelait à lui-même à cet instant — qu'ils ne pouvaient pas revenir en arrière ? Qu'ils avaient eu leur chance et qu'ils l'avaient gâchée…

Il s'apprêtait à entrer quand le faible ronronnement

d'un moteur le fit se retourner. Plus haut dans la rue, il vit un 4x4 gris métallisé en train de quitter le parking du restaurant italien de Nick et Renata Angelini.

Une sonnette d'alarme se déclencha aussitôt dans sa tête. Le dimanche, les propriétaires de l'établissement bloquaient l'accès du parking afin d'empêcher les rôdeurs de s'y garer. Revenant sur ses pas, il remonta la rue. Comme il s'y attendait, plusieurs des blocs de béton alignés le long de la façade du restaurant avaient été déplacés.

En proie à une inquiétude soudaine, il promena son regard autour de lui, puis s'approcha du restaurant afin de vérifier les portes et les fenêtres. Rien ne semblait anormal, en dehors des mégots de cigarettes et du cure-dents qui se trouvaient sur le sol. Maniaque de l'entretien, Nick balayait le parking chaque soir, avant la fermeture. Il ne faisait donc aucun doute que c'était le conducteur du 4x4 qui avait laissé cela derrière lui et qu'il était resté là un moment.

Quelques minutes plus tard, Ike était de retour chez lui et au téléphone avec Nick Angelini, lui suggérant de venir inspecter son restaurant, accompagné de préférence d'un officier de police, afin de s'assurer que tout était en ordre.

Il récupéra ensuite les rapports d'arrestation sous le canapé et les éplucha pour la troisième fois. Il venait de terminer lorsque la sonnerie de son téléphone retentit. Le numéro affiché sur l'écran était celui du portable de Lindsay. L'image du 4x4 gris métallisé lui revint aussitôt à l'esprit.

— Est-ce que ça va ? demanda-t-il dès qu'il décrocha.

— Oui. Je suis dans mon allée. Je voulais simplement te dire que…

Elle prit une profonde inspiration.

— Je voulais simplement te dire que j'ai de nouveau parlé à ma mère et qu'elle a finalement accepté. Nous pourrons fouiller les affaires de Ricky mardi, quand elle sera partie.

Ike se figea. Lindsay paraissait étrange. L'espace d'un instant, il se demanda si elle lui disait la vérité. Puis il se rendit compte que sa conversation avec Arlene avait sans doute été pénible et qu'elle devait être bouleversée. Bien que compatissant, il ne put s'empêcher d'éprouver une pointe de satisfaction à l'idée d'avoir obtenu gain de cause.

— Merci. Elle ne le regrettera pas. A quelle heure peut-on se retrouver ?

— 17 h 30, chez elle ?

— Entendu. A mardi.

Après avoir raccroché, Ike continua d'être troublé par le ton de Lindsay — et par une autre chose qu'il refusait d'affronter. Il n'était pas juste impatient de procéder à la fouille ; il était également impatient de la revoir.

Lundi soir, Ike était si tendu dans l'attente du lendemain qu'il décida de se rendre à la salle de sport de Tank.

Il avait besoin de bonnes nouvelles. Les rapports d'arrestation que lui avait confiés son ami policier n'avaient révélé aucun élément nouveau qui puisse lui être utile. Quant à sa seconde tentative pour soutirer des informations aux voyous qu'avait fréquentés Ricky, elle s'était soldée par un fiasco total. S'ajoutait à cela son incapacité à localiser Lift Johnson, ce qui accroissait encore sa frustration. La seule nouvelle positive de la journée était venue de Nick Angelini, qui l'avait informé que rien n'avait été dérobé dans son restaurant.

Après avoir enfilé un short gris et un débardeur bleu marine, Ike sortit du vestiaire et se dirigea droit vers le punching-ball accroché au fond de la salle d'entraînement. Il mit ses gants et commença à le frapper de toutes ses forces.

Quand Tank, vêtu d'un short blanc et d'un T-shirt noir moulant, s'approcha de lui quelques minutes plus tard avec un petit sourire narquois, Ike était trempé de sueur. Cela faisait cinq ans qu'ils étaient amis, depuis que Tank avait été embauché par Brandy comme chasseur de primes à temps partiel. Il l'avait même accompagné jusqu'à Las Vegas pour lui servir de témoin lors de son mariage avec Lindsay.

— Si je peux me permettre une remarque, lança-t-il d'un air songeur, tu as l'air d'un type qui n'a pas eu de fille dans son lit depuis un bon bout de temps.

Agacé par sa remarque — car c'était la vérité —, Ike asséna quelques coups supplémentaires au punching-ball.

— Comment es-tu arrivé à cette conclusion, Einstein ?

— Cernes autour des yeux. Besoin désespéré de pulvériser des objets inanimés…

S'éloignant de quelques pas, Ike prit la serviette qu'il avait posée sur le guidon d'un vélo et s'essuya le visage et le cou.

— En traversant la salle, je n'ai pu m'empêcher de remarquer que la proportion entre les voyous et les personnes normales tend à pencher du côté voyous, dit-il en jetant un coup d'œil autour de lui.

Tank haussa les épaules avec désinvolture.

— Leurs dollars sont aussi verts que ceux des autres.

— Tu as des problèmes financiers ? L'endroit est pourtant plein à craquer chaque fois que je viens.

— Non, les affaires marchent plutôt bien. Mais je crois fermement au vieux dicton selon lequel ce qui est mieux qu'un peu d'argent, c'est *beaucoup* d'argent.

Ike lui lança un regard dubitatif.

— Que veux-tu, je suis quelqu'un de superficiel, ajouta Tank avant de prendre un ton plus sérieux. Comment ça s'est passé entre Lindsay et sa mère ?

— Pas super, mais elle est finalement parvenue à la convaincre de me laisser examiner les affaires de Ricky. J'espère seulement que nous trouverons quelque chose d'utile à la progression de l'enquête. Sinon, Lindsay risque de se faire descendre en flammes par sa mère.

— Et comment vont les choses entre vous ? La situation s'est-elle un peu améliorée ?

Soulevant un coin de la serviette qu'il avait passée autour de son cou, Ike essuya un filet de sueur qui lui coulait le long de la tempe.

Le souvenir du baiser qu'ils avaient échangé sur le parking de la bibliothèque ramena un picotement dans son corps, mais il n'avait aucune envie d'en parler à Tank. Même s'ils se confiaient souvent l'un à l'autre sur différents sujets, dès qu'il s'agissait des femmes, c'était une autre histoire. *Lindsay* était une autre histoire.

— Tout se passe bien.

— Vraiment ? Dans ce cas, que fais-tu ici ce soir à transpirer tout seul ?

Après lui avoir lancé un regard meurtrier, Ike s'éloigna d'un pas tranquille.

— O.K., j'ai compris. Je vais me mêler de ce qui me regarde, ajouta Tank avant de lui emboîter le pas. Que dirais-tu d'une bière ? J'en ai quelques-unes au frais dans mon bureau.

— Bonne idée. Je te rejoins après avoir pris une douche. Mais, dis-moi… tes clients savent-ils que tu préfères la bière à ce jus de brocoli et de poisson cru hors de prix que tu leur vends ?

— J'en doute, répondit-il avec un petit rire. Faisons en sorte que ça reste entre nous.

Ils longèrent le couloir en silence jusqu'à la porte blanche du vestiaire qui menait aux casiers et aux douches, ainsi qu'aux hammams et aux salles de massage.

— Je n'arrête pas de penser à Decker, dit soudain Ike en s'arrêtant.

Tank hocha la tête, l'air grave.

— Moi aussi. Une seconde, il marchait à côté de moi. La seconde d'après, il se vidait de son sang sur le trottoir. Si le tireur avait raté sa cible, j'aurais pu y rester moi aussi.

— Du nouveau sur le véhicule ?

— Volé. Les flics chargés de l'enquête l'ont retrouvé abandonné et carbonisé à quelques kilomètres de la ville. Je doute que les types de la scientifique puissent y prélever le moindre indice.

— Super…

— Je suis désolé de ne pas avoir pu t'aider davantage. J'ai fourni à la police la couleur, la marque et le modèle de la voiture, mais les gars à l'intérieur portaient des cagoules et des gants. Je ne pourrais même pas affirmer avec certitude que nous avions affaire à des hommes et non à des femmes.

— Répète-moi ce que Decker a dit pendant que tu le conduisais vers la prison. Quelles ont été ses paroles exactes ?

— Ses paroles exactes ? Eh bien… je crois l'avoir entendu dire…

Tank se renfrogna brusquement et baissa la voix.

— Remettons cette conversation à plus tard, tu veux bien ?

D'un signe de tête à peine perceptible, il désigna deux haltérophiles blonds et trapus qui se tenaient non loin d'eux.

— Est-ce que tu vois Hans et Franz ?

— Les Jumeaux Bodybuildés ? Oui, je les ai repérés à mon arrivée. Ils fréquentent ta salle depuis longtemps ?

— Non, c'est tout récent. Et j'ai comme l'impression que leurs oreilles pointues sont dressées dans notre direction.

Les deux hommes n'appartenaient pas à la même

famille. Ils avaient simplement été surnommés ainsi à cause de leurs cheveux blonds oxygénés couverts de gel et hérissés, et de leur impressionnante musculature. Celui qui leur faisait face ne cessait de lancer des regards peu discrets vers eux.

— Je te rejoins dans quelques minutes, lança Ike à Tank en ouvrant la porte des vestiaires.

Tandis qu'il entrait dans la douche, il se demanda pour quelle raison les deux haltérophiles le trouvaient — ou trouvaient Tank — aussi intéressant.

Une heure plus tard, les Jumeaux Bodybuildés sortirent de la salle de sport et montèrent dans leur 4x4 noir. Non loin de là, Ike les attendait dans le sien. Il démarra et passa lentement devant eux, mémorisant au passage le numéro de leur plaque d'immatriculation. Dès qu'il serait chez lui, il téléphonerait à Eric. Avoir un frère dans la police s'avérait parfois sacrément utile.

Mardi, en fin d'après-midi, quand le 4x4 d'Ike se gara dans l'allée de sa mère, Lindsay prit une profonde inspiration. Depuis qu'ils s'étaient quittés, dimanche soir, elle avait été incapable de penser à autre chose qu'à ce moment.

Elle s'efforça de repousser l'appréhension qui l'avait gagnée et alla ouvrir la porte.

— Bonjour, lança-t-elle en se répétant une fois de plus qu'elle avait pris la bonne décision.

Lorsqu'elle l'avait appelé pour lui dire que sa mère était d'accord pour qu'il examine les affaires de son frère, elle avait immédiatement perçu du scepticisme dans sa voix. Sa présence ici allait faire jaser les habitants du quartier et sa mère l'apprendrait forcément, ce qui lui vaudrait de gros ennuis. Mais elle ne pouvait plus reculer, maintenant.

— Tu es ponctuel, comme d'habitude.

— Un homme se doit d'avoir au moins quelques qualités, répondit-il.

Et elle connaissait intimement toutes les siennes, songea Lindsay tandis qu'il montait les marches pour la rejoindre. Elle s'effaça pour le laisser entrer dans la cuisine aux murs d'un jaune éclatant. Au milieu de la petite pièce, il lui parut plus grand et plus large d'épaules que jamais. Il portait un jean et un sweat-shirt gris, était rasé de près, mais ses épais cheveux ainsi que les traits rudes de son visage et son bronzage naturel lui donnaient toujours cet air un peu sauvage et dangereux qui l'avait immédiatement attirée.

Elle se rappelait leur première rencontre comme si cela datait d'hier. L'homme qu'il poursuivait avait piqué un sprint au milieu de la circulation, aux heures de pointe, et s'était fait renverser par une voiture. De service ce jour-là, Sam et elle s'étaient rendus sur les lieux pour lui porter secours. Pendant que le blessé était examiné aux urgences, Ike s'était approché d'elle, l'avait regardée droit dans les yeux et lui avait demandé si elle avait quelqu'un dans sa vie — et, si ce n'était pas le cas, si elle accepterait de sortir avec lui. Six semaines plus tard, ils se mariaient.

Et, six mois après, tout était terminé entre eux, se souvint-elle avec amertume.

L'air gêné et se remémorant manifestement les paroles cinglantes qu'Arlene Hollis lui avait lancées le jour de la mort de Ricky, Ike jeta un coup d'œil dans la cuisine.

— Rien n'a changé, déclara-t-il.

Oh si ! songea Lindsay. *Et rien ne sera jamais plus comme avant.*

— Veux-tu boire quelque chose ?

— Non, merci. Je préférerais m'atteler tout de suite à la tâche.

Bien qu'Arlene ne soit pas là, il ne se sentait pas le

bienvenu dans cette maison. Son malaise irradiait de lui à tel point qu'il n'eut pas besoin d'en parler à Lindsay pour qu'elle le ressente.

Elle fit un signe de tête en direction de l'escalier en chêne, dans le salon.

— Après toi, dit-elle. Tu connais le chemin.

Dès qu'elle ouvrit la porte de l'ancienne chambre de Ricky, le passé la heurta de plein fouet, comme si on lui avait donné un coup dans l'estomac. Si l'on faisait abstraction des cartons empilés dans un coin, la pièce donnait encore l'impression que son frère allait rentrer de l'école d'un moment à l'autre et s'affaler sur son couvre-lit en chenille bleu. En constatant à quel point la commode, le bureau et la table de nuit luisaient, Lindsay songea avec tristesse que sa mère passait encore du temps ici.

Submergée par l'émotion, elle refoula ses larmes d'un battement de paupières.

— Cette pile de cartons représente-t-elle la totalité des affaires provenant de l'appartement de Ricky ? demanda Ike, qui se tenait derrière elle.

— Je crois, oui. Par précaution, je vérifierai quand même l'armoire et le grenier.

Parcourue d'un tremblement, elle se tourna vers lui.

— Je… Ça fait très longtemps que je ne suis pas venue ici. A vrai dire, personne n'y vient, à part ma mère.

Ike hocha la tête d'un air grave.

— Est-ce que tu te sens bien ? Tu n'es pas forcée de m'aider.

Lindsay redressa les épaules.

— Si. Dans le cas contraire, je n'aurais pas… Ne perdons pas de temps.

Les premiers cartons contenaient des vêtements, des draps et des serviettes qu'Arlene avait lavés avant de les emballer. Les suivants étaient remplis d'objets plus personnels, d'articles de toilette, de baskets, d'une collection de casquettes de base-ball et d'un vieux pot de beurre de cacahuètes plein de pièces de monnaie.

Un claquement de porte rompit soudain le silence qui régnait dans la maison.

Son sang se glaçant dans ses veines, Lindsay se leva d'un bond.

— Reste ici, ordonna-t-elle à Ike avant de se précipiter hors de la chambre et de dévaler l'escalier.

Elle s'arrêta brusquement à quelques marches du bas quand son regard se heurta à celui de sa mère.

— C'est *sa* voiture, dans l'allée, n'est-ce pas ? demanda Arlene d'un ton accusateur.

Par pitié, faites qu'elle comprenne ! implora Lindsay en silence.

— Oui, mais ne rejette pas la faute sur Ike, c'était la…

— Comment as-tu pu me faire une chose pareille ?

La voix d'Arlene monta dans les aigus au fur et à mesure qu'elle parlait.

— Je t'avais dit que je refusais que cet homme remette les pieds dans cette maison, et tu l'as quand même amené ici ! Le pire, c'est que je n'en aurais jamais rien su si je n'avais pas dû revenir chercher le châle que Cheryl a oublié le mois dernier.

— Maman, écoute-moi s'il te plaît…

— Non, c'est toi qui vas m'écouter ! Je veux que vous quittiez tous les deux cette maison immédiatement. Si fouiller les affaires de ton frère est tellement important pour toi, tu n'as qu'à emporter les cartons. Je vais aller à côté, chez Henrietta, pendant un petit moment. Sois partie lorsque je reviendrai !

— Maman…

— Fais ce que je te dis, Lindsay !

En entendant le pas lent d'Ike derrière elle, Lindsay

se retourna et sentit son cœur se briser en voyant son air désenchanté.

Il s'arrêta quelques marches au-dessus d'elle.

— Arlene, rien de cela n'est la faute de votre fille. Je l'ai tellement culpabilisée qu'elle a cru ne pas avoir d'autre choix que d'agir de la sorte.

Se contentant de lui lancer un regard furieux en guise de réponse, Arlene se tourna de nouveau vers Lindsay et ordonna d'une voix à peine plus audible qu'un murmure :

— Allez-vous-en ! Je ne vous laisserai pas mettre les affaires de mon fils sens dessus dessous dans la maison où il a grandi.

Au bord des larmes, Lindsay s'approcha d'elle.

— Maman, je t'en prie… Nous devons découvrir la vérité. Quant à Ike, il n'y est pour rien. Je lui ai fait croire que tu avais donné ton accord car je savais que c'était le seul moyen pour qu'il accepte de venir.

Elle posa une main sur l'épaule de sa mère, mais celle-ci s'écarta brusquement.

— Je suis consciente de t'avoir déçue, poursuivit-elle, incapable de retenir ses larmes plus longtemps. Ce n'était pas mon intention de te blesser. Est-ce que… est-ce que tu te sens bien ? Veux-tu que j'aille te chercher un verre d'eau ?

— Comment pourrais-je me sentir bien ? répliqua Arlene.

Des larmes brillaient également dans ses yeux.

— J'ai été trahie par le seul enfant qu'il me reste. Je croyais que tu m'aimais suffisamment pour respecter mes souhaits.

Secouant la tête, elle quitta le salon et se dirigea vers la porte de la cuisine.

— Tu as choisi ton camp. Emporte les affaires de ton frère chez toi.

— Maman…

Lindsay enfouit son visage dans ses mains tandis que sa mère sortait de la maison.

Ike la rejoignit et la serra tendrement dans ses bras.

Elle ne méritait pas sa compassion, songea Lindsay.

— Je suis tellement désolée ! dit-elle en sanglotant et en se cramponnant à lui.

— Ce n'est rien.

Caressant doucement son dos et ses cheveux, il lui murmura de ne pas pleurer, ce qui eut pour effet de faire redoubler ses larmes.

— Mais je t'ai menti…

— Je l'ai su dès l'instant où j'ai entendu ta voix au téléphone. Seulement, j'avais tellement envie de te croire que je me suis persuadé du contraire. Tu n'es pas la seule fautive, dans cette histoire.

Avec un soupir, il s'écarta d'elle et essuya les larmes sur ses joues. Il affichait toujours une expression grave.

— Je vais partir. Va retrouver ta mère et essaie d'arranger les choses.

— Non. Tu l'as entendue. Elle ne veut pas me voir pour l'instant. Plus tard peut-être, mais pas maintenant. Par ailleurs, nous avons enfin obtenu son accord. Emportons les cartons chez moi et finissons d'en examiner le contenu tranquillement.

— Pas question. Ça ne fera qu'empirer la situation.

Lindsay faillit s'étrangler de rire.

— Comment pourrait-elle être pire ? Je t'ai menti, j'ai heurté les sentiments de ma mère et je ne suis pas certaine qu'elle pourra jamais me pardonner. Il faut que quelque chose de positif ressorte de tout ça. Sinon…

Sa gorge se serra.

— Sinon je ne le supporterai pas, conclut-elle dans un souffle.

Ike resta un moment silencieux.

— Très bien, répondit-il enfin en lui caressant les cheveux. Si tu es sûre que c'est la meilleure solution…

— J'en suis certaine. Mais d'abord, dit-elle tandis que ses larmes se remettaient à couler, est-ce que… est-ce que tu veux bien me serrer dans tes bras pendant encore une minute ?

6

Ike se rendit finalement seul chez Lindsay. Il pouvait encore sentir la chaleur de son corps contre le sien et l'entendre lui demander de la serrer dans ses bras.

Incapable de quitter le domicile d'Arlene tant que cette dernière se sentirait aussi trahie, elle lui avait confié la clé de sa maison. Elle voulait essayer une nouvelle fois de faire comprendre à sa mère qu'ils n'avaient jamais eu l'intention de la blesser en agissant comme ils l'avaient fait et s'assurer qu'elle allait bien physiquement.

Sa décision avait profondément soulagé Ike. Si Lindsay l'avait accompagné et si Arlene avait connu un autre problème de santé, aucun d'eux n'aurait pu se le pardonner.

Dès qu'il eut fini de transporter tous les cartons dans la maison, il retira ses bottes et jeta un coup d'œil autour de lui. La salle à manger était spacieuse mais pratiquement vide. Il ignorait à quoi ressemblait la demeure au moment où Lindsay l'avait acquise, mais elle avait à l'évidence déjà fait pas mal de travaux.

Tiré de ses pensées par le bruit de la porte d'entrée, il traversa le salon à grands pas pour prendre le carton des mains de Lindsay, qui venait d'arriver.

— Est-ce que ta mère va bien ? s'enquit-il.

Elle acquiesça.

— Nous avons prévu de prendre le petit déjeuner ensemble demain matin, annonça-t-elle sans entrain. Je l'ai persuadée d'attendre une journée avant d'aller à Bangor, histoire de m'assurer qu'elle va vraiment bien, ce qu'elle a accepté. J'avais également proposé de passer la nuit chez elle, mais elle a dit préférer rester seule.

Lindsay n'ajouta pas un mot jusqu'à ce que les cartons qui se trouvaient dans sa voiture aient été transportés dans la maison.

— Veux-tu manger ou boire quelque chose ? Je ne sais pas si tu as dîné, mais…

A la peine qu'il lut dans ses yeux, Ike sentit s'alourdir le poids qui pesait sur sa poitrine et ses épaules. Il passa un bras autour de sa taille et l'attira contre lui. Elle cherchait un prétexte pour différer l'inspection du contenu des cartons, et il savait pourquoi. S'ils ne découvraient aucun élément permettant de lier la mort de son frère à l'assassinat de Portland, ils auraient fait souffrir Arlene et endommagé la relation entre Lindsay et elle pour rien. La pilule serait dure à avaler pour tous les deux.

Inspirant une bouffée de l'odeur de son shampooing, Ike la tint dans ses bras un long moment. Lorsque la sensation de son corps chaud et malléable devint trop agréable, il sut qu'il devait arrêter. Ils étaient l'un comme l'autre trop vulnérables pour l'instant, et l'alchimie entre eux était à son paroxysme depuis que leurs vies étaient de nouveau entrées en collision. Si l'on ajoutait le chagrin et la compassion au mélange, c'était une recette pour davantage d'ennuis.

Ike s'écarta de Lindsay à contrecœur et constata avec satisfaction qu'elle s'était ressaisie. Il n'avait jamais bien su gérer les larmes.

— Prête ? demanda-t-il en désignant les cartons d'un signe de tête.

— Plus que jamais.

La nuit était tombée quand ils arrivèrent enfin au terme de leur inspection. Les pires craintes de Lindsay s'étaient réalisées. Rien parmi les affaires de Ricky n'avait apporté d'élément nouveau à leur enquête.

— Eh bien, voilà…, souffla-t-elle en se relevant.

Comment allait-elle bien pouvoir annoncer la nouvelle à sa mère ? s'interrogea-t-elle tandis qu'Ike faisait glisser les cartons contre le mur.

Lorsqu'il se retourna, il semblait avoir autant qu'elle la mort dans l'âme.

— Je t'ai poussée à faire ça, dit-il. Les sentiments de ta mère ont de nouveau été blessés, pour rien, et je t'ai mise dans une situation intenable. Lindsay, je suis tellement…

Elle traversa rapidement la pièce pour le rejoindre et pressa ses doigts contre ses lèvres avant qu'il ne puisse aller au bout de sa phrase. Il ne servait à rien de se culpabiliser et de se sentir encore plus mal.

— Tu n'as pas à t'en vouloir. C'est moi qui ai orchestré tout ce gâchis. Et, en toute honnêteté, je ne regrette qu'en partie de l'avoir fait.

Lindsay soupira.

— Une assez grande partie, ajouta-t-elle. Mais nous n'avions pas le choix.

— Avec le recul, je commence à en douter.

— Ne fais pas ça. C'était une bonne idée qui n'a pas marché.

Au regard qu'il lui lança, Lindsay comprit que les platitudes ne l'aideraient pas à se sentir mieux.

— Je vais aller téléphoner à ma mère, annonça-t-elle. Ensuite, si ça te dit, nous pourrions boire un café sous le porche.

Elle avait besoin de mettre de la distance entre ces cartons et elle.

Le phare répandait sa lumière sur la ville et les eaux paisibles tandis qu'ils s'installaient sur la balancelle devant la maison, quelques minutes plus tard. Quelques grillons stridulaient dans le jardin.

Lindsay remercia Ike dans un murmure tandis qu'il lui posait un plaid sur les épaules.

— Est-ce que tu lui as annoncé la nouvelle ? demanda-t-il.

— Oui. Je n'avais pas vraiment le choix. C'est la première question qu'elle m'a posée dès qu'elle a décroché.

— Et ?

Elle haussa les épaules, puis mit la balancelle en mouvement.

— Elle m'a au moins dit qu'elle m'aimait avant de raccrocher.

— C'est déjà un point positif.

— Oui, reconnut-elle.

Ike but une gorgée de café.

— Ta mère a-t-elle demandé si j'étais toujours là ?

— Non, mais…

— Mais quoi ?

— Elle n'a pas manqué de me rappeler que, lorsque tu es dans les parages, je prends de mauvaises décisions — c'est son avis, pas le mien. Elle a dû oublier celles que j'avais prises avant que tu entres dans ma vie.

Les chaînes de la balancelle grinçaient légèrement.

— Suis-je au courant de ces mauvaises décisions ?

— Tu connais au moins l'une d'elles, puisque j'étais déjà ambulancière quand nous nous sommes rencontrés.

Malgré l'obscurité, la faible lumière qui filtrait par les fenêtres fut suffisante pour permettre à Lindsay de voir son air perplexe.

— Elle considère que c'était une erreur ?

— En effet. Après la mort de mon père, tout ce que Ricky et moi faisions était surveillé de près. Elle s'empressait de mettre fin à la moindre activité qui nous faisait courir le risque de recevoir un coup, ou d'être seulement égratigné.

Lindsay resserra ses mains autour de sa tasse de café, appréciant la chaleur contre ses paumes.

— Elle ne cesse de dire que j'ai une attitude suicidaire, pour filer à toute vitesse dans cette ambulance avec Sam.

— Que lui réponds-tu ?

Un faible sourire apparut sur les lèvres de Lindsay.

— Que c'est sa faute, parce qu'elle a étouffé mes instincts de casse-cou quand j'étais jeune.

Le petit rire d'Ike l'émut.

Posant sa tasse sur l'une des deux tables qui encadraient la balancelle, elle poursuivit :

— Ma mère ne comprend simplement pas à quel point j'aime mon travail ; à quel point c'est important pour moi de faire ça, surtout depuis la mort de mon père. Les ambulanciers qui ont tenté de le ranimer ce jour-là ont été une véritable inspiration. Je leur suis tellement reconnaissante d'avoir tout fait pour le sauver !

— Tu étais présente ? s'étonna Ike. Tu ne me l'avais jamais dit.

Lindsay acquiesça.

— C'est arrivé juste en haut de cette rue. Quand nous avons entendu l'ambulance, maman et moi sommes sorties sous le porche. L'un des voisins est arrivé en courant et… Tu connais la suite. J'ai toujours cru que c'était la raison pour laquelle toi et moi nous étions si bien entendus le jour où nous nous sommes rencontrés. Si tu y réfléchis, nos métiers sont en quelque sorte similaires. Nous recevons un appel et nous fonçons à toute allure. Je crois que nous sommes tous les deux accros à l'adrénaline.

— Sans doute, répondit Ike, même si son attirance immédiate pour elle n'avait eu aucun rapport avec la profession qu'elle exerçait, mais tout à voir avec le fait qu'elle était la femme la plus bienveillante et la plus belle qu'il avait jamais connue.

Il avait immédiatement été frappé par la beauté intérieure qui irradiait d'elle. C'était d'ailleurs toujours le cas.

Il tendit la main pour balayer de son visage quelques mèches de cheveux agitées par la brise légère. Puis il resserra le plaid autour d'elle. Une chose étrange se produisit alors qu'il s'apprêtait à retirer ses mains. Lindsay les saisit et les retint dans les siennes.

Croisant son regard dans la faible lumière, il fut aussi effrayé qu'excité par la lueur de désir qui y brillait.

Il savait qu'il aurait tout intérêt à prendre ses distances. Même s'il ne percevait plus la moindre trace de reproche dans ses yeux, ce n'était que temporaire. Tôt ou tard, Lindsay regretterait d'avoir cédé à un moment de faiblesse. Pourtant, il ne recula pas ; au contraire, il s'approcha davantage d'elle.

— C'est une *très* mauvaise idée, murmura-t-il.

Leurs lèvres se touchaient presque.

— Je sais, répondit Lindsay.

Le cœur battant la chamade, elle lâcha ses mains afin qu'il puisse les déplacer à sa guise.

— C'est ce qui la rend si parfaite, ajouta-t-elle. Elle cadre bien avec le reste de la soirée.

Leurs lèvres se scellèrent, d'abord doucement, puis avec plus de force, jusqu'à ce que leurs langues s'effleurent avec toute la tendresse qu'ils avaient perfectionnée durant leur relation.

Sans décoller sa bouche de la sienne, Ike lui caressa le visage avec douceur pendant qu'elle refermait ses bras autour de son cou pour l'attirer contre elle. Et, comme s'ils étaient conscients de devoir bientôt s'arrêter, ils approfondirent leur baiser.

Ike glissa ses mains sous le plaid et les fit remonter sous le débardeur de Lindsay. A son contact, elle fut parcourue d'un frisson. Il écarta un bonnet de son soutien-gorge et titilla la pointe de son sein jusqu'à ce qu'elle durcisse contre sa paume. Tandis que son sang courait dans ses veines à toute vitesse, Lindsay enfonça ses mains dans les épais cheveux d'Ike.

Elle voulait aller jusqu'au bout à présent ; elle voulait le tourbillon vertigineux, la passion qu'elle n'avait plus connue depuis presque deux ans, le mari qu'elle n'avait jamais cessé de désirer malgré le passé qu'elle ne pouvait pas ignorer.

C'est alors qu'un trait de lumière passa comme un éclair sur leurs paupières closes.

Ike s'écarta de Lindsay d'un bond et retira ses mains de sous le plaid. Il sut instantanément que la lueur ne provenait pas du phare de Spindrift et fut stupéfait de ne pas avoir entendu la voiture approcher. Dans son métier, il devait être constamment sur ses gardes et n'avait rien perçu d'autre que le battement de son propre pouls et le bruit de leur respiration.

Le véhicule s'arrêta au milieu de l'allée avant d'en ressortir en marche arrière et de s'éloigner à toute allure.

Le regard d'Ike revint se poser sur l'expression figée de Lindsay. S'agissait-il de son petit ami ? Venait-il de gâcher leur relation ?

— Qui était-ce ?

— Je n'en sais rien.

— Le type de la librairie ?

— Je... je n'en ai vraiment aucune idée, balbutia-t-elle. Etait-ce une berline bleu marine ?

— Il s'agissait effectivement d'une berline, mais je n'ai pas pu en discerner la couleur.

Ike jura à voix basse tandis que Lindsay rajustait ses vêtements sous le plaid. Juste quand la soirée commençait enfin à s'améliorer, tout venait d'être gâché encore une fois, songea-t-il.

Lindsay se leva et plia le plaid.

Il pouvait tirer un trait sur les caresses et les baisers.

— Tu devrais lui téléphoner pour lui dire que ce qu'il a vu était une erreur, suggéra Ike, surpris de constater à quel point il lui en coûtait de dire cela.

— Non. John peut très bien m'appeler lui-même, si c'était effectivement lui et que ce qu'il a vu l'a ennuyé.

Elle alla jusqu'à la porte d'entrée et ajouta :

— Par ailleurs, il y a de fortes chances pour que le conducteur n'ait été qu'un inconnu à la recherche d'un endroit pour faire un demi-tour. Ce ne serait pas la première fois.

En y réfléchissant, Ike se dit qu'elle avait probablement raison. Même si, au fond de lui, il se surprit à éprouver de la déception à l'idée que le type de la librairie n'ait pas été témoin de leur étreinte.

— Je retourne en ville, annonça-t-il soudain. Appelle-moi quand la voie sera libre pour rapporter les cartons chez ta mère. Je viendrai t'aider.

Conscient de la distance qui s'était de nouveau installée entre eux, il marqua une pause.

— A moins que tu ne préfères l'aide de quelqu'un d'autre.

Dans la faible lumière, il vit des émotions différentes passer sur le visage de Lindsay.

— Il vaudrait peut-être mieux que je les conserve quelque temps, répondit-elle enfin.

Etait-ce une manière de lui faire comprendre qu'elle ne voulait plus qu'il s'approche du domicile de sa mère ? s'interrogea Ike. Ou essayait-elle de lui dire qu'il était temps pour eux de retourner à leurs vies respectives, maintenant que la raison qui les avait de nouveau réunis n'avait plus lieu d'être ? Cela faciliterait assurément ses relations avec sa mère et Monsieur Librairie…

— Bien, dit-il en enfouissant au fond de lui des sentiments qu'il n'avait pas envie d'analyser pour l'instant. A un de ces jours, alors.

Lindsay hocha la tête.

— Bonne nuit.

Il devait une fière chandelle au conducteur de la voiture qui les avait interrompus, se dit Ike tandis qu'il sortait de l'allée. S'ils avaient continué sur leur lancée, nul doute qu'ils auraient terminé la soirée dans le lit de Lindsay. Et, même s'il en mourait d'envie, ce n'était plus d'actualité. Malgré sa soif de justice, elle continuait de lui reprocher la mort de son frère.

Le lendemain soir, Ike arpentait de nouveau les rues du Vieux Port à la recherche de Lift Johnson quand son téléphone portable sonna.

Dès qu'il décrocha, la voix affolée de Lindsay résonna dans l'appareil.

— Ike ? Ike, je suis en chemin pour la maison de ma mère ! Peux-tu m'y retrouver ? Elle vient d'appeler. Quelqu'un est entré chez elle par effraction !

— Dis-lui de sortir tout de suite, d'aller chez un voisin et d'appeler la police, dit-il en rebroussant vivement chemin pour retourner jusqu'à son 4x4.

— C'est déjà fait. Elle se trouve chez Henrietta Parker et a contacté la police avant de me téléphoner.

— Bien.

Les événements survenus entre Lindsay et lui la veille n'étaient soudain plus un problème.

— J'arrive le plus vite possible.

— Merci. Ike..., ajouta-t-elle à toute vitesse avant qu'il ne raccroche. Il y a une dernière chose que tu dois savoir.

— De quoi s'agit-il ?

— Elle a dit à la police que c'était toi qui l'avais fait.

***

Lorsqu'il se gara, quarante-cinq minutes plus tard, devant la maison de la voisine d'Arlene Hollis, Ike avait l'estomac noué. Deux voitures de police — vides et avec les gyrophares encore allumés — étaient arrêtées devant le domicile de la mère de Lindsay.

— Est-ce qu'elle va bien ? s'enquit-il alors que Lindsay, qui était sortie en hâte, venait à sa rencontre. Et toi, est-ce que ça va ?

— Nous allons bien toutes les deux.

Elle jeta un regard anxieux par-dessus son épaule.

Plusieurs voix leur parvinrent par la porte ouverte.

— Maman est à l'intérieur, avec Henrietta et l'un des policiers qui ont répondu à l'appel. Ike, j'ai expliqué à ce dernier que tu n'avais rien à voir avec ce qui s'est passé et que tu n'allais pas tarder à arriver. Il m'a néanmoins demandé si tu te trouvais à ton appartement quand nous nous sommes parlé au téléphone. Où étais-tu ?

Ike la dévisagea d'un air écœuré.

— Pour l'amour du ciel ! Je sais parfaitement que tu n'as rien fait ! s'exclama Lindsay. J'espérais juste que quelqu'un pourrait te fournir un alibi.

— J'étais au Vieux Port. Je suis sûr qu'au moins une dizaine de personnes m'ont vu. Maintenant, raconte-moi ce qui s'est passé.

— Henrietta et ma mère sont allées au bingo. A leur retour, maman l'a invitée à venir prendre le thé et a découvert que la maison avait été mise sens dessus dessous. D'après la police, ceux qui ont fait ça se sont introduits par la porte du sous-sol. Elle n'est jamais verrouillée.

— Les détecteurs de mouvement n'ont pas fonctionné ?

Il les avait lui-même installés, insistant sur le fait qu'une femme qui vivait seule avait besoin d'un minimum de sécurité, même si Arlene les jugeait inutiles.

Lindsay soupira.

— Pour ça, il aurait fallu qu'ils soient activés…

La porte grillagée s'ouvrit soudain derrière eux. Ils se retournèrent tandis qu'Henrietta Parker sortait sous la petite véranda de bois. La vieille dame adressa un sourire contrit à Ike, puis fit signe à Lindsay d'approcher.

— Ma chère, le chef Dunhurst souhaiterait vous poser quelques questions supplémentaires.

— Merci, madame Parker. J'arrive tout de suite.

Lindsay se tourna vers Ike.

— Vas-y, je ne bouge pas d'ici, lui dit-il.

Dès que la porte se referma sur elle, il redescendit l'allée d'un pas tranquille, notant le nombre de porches éclairés dans le quartier, ainsi que les curieux qui grouillaient dans la rue. Il doutait que l'un d'eux ait vu ou entendu quoi que ce soit d'utile. Quand il devait s'approcher d'une maison sans se faire remarquer, il se garait généralement quelques rues plus loin et parcourait le reste du trajet à pied — ce que les auteurs de l'effraction avaient probablement fait.

Après quelques minutes, Lindsay, sa mère et un policier en uniforme brun clair sortirent de la maison d'Henrietta Parker et descendirent les deux marches jusqu'à l'allée bétonnée. Le policier trapu avait une coupe de cheveux réglementaire grisonnante, environ la soixantaine, et une radio qui grésillait accrochée à la hanche. Son chapeau à la main, il se dirigea vers Ike.

— Bonsoir, monsieur. Etes-vous Ike Walker ?

— En effet.

— Axel Dunhurst, chef de la police. Pourriez-vous, s'il vous plaît, me suivre jusqu'à mon véhicule ? Je souhaiterais vous poser quelques questions.

Ike acquiesça. Il connaissait la marche à suivre. Jusqu'à ce qu'il fournisse la preuve de son innocence, il serait considéré comme un suspect potentiel.

Il commençait à suivre le chef de la police quand Lindsay et sa mère l'arrêtèrent.

Après un regard encourageant de sa fille, Arlene s'éclaircit la voix. Elle était à l'évidence sous pression.

— Je voulais juste que vous sachiez que j'étais contrariée quand j'ai contacté la police, tout à l'heure. Mes mots ont dépassé ma pensée. Je sais que vous n'êtes pour rien dans tout cela. Vous… vous n'êtes pas comme ça. Et je tenais à ce que vous sachiez que je viens de l'expliquer au chef Dunhurst.

Une vague de reconnaissance faillit submerger Ike. Pas parce qu'il craignait d'être inculpé pour un délit qu'il n'avait pas commis, mais parce qu'Arlene avait enfin reconnu qu'il n'était pas sans scrupule. Le chemin serait encore long jusqu'à ce qu'il obtienne sa tolérance, mais c'était un début.

— Merci.

— Ne me remerciez pas, répliqua-t-elle.

Lindsay poussa un soupir las tandis que sa mère reprenait la parole.

— Vous et votre recherche de preuves imaginaires êtes responsables de ce qui est arrivé ce soir. Si vous vous étiez contenté de rester en dehors de cette histoire,si vous aviez simplement fermé les yeux il y a deux ans…

— Maman, ça suffit.

— Monsieur Walker ? fit Dunhurst, qui attendait à quelques mètres de là.

— J'arrive dans une minute, répondit Ike au chef de la police.

Il avait d'abord besoin de dire ce qu'il avait sur le cœur.

— Arlene, vous avez raison sur un point. Si je n'avais pas commencé à fouiner, peut-être que l'effraction de ce soir ne se serait pas produite. Il pourrait bien sûr ne s'agir que d'une simple affaire de cambriolage, sans rapport avec quoi que ce soit d'autre, mais j'en doute. En revanche, vous avez tort quand vous parlez de preuves imaginaires. Je suis plus que jamais convaincu qu'elles existent. Et, manifestement, elles rendent quelqu'un nerveux.

Se tournant vers Lindsay, il ajouta :

— Est-ce que tu restes ici, ce soir ?

— Oui. Je conduirai maman chez tante Cheryl demain — dès que nous aurons inspecté la maison pour voir s'il manque quelque chose. J'aimerais te parler quand tu auras fini de répondre aux questions de la police.

— D'accord.

Tandis qu'il se dirigeait vers la voiture du chef Dunhurst, Ike ne put détacher son regard de Lindsay et de sa mère, qui montaient bras dessus bras dessous les marches jusqu'à la porte de la cuisine. L'amour qu'elles se portaient lui donna un coup au ventre.

Il n'avait pas reçu beaucoup d'amour de ce genre depuis la mort de sa propre mère. Son père avait été si occupé à gérer son chagrin « comme un homme » qu'il avait oublié que ses enfants avaient besoin de plus que de vêtements propres et de nourriture pour traverser cette épreuve. Quant au peu d'affection qui existait encore entre eux, il était parti en fumée lorsque Ike s'était associé avec un chasseur de primes afin de gagner un supplément d'argent pendant qu'il était à l'université. Le travail lui avait plu et, le jour où il avait abandonné son projet d'entrer à l'école de police, cela avait été la goutte d'eau qui avait fait déborder le vase.

— Très bien, que voulez-vous savoir ? demanda-t-il à Dunhurst en arrivant à sa hauteur.

Le policier l'évalua du regard.

— Pour commencer, avez-vous une idée de ce que cherchaient les auteurs de cette effraction ?

— Comment le saurais-je ?

— J'ai cru comprendre que vous tentiez d'établir un lien entre la mort de deux fugitifs et un revendeur de drogue — et que vous espériez prouver que le meurtre de votre beau-frère n'était pas un crime aléatoire.

Ike acquiesça.

— Eh bien, à moins qu'il ne s'agisse d'un simple acte de vandalisme, ce dont je doute, on dirait que vous avez attiré l'attention de quelqu'un. Et, même s'il s'avère que certains objets de valeur ont été emportés, je doute également que ce soit une affaire de cambriolage. Je crois que c'était une fouille, à en juger par la manière dont cela a été fait. Alors, que cherchait-on, monsieur Walker ?

— Honnêtement, je n'en ai pas la moindre idée.

— Vraiment ? Dans ce cas, pourquoi ne pas me dire ce que vous savez ?

— J'en serai ravi.

Ike commença par le commencement et termina avec l'inspection infructueuse des affaires de Ricky.

Il achevait son récit quand deux policiers remontèrent l'allée.

— Est-ce que vous avez trouvé quelque chose ? leur demanda Dunhurst.

— Non, répondit le moins grand des deux. Nous devrions aller parler aux habitants des rues voisines. Les cambrioleurs auraient pu se garer par là et faire le reste du trajet à pied.

— Allez-y. Je vous rejoins dans quelques minutes.

Dès que Dunhurst et lui furent de nouveau seuls, Ike poursuivit :

— Pour en revenir à votre remarque précédente… J'imagine que Mme Hollis vous a parlé de mon intérêt pour le meurtre de Decker ?

Le chef de la police remit son chapeau.

— Elle l'a en effet mentionné au cours de sa déposition,

mais nous savions déjà que vous meniez votre petite enquête. Les flics parlent entre eux, surtout quand un chasseur de primes est impliqué. A votre place, j'essaierais de ne pas trop me faire remarquer, monsieur Walker — quel que soit votre degré de motivation.

— Pensez-vous que j'en dis trop aux mauvaises personnes ?

Dunhurst acquiesça tout en ouvrant la portière de sa voiture.

— Je crois aussi que ce sont ces mêmes personnes qui ont fourré leur nez ici, ce soir. Le moment est venu d'abandonner. C'est à la police de s'occuper du problème, et je n'ai pas envie de trébucher sur vous chaque fois que je me retourne. Le message est-il clair ? Laissez-nous régler ça.

Ike hocha la tête d'un air sombre.

— Avec plaisir. Tant que vous le faites vraiment.

Lorsque Lindsay ressortit de la maison, vingt minutes plus tard, elle fit signe d'approcher à Ike, qui était assis dans son 4x4. En dépit de ses réserves et des mauvais souvenirs, elle ne supportait pas de le voir attendre dehors, dans le noir, tel un paria.

— Ma mère s'est endormie, lui dit-elle tandis qu'il la rejoignait sous le porche. Le stress de ces derniers jours l'a épuisée.

Elle s'assit sur la plus haute marche, et il fit de même.

— J'ai pris certaines décisions, annonça-t-elle. Comme je te l'ai dit plus tôt, je conduis demain ma mère chez tante Cheryl. Elle avait prévu de ne passer qu'une journée à Bangor, mais je lui ai demandé d'y rester jusqu'à ce que cette affaire soit résolue. Je ne veux pas la savoir toute seule ici.

— Sage décision. En général, l'auteur d'un délit a

rarement envie de revenir sur les lieux de son forfait, mais s'il n'est pas sûr d'avoir bien fouillé chaque coin et recoin celui-ci pourrait décider de refaire un tour par ici.

Ike hésita.

— En parlant de coins et recoins… il y en a beaucoup chez toi, et c'est là que sont entreposées les affaires de ton frère, maintenant. Déplaçons-les avant que quelqu'un en ait vent. Si ce qui s'est produit ce soir n'est pas qu'un vulgaire cambriolage, tu pourrais être également en danger.

— Où veux-tu les emporter ? Et quand ?

— Je vais les emporter au motel. J'ai moi aussi pris certaines décisions. Ce soir, je dormirai dans mon 4x4, dans ton allée, au cas où les auteurs de l'effraction décideraient de visiter ta maison. La laisser sans surveillance ne serait pas prudent. Demain, je prendrai une chambre au Drifter pour quelques jours.

Ike n'avait pas besoin de lui dire que les événements de la soirée l'avaient mis à cran, Lindsay pouvait le lire sur son visage marqué.

— Que fais-tu de tes affaires en cours ?

— Mon ordinateur portable ne me quitte jamais. Comme je te l'ai déjà fait remarquer par le passé, je peux travailler n'importe où.

Ce n'étaient pas ses paroles exactes, se rappela Lindsay tandis que de minuscules picotements dansaient sur ses bras. Il avait dit qu'il pourrait travailler nu depuis leur lit, s'il le voulait. Puis il l'avait embrassée et avoir ajouté en riant :

— A condition que tu n'y sois pas, bien sûr !

Lindsay détourna la tête. Malgré la pénombre, elle craignait que ses yeux ne trahissent ses pensées. Pour quelle raison était-il aussi facile d'oublier leurs problèmes quand ils étaient si proches ?

Tu le sais, murmura une petite voix dans sa tête. *Parce que c'est un homme bien.*

— Je ne peux pas te demander de passer la nuit dans ta voiture pour protéger quelque chose qui est à moi.

— Tu ne m'as rien demandé. J'ai proposé.

Lindsay fouilla dans la poche de son pantalon et sortit son trousseau de clés. Elle en retira celle de sa maison, qu'il lui avait rendue plus tôt, et la déposa dans sa main.

— Tiens. La chambre d'amis est encore en désordre, mais…

— Je me contenterai du canapé, dit-il, son regard sombre plein de gratitude.

Lindsay prit soudain conscience qu'elle était sur le point de franchir une ligne qu'elle ne devrait pas. Sa voix trembla légèrement.

— Non, tu es trop grand pour le canapé, répondit-elle, déchirée entre sa loyauté à l'égard de sa mère et la chose juste à faire. Tu n'as qu'à… dormir dans mon lit.

7

Tandis qu'il montait l'escalier en chêne sombre qui menait au premier étage de la maison victorienne de Lindsay, Ike admira le papier peint à motifs, crème et beige, ainsi que les appliques en cristal et les photos de roseraies accrochées au mur. En haut des marches, les jolies touches de décoration laissèrent place au plâtre rugueux des murs qui venaient d'être refaits.

Où Lindsay avait-elle trouvé le courage de s'attaquer à une tâche aussi monumentale ? se demanda-t-il avec stupéfaction. Certes, elle avait fait de leur vieil appartement à Portland un endroit confortable et douillet, mais il ne l'aurait jamais imaginée capable d'entreprendre des rénovations de cette ampleur.

Pieds nus — il avait retiré ses bottes au rez-de-chaussée —, il continua à longer le couloir jusqu'à une pièce lilas et blanc, où se trouvait le grand lit double que Lindsay et lui avaient naguère partagé. Cela fit aussitôt remonter à la surface le souvenir de leur relation avant qu'elle lui annonce ne plus pouvoir supporter la tension, le stress et les disputes, et décide de partir.

« Juste pour une courte période, avait-elle dit. Jusqu'à ce que les choses se calment et que nous ayons tous les deux pris un peu de recul par rapport à la situation. »

Ils n'y étaient jamais parvenus.

La mâchoire contractée, il retourna dans le salon, prit la télécommande sur la table basse et alluma la télévision.

Puis il éteignit les lampes, s'allongea sur le canapé et commença à zapper d'une chaîne à l'autre.

Comme il ne trouvait aucun programme intéressant, il éteignit la télévision et plongea la pièce dans l'obscurité.

Un peu avant 17 heures, le lendemain, tandis qu'elle se garait dans son allée, Lindsay sentit la chaleur l'envahir en voyant Ike assis sur la balancelle en train de feuilleter le journal.

Un grand gobelet blanc recouvert d'un tissu à carreaux rouges et noirs, signe indicateur qu'il venait du Krafty Millie's Café, était posé sur la table, à sa droite, près d'un sac de couleur identique et arborant le même logo.

— Il y avait des fruits et du jambon dans le frigo, dit-elle en montant les marches. Tu n'étais pas obligé d'aller au Millie's.

Ike replia le journal.

— Je devais de toute façon faire quelques achats en ville.

Il se leva et ouvrit les bras afin de lui montrer son T-shirt noir tout neuf. Il y avait une petite vague bleue au niveau de la poche de poitrine et, dessous, on pouvait lire : *Spindrift, Maine.*

A l'évidence, il avait également acheté des articles de toilette, car il était douché et rasé de près. A la pensée d'Ike nu dans sa salle de bains, la peau de Lindsay se réchauffa plus encore. Mieux valait qu'elle évite de l'imaginer en train de dormir dans son lit…

— Comment va ta mère ? s'enquit-il.

Lindsay s'appuya contre la balustrade du porche.

— Elle se sent toujours outrée et bafouée, ce qui était à prévoir, mais je pense que ça ira.

— J'ai parlé à Dunhurst, ce matin. Il m'a informé qu'Arlene et toi aviez inspecté la maison et que rien ne manquait.

— Tu l'as appelé ?

— Pourquoi es-tu aussi surprise ? J'ai moi aussi un intérêt dans cette affaire.

Croisant son regard, Lindsay sentit un vague sentiment de reproche se mêler à l'attirance qu'elle éprouvait encore pour lui. Elle savait que se raccrocher aux douleurs du passé était illogique dans la mesure où elle pensait maintenant qu'il était fort probable que son frère aurait été tué de toute façon, avec ou sans l'intervention d'Ike. Hélas ! logique et émotion ne faisaient pas bon ménage.

Le regard fixé sur ses clés de voiture, elle demanda :

— T'a-t-il dit si l'un des voisins a vu ou entendu quelque chose ?

— Rien pour l'instant. Mais il se montrera peut-être plus communicatif avec toi qu'avec moi… Il fait partie de ces flics qui n'apprécient guère les chasseurs de primes. Il m'a quand même dit qu'il soupçonnait les auteurs de l'effraction d'avoir surveillé la maison de ta mère et mémorisé ses habitudes. D'après lui, ils savaient qu'elle serait absente pendant plusieurs heures, hier soir.

A cette idée, Lindsay fut parcourue d'un frisson.

— Il est passé ici cet après-midi pour m'aider à réexaminer les affaires de Ricky, poursuivit Ike. Encore une fois, ça n'a rien donné. Nous devons enlever ces cartons de chez toi sans tarder. Si des types surveillaient la maison de ta mère, ils nous ont vus les emporter. Et, après hier soir, ils pourraient supposer que ce qu'ils cherchent est ici et décider de venir le récupérer.

Il la dévisagea d'un air grave.

— Je pense également que tu devrais rester à Bangor avec ta mère et ta tante, ajouta-t-il. Etant donné que tu es toujours en vacances, tu n'as pas à t'inquiéter de…

Lindsay laissa éclater la colère qu'elle s'efforçait de réprimer — une colère à l'encontre de ceux qui avaient mis la maison de sa mère sens dessus dessous, d'Ike, et d'elle-même pour ne pas lui avoir demandé de retourner à Portland dès le soir où il lui avait exposé son plan.

— J'ai pris deux semaines de congés pour faire des travaux et je compte bien ne rien changer à mes projets. Je refuse de laisser des délinquants me chasser de chez moi ou changer ma vie.

L'expression d'Ike s'assombrit. Récupérant le journal posé sur la balancelle, il lui montra la dernière page.

— Ils l'ont déjà changée.

Dans la rubrique « Communiqué de la police », un paragraphe rapportait l'effraction survenue au domicile de sa mère et demandait à quiconque susceptible de fournir des informations pertinentes de contacter le département de la police de Spindrift.

— Plusieurs de tes voisins sont passés, et ton téléphone a sonné toute la journée. Tu as au moins une demi-douzaine de messages sur ton répondeur — de la part de Sam et d'amis. Ils sont tous inquiets.

D'un ton plus froid, il ajouta :

— Le type de la librairie a appelé, lui aussi.

Lindsay se massa légèrement les tempes pour chasser le mal de tête qu'elle sentait pointer, puis se dirigea vers la porte d'entrée. Elle avait été si absorbée par les besoins de sa mère qu'elle n'avait prévenu personne. Pourtant, elle aurait dû se douter que la nouvelle se répandrait, et que les gens s'inquiéteraient.

— Il faut que je rappelle tout le monde.

— Vas-y. J'ai déjà chargé une partie des cartons dans ma voiture. Je vais les emporter au Drifter et je repasserai chercher le reste ensuite.

— Au Drifter ?

— Comme je te l'ai dit hier soir, j'y ai pris une chambre. Tant que Dunhurst n'aura pas mis la main sur les types qui ont fouillé la maison de ta mère, je préfère être dans les parages. Si quelque chose d'autre doit se passer…

Son regard s'assombrit.

— … je ne veux pas être à quarante-cinq minutes d'ici, dit-il en baissant la voix.

Lindsay prit une profonde inspiration tandis que ses paroles s'enregistraient dans son esprit. Même si elle appréciait sa vigilance…

— Ike, je n'ai pas besoin d'un garde du corps !

— Je ne te laisse pas le choix, répliqua-t-il.

Il commença à descendre les marches.

— Je serai de retour dans quelques minutes.

— Ike… attends !

Tandis qu'il se retournait à moitié, Lindsay, dont le cœur battait à toute vitesse, promena son regard sur ses larges épaules et son dos musclé.

— Et si tu t'installais plutôt ici ?

Il secoua la tête.

— Mauvaise idée.

Elle savait ce qu'il pensait. Dès qu'ils seraient sous le même toit, rester éloignés l'un de l'autre deviendrait une lutte de chaque instant. Cependant, ils n'étaient plus des adolescents irresponsables ; ils étaient adultes.

— Pourquoi crois-tu que la plupart de nos conversations se déroulent sous le porche d'une maison ou dans un endroit public ? demanda-t-il.

— Es-tu en train d'insinuer que je suis tellement irrésistible que tu serais incapable de t'empêcher de venir te glisser dans mon lit ?

Un sourire se forma sur les lèvres d'Ike.

— Non. Je suis en train de dire que tu serais collée à moi comme une abeille sur un pot de miel, si je dormais dans une chambre à quelques mètres de la tienne. Je ne suis pas inquiet à propos de *moi*, mais de toi et de ton insatiable libido.

— Tu as raté ta vocation, répliqua Lindsay d'un ton pince-sans-rire. Tu devrais monter un one man show.

Malgré tout, son estomac se noua car elle savait que cet arrangement ne serait pas facile.

— Oublie les cartons pour l'instant. Nous déciderons plus tard de ce que nous en ferons. Dès que j'aurai rappelé tout le monde, je t'aiderai à descendre le lit du grenier.

Les efforts que Lindsay et Ike durent fournir afin de transporter le lit, le sommier et le matelas jusqu'à la chambre d'amis suffirent à tenir l'attirance à distance pendant un moment. Toutefois, dès qu'ils commencèrent à faire le lit, celle-ci se manifesta de nouveau, exactement comme Lindsay l'avait pressenti, et une crainte l'envahit soudain. L'intimité de la vie au quotidien avait le pouvoir de les pousser au-delà de la pensée raisonnable, vers des actes qui ne feraient que les blesser tous deux. Ils ne pouvaient pas laisser cela se produire.

— Je vais aller jeter un coup d'œil dans le placard du couloir pour voir si je trouve l'ancien couvre-lit, dit-elle en lui donnant le drap de dessus. Il est forcément quelque part.

— Laisse tomber, il n'y sera pas. Nous l'avons donné à Eric quand il a emménagé dans son appartement.

Lindsay sentit une vague de nostalgie déferler en elle. Cette époque paraissait si lointaine…

— N'est-ce pas étrange la manière dont certains détails disparaissent de nos souvenirs alors que d'autres sont impossibles à oublier, même si on s'y évertue ? fit Ike.

Lindsay acquiesça.

— Ça n'a rien d'étrange. Les événements importants, ceux qui changent notre vie et affectent notre avenir, restent gravés dans notre mémoire.

— Comme le mariage ? murmura-t-il.
— Comme la mort, répliqua-t-elle.
Les yeux sombres d'Ike s'agrandirent, puis se remplirent d'émoi tandis qu'il rejoignait le fil de ses pensées. Il resta silencieux un instant, puis attrapa les oreillers posés sur une chaise et les jeta sur le lit.
— On dirait que ces deux choses sont indissociables de nos discussions, pas vrai ?
Sans attendre la réponse de Lindsay, il se dirigea vers le couloir.
— Si tu n'as plus besoin de moi, je vais aller travailler un peu.
Comme il quittait la pièce, Lindsay regretta presque d'avoir de nouveau dressé un mur entre eux, mais pas tout à fait. L'alchimie qu'ils continuaient de combattre serait écrasante s'ils perdaient de vue la réalité. C'était la meilleure manière de maîtriser leurs désirs.
Sans le vouloir vraiment, elle avait fait ce qu'il fallait, songea-t-elle en descendant lentement l'escalier derrière lui.
Pourquoi, dans ce cas, avait-elle l'impression que son cœur était en morceaux ?

Allongé sur le lit, Ike était trop tendu pour trouver le sommeil. La chambre d'amis communiquait avec la salle de bains, et le bruit de la douche en train de couler dans la pièce voisine n'était pas fait pour le calmer.
L'odeur de fleur d'oranger qui filtrait sous la porte emplissait ses narines — son esprit — et l'excitait, bien que Lindsay lui ait clairement fait comprendre qu'il ne se passerait rien entre eux. Pas après leur conversation sur la mort et le mariage.
Ces deux mots l'avaient hanté toute la soirée. Incapable de se concentrer sur son travail, il avait décidé de monter

directement se coucher — même s'il était beaucoup trop tôt pour dormir.

Repoussant les couvertures, il se dirigea vers la fenêtre qui donnait sur l'avant de la maison. Son regard dériva jusqu'au faisceau lumineux du phare de Spindrift et la mer noire qui s'étirait au-delà. Les étoiles scintillaient dans le ciel, autour d'un croissant de lune à demi masqué par les nuages.

Séjourner sous le même toit que Lindsay était de la folie, se dit-il pour la centième fois. Comment étouffer le désir, l'attirance qui lui nouaient le ventre ? Comment freiner son envie d'ouvrir la porte de sa chambre et de se glisser dans son lit ?

Un 4x4 de couleur claire, qui approchait lentement de la palissade, attira soudain son attention. Après avoir roulé au pas pendant un long moment, le conducteur accéléra peu à peu et redescendit la rue. Une poussée d'adrénaline galvanisa Ike ; la voiture était identique à celle qu'il avait aperçue sur le parking du restaurant de Nick Angelini. Il enfila rapidement son jean et descendit l'escalier quatre à quatre. Ce ne pouvait pas être une simple coïncidence.

Il observait la rue à travers le rideau en dentelle de la porte d'entrée quand Lindsay le rejoignit précipitamment.

— Que se passe-t-il ? demanda-t-elle, affolée.

Elle se pressa contre lui et un parfum de fleur d'oranger lui parvint. Quand le tissu soyeux du peignoir vert foncé qu'elle portait effleura son bras nu et sa cage thoracique, il regretta qu'ils ne portent pas tous les deux plus de vêtements.

— Ce n'est probablement rien, répondit-il en jetant un rapide coup d'œil vers elle.

Puis il reporta son attention sur la rue et ajouta :

— J'ai vu un véhicule s'arrêter devant chez toi et ça m'a rappelé quelque chose. Le jour où tu as apporté les cannellonis chez moi — le jour de la visite d'Eric —, as-tu remarqué un 4x4 gris métallisé garé sur le parking du restaurant italien ?

— Non. Mais toi, si, apparemment.

— En effet. Après ton départ, j'y suis allé pour jeter un œil et, à en juger par le nombre de mégots de cigarettes, le conducteur est resté là un bout de temps.

— A faire quoi ?

— Je n'en sais rien. Mais c'est au moment où il est parti que je me suis rendu compte de sa présence.

— Il s'était peut-être arrêté pour faire une pause dans son trajet ou passer un coup de fil.

— J'en doute fort. Les places de stationnement libres ne manquaient pas, et il a dû déplacer les cinq ou six blocs de béton qui barrent l'accès au parking du restaurant avant de s'y garer en marche arrière. Quand je l'ai signalé aux propriétaires, ils ont eux aussi trouvé ça étrange. M. Angelini m'a cependant fait savoir plus tard que tout était en ordre au restaurant, ce qui exclut un acte de vandalisme ou un cambriolage.

L'expression de Lindsay se tendit dans la faible lumière du clair de lune.

— Crois-tu que le véhicule que tu viens de voir est le même ?

— Rien ne me permet de l'affirmer avec certitude. Je suis peut-être juste paranoïaque.

— Mais ça t'a suffisamment inquiété pour que tu descendes voir de plus près.

Elle se passa la main dans les cheveux.

— D'après Dunhurst, ma mère était surveillée.

— Raison pour laquelle il n'est pas utile de fournir un gros effort d'imagination pour penser que tu l'es aussi.

Il posa une main sur le haut de son bras. Le geste était

destiné à la réconforter. Ike ne savait pas s'il avait atteint son but.

— Remonte te coucher, suggéra-t-il. Je vais attendre ici un moment, au cas où la voiture reviendrait.

— Non. Je reste avec toi.

— Très bien, dans ce cas, allumons quelques lampes et faisons savoir à nos visiteurs potentiels que nous sommes levés et prêts à les accueillir, le cas échéant.

Après l'effraction survenue chez Arlene, Ike savait qu'il ne fallait négliger aucun détail sortant de l'ordinaire.

Dès que Lindsay s'éloigna pour aller allumer le lustre du couloir à l'étage, la sensation de son corps près du sien manqua aussitôt à Ike. Lorsqu'elle revint vers lui et plongea ses yeux dans les siens, la tension qu'il y avait dans son regard disparut peu à peu pour laisser la place à quelque chose qu'il reconnut facilement parce que cela brûlait en lui également.

— Quoi ? demanda-t-il pour rompre le silence.

Elle détacha les yeux de son torse nu.

— Rien, répondit-elle en resserrant son peignoir autour de sa taille.

Ike remarqua cependant ses joues soudain empourprées tandis qu'elle se dirigeait vers la cuisine.

— Que dirais-tu d'aller enfiler un T-shirt pendant que je nous prépare du thé ? proposa-t-elle.

Il suivit un instant des yeux sa silhouette mince et sexy, puis s'exécuta et monta à l'étage.

Dès qu'elle serait recouchée, il reprendrait son poste afin de guetter un retour éventuel du 4x4.

Un déclic se fit soudain dans son esprit. En dehors du conducteur du 4x4, les seules personnes à avoir manifesté de l'intérêt à son égard récemment étaient les Jumeaux Bodybuildés. Au cours de sa discussion avec Eric, plus tôt dans la soirée, il avait appris que le 4x4 noir dans lequel ils avaient quitté la salle de sport était enregistré au nom de Leif Gunderson. Aucun autre véhicule n'était enregistré à ce nom, ce qui excluait qu'il soit le conducteur du gris clair qui rôdait devant chez Lindsay.

Mais cela n'éliminait pas son compère.

S'emparant de son téléphone portable, Ike composa le numéro du domicile de Tank. Au grognement de son ami lorsqu'il décrocha et au rire féminin voilé qu'il entendit en arrière-plan, il comprit qu'il appelait au mauvais moment.

— Il vaudrait mieux que ce soit une question de vie ou de mort, Walker !

— Désolé, il me faudrait juste un nom.

— Bob, Tom, Phillip, Henry…

— Un nom précis, Tank. Celui du copain blond de Leif Gunderson.

— Tu m'appelles à cette heure pour me demander ça ?

— J'ai besoin de son nom et de son adresse.

Tank ne répondit pas immédiatement. Ike n'avait aucun mal à l'imaginer en train de plisser les yeux tandis qu'il jurait silencieusement et tentait de rassembler ses idées.

— Il s'appelle Carl… quelque chose, dit-il enfin. Nom d'un chien ! Je n'arrive pas à m'en souvenir… Si c'est aussi important, rappelle-moi dans la matinée. Je serai à la salle de sport dès 7 heures. Que se passe-t-il ?

— Je t'expliquerai tout demain.

Ike raccrocha puis mit son téléphone à charger avant de descendre au rez-de-chaussée pour aller boire une tasse de thé en compagnie de Lindsay.

Ce qui était loin d'être aussi excitant que ce que Tank devait être en train de faire au même moment…

8

La nuit avait été longue. Lorsque Lindsay s'était enfin endormie, son sommeil avait été peuplé de rêves dont elle avait été incapable de se souvenir au réveil, mais qui l'avaient laissée vidée et mal à l'aise.

Après avoir revêtu un short et un T-shirt, elle enfila une paire de baskets. Elle avait besoin d'aller courir pour finir de se réveiller et s'éclaircir les idées. Elle devait également quitter la maison avant qu'Ike ne se lève et qu'elle se retrouve contrainte de prendre le petit déjeuner en sa compagnie. La situation serait trop familière. Trop tendue, trop triste.

Elle passait sur la pointe des pieds devant la porte fermée de la chambre d'amis quand une odeur de café lui effleura les narines et lui fit prendre conscience que ses efforts pour être discrète étaient peine perdue.

— Super ! marmonna-t-elle.

Revenant sur ses pas, elle alla dans la salle de bains pour se brosser les dents et rassembler ses cheveux en queue-de-cheval.

Lorsqu'elle entra dans la cuisine, quelques minutes plus tard, Ike avait son téléphone portable collé à l'oreille et une tasse de café à la main. Son ordinateur était ouvert devant lui. Malgré sa barbe de quelques jours, il avait trop bonne allure pour 6 h 35 du matin.

— Bonjour, dit-il sans sourire tandis qu'il raccrochait et reposait son téléphone sur la table.

Il parcourut brièvement sa tenue des yeux.

Durant une seconde, une prise de conscience se fit de nouveau entre eux. Puis il parut la balayer d'un geste et désigna d'un mouvement de tête la cafetière à moitié vide.

— Comme j'étais levé et que tu dormais encore, j'ai fait comme chez moi. J'espère que ça ne te dérange pas.

— Bien sûr que non, répondit Lindsay, également déterminée à ignorer les courants sous-jacents.

Elle remarqua alors la bouilloire sur la cuisinière et le set de table posé en face de celui d'Ike, sur lequel se trouvaient un pot de miel, une tasse et une cuiller, ainsi qu'un sachet de thé.

Elle qui voulait éviter une situation familière, c'était raté, songea-t-elle en réprimant un soupir.

Après avoir murmuré un merci, elle alla éteindre le feu sous la bouilloire et remplit sa tasse d'eau en se demandant pour quelle raison elle ne lui disait pas qu'elle avait décidé d'aller courir avant de prendre son petit déjeuner. Cela lui aurait évité d'avoir à s'attabler avec lui. D'un autre côté, elle ne pouvait pas simplement partir alors qu'il avait pris le temps de tout préparer pour elle.

Contente d'avoir trouvé rapidement un sujet neutre de discussion, elle désigna son ordinateur portable d'un signe de tête.

— Déjà au travail ? Il fait à peine jour.

— Le jour s'est levé il y a presque deux heures, paresseuse ! répondit Ike avec un sourire.

Il referma son ordinateur et se leva avec sa tasse de café à la main.

— Je viens de recevoir un appel au sujet d'un type dont la vieille tante risque de perdre sa maison, s'il ne se présente pas au tribunal. Cette dernière offre mille dollars pour le ramener. C'était pour cette affaire que Brandy m'a téléphoné le soir où tu es passée au Drifter pour me parler.

— Je croyais que le contrat avait finalement été confié à Tank !

— C'était le cas, mais il n'est pas parvenu à localiser le fugitif. Et, quand Brandy l'a recontacté, il a répondu que ça ne l'intéressait pas de continuer. Après que j'ai interrompu sa nuit d'amour hier soir, j'imagine qu'il n'était pas d'humeur à être de nouveau dérangé à 5 heures du matin. Quoi qu'il en soit, il faut qu'Harrison soit interpellé avant d'avoir le temps de filer.

Entendre le prénom de Brandy avait suffi à faire resurgir en Lindsay son sentiment illogique de jalousie.

— Est-ce que c'est avec elle que tu parlais quand je suis arrivée ? Cette femme ne dort-elle donc jamais ?

— Pas quand il y a de l'argent à gagner ou que l'un de ses clients est sur le point d'être ruiné.

Ike l'observa un instant.

— Je sais que tu ne l'as jamais aimée, mais Brandy a bon cœur. Elle n'est pas comme d'autres garants que j'ai connus. A la pensée qu'une maison hypothéquée est sur le point d'être saisie, ils seraient au bord de l'extase.

Un sourire pincé aux lèvres, Lindsay se représenta Brandy dans un costume de Wonder Woman, belle et sexy, avec des balles qui rebondissaient sur ses bracelets en or pendant qu'Ike et elle réparaient les injustices de la société.

Bon sang ! songea-t-elle en réprimant un grognement devant l'image ridicule. Elle aurait vraiment mieux fait d'aller courir.

Ike se dirigea vers l'évier. Il rinça sa tasse et la rangea, puis revint à leur précédent sujet de conversation.

— Je vais passer quelques coups de fil aux motels du coin pour voir si j'arrive à localiser ce type. Ensuite, j'irai parler à Dunhurst pour savoir s'il y a du nouveau dans son enquête sur l'effraction.

Lindsay oublia Brandy et l'irritation qu'elle éprouvait à son sujet pour se concentrer sur les dernières paroles d'Ike. Plus vite les coupables seraient arrêtés, plus vite sa mère pourrait revenir chez elle sans danger. L'anxiété de cette dernière était perceptible dans sa voix quand Lindsay lui avait téléphoné la veille avant d'aller se coucher. Même si elle appréciait de passer du temps avec Cheryl, l'incident l'avait rendue anxieuse. Et, quand sa mère était anxieuse, Lindsay l'était aussi.

— Envisages-tu de lui parler de la voiture que tu as vue hier soir ?

— Pas à moins qu'il ne m'apprenne qu'un témoin a vu un 4x4 gris métallisé dans le quartier à l'heure de l'effraction. Si je commence à émettre des hypothèses et des suppositions sans avoir la moindre preuve tangible de ce que j'avance…

Il esquissa une mimique ironique.

— Inutile de le convaincre que la piètre opinion qu'il a déjà de moi est justifiée, ajouta-t-il. Quels sont tes projets pour la journée ?

Lindsay baissa les yeux sur la tenue qu'elle portait.

— J'avais prévu d'aller courir, mais je crois que je vais finalement me mettre au travail. Il me reste un peu de vernissage à effectuer, après quoi je dois commencer à décaper les lambris du couloir à l'étage.

— Tu ne prévois donc pas de quitter la maison ?

— Pas jusqu'à ce que je m'absente pour aller racheter du papier peint. Je dois également me procurer plusieurs minuteurs afin d'en équiper les lampes chez ma mère. Pourquoi ?

— Simple curiosité.

Jetant un coup d'œil à sa montre, Ike sortit de la cuisine.

— Ce n'est pas simplement de la curiosité, répliqua

Lindsay en se levant de table pour le suivre. Tu continues de t'interroger à propos de ce fameux 4x4.

Ike jeta un regard impatient dans sa direction et s'approcha de la porte d'entrée.

— Je m'interroge à propos de beaucoup de choses.

Lindsay le rejoignit rapidement.

— J'ai envie de savoir ce que tu penses de…,

Elle n'eut pas le temps d'achever sa phrase. Ike la prit dans ses bras et pressa ses lèvres contre les siennes. Le baiser, intense et rapide, qui était à l'évidence destiné à la faire taire dans un premier temps, s'adoucit et la fit soupirer.

Ils le firent durer aussi longtemps que possible, puis s'écartèrent juste assez pour pouvoir se regarder dans les yeux.

— Non, murmura Ike d'une voix rauque en remettant quelques-unes des boucles blondes de Lindsay derrière son oreille. Il vaut mieux que tu ne saches pas à quoi je pense. Je serai de retour dans peu de temps. Il faut que je parle à Dunhurst avant qu'il ne se lance dans la paperasserie ou soit obligé de s'absenter.

Tandis qu'il déposait un nouveau baiser sur ses lèvres, Lindsay sentit une vague de chaleur la parcourir.

Elle referma la porte derrière lui et poussa un soupir. Effleurant ses lèvres du bout des doigts, elle savoura la sensation du baiser qu'ils venaient d'échanger et le frémissement qui courait encore sur sa peau.

Le 4x4 gris métallisé n'était plus la plus grande menace qui pesait sur eux, songea-t-elle. Ils avaient d'autres ennuis, tout aussi sérieux.

Quand Ike revint vingt minutes plus tard, il était à cran. Lindsay s'apprêtait à plonger son pinceau dans un pot de vernis quand il entra par la porte de derrière.

— Ce que tu es en train de faire peut-il attendre ? s'enquit-il. Je pense qu'il vaut mieux que tu m'accompagnes.

Immédiatement sur le qui-vive, Lindsay posa le pot de vernis sur le sol et se releva.

— Que s'est-il passé ? Qu'a dit Dunhurst ?

— Même si ça n'a pas été de gaieté de cœur, il a fini par me dire que le soir de l'effraction un véhicule a été aperçu, garé à deux rues de celle de ta mère. Il ne s'agit cependant pas d'un 4x4 gris métallisé mais d'une berline vert foncé, relativement neuve et immatriculée dans le New Hampshire. Le type qui l'a vue a dans un premier temps supposé que l'un de ses voisins avait de la visite. Après vérification, il s'avère qu'aucun des habitants du quartier ne recevait d'invités ce soir-là. Malheureusement, des centaines de voitures correspondent à cette description, et le témoin a été incapable de fournir l'année ou le modèle.

— D'accord, dit Lindsay. Mais pourquoi veux-tu que je t'accompagne, et où ?

Ike se renfrogna.

— Dunhurst a menacé de me jeter en prison pour entrave à enquête policière si je n'abandonnais pas mes recherches et si je ne le laissais pas faire son travail. Seulement, je ne peux pas rester les bras croisés.

Il marqua une pause, puis ajouta :

— Nous allons transférer les affaires de Ricky dans un garde-meubles. Ensuite, nous irons jusqu'à Ogunquit. J'ai localisé le fugitif dans un petit motel à la périphérie de la ville. Je te déposerai dans un restaurant…

— Non. Je veux bien t'accompagner au garde-meubles, mais ensuite je rentre. Non seulement parce que j'ai du travail, mais aussi parce que je n'ai pas besoin d'un baby-sitter. Il fait grand jour. Si je vois une berline vert foncé remonter l'allée, j'appellerai Dunhurst. Encore mieux, j'accrocherai une pancarte sur la porte d'entrée sur laquelle j'écrirai : « Chers escrocs, ce que vous cherchez n'est pas ici. Bonne journée. »

Une main sur la hanche, Ike souffla d'un air las.

— Je commence à croire que tu es sur terre uniquement pour me rendre fou. Lindsay, je t'en prie. Les choses deviennent sérieuses. Je ne veux pas te laisser ici toute seule.

— Tu n'as pas le choix.

Pensif, il étudia longuement son expression déterminée, puis haussa les épaules.

— Bien. Dans ce cas, je n'irai pas à Ogunquit non plus. Je vais rester ici et t'aider à vernir les boiseries.

Lindsay lui lança un regard glacial. Une fois encore, il jouait avec elle, la manipulait en faisant appel à sa compassion. Car, s'il ne mettait pas la main sur ce fugitif, une vieille femme risquait de perdre sa maison.

— Laisse tomber. Ton chantage affectif ringard ne marchera pas.

Ike l'ignora et se dirigea vers la cuisine d'un pas tranquille.

— Je vais commencer à charger les cartons dans la voiture.

— Ike !

L'air innocent, il se retourna dans l'embrasure de la porte.

Lindsay jeta son pinceau par terre avec une telle force qu'il rebondit deux fois avant d'atterrir près de sa botte. Même si elle était persuadée qu'il bluffait, elle ne gaspillerait pas un temps précieux à attendre qu'il l'admette — un temps que le fugitif risquait de mettre à profit pour payer sa note de motel et déguerpir pour une nouvelle destination.

Elle retira l'élastique de ses cheveux et marmonna :

— Je vais aller prendre une douche et changer de

vêtements pendant que tu transportes les affaires de Ricky jusqu'au garde-meubles. Je serai prête à ton retour.

Elle passa devant lui avec raideur et ajouta :

— Une dernière chose : pas un mot durant le trajet !

Au grand regret d'Ike, Lindsay tint sa promesse et ne desserra pas les dents tandis qu'ils faisaient route vers Ogunquit.

Le restaurant où Ike avait choisi de la déposer semblait, à en juger par le nombre de voitures sur le parking, être un lieu apprécié des touristes.

Il arrêta le 4x4 devant la porte, puis sortit plusieurs billets de son portefeuille et les lui tendit.

— Je ne devrais pas en avoir pour longtemps. Dès que j'aurai attrapé ce type, je l'amènerai au poste de police le plus proche et je repasserai te chercher. Bon déjeuner.

Lindsay extirpa l'argent de sa main d'un coup sec.

— J'y compte bien. Et j'ai également l'intention de commander le plat le plus cher du menu.

— A mon retour, je prendrai la même chose, répliqua Ike avec un large sourire.

Lorsqu'il revint vingt minutes plus tard, Lindsay n'avait pas terminé son thé glacé et attendait encore d'être servie.

— Que s'est-il passé ? demanda-t-elle, inquiète.

Même s'il était doué dans son métier, Ike était revenu beaucoup trop tôt.

— Est-ce qu'il avait déjà filé ?

Il s'installa sur la chaise en face d'elle et posa son téléphone sur la table.

— Non, mais le type à la réception n'arrive pas à joindre le gérant du motel et craint que je ne réussisse pas à faire sortir Harrison de sa chambre sans incident. Il a peur que je sois juste un fauteur de troubles cherchant à se faire justice lui-même, et il ne veut pas alarmer la clientèle.

— C'est ce qu'il a dit ?

— Non, mais il était facile de lire entre les lignes. Si le motel se retrouve en procès, il perdra son emploi.

Ike fronça les sourcils.

— Il m'a cependant confirmé qu'Harrison était bien là depuis plusieurs jours et qu'il n'ouvrait sa porte qu'à la femme de chambre et au livreur de pizzas.

— Que comptes-tu faire, alors ? Enfiler un uniforme ringard et lui apporter une pizza ?

— Non.

Il désigna son téléphone d'un mouvement de tête.

— J'ai laissé un message à Brandy ; j'attends qu'elle me rappelle. Si une jolie femme de chambre se présente à sa porte avec des serviettes propres, je suis prêt à parier qu'il se précipitera pour ouvrir. Cette ruse a déjà fait ses preuves par le passé.

— Brandy va jouer le rôle de la femme de chambre ? demanda Lindsay tandis que la jalousie refaisait surface, menaçant de lui couper l'appétit.

Ike jeta un coup d'œil impatient à sa montre.

— Le type de la réception ne veut pas qu'une des employées du motel soit impliquée.

Lindsay se sentit légèrement blessée qu'il ne lui ait pas demandé à *elle* de l'aider.

— Et moi, je ne ferais pas l'affaire ?

— Je te demande pardon ?

— La tâche n'a rien de compliqué. Je suis parfaitement capable de porter des serviettes propres jusqu'à une chambre de motel.

Le visage d'Ike devint sérieux.

— Hors de question ! Je ne veux pas que tu t'approches d'Harrison.

— Mais mettre Brandy en danger ne te pose aucun problème.

— Elle ne sera pas en danger. Harrison est un escroc — un voleur —, mais il n'est pas violent.

— Dans ce cas, explique-moi pourquoi je ne fais pas l'affaire. A moins que tu ne me juges pas assez jolie pour donner envie à ce type d'ouvrir sa porte ?

Il lui lança un regard noir.

— Ne commence pas, Linz. La matinée a été longue.

— C'est toi qui as commencé en m'obligeant à t'accompagner jusqu'ici. Les femmes de chambre du motel portent-elles un uniforme ?

Il jeta un nouveau coup d'œil à sa montre.

— Elles n'en portent pas, pas vrai ? insista Lindsay. Ce qui signifie que je peux facilement me faire passer pour l'une d'elles dans cette tenue. Tu pourras alors cesser de t'inquiéter à propos du temps.

Ike redressa la tête en fronçant les sourcils.

— Quoi ?

Lindsay le connaissait suffisamment bien pour savoir de quelle manière fonctionnait son esprit.

— Depuis ton arrivée, tu as déjà regardé ta montre à deux reprises. Tu crains que le type de la réception prévienne Harrison que tu es à sa recherche et qu'il décampe une nouvelle fois.

Un faible sourire étira les lèvres d'Ike.

— Tu es devenue restauratrice de vieilles maisons *et* télépathe ?

Une jeune et jolie serveuse s'approcha de leur table, un plateau à la main. Avec un sourire, elle déposa devant Lindsay la salade au poulet qu'elle avait commandée.

— Bon appétit ! lança-t-elle gaiement.

Lindsay ne s'était pas trompée en disant à Ike qu'ils étaient tous les deux accros à l'adrénaline. Elle ignorait simplement si sa détermination à l'aider était causée par des raisons humaines ou si elle n'avait pour but que de lui démontrer que Brandy Maitlin n'était pas l'unique superwoman dans l'Etat du Maine.

— Merci, répondit-elle en rendant son sourire à la serveuse. Malheureusement, je dois m'en aller. Pourriez-vous me l'emballer pour que je puisse l'emporter, s'il vous plaît ?

Vingt minutes plus tard, Ike et Lindsay sortaient du minuscule bureau de la réception du Crashing Breakers Motel et se dirigeaient vers le chariot de femme de chambre laissé devant la chambre 103. Ike s'empara d'un tas de serviettes et les empila dans les bras de Lindsay.

— Es-tu bien sûre de vouloir faire ça ? demanda-t-il.

Pour sa part, il ne cachait pas ses hésitations.

— Certaine.

— D'accord. Harrison est dans la chambre 109. Frappe et annonce-toi. Ensuite, recule légèrement afin qu'il soit obligé de sortir pour prendre les serviettes.

Dès qu'ils arrivèrent devant la chambre, Ike tira les menottes de la poche arrière de son jean et se plaqua contre le revêtement de bois blanc sur le côté de la porte.

— Prête ? articula-t-il en silence.

Lindsay acquiesça avec assurance. Elle s'approcha de la porte vert pâle, dont la peinture s'écaillait, et frappa en criant :

— Service de chambre !

En l'espace de quelques secondes, les serviettes volèrent et un rayon de soleil se réverbéra sur les menottes qu'Ike était en train de refermer autour des poignets d'un homme dégingandé, aux cheveux châtains et au teint blafard.

Le regard surpris d'Harrison rencontra celui d'Ike.

— Qui diable êtes-vous ? Qu'est-ce que…

— Désolé, Harrison. Les vacances sont terminées.

*
* *

Deux heures plus tard, leur prisonnier était derrière les barreaux et ils arrivaient à Portland. Ike avait décidé de passer chez lui pour se changer et prendre quelques affaires avant de retourner à Spindrift. L'adrénaline courait encore dans les veines de Lindsay. Tout s'était passé si vite qu'elle-même avait été surprise. Mais Ike avait été… incroyable.

Marshal Harrison n'avait plus dit un mot jusqu'à ce qu'Ike l'installe sur le siège arrière de son 4x4 et lui enchaîne les chevilles.

— Est-ce vraiment nécessaire ? s'était-il écrié d'un ton plein de colère.

Un frisson parcourut Lindsay lorsqu'elle repensa à la réponse d'Ike.

— *Ça l'est* quand ma femme est dans la voiture.

« Ma femme. »

La considérait-il encore comme telle ou s'agissait-il juste d'un lapsus ? Il n'avait même pas paru conscient d'avoir prononcé le mot.

Gardant délibérément le regard détourné de la porte entrouverte de la chambre dans laquelle Ike se changeait, elle se mit à tripoter la corbeille de fruits en plastique posée sur la table de la cuisine.

Vêtu d'un jean propre et d'un polo brun clair, il ressortit après quelques minutes, un sac de voyage à la main. Ses cheveux étaient un peu ébouriffés, ce qui rappela à Lindsay leurs promenades le long du littoral rocheux balayé par le vent du large… et ce jour où ils avaient fait l'amour sur la plage au lever du soleil. Ces moments de tendresse qu'ils avaient partagés lui manquaient soudain. Terriblement.

Ce soir-là, Lindsay et Ike étaient occupés à mesurer les murs du couloir à l'étage quand le téléphone se mit à sonner. Il avait insisté pour l'aider, affirmant que ça ne l'intéressait pas de regarder les sempiternelles rediffusions d'été à la télévision.

— Je reviens tout de suite, lança Lindsay en posant son mètre pour aller répondre. Peut-être qu'il y a du nouveau dans l'enquête sur l'effraction.

Ike la suivit et s'arrêta dans l'embrasure de la porte de la chambre au moment où elle soulevait le combiné blanc.

— Allô ?

— Lindsay, c'est Henrietta Parker à l'appareil.

La voix de la vieille dame ne contenant aucune trace d'inquiétude, Lindsay se détendit.

— Bonjour, madame Parker. Que se passe-t-il ?

Avec un petit rire nerveux, cette dernière lui fit part de la raison de son appel.

— Ma chère, votre mère me conduit généralement au supermarché le samedi. Nous aurions donc dû y aller demain... Comme elle est à Bangor pour plusieurs jours, j'espérais que cela ne vous dérangerait pas de...

Lindsay esquissa un sourire et fit signe à Ike qu'il pouvait s'en aller.

— Evidemment que cela ne me dérangerait pas. A quelle heure aimeriez-vous que je passe vous prendre ? Je n'ai rien de prévu de toute la journée.

— Merci beaucoup, répondit la vieille dame avec gratitude. 12 h 30 vous conviendrait-il ? Je préfère déjeuner avant. Vous savez ce que l'on dit à propos de faire ses courses avec le ventre vide — on met davantage de sucreries dans son chariot, ce qui ne serait bon ni pour ma ligne ni pour mon compte en banque.

— Cela me va parfaitement, lui assura Lindsay.

— Formidable, ma chère. A demain, alors.

— A demain, madame Parker.

Lindsay avait à peine raccroché que le téléphone se remit à sonner. Elle soulevait le combiné une seconde fois quand Ike réapparut sur le pas de la porte.

— Allô ?

La voix masculine, grave et râpeuse, qui lui répondit était à l'évidence déguisée.

— Lindsay Hollis ?

La chair de poule se formant sur ses bras, elle jeta un coup d'œil à l'écran et constata qu'il s'agissait d'un numéro masqué.

— Qui est à l'appareil ?

— Je sais qu'il est avec vous, poursuivit son interlocuteur, la faisant frissonner davantage. Je sais chaque mouvement que vous avez fait aujourd'hui. Mais, si vous voulez connaître l'identité de celui qui a payé pour se débarrasser de votre frère, vous ne lui parlerez pas de cette conversation.

Les battements du cœur de Lindsay résonnèrent dans ses oreilles. C'était donc vrai ! Ricky avait bel et bien été assassiné. Son regard effrayé se tourna vers Ike. Il commençait à avancer vers elle quand elle leva la main pour lui faire signe de ne pas bouger.

— Il… il n'est pas près de moi, bredouilla-t-elle. Il est occupé dans une autre pièce.

— Bien.

Avec des gestes frénétiques, elle fit signe à Ike d'aller écouter la conversation sur le second téléphone, au rez-de-chaussée.

Puis, la gorge serrée, elle s'adjura de se calmer.

— Dites-moi ce qui est arrivé à Ricky.

— Pas si vite, répondit la voix râpeuse. Demain soir, apportez dix mille dollars à l'ancienne conserverie, et je répondrai à vos questions. Petites coupures uniquement, rien de plus gros qu'un billet de vingt.

— « Dix mille dollars ? » répéta Lindsay en pâlissant.

— Ne faites pas comme si vous ne disposiez pas d'une telle somme, répliqua son interlocuteur. 23 heures, demain soir. Venez seule. Ni policiers ni chasseur de primes. Garez-vous devant la grille et allez à pied jusqu'au bâtiment. Si quelqu'un d'autre découvre que nous avons rendez-vous, je suis un homme mort — et vous ne saurez jamais ce qui est arrivé à votre frère. Il est hors de question que mon nom figure dans la prochaine rubrique nécrologique du journal.

— Comment puis-je avoir la garantie que vous me donnerez les informations dès que je vous aurai remis l'argent ?

— Vous ne pouvez pas, rétorqua-t-il avant de raccrocher.

Tremblant de tous ses membres, Lindsay se laissa tomber sur son lit. Quelqu'un avait payé pour faire taire son frère. Elle croyait avoir accepté la théorie d'Ike, mais entendre cet homme la lui confirmer lui avait fait prendre conscience qu'elle n'était pas du tout préparée pour la vérité.

Elle ne vit pas Ike entrer dans la chambre et ne s'aperçut de sa présence que lorsqu'elle sentit le matelas ployer sous son poids. Doucement, il lui prit le combiné du téléphone qu'elle tenait encore et le reposa sur son socle. Ses larmes se mirent à couler au moment où elle croisa son regard compatissant.

— Viens là, murmura-t-il en l'attirant dans ses bras.

Lindsay se cramponna à lui de toutes ses forces.

— Ils l'ont assassiné, dit-elle en sanglotant contre son torse, le cœur brisé. Ike, tu avais raison, *ils l'ont assassiné !*

— Je sais.

Il déposa un baiser sur le sommet de sa tête et ajouta d'une voix plus dure :

— Et, demain soir, nous allons enfin attraper les responsables.

9

Le lendemain matin, après avoir pris leur petit déjeuner sans appétit, ils quittèrent la maison séparément. Ike partit le premier, suivi de Lindsay une demi-heure plus tard. A la banque, heureusement ouverte le samedi, elle retira de son compte trois cents dollars en petites coupures. De son côté, Ike se rendit à la papeterie du centre commercial situé en dehors de la ville et acheta l'unique déchiqueteuse de papier que le magasin avait en rayon.

Bien que le plan d'Ike la rende nerveuse, Lindsay était déterminée à aller jusqu'au bout.

— Becky m'a regardée bizarrement quand je lui ai demandé de ne me donner que des billets de dix et de vingt, dit-elle plus tard à Ike, alors qu'ils étaient de retour chez elle.

Si seulement le distributeur automatique de billets n'avait pas été hors service ! songea-t-elle en se remémorant son embarras face à la guichetière.

Assis à la table de la cuisine, ils étaient en train de découper l'exemplaire de la veille de la *Gazette de Spindrift* au format des billets.

Ike glissa un petit paquet de coupures de journal entre deux billets de vingt et secoua la tête.

— Je continue à penser que tu devrais laisser Brandy te remplacer, dit-il gravement, le front plissé. Elle est habituée à traiter avec ce genre de types. Dans l'obscurité, et avec une perruque blonde, il ne saura jamais…

— Si, il saura. Elle est plus petite que moi et a aussi plus de poitrine. Par ailleurs, s'il m'a observée, il connaît ma démarche. Nous avons des morphologies complètement différentes. Plus important encore, moins il y a de gens au courant, mieux c'est. Toute cette histoire a démarré parce que tu voulais obtenir des informations. Maintenant que nous tenons une occasion d'en avoir, je n'ai pas envie de la gâcher. Je suis parfaitement capable de gérer la situation.

Il la dévisagea d'un air sérieux.

— Ce n'est pas comme répondre à un appel d'urgence en tant qu'ambulancière ou jouer à la femme de chambre, fit-il d'une voix tendue.

— Je le sais, mais…

Elle s'interrompit en prenant conscience de quelque chose. Le ton de sa voix s'adoucit en même temps que son cœur.

— Je te fais confiance pour me protéger. Mon unique inquiétude concerne l'argent. Que se passera-t-il si ce type sort les liasses de billets de l'enveloppe pour s'assurer que toute la somme est là ?

Ike soupira.

— Ça ne devrait pas être un problème. Il fera nuit et les billets sur le dessus seront réels.

Il l'observa un instant puis ajouta avec détermination :

— En admettant qu'il ait le temps d'ouvrir l'enveloppe… Dès l'instant où il se montrera, je lui mettrai le grappin dessus. Parce que tu as raison sur un point : je ne laisserai rien t'arriver.

Là-dessus, il se remit au travail.

— A quelle heure passes-tu prendre Mme Parker pour l'emmener faire ses courses ?

— 12 h 30. Je ne devrais pas en avoir pour plus de deux heures.

Ike jeta un coup d'œil à la pendule accrochée au mur.

— Je partirai en même temps que toi pour aller reconnaître la route jusqu'à la conserverie et repérer un endroit dans les bois où tu pourras me déposer en chemin. Ensuite, je passerai voir Tank au sujet d'informations que je lui ai demandé de me trouver.

Lindsay se leva et se dirigea vers l'évier pour commencer à faire la vaisselle.

C'est alors que la sonnerie du téléphone retentit.

Montrant ses mains mouillées à Ike, elle fit un signe de tête en direction de la salle à manger.

— Peux-tu aller répondre ? Il s'agit peut-être de Dunhurst, qui appelle avec du nouveau.

— J'en doute. Quand je lui ai téléphoné ce matin depuis le centre commercial, il m'a dit que l'enquête piétinait.

Ike alla décrocher dans l'autre pièce, puis revint avec le combiné.

A la vue de son visage fermé, Lindsay s'empressa d'attraper un torchon pour s'essuyer les mains.

— Qui est-ce ? Est-ce que c'est encore *lui* ?

— Non, répondit doucement Ike en lui tendant le téléphone. C'est ta mère.

La conserverie désaffectée se trouvait au bord de l'océan, un peu à l'écart de la ville, et était partiellement entourée de bois. Tandis qu'il roulait sur la route 1, les émotions d'Ike étaient tellement vives qu'il remarqua à peine le décor.

La voix d'Arlene n'aurait pas pu être plus glaciale lorsqu'il avait répondu au téléphone. S'efforçant de se ressaisir, il se concentra sur les deux raisons qui l'avaient poussé à revenir dans la vie de ces femmes : trouver l'assassin de Ricky et protéger Lindsay. C'était son unique motivation pour rester sous le même toit qu'elle. Même s'ils avaient échangé quelques baisers, vouloir croire qu'il se passait quoi que ce soit entre eux était ridicule.

Il savait de quoi il retournait. L'électricité qui crépitait dans l'air chaque fois qu'ils se trouvaient l'un près de l'autre était uniquement due à l'alchimie, aux souvenirs et à un reste de compassion. Pour ce qui était de leur relation, rien n'avait changé. Cela avait été très clair quand Lindsay était revenue dans la cuisine après avoir parlé avec sa mère au téléphone. Evitant de croiser son regard, elle avait fait un large détour pour ne pas passer trop près de lui en retournant à l'évier afin de terminer la vaisselle du petit déjeuner.

Ses mauvais souvenirs étaient revenus, et rien ne pourrait jamais les faire partir.

Après s'être assuré qu'il n'était pas suivi, Ike quitta la route principale et roula pendant plusieurs minutes sur celle qui menait à la conserverie abandonnée. Dès que le bâtiment lui apparut à travers les arbres, il s'arrêta sur le bas-côté et fit le reste du trajet à pied.

Au fur et à mesure de sa progression dans les broussailles, il observa les alentours. Puis il sortit un petit Cataphote en plastique jaune de sa poche et le planta au pied d'un arbre, sur l'accotement de la route, afin de marquer l'emplacement.

Quand il reviendrait cette nuit, des lunettes de vision nocturne l'aideraient à se déplacer rapidement dans l'obscurité. Il devrait être en place quand Lindsay atteindrait le bâtiment.

Après quelques minutes de marche, il arriva à la grande grille donnant accès à la conserverie. Les serrures fracturées, depuis longtemps, avaient été remplacées par une chaîne maintenue par un cadenas. Mais il y avait non loin, dans le grillage rouillé qui délimitait le terrain, un trou suffisamment large pour laisser le passage à un homme.

Avec ses murs barbouillés de graffitis et ses vitres sales brisées, l'endroit semblait tout droit sorti d'un roman de Stephen King. Les cris perçants des mouettes qui tournoyaient dans le ciel et le bruit du ressac de l'océan tout proche accentuaient encore l'aspect sinistre des lieux.

Tandis qu'il rebroussait chemin, il cassa plusieurs petites branches sur son passage afin de marquer l'itinéraire à emprunter à travers bois. Son plan prenait forme peu à peu, songea-t-il lorsqu'il rejoignit son 4x4.

Alors qu'il reprenait la direction de la ville, toutes ses terminaisons nerveuses fourmillaient d'appréhension. De nuit, l'ancienne conserverie serait encore plus inhospitalière. Il aurait beau ne pas être très loin de Lindsay, elle devrait faire seule le trajet depuis sa voiture jusqu'au bâtiment.

Plus il y pensait, plus cela lui semblait inconcevable. Il ne pouvait pas la laisser prendre un tel risque…

Il hésita quelques secondes puis prit son téléphone portable accroché à sa ceinture et appuya sur une touche.

— Salut, Brandy. As-tu quelque chose de prévu pour ce soir ? demanda-t-il dès que Brandy décrocha.

— A vrai dire, oui, répondit-elle avec un petit rire. Une soirée passionnée et romantique. Mais je veux bien l'annuler pour toi.

— Super ! s'exclama-t-il avec un soupir de soulagement. Parce que j'ai besoin de ton aide.

Lindsay lutta pour réprimer sa colère et s'efforça de se montrer cordiale lorsque Ike fit entrer Brandy Maitlin. Cette dernière s'avança dans le salon pour lui serrer la main.

— Heureuse de vous revoir, Lindsay.

Elle balaya rapidement la pièce du regard et ajouta avec un sourire :

— Vous avez une très belle maison.

— Merci.

Lindsay lança à Ike — qui fit mine de ne pas le voir — un regard furieux et accusateur, puis elle reporta son attention sur Brandy.

Vêtue d'un jean et de baskets, elle portait également un T-shirt blanc à œillets, court et moulant, qui mettait sa poitrine avantageuse en valeur. Ses magnifiques cheveux noirs bouclés cascadaient sur ses épaules.

— Ike m'a déjà briefée, annonça-t-elle à Lindsay d'une voix aimable mais sérieuse. Je suis contente que vous ayez accepté de me laisser vous aider.

Faisant glisser de son épaule la bretelle de son grand sac en toile de jean, elle en sortit un gilet pare-balles bleu marine et une perruque blonde. Puis elle pinça ses lèvres charnues et observa les cheveux de Lindsay.

— Je sais que ça ne correspond pas parfaitement, reprit-elle, mais c'est le mieux que j'ai pu faire à la dernière minute. Il me suffira de les attacher en queue-de-cheval et de laisser quelques mèches pendre autour de mon visage. Dans l'obscurité, ça fera illusion. J'ai également dans ma voiture une paire de chaussures avec des talons de huit centimètres qui régleront la question de la différence de taille.

Le regard sensuel que lança Brandy à Ike quand elle se tourna vers lui n'échappa pas à Lindsay.

— Ne t'inquiète pas, lui dit-elle en effleurant son torse du bout des doigts.

Le thermomètre interne de Lindsay atteignit le point d'ébullition.

— Brandy, il faut que je parle à Ike. Voulez-vous bien nous excuser un instant ?

— Bien sûr. Prenez votre temps.

Au moment où ils arrivèrent dans la cuisine, Lindsay était littéralement folle de rage.

— Comment as-tu pu me faire ça ?

— Avant que tu ne piques une crise…

— Avant que je ne pique une crise ? répéta-t-elle d'une voix tremblante de colère mais en veillant à ne pas parler trop fort. Comment as-tu pu prendre sur toi de changer nos projets ? Remarque, je ne sais pas pourquoi je suis surprise. C'est tellement dans ta façon de faire ! Chaque fois que tu penses avoir raison, tu écartes les gens de ton chemin sans te soucier le moins du monde de ce qu'ils peuvent penser ou ressentir !

Elle était si remontée qu'elle ne tenait pas en place.

— J'aurais dû m'y attendre, poursuivit-elle en faisant les cent pas devant l'évier. J'ai été naïve de croire que nous étions arrivés à un accord.

— Je suis désolé, répondit Ike d'un ton tout sauf contrit. Ce n'était pas mon intention. Je savais que si je te mettais au courant tu t'emporterais. J'ai donc espéré que ce ne serait pas le cas en présence de Brandy. Elle a déjà connu ce genre de situation par le passé. Elle a de l'expérience ; toi, non. Ne te rends-tu pas compte à quel point c'est dangereux ?

— Et toi ? Ne peux-tu pas comprendre à quel point j'ai besoin de le faire ? Pour Ricky ? Pour ma mère ? Pour *moi* ? Il n'y a rien de pire au monde que se sentir impuissant. Et, quand mon frère est mort, c'est exactement ce que j'ai éprouvé. Ce soir, je tiens enfin ma chance de rendre les coups — de pouvoir faire *quelque chose* ! — et j'ai fermement l'intention d'aller à ce rendez-vous. Alors tu ferais aussi bien de renvoyer ta petite amie à Portland, parce qu'il est hors de question qu'elle me remplace !

Ike prit sa main dans la sienne et l'attira dans ses bras.

— Nom d'un chien, Lindsay ! Elle n'est pas ma petite amie, juste quelqu'un qui a pris la peine de faire le trajet jusqu'ici pour s'assurer que *tu* restes à l'abri du danger.

Lindsay se libéra et s'écarta de lui.

— Est-ce que tu es aveugle ? Elle ne fait pas ça pour moi, mais pour toi ! Soit tu m'accompagnes à l'ancienne conserverie, soit tu repars à Portland avec elle. A toi de choisir.

Avec un regard lourd de sous-entendus, elle ajouta :

— Cette fois, les choses se feront à *ma* manière.

Ike soupira et fixa ses pieds un instant avant de recroiser son regard.

— Pense à ta mère, dit-il à voix basse. Elle a déjà perdu l'un de ses enfants. Si l'unique but de ce rendez-vous à la conserverie est d'obtenir des informations, quelle importance qui s'en charge ?

— C'est important pour moi, Ike. J'ai besoin de le faire.

Un lourd silence s'abattit dans la pièce tandis que le passé se dressait entre eux, tel un mur infranchissable. Puis la tension dans le regard d'Ike se transforma lentement en regret. L'air sombre, il acquiesça.

— Très bien, nous ferons ça ensemble. Je vais aller le dire à Brandy.

Il caressa les cheveux de Lindsay, puis fit descendre sa main jusqu'à sa joue.

— Tu vas finir par me tuer, tu sais ?

Le ciel était constellé d'étoiles et quelques légers nuages masquaient de temps en temps un croissant de lune argenté. Un peu plus tôt, Ike avait testé les lunettes de vision nocturne ; elles fonctionnaient parfaitement.

Alors qu'ils approchaient d'un virage, à environ cent mètres de l'entrée de la conserverie, il jeta un coup d'œil par la vitre depuis le siège arrière sur lequel il était tapi et aperçut le Cataphote qu'il avait planté plus tôt dans la journée.

— On y est. Dépose-moi ici. Est-ce que tu as ton

téléphone portable, au cas où la situation s'envenimerait ? demanda-t-il en attrapant les lunettes.

— Oui, dans la poche de ma veste.

— Bien.

Lindsay n'avait pas dit grand-chose durant le trajet, mais ils avaient déjà revu l'essentiel de leur plan avant de partir.

Dès qu'elle s'arrêta, il descendit rapidement de voiture et referma silencieusement la portière.

— Sois prudent, murmura-t-elle par sa vitre baissée.

Percevant l'inquiétude dans sa voix, Ike éprouva une petite secousse d'émotion.

— Toi aussi, répondit-il. Maintenant, vas-y. Ne roule pas trop vite pour me laisser le temps d'arriver et de me faufiler par le trou du grillage.

— Entendu.

Il l'embrassa doucement et lui fit signe de partir. Sa crainte pour sa sécurité était à présent aussi forte que sa détermination à la protéger.

Les lunettes de vision nocturne sur le nez, il s'enfonça dans le bois. Tout ce qu'il voyait était à présent baigné d'une sinistre lumière verte.

Par pitié, faites qu'il ne lui arrive rien ! implora-t-il silencieusement tandis que ses sens s'habituaient peu à peu aux bruits de la forêt.

La grille qu'Ike lui avait décrite était grande ouverte.

Le cœur battant à tout rompre, Lindsay s'arrêta devant et laissa le moteur tourner. L'ancienne conserverie se dressait devant elle, entourée d'arbres et de broussailles, auxquels s'accrochaient quelques écharpes de brume qui venaient de l'océan.

La simple vue du bâtiment abandonné lui noua l'estomac. Frissonnant, elle pria pour qu'Ike ne soit pas très loin.

Elle prit l'enveloppe kraft et la lampe torche posées

sur le siège à côté d'elle, puis quitta la sécurité de sa voiture pour suivre le chemin envahi d'herbe qui menait à la conserverie. A la lumière de ses phares, qu'elle avait laissés allumés, elle distinguait clairement les contours du bâtiment, à moins de cent mètres.

Elle était à mi-chemin quand un bruissement dans les taillis attira son regard vers la gauche et la fit s'immobiliser un instant. Puis, avec l'étrange sensation d'être observée, elle se remit en marche. Elle ne se trouvait plus qu'à dix mètres de la conserverie. Autour d'elle, les stridulations des grillons étaient presque assourdissantes. Cinq mètres…

Une silhouette sombre surgit soudain devant elle et la fit tomber à terre. Dans sa chute, Lindsay laissa échapper sa lampe torche et l'enveloppe kraft.

— Fichez le camp d'ici ! ordonna l'homme. Maintenant !

Le cri d'Ike déchira aussitôt la nuit.

— Lindsay !

— Je vais bien ! lui répondit-elle. Arrête-le… attrape-le !

Ils ne pouvaient pas laisser cette opportunité leur échapper !

Le cœur battant furieusement, elle se releva à temps pour voir un homme blond et mince s'enfoncer dans les taillis et filer en direction de la baie. Ike courait derrière lui. Après avoir hésité une seconde, elle se lança finalement à leur poursuite.

Ike pouvait à présent voir que le type qui s'enfuyait avait la vingtaine. Ce dernier courait comme s'il avait le diable aux trousses. Tandis qu'ils longeaient le vieux quai délabré, Ike accéléra sa foulée pour ne pas risquer de le perdre dans le cas où il serait arrivé par bateau. L'homme ne se trouvait plus qu'à trois mètres de lui. Plus que deux. Plus que…

Lançant le bras en avant, Ike l'attrapa par le dos de

sa chemise. Déséquilibré, le fuyard tomba lourdement, l'entraînant dans sa chute. Sous le choc, les planches pourrissantes du quai cédèrent, et tous deux se retrouvèrent plongés dans les eaux froides de l'Atlantique.

Lorsqu'il refit surface, Ike aperçut non loin de lui le type qui gesticulait et recrachait de l'eau salée en toussant.

— Cessez de vous débattre ! cria Ike d'une voix rauque en le saisissant par un pied pour le maintenir à la surface.

L'homme s'agitait, ce qui lui rendait la tâche difficile.

— Bon sang, je ne vais pas vous faire de mal !

Un cri aigu retentit au même instant derrière lui.

Ike se retourna juste à temps pour voir Lindsay tomber dans l'eau en battant des bras.

Elle réapparut presque aussitôt et aspira bruyamment une grande bouffée d'air. Profitant de son inattention, l'homme retira le pied de la chaussure par laquelle Ike le retenait et disparut sous l'eau.

Avec un juron, Ike se mit à nager vers Lindsay, la basket à la main. Leur informateur allait s'échapper, mais il n'avait pas le choix. Elle était sa priorité numéro un.

— Est-ce que ça va ? demanda-t-il d'une voix haletante dès qu'il arriva à sa hauteur.

La température de l'eau commençait à faire redescendre l'adrénaline et à aspirer la chaleur de son corps telle une sangsue.

— Oui, répondit-elle. Je venais t'aider quand quelqu'un m'a poussée.

Et ce quelqu'un avait ainsi empêché leur interlocuteur de leur communiquer des informations potentiellement dangereuses.

Lindsay jeta un coup d'œil autour d'elle.

— Où est-il ?

— Probablement en train de regagner la rive. Dépêchons-nous de retourner jusqu'à ta voiture avant que notre ami ne décide de filer avec. Je ne sais pas comment il est venu. Je n'ai repéré aucun autre véhicule ni aucun bateau dans les environs.

A moitié portés par les vagues, ils rejoignirent le quai effondré, dont les planches dansaient sur l'eau, et grimpèrent sur les rochers glissants pour remonter sur la terre ferme.

— Nous devrons probablement attendre d'être chez toi pour appeler Dunhurst, dit Ike à bout de souffle. Nos téléphones portables doivent être inutilisables.

— J'ai laissé tomber l'argent quand il a foncé sur moi…, lui annonça Lindsay d'une voix tremblante.

— Nous le récupérerons, ainsi que les lunettes de vision nocturne, quand nous reviendrons avec Dunhurst. J'ai le sentiment qu'il aura envie de faire un tour par ici.

Frissonnant dans leurs vêtements dégoulinants, ils retournèrent rapidement vers la conserverie, guidés par la lumière des phares de la voiture de Lindsay qui transperçaient l'obscurité et le bruit du moteur qui tournait toujours au ralenti.

— Tes sièges vont être trempés, fit Ike tandis qu'ils accéléraient le pas.

— Me croiras-tu, si je te dis que c'est le moindre de mes soucis ?

Trente minutes plus tard, ils étaient de retour chez Lindsay et avaient passé des vêtements secs. Une voiture de patrouille avait été envoyée à la conserverie. Quant à Dunhurst, qui avait été tiré du lit, il se trouvait avec eux dans le salon et ne faisait rien pour cacher son irritation.

— Ne vous avais-je pas demandé de ne pas fourrer votre nez dans cette affaire ? s'exclama-t-il lorsqu'ils eurent terminé le récit des événements survenus au cours des derniers jours jusqu'à l'appel téléphonique et le rendez-vous à la conserverie.

— Non. Vous m'avez dit de ne pas me mêler de l'enquête concernant l'effraction chez Arlene Hollis. Le type qui nous a contactés a affirmé que, si nous prévenions qui que ce soit, il était un homme mort. Malgré tout, il y avait quelqu'un d'autre sur place. Et cette personne a effrayé notre homme et poussé Lindsay à l'eau.

Ignorant ses explications, Dunhurst fit tourner la basket mouillée entre ses mains.

— Eh bien, à moins que votre homme ne s'appelle Cendrillon ou que son identité soit inscrite dans cette chaussure, le retrouver va s'avérer difficile.

Il tourna la tête vers Lindsay et ajouta :

— Vous auriez pu être grièvement blessée, mademoiselle. Ce que vous avez fait ce soir était stupide.

Lindsay en était parfaitement consciente. Néanmoins, si la même situation devait se représenter, elle savait qu'elle agirait de manière identique.

Une voix s'éleva soudain de la radio de Dunhurst.

— Est-ce que tu as trouvé quelque chose, Al ? demanda le chef de la police à son officier.

— Rien, à part un 4x4 gris métallisé derrière la conserverie. Matt est en train de vérifier l'immatriculation.

Parcourue d'un frisson, Lindsay se rapprocha d'Ike et échangea un regard entendu avec lui tandis qu'il prenait sa main dans la sienne. Il s'agissait forcément du véhicule qu'il avait vu quelques jours plus tôt.

— Chef, le véhicule est enregistré au nom de Garrett Johnson, poursuivit l'officier avant d'énoncer une adresse à Portland.

— Il s'agit de Lift Johnson, intervint Ike. C'était un ami — ou du moins un contact — de Ricky Hollis. J'essaie de le localiser depuis des jours. S'il n'est pas revenu chercher sa voiture, je crains que ce ne soit parce qu'il en est incapable.

Dunhurst l'observa d'un air grave, puis demanda par radio :

— Al, contacte l'équipe de recherches du comté. Je te retrouve sur place dans vingt minutes environ.

Enfonçant son chapeau plat sur sa tête, il se dirigea vers la porte d'entrée après avoir fermement opposé son veto à la requête d'Ike de l'accompagner.

— Je vous recontacte dès que j'ai du nouveau.

Il porta la main à son chapeau pour saluer Lindsay, puis ajouta à son intention :

— Allez vous reposer, mademoiselle.

Dès que le policier eut franchi la porte, Ike attira Lindsay dans ses bras. Il avait eu envie de le faire toute la soirée.

Dunhurst avait raison. Elle aurait pu être sérieusement blessée, et il se maudissait de l'avoir laissée le contraindre à renvoyer Brandy à Portland.

Tandis qu'il caressait son dos à travers le gilet polaire à manches longues qu'elle portait par-dessus son survêtement noir, il constata qu'elle tremblait encore légèrement.

— Tu devrais aller prendre une douche pour te réchauffer. Je vais te préparer une tasse de thé. J'ai également un coup de fil à passer.

— Qui veux-tu appeler à cette heure ?

— Eric. J'ai besoin d'informations sur deux voyous qui s'entraînent à la salle de sport de Tank.

Lindsay plongea son regard dans le sien et posa une main sur sa joue.

— J'ai eu tellement peur pour toi, ce soir.

Avec un soupir, Ike la serra plus fort contre lui. La sensation de son corps dans ses bras était si agréable qu'il aurait voulu ne jamais avoir à la lâcher.

— Dans ce cas, nous sommes quittes, parce que j'étais fou d'inquiétude, moi aussi.

Soudain trop conscient du souffle chaud de Lindsay

sur sa peau, il sut qu'ils allaient droit vers les ennuis s'il ne s'écartait pas. En dépit de cela, comme un idiot, il ne desserra pas son étreinte et laissa son désir s'accroître. Il éprouvait sans doute le besoin de se sentir en vie que ressentaient les personnes qui ont frôlé la mort, se dit-il. Ce n'était rien de plus, et ça passerait.

— Tu devrais vraiment monter prendre une douche, murmura-t-il en reculant d'un pas.

Au fond de lui, il ne désirait qu'à moitié refouler ce qui était en train de se passer.

— Je prendrai la mienne ensuite, ajouta-t-il.

Lindsay soutint son regard en silence pendant un long moment. Puis elle s'éloigna de lui et se dirigea vers l'escalier.

Ike ne parvint à lutter qu'un instant contre lui-même avant de la suivre.

10

Lorsqu'il arriva sur le palier, Ike trouva Lindsay en train de l'attendre dans le couloir, à côté de la porte de sa chambre. Son cœur se mit à battre la chamade face au désir qui brillait dans ses yeux, et il s'empressa de faire taire la petite voix agaçante qui lui soufflait de faire demi-tour. Cela faisait des jours — des semaines — qu'il rêvait de cet instant. Et, s'il était honnête envers lui-même, depuis plus longtemps encore.

S'approchant d'elle, il apprécia du regard sa beauté naturelle avec ses cheveux encore humides et emmêlés, et son visage sans maquillage. Les seuls bruits perceptibles dans le silence de la maison étaient sa propre respiration et le chant infatigable des grillons qui leur parvenait par les fenêtres ouvertes. Il resta longuement planté devant elle pour lui laisser une chance de lui demander de partir. Elle n'en fit rien. Lorsqu'elle tendit la main vers lui, il la prit dans ses bras.

— Tu m'as tellement manqué, murmura-t-il d'une voix rauque.

Il glissa les doigts dans les cheveux de Lindsay et approcha son visage du sien.

— Tu m'as manqué aussi, Ike.

Puis il appuya sur l'interrupteur mural et éteignit le plafonnier. Dans l'obscurité du couloir, ils commencèrent à s'embrasser passionnément, à se caresser. Ike se laissa submerger par toutes les sensations qu'il éprouvait au fur et à mesure que les mains de Lindsay vagabondaient sur ses épaules et son dos, avant de venir sur son torse et ses hanches. Sa bouche pressée contre la sienne, il l'attira si près de lui qu'ils auraient pu être en train de partager la même peau.

Avec les lumières éteintes et loin des regards indiscrets, c'était comme s'ils pouvaient faire ce qu'ils voulaient sans avoir à se soucier de qui que ce soit ou de quoi que ce soit. En faisant abstraction de tout, même de leur propre bon sens.

Ike la souleva dans ses bras pour la porter à l'intérieur de la chambre et la déposa à côté du lit.

Lindsay accueillit ses lèvres avec un soupir et savoura la sensation retrouvée de ses mains sur sa peau après tout ce temps. Tandis que ses pensées se mettaient à tourbillonner, elle se rappela chaque centimètre de son corps doux et musclé, et sa capacité à la faire vibrer de tout son être avec très peu d'efforts. Puis elle s'écarta légèrement de lui et croisa son regard brillant de passion dans la faible lueur du clair de lune qui entrait par les grandes fenêtres aux rideaux de dentelle.

Ike baissa la fermeture Eclair du sweat-shirt polaire qu'elle portait et fit passer le vêtement par-dessus sa tête. Il prit une rapide inspiration, puis dégrafa son soutien-gorge. Il caressa ensuite ses seins avant de faire glisser ses mains jusqu'à sa taille et de faire descendre le pantalon de survêtement sur ses jambes.

Puis ils recommencèrent à s'embrasser. Lindsay tira la chemise d'Ike hors de son jean et, lorsqu'elle sentit son sexe en érection contre elle, son besoin de lui appartenir de nouveau devint brûlant.

Il se retourna alors pour fermer la fenêtre.

Il l'avait à moitié baissée quand quelque chose à l'extérieur attira son attention.

Lindsay suivit rapidement son regard en direction de la rue.

— Que fait-il encore ici ? Je croyais qu'il était en route pour la conserverie.

Le véhicule de Dunhurst était garé le long du trottoir. Eclairé par la lumière de l'habitacle, il parlait dans sa radio et prenait des notes dans son carnet.

— Crois-tu qu'il y a du nouveau ? demanda Lindsay.

— Il procède peut-être simplement à quelques vérifications auprès de l'un de ses officiers ou l'un des membres de l'équipe de recherches. Si sa conversation avait le moindre rapport avec nous, il serait déjà en train de frapper à la porte.

— Et s'il le fait ?

— Nous n'irons pas lui ouvrir.

— Ike…

D'un geste résolu, il ferma la fenêtre et baissa le store, plongeant encore davantage la pièce dans l'obscurité. La seule lumière provenait à présent des deux autres fenêtres et d'une petite veilleuse allumée près de la porte.

Avec un sourire, il attira Lindsay dans ses bras, ses seins nus effleurant la peau chaude et tendue de son torse recouvert d'un duvet sombre.

— Tu vois comme c'était facile ? murmura-t-il. Dunhurst est parti. Il ne peut pas venir frapper à la porte puisqu'il n'existe plus.

Il caressa légèrement la joue de Lindsay, puis posa son autre main sur sa nuque pour l'attirer plus près.

Elle mourait d'envie d'embrasser sa paume et ses lèvres, mais elle ne le pouvait pas. Mettre un terme à ce qu'ils avaient entrepris était une torture, mais le fait d'avoir vu Dunhurst garé devant chez elle avait un peu refroidi son excitation, juste assez pour laisser une pensée cohérente pénétrer son esprit.

Comme elle plaquait une main contre son torse, Ike s'immobilisa un instant, puis parut comprendre.

— Tu as raison, dit-il.

Il prit sa main et déposa un baiser sur le bout de ses doigts.

— Attendons qu'il soit parti. Je ne veux pas risquer d'être interrompu au mauvais moment s'il décidait de venir sonner à la porte, ajouta-t-il.

Se demandant comment exprimer ce qu'elle ressentait, Lindsay se détourna de lui et rattacha son soutien-gorge. Elle pouvait sentir le regard d'Ike la transpercer et son propre cœur se briser.

— Tu n'es pas obligée de te rhabiller, fit-il d'un ton morne. Si Dunhurst vient sonner, j'irai lui ouvrir.

— Ce n'est pas la question, répondit-elle avec émotion en se laissant tomber sur le lit.

Elle avait eu le temps de faire une pause et de réfléchir… et trop de craintes avaient déferlé en elle. Peu importait à quel point elle désirait Ike — et elle le désirait follement ! —, elle ne pouvait pas faire l'amour avec lui.

— Que se passe-t-il ? demanda-t-il en s'approchant d'elle.

Même s'il ne semblait pas lui en vouloir, il y avait dans son ton une tension qui n'y était pas une minute plus tôt, nota Lindsay tandis qu'il se dressait de manière imposante au-dessus d'elle.

— Je suis tellement désolée…, dit-elle, la respiration haletante. Je croyais pouvoir le faire, mais j'avais tort.

— Lindsay, je ne cherche pas un engagement à long terme.

— Je le sais.

C'était d'ailleurs une très grande partie du problème.

— Je ne peux pas faire l'amour avec toi et tirer un

trait dessus ensuite. Les aventures d'un soir, ce n'est pas mon genre.

— Une aventure d'un soir ? répéta-t-il avec une pointe d'incrédulité dans la voix. Nous avons été mariés ! Ce n'est pas comme si nous ne nous connaissions pas déjà intimement.

— Exactement. Nous avons été mariés, mais nous ne le sommes plus. Aujourd'hui, nous menons des vies différentes.

La gorge de Lindsay se serra.

Avec une frustration évidente, Ike s'assit à son tour sur le lit, laissant entre eux un espace béant. Même si c'était elle qui avait arrêté leurs élans passionnés, cette distance lui fit mal.

— De quoi s'agit-il au juste ? Est-ce à cause de ta mère ?

— Non ! Oui… Je ne sais pas.

Lindsay ne pouvait pas vraiment fournir une réponse honnête à sa question. La vérité était encore trop troublante pour elle. Se sentant soudain trop vulnérable, trop nue, elle tendit la main vers le bas du lit pour prendre le couvre-lit blanc qui y était replié et s'en envelopper.

— D'accord, elle fait partie du problème, admit-elle doucement.

En revanche, elle ne pouvait pas lui confier quelle était la raison la plus importante.

— Dernièrement, maman a dû faire face à beaucoup de choses. Si elle apprenait que nous avons fait l'amour, ce serait une source de stress énorme pour elle. Ike, le simple fait que tu dormes dans la chambre d'amis la contrarie déjà. Alors, imagine si nous…

Elle s'interrompit et soupira.

— Si nous faisions l'amour ensemble, je serais incapable de le lui cacher.

Un silence s'installa entre eux pendant plusieurs minutes, puis Ike demanda :

— Tu as dit qu'Arlene était une partie du problème. Qu'y a-t-il d'autre ? Est-ce que c'est à cause du type de la librairie ?

Loin de là, songea Lindsay. Il lui avait fallu beaucoup de temps avant d'envisager de recommencer à voir quelqu'un, et John et elle n'avaient eu qu'un seul rendez-vous.

Elle s'apprêtait à dire qu'elle ne considérait pas cette relation comme un engagement sérieux quand elle s'arrêta net. Avec tout le chaos qui régnait dans sa vie depuis quelques jours, elle avait complètement oublié sa promesse d'aller aider John à la librairie le lendemain. Où diable avait-elle la tête ?

— Quoi ? la pressa Ike.

Un instant, elle songea à esquiver sa question. Cependant, étant donné qu'ils vivaient temporairement sous le même toit, elle n'avait pas d'autre choix que de lui dire la vérité. Il le remarquerait immanquablement, si elle s'absentait de la maison.

— J'ai accepté d'aller aider John à la librairie demain. J'avais… Ça m'était complètement sorti de l'esprit.

— Demain, répéta Ike, impassible. Tu comptes te rendre à la librairie pour aider ce type… demain.

Le message sous-jacent était clair : « Comment peux-tu aller le retrouver demain quand nous sommes assis sur ton lit, à moitié nus, ce soir ? »

— Oui, répondit Lindsay. Et il s'appelle John.

Ike hocha lentement la tête, puis se leva et se dirigea vers la fenêtre. Il remonta le store et jeta un coup d'œil dans la rue.

— Et que pense John de ma présence sous son toit ?

— Je ne crois pas qu'il soit au courant.

— Pourtant, tu lui as parlé depuis que je me suis installé

ici. Tu l'as rappelé après qu'il a laissé un message sur ton répondeur. Spindrift est une petite ville, Lindsay. Ma voiture entre et sort de ton allée depuis des jours. Et les commérages se propagent à la vitesse de la lumière, par ici.

— D'accord… Peut-être qu'il est effectivement au courant.

Si elle lui expliquait la teneur de sa relation avec John — si elle lui disait que sa présence chez elle lui était peut-être complètement égale —, Ike insisterait à coup sûr pour en savoir davantage et elle craignait de ne pas parvenir à conserver son contrôle. Or, elle avait besoin d'un peu d'espace et de temps pour réfléchir posément à la situation. Elle avait soudain la sensation qu'une trop grande partie d'elle-même — de son cœur — était en danger.

La respiration irrégulière, Ike reboutonna sa chemise et en renfonça les pans dans son jean. Puis il se tourna face à elle.

— Tu veux que je te dise ? Je crois qu'il vaut mieux que je m'en aille. Le mystère du 4x4 gris métallisé a été résolu et je doute que quiconque vienne t'embêter si Dunhurst te rend régulièrement visite.

Une pointe de regret s'agrippant à son cœur, Lindsay se leva d'un bond.

— Tu n'es pas obligé de partir. Tu peux rester ici aussi longtemps que tu le voudras. C'est juste que… nous ne pouvons pas revenir en arrière.

— Je le sais. D'ailleurs, aucun de nous n'en a vraiment envie, non ? Je serai au Drifter, si tu me cherches. Si tu envisages ne serait-ce qu'une seconde un avenir avec Fielding, je ne devrais pas rester ici plus que nécessaire.

— Ike…

Il sortit de la chambre à grands pas.

— Avant même de monter l'escalier, je savais que c'était une mauvaise idée, lança-t-il d'un ton plein d'indifférence.

C'était le même ton qu'il employait lorsqu'il tentait de la convaincre qu'il se fichait éperdument du rejet de son père.

— Tu as raison, poursuivit-il. Nous ne sommes plus les mêmes personnes, aujourd'hui. Je vais aller récupérer mes affaires dans la chambre d'amis.

Quand il ressortit quelques minutes plus tard, Lindsay le suivit en silence jusqu'en haut de l'escalier et le regarda descendre et aller jusqu'à la porte d'entrée. Après l'avoir ouverte, il se tourna rapidement vers elle.

— Dors bien.

Lorsqu'elle entendit son 4x4 quitter l'allée, les larmes se mirent à couler sur ses joues. Bien dormir ? Quelle plaisanterie !

Elle s'assit sur la plus haute marche et resserra le couvre-lit autour d'elle. Il s'écoulerait des mois avant qu'elle parvienne de nouveau à bien dormir. Car, aussi impensable que cela puisse être, elle était retombée amoureuse de lui. En admettant qu'elle ait même jamais cessé de l'aimer…

Et c'était la raison principale pour laquelle elle avait préféré tout arrêter avant que les choses n'aillent trop loin. Faire l'amour avec l'homme qui était sa raison de vivre et qu'elle ne pouvait pas avoir reviendrait simplement à se condamner à souffrir.

Ike n'était pas venu à Spindrift pour qu'ils se réconcilient, mais pour obtenir justice pour son frère.

Elle devait le chasser de son esprit pendant qu'elle avait encore une chance de pouvoir aimer quelqu'un d'autre et de fonder une famille.

Sauf que… elle ne voulait personne d'autre.

A 9 h 30, le lendemain matin, Ike prenait une douche en espérant que cela l'aiderait à dissiper sa migraine quand de grands coups furent frappés à sa porte. Une décharge d'adrénaline se diffusa dans son système sanguin. Il se sécha rapidement et enroula une serviette autour de sa taille avant de sortir de la salle de bains.

Ce n'était pas Lindsay, constata-t-il avec une pointe de déception en jetant un coup d'œil par le judas.

— Une minute ! cria-t-il.

Les sourcils froncés, il attrapa son jean sur le dossier de la chaise et l'enfila.

Dès qu'il ouvrit la porte, il se heurta au regard préoccupé de Dunhurst.

— Que se passe-t-il ?

— Finissez de vous habiller, mon garçon, répondit-il gravement. Nous devons parler.

— A quel propos ?

— A propos du corps d'un certain Garrett Johnson qui vient d'être repêché près de l'ancienne conserverie, ce matin. Il a deux balles dans la poitrine, et j'aimerais savoir si c'est vous qui les avez mises là.

Les dernières paroles du chef de la police étouffant le choc de la nouvelle du décès de Lift Johnson, Ike se hérissa.

— Bien sûr que non !

— Heureux de l'entendre. Dans ce cas, vous ne verrez aucun inconvénient à me remettre votre Glock afin que je le fasse examiner par le laboratoire.

— Il est dans ma voiture. Laissez-moi le temps d'enfiler une chemise et je vous y accompagne.

Ils sortirent au moment où la voiture de Lindsay s'arrêtait dans un crissement de pneus à côté du 4x4 d'Ike. Vêtue d'un pantalon blanc et d'un T-shirt marine, elle descendit du véhicule et referma sa portière. Ses cheveux étaient mouillés, comme si elle avait été interrompue pendant qu'elle se préparait pour son rendez-vous avec Monsieur Librairie, constata Ike. Et il n'eut aucun mal à imaginer ce qui l'avait interrompue, étant donné que Dunhurst avait su où le trouver.

Dès qu'il croisa son regard, le souvenir de ce qui avait failli se passer la veille lui revint. Il pouvait encore lire des excuses dans ses yeux verts.

Une boule se forma dans son estomac.

— Je croyais vous avoir demandé de ne pas contacter M. Walker ! lui lança Dunhurst.

— Vous m'avez demandé de ne pas lui téléphoner, et je ne lui ai pas téléphoné, répondit-elle sèchement. Vous n'avez rien dit à propos de venir lui parler en personne.

— Tous les deux, vous adorez chinoiser, pas vrai ?

— Je suis seulement venue vous répéter qu'Ike et moi sommes restés ensemble jusqu'à minuit, et que vous faites fausse route. Il ne peut pas avoir tué cet homme. Il ne l'aurait jamais fait.

— Vous avez certainement raison, répondit Dunhurst sans paraître vraiment convaincu. Quoi qu'il en soit, les contribuables me paient pour obtenir des réponses. Je suis donc bien obligé de poser des questions. Surtout quand les balles extraites par le médecin légiste du comté du corps de Johnson envoient l'enquête dans une direction bien précise. Retournez chez vous, maintenant.

— Fais ce qu'il demande, Linz, intervint Ike.

Il aurait préféré ne pas être aussi heureux qu'elle soit venue à son secours, mais c'était plus fort que lui.

— Tout ira bien, dit-il pour la rassurer.

— Tu m'appelles plus tard ?

— Bien sûr.

— Une dernière chose avant que vous ne nous laissiez, mademoiselle.

Dunhurst sortit un carnet et un stylo de sa poche de poitrine tandis qu'elle remontait en voiture.

— Je crains d'avoir omis de noter certains points de votre déposition, hier soir. Avez-vous dit vous être rendue à l'ancienne conserverie, en compagnie de M. Walker, dans le but de payer Johnson en échange d'informations ?

Lindsay jeta un regard perplexe à Ike, puis reporta son attention sur Dunhurst.

— Exact.

Le policier griffonna quelques notes dans son carnet et esquissa un sourire.

— C'est bien ce que j'avais cru comprendre.

D'un geste vague de la main, il lui signala qu'elle pouvait se mettre en route.

— Merci. Je vous recontacterai.

Tandis que la voiture de Lindsay quittait le parking, le chef de la police se tourna de nouveau vers Ike.

— Etrange…, dit-il en rangeant son carnet et son stylo dans sa poche. Mes hommes n'ont pas retrouvé d'argent à la conserverie.

Il étudia Ike avec scepticisme.

— Ils ont récupéré vos lunettes de vision nocturne, reprit-il, mais aucune enveloppe kraft remplie de billets de banque et de coupures de journaux.

Les soupçons de Dunhurst à son égard étaient compréhensibles, songea Ike après le départ du policier. Il possédait un permis de port d'armes et avait reconnu être à la recherche de Johnson dans le cadre de son enquête sur la mort de Ricky.

Pourtant, son sang n'avait fait qu'un tour quand l'homme avait insinué que Lindsay et lui ne s'étaient pas rendus à la conserverie afin de payer un informateur mais pour se faire justice eux-mêmes.

— Vérifiez auprès de la banque. Ils vous confirmeront que Lindsay est allée retirer de l'argent hier, avait-il dit à Dunhurst.

— C'est déjà fait, avait-il répondu.

Comment Dunhurst pouvait-il la croire impliquée dans une affaire criminelle ?

La librairie de la ville se situait au milieu de la grand-rue. Sa façade, blanchie à la chaux, était identique à celle des boutiques voisines. Une banne bleu ciel protégeait la vitrine.

Ike retira ses lunettes de soleil et en accrocha une branche dans l'encolure de son polo noir. Puis, s'efforçant de prendre un air dégagé, il grimpa les trois marches de bois menant à la porte.

Une petite pancarte indiquant que le magasin était fermé y était accrochée.

Ike se renfrogna en se disant que Lindsay et son petit ami étaient sortis déjeuner. C'est alors qu'il les aperçut à l'intérieur, apparemment en grande discussion à propos de la pile de livres qu'elle tenait dans ses bras. Il ravala un juron — probablement parce qu'il espérait que le type de la librairie serait moche et édenté — puis, ignorant la pancarte, il tourna la poignée et entra.

Une clochette retentit au-dessus de sa tête. Balayant du regard les murs beiges et les alignements d'étagères, il comprit mieux pourquoi Fielding avait besoin de l'aide de Lindsay. Toute la personnalité de la boutique résidait dans sa façade chic et la vitrine.

Dès que Lindsay l'aperçut, elle écarquilla les yeux de surprise et ses joues s'empourprèrent.

Murmurant quelques mots à l'homme blond, vêtu d'une chemise bleue, qui se tenait à côté d'elle, elle lui donna la pile de livres qu'elle portait et avança rapidement jusqu'aux étagères vides situées près de la porte. C'était apparemment la limite qu'elle ne voulait pas qu'il franchisse.

— Nous sommes fermés, Ike, dit-elle en veillant à ne pas parler trop fort.

— Je sais, j'ai vu la pancarte. Mais la porte n'était pas verrouillée.

— En général, les gens n'entrent pas quand ils voient ce genre de pancarte…

Lindsay s'interrompit brusquement et soupira.

— Peu importe. Je croyais que tu étais censé laisser un message sur mon répondeur.

— Je l'ai fait. Mais, comme j'étais dans le quartier, je me suis dit que j'allais passer t'annoncer la nouvelle en personne.

— Tu étais dans le quartier ?

Légèrement agacé, Ike lui montra le nouveau téléphone portable accroché à sa ceinture.

— Je ne te suis pas partout. Que tu le croies ou non, je devais passer régler quelques affaires.

— Oh ! répondit seulement Lindsay.

Puisqu'il était là, elle décida qu'ils feraient aussi bien de parler.

— Comment cela s'est-il passé avec Dunhurst après mon départ ? Qu'a-t-il dit ? demanda-t-elle à voix basse.

Surprenant le type de la librairie en train de lancer un regard inquiet dans leur direction, Ike ne put s'empêcher d'éprouver un plaisir fou. Il appuya une épaule contre le mur et approcha délibérément son visage de celui de Lindsay. En fin de compte, il était peut-être bien venu dans le but de causer des problèmes.

— Dunhurst m'a appris qu'il collaborait désormais avec la police de Portland et qu'ils partageaient leurs informations.

Le regard de Lindsay s'éclaira.

— Cela signifie-t-il qu'ils sont disposés à rouvrir l'enquête sur la mort de Ricky ?

— Je l'espère, mais Dunhurst ne desserre pas les dents sur le sujet. Et Dieu sait qu'il ne me laissera pas rejoindre leur petit cercle. Avant de partir, il a confisqué mon arme en vue d'une analyse balistique.

Ike lui fit ensuite part de la théorie du chef de la police au sujet de l'argent.

— Incroyable ! marmonna-t-elle.

— Il ne fait que son travail, répliqua Ike, moins contrarié maintenant qu'il avait eu le temps d'y réfléchir. Quelle ironie d'imaginer que, pendant que j'arpentais les trottoirs de la ville à sa recherche, Johnson était en train de m'observer !

— Mais pour quelle raison ?

— Je l'ignore. Il essayait peut-être de trouver le courage de se présenter au poste de police en tant que témoin.

Ike marqua une pause.

— C'est curieux que les hommes de Dunhurst aient retrouvé mes lunettes de vision nocturne et ta lampe torche mais pas l'enveloppe qui contenait l'argent.

Lindsay haussa les épaules.

— Celui qui m'a poussée à l'eau a dû la ramasser.

Lassé du sujet, Ike étudia son visage serein et ses cheveux soyeux. Il sentit de nouveau l'émotion l'envahir.

— Hé ! fit-il doucement. A propos d'hier soir…

Entendant des pas derrière elle, Lindsay se retourna et aperçut John, qui venait vers eux.

— Bonjour, lança-t-il à Ike d'un ton affable avant de porter son attention sur Lindsay.

La voix douce de John contrastait fortement avec la voix de baryton d'Ike.

— Vous ne me présentez pas votre ami ? demanda-t-il à Lindsay en pressant légèrement son épaule de manière possessive.

— Bien sûr que si, répondit-elle en rougissant un peu.

Elle reposa les yeux sur Ike — sur sa taille imposante,

ses larges épaules et ses cheveux noirs décoiffés par le vent. Il était tout l'opposé de John.

— John, voici Ike Walker… un ami de Portland. Ike, je te présente John Fielding.

— Ravi de faire votre connaissance, dit Ike en serrant la main que John lui tendait.

— Moi de même, répondit ce dernier aimablement. Veuillez excuser le désordre, Lindsay m'aide à donner un peu de style à cet endroit.

Priant pour qu'Ike se comporte bien, Lindsay sentit la nervosité la gagner. A en juger par la lueur qui brillait dans ses yeux sombres, il paraissait peu probable qu'il le fasse.

Sa crainte fit cependant place à la contrariété quand elle surprit le regard critique de John pendant qu'il détaillait Ike de la tête aux pieds et émettait un jugement silencieux peu flatteur.

— Qu'est-ce qui vous amène à Spindrift, monsieur Walker ?

— Des choses et d'autres, répondit Ike avec un sourire.

— Eh bien, j'espère que vous apprécierez votre séjour. Envisagez-vous de venir vous installer ici ?

La cloche qui annonçait le premier round retentit dans la tête de Lindsay.

— Peut-être. Spindrift est une petite ville agréable. Techniquement, mon travail est à Portland, mais…

Il s'interrompit et jeta un coup d'œil à Lindsay, amusé par le regard mauvais qu'elle lui adressa en retour.

— Comme je l'ai fait remarquer à Lindsay à plusieurs reprises, je peux travailler de n'importe quel endroit tant que j'ai un téléphone et un ordinateur portable à portée de main. Quant à la raison de ma présence ici, j'imagine que ce n'est pas vraiment un secret : Linz et moi devons discuter de certaines affaires. Apparemment, c'est ainsi avec les couples divorcés, il reste toujours un détail ou deux à régler.

Le regard stupéfait de John se heurta à celui de Lindsay.

— Oui, je suis l'ex-mari, conclut Ike avec un large sourire. J'en déduis qu'elle ne vous a pas parlé de moi.

11

Elle allait le tuer ! songea Lindsay. Elle allait l'étrangler…

— Non, répondit John d'une voix tendue, conscient qu'il venait de mordre à l'hameçon qu'Ike lui avait tendu. Apparemment, elle n'a pas jugé que c'était suffisamment important pour le mentionner. Quel genre de travail faites-vous, monsieur Walker ?

En voyant un sourire se former lentement sur les lèvres d'Ike, Lindsay eut envie de se mettre à crier.

— J'attrape des fugitifs.

— Vous êtes… officier de police ?

— Non, chasseur de primes. Vous savez, un de ces types qui enfoncent des portes, font des pieds de nez à l'autorité, agitent des pistolets dans tous les sens…

— Ike, arrête !

— On n'imaginerait pas que les gens puissent désapprouver une profession de ce genre, mais beaucoup le font.

L'expression consternée de John se transforma en aversion pure.

— Oh ! poursuivit Ike avec affabilité, j'imagine que vous êtes l'un d'eux !

Lorsqu'il se tourna vers Lindsay, son regard n'exprimait pas une once de regret pour son comportement parfaitement idiot qui avait ruiné sa journée.

— Je dois vous laisser. Lindsay, je te recontacterai pour cette autre affaire dont nous devons discuter dès que possible.

Il se tourna vers John avec un sourire.

— Bonne journée à tous les deux avec vos livres et vos fleurs.

Dès que la porte se fut refermée derrière lui, Lindsay prit une inspiration tremblante et desserra les dents. Elle tourna la tête vers John et fut soulagée de voir qu'il semblait prendre la chose avec humour.

— Je suis désolée pour cette interruption.

Elle esquissa un faible sourire et ajouta :

— J'espère qu'il ne vous a pas contrarié. Il est… Parfois, il peut donner du fil à retordre. Néanmoins, je jure qu'il n'est pas toujours aussi totalement odieux.

John balaya ses inquiétudes de la main.

— Sur ce point, je vais vous croire sur parole, même si ça me paraît difficile à imaginer.

Tandis qu'ils se dirigeaient côte à côte vers un chariot couvert de romans policiers pour l'amener à de la librairie, Lindsay fut heureuse qu'il ait si vite tiré un trait sur la visite stupide d'Ike.

Mais, alors qu'il plaçait le dernier livre sur l'étagère en pin brillant, il se retourna soudain vers elle avec une lueur ironique dans le regard et elle comprit que le sujet n'était pas clos.

— Je suppose que cet homme de Cro-Magnon était votre erreur de jeunesse ?

Ne sachant si elle devait se sentir insultée ou non, Lindsay hésita avant de répondre.

— Ne vous inquiétez pas, je ne vous en voudrai pas pour ça, dit-il gentiment. Je sais que beaucoup de femmes craquent pour ce type d'hommes quand elles sont plus jeunes.

— A vrai dire, répliqua Lindsay en s'efforçant de ne pas paraître sur la défensive, notre mariage remonte à moins de trois ans. J'avais donc presque trente ans. Et nous ne sommes divorcés que depuis peu.

John plissa les yeux.

— Vous plaisantez ?

— Pas du tout. Et je retire ce que j'ai dit. Ike n'est pas quelqu'un d'odieux. C'est un type bien. Quand mon frère, Ricky, a connu de sérieux problèmes avec la drogue, il a tenté de l'aider à s'en sortir. Malheureusement, il a échoué et cela continue de le hanter.

Un faible sourire se forma sur ses lèvres.

— Je sais qu'il ne s'est pas présenté sous son meilleur jour, mais il y a une profondeur chez lui qu'il ne montre pas à beaucoup de gens. Il est… compliqué.

Plus elle parlait, plus Lindsay se rendait compte qu'elle pensait chacun de ses mots. Elle prit également conscience que, malgré son désir de tourner la page, d'aller de l'avant, laisser John croire qu'une relation sérieuse était possible entre eux était mal. Malgré sa douceur et sa gentillesse, il n'était pas fait pour elle.

Lorsqu'elle croisa de nouveau son regard, elle sut qu'il était arrivé à la même conclusion et qu'il partageait son avis.

— Vous savez, dit-il avec un sourire bienveillant, je ne me suis pas montré totalement honnête avec vous quand vous m'avez présenté votre ex. J'ignorais que vous aviez été mariés, mais je vous ai vus ensemble samedi dernier, en train de vous promener sur les quais. A ce moment-là, j'ai pensé que… eh bien, j'ai pensé qu'il se passait peut-être quelque chose entre vous.

Lindsay hocha la tête et lui rendit son sourire. Il ne se trompait pas sur ce point — et ce quelque chose refusait de s'en aller…

— Je crois que je ferais mieux de partir, John. Il ne reste plus beaucoup de travail à faire, et vous semblez avoir la situation en main.

— Aucun problème, assura-t-il. Je devrais réussir à terminer seul. Merci de m'avoir aidé à décorer la vitrine. Il va sans dire que je vous paierai pour votre temps et vos efforts.

— C'est inutile, répondit Lindsay.

Tandis qu'elle contournait le comptoir pour récupérer son sac, elle sentit un poids quitter ses épaules.

— Considérez ça comme un remerciement pour le dîner et le théâtre de l'autre soir.

Elle s'approcha de lui et ajouta :

— Au revoir, John. Bonne chance avec la librairie.

— Bonne chance à vous aussi avec… tout.

Dès qu'elle fut dehors, Lindsay éprouva un profond soulagement. S'impliquer davantage dans cette relation ne l'aurait menée nulle part, mais elle était toujours furieuse contre Ike. Même si John n'était pas l'homme de sa vie, Ike n'en savait rien. Avec ses sourires irritants et ses remarques agaçantes, il aurait pu tout gâcher entre eux. Que leur mariage ait réussi à tenir six mois relevait du mystère absolu !

Décidée à lui faire connaître le fond de sa pensée, elle prit la direction du Drifter, sa contrariété s'intensifiant au fur et à mesure qu'elle avançait. En approchant du motel, elle jeta un coup d'œil au parking attenant et changea de direction quand elle vit le 4x4 noir rutilant d'Ike garé devant le Krafty Millie's Café.

Elle entra en coup de vent et se dirigea tout droit vers la banquette du fond où Ike était en train d'engloutir un hamburger. Lorsqu'elle arriva à sa hauteur, elle bouillait de colère.

Le large sourire accueillant qu'il afficha lui fit presque oublier qu'ils se trouvaient dans un endroit public. Elle posa les mains sur la table et lui lança un regard furieux.

— Qu'est-ce qui peut bien te passer par la tête pour que

tu agisses comme tu le fais ? demanda-t-elle en veillant à ne pas élever la voix.

Ike reposa son hamburger et lécha la goutte de ketchup qui était tombée sur son pouce.

— Que veux-tu dire ? répliqua-t-il d'un air innocent.

Exaspérée, Lindsay leva les yeux au ciel.

— Oh ! je t'en prie ! Tu es délibérément venu à la librairie dans le but d'insulter John et de saboter ma relation avec lui. N'essaie pas de le nier. Comme d'habitude, on ne peut pas dire que tu aies fait preuve d'une grande subtilité.

N'ayant nullement l'air affecté par ses propos, Ike prit un cornichon sur son assiette et le fourra dans sa bouche.

— Est-ce que c'est ce que j'ai fait ? Saboter ta relation, je veux dire ?

— Oui.

— Bien.

— Bien ?

— Oui, bien, répéta-t-il sans faire le moindre effort pour dissimuler son agacement.

Il déplia sa serviette, s'essuya les doigts, puis la posa sur la table.

— Pour l'amour du ciel, Lindsay ! Je pensais que, lorsque tu chercherais un autre homme pour partager ta vie, tu en choisirais un avec un peu plus de tempérament.

— Au moins, je n'aurais pas eu à m'inquiéter qu'il se fasse tirer dessus, poignarder ou passer à tabac, à la librairie. C'est quelqu'un de très sympathique, et tu t'es comporté comme un enfant gâté…

— S'il est aussi fantastique, pourquoi n'es-tu pas avec lui, en train d'arranger les choses ?

— C'est ce que tu veux que je fasse ?

Ike soupira et se passa une main sur le visage. Puis il désigna d'un geste le siège libre en face de lui.

— Tu ferais mieux de t'asseoir. Nous rendons les

clients de Millie nerveux. Et je doute qu'elle apprécierait que nous les fassions fuir.

Jetant un bref coup d'œil autour d'elle, Lindsay saisit les regards braqués dans leur direction. Puis elle remarqua le second couvert mis sur la table.

— Tu as raison. Est-ce que tu attends quelqu'un ?

— Je t'attendais toi, dit-il d'une voix lasse.

Il fit un signe de tête à la serveuse pour lui demander de venir.

— D'ailleurs, ton thé arrive, ajouta-t-il.

Furieuse contre elle-même d'avoir été aussi prévisible, Lindsay lui lança un regard assassin et se retourna pour partir.

— Avant que tu ne t'énerves, laisse-moi préciser que j'ignorais si tu viendrais — je n'en avais aucune idée. Je l'espérais seulement.

Comme Lindsay reportait de nouveau son attention sur lui, Ike se leva et lui prit la main.

— S'il te plaît, joins-toi à moi. Nous devons parler. Si tu veux que je présente mes excuses au type de la librairie, je le ferai.

Lindsay hésita une seconde, puis s'assit. Ike lâcha sa main lorsque la serveuse s'approcha avec un verre de thé glacé.

— De quoi veux-tu parler ? demanda doucement Lindsay. De la visite que t'a rendue Dunhurst ce matin ?

Elle avait rejeté sa proposition de présenter des excuses à John. A quoi bon ? Rien ne changerait le fait qu'ils n'étaient pas faits l'un pour l'autre, de toute façon.

— Il n'y a pas vraiment grand-chose à en dire. A ce propos, merci d'avoir fait le trajet jusqu'au motel pour me prévenir. J'avoue avoir été… surpris.

— Ça m'a semblé être la chose normale à faire, répondit-elle.

— As-tu songé que Lift Johnson serait peut-être encore en vie si nous avions refusé de le rencontrer ?

— Cette pensée ne m'a pas quittée depuis la visite de Dunhurst. Si je n'avais pas accepté de payer pour obtenir ses informations, si j'avais simplement refusé et raccroché, il n'aurait pas été à la conserverie, hier soir.

Ike tendit le bras par-dessus la table et prit de nouveau sa main.

— Ne te torture pas l'esprit. Ce n'est ni ta faute ni la mienne. Nous n'avons alerté personne.

— Pourtant, il y avait bien quelqu'un d'autre là-bas.

— Johnson savait le risque qu'il prenait. Et, s'il connaissait ton frère, il tentait le sort depuis longtemps.

— Mais quel gâchis ! souffla-t-elle. Il avait le même âge que Ricky quand…

— Chacun est responsable de ses décisions, Linz. Certaines sont les bonnes.

Il marqua une pause, puis ajouta en baissant la voix :

— Et d'autres, non.

Ses mots contenaient un message sous-jacent. Il n'exprimait pas simplement son regret du fait que la vie d'un jeune homme ait été écourtée.

Le regard d'Ike se posa sur leurs doigts entrelacés. Il caressa ceux de Lindsay d'un air pensif.

La dernière fois qu'ils s'étaient tenu la main de cette manière, ils portaient tous les deux une alliance en or à l'annulaire, songea-t-elle, le cœur serré. Et, en dépit du bon sens, elle devait admettre que cet anneau chaud et lisse à son doigt qui disait au monde entier qu'elle lui appartenait lui manquait.

Aucun d'eux ne prononça un mot jusqu'à ce que la chanson qui résonnait en arrière-plan se termine. Puis Ike relâcha la main de Lindsay et sortit son portefeuille de la poche de son pantalon.

— Est-ce que tout est réellement terminé entre le type de la librairie et toi ?

Lindsay acquiesça. Elle se sentait un peu gênée de lui avoir laissé croire que sa relation avec John était sérieuse.

— Pour être honnête, ça n'a jamais vraiment commencé. Nous nous connaissons à peine ; je ne suis sortie avec lui qu'une seule fois.

Ike pencha la tête sur le côté d'un air étonné.

— Pourtant, tu as insinué que tous les deux…

— Je sais, admit-elle avec un petit sourire. Parfois, tu n'es pas le seul à te comporter comme un enfant gâté.

Ike réfléchit un instant, puis sortit plusieurs billets de son portefeuille et les posa sur la table. Il se leva et tira Lindsay par la main pour qu'elle fasse de même. Ses yeux sombres paraissaient plus limpides, à présent, moins inquiets, remarqua-t-elle. Et sa voix était plus énergique.

— Fichons le camp d'ici, suggéra-t-il.

— Pour aller où ? demanda Lindsay tandis qu'il la poussait légèrement en avant, en direction de la porte.

Ils traversèrent rapidement le parking jusqu'au 4x4 d'Ike.

— Tu ne m'as pas répondu. Où allons-nous ?

— Faire du shopping, pour commencer, répondit-il enfin en ouvrant la portière côté passager pour elle.

Lindsay s'installa dans de voiture.

— Mais tu détestes ça ! s'exclama-t-elle.

— Exact. Mais aujourd'hui c'est un mal nécessaire.

Lindsay retint son souffle lorsque, une fois au volant, il se pencha vers elle pour faire passer la ceinture de sécurité en travers de sa poitrine et l'attacher.

— Et ensuite ? demanda-t-elle.

Ike posa une main sur sa cuisse, provoquant des picotements qui se répandirent dans tout son corps.

— Ensuite, répondit-il en approchant son visage du sien avec un sourire mystérieux, nous ferons une pause bien méritée pour oublier un peu le stress, la tristesse et les rendez-vous clandestins.

Une petite brise fraîche et vivifiante soufflait sur la plage, et des nuages blancs et légers ponctuaient le ciel bleu, signes avant-coureurs de la pluie à venir. Cependant, la chaleur du soleil procurait une sensation agréable sur la peau de Lindsay, lui faisant momentanément oublier les événements des derniers jours.

Allongée sur la couverture qu'Ike avait étalée sur le sable, elle rajusta ses lunettes de soleil et ferma les yeux. Là où ils étaient, au milieu des rochers, Ike et elle étaient pratiquement hors de vue des vacanciers installés plus bas sur la plage. La marée monterait d'ici à quelques heures, mais elle ne les atteindrait pas… même s'ils restaient tard.

Sentant Ike s'approcher d'elle, Lindsay fut parcourue d'un frisson d'anticipation — et envahie d'une forte impression de déjà-vu. Aujourd'hui, ils revisitaient un vieux souvenir, même s'ils savaient tous deux que ce n'était pas très judicieux de le faire. Mais, parfois, vivre dangereusement était l'unique moyen de réaffirmer que l'on était en vie, songea-t-elle. Et, à cet instant, elle avait vraiment le sentiment de l'être — davantage même que cet après-midi de fin septembre, il y avait presque trois ans, quand ils étaient venus dans cet endroit ensemble pour la première fois.

Ike se laissa tomber sur la couverture et tendit le bras pour prendre le flacon d'écran solaire posé à côté d'elle. Lindsay ouvrit légèrement les yeux derrière ses lunettes noires. L'expression affichée sur son visage au moment où il effleura son Bikini blanc la fit frémir et elle sentit les battements de son cœur accélérer.

— Tes cuisses commencent à rougir. Veux-tu que je les enduise d'écran solaire ?

— Je ne pense pas que ce soit nécessaire. Le soleil va bientôt se coucher.

— S'il te plaît ! Aie pitié d'un homme qui n'a pas touché la jambe d'une femme depuis une éternité.

Etait-il sérieux ? s'interrogea Lindsay. Et à qui était la jambe dont il parlait ? Brandy ?

— Une éternité ? Vraiment ?

— Vraiment.

Lindsay savait que ça ne la regardait pas et qu'elle ne devrait pas poser la question, mais ce fut plus fort qu'elle.

— Combien de temps exactement ?

— A toi de me le dire, répondit-il doucement. Tu étais là.

Esquissant un sourire, Lindsay retint le soupir de satisfaction qui était monté en elle. Parfois, il savait répondre exactement ce qu'il fallait.

— Très bien, enduis mes jambes de crème solaire, murmura-t-elle. Mais pas de gestes déplacés. Nos voisins, plus bas, ont des enfants.

Plaisanter et jouer avec lui de cette manière était si agréable ! Et la perspective de sentir ses mains sur elle après aussi longtemps fit remonter à la surface des souvenirs qui la firent frémir de plaisir.

Tu vas le regretter, souffla une petite voix dans sa tête. *Tu n'as pas considéré la situation sous tous ses angles…*

Si, elle l'avait fait. D'abord, pendant qu'ils achetaient des provisions et un caleçon de bain pour Ike, puis quand elle se changeait pour enfiler son Bikini et mettait dans un sac les affaires dont elle aurait besoin. C'est alors qu'elle avait pris la décision de mettre le passé, les regrets et la rancune derrière elle pour la journée. Il serait toujours temps de s'inquiéter quand le soleil se lèverait de nouveau demain. Pour l'instant, ils avaient tous les deux besoin d'oublier le chaos qui régnait dans leurs vies.

Ike commença par ses pieds et ses chevilles. Puis il

fit lentement remonter ses mains le long de ses mollets, jusqu'à ses genoux. Lorsque ses doigts glissèrent sur ses cuisses et effleurèrent les limites de son maillot de bain, Lindsay ouvrit brusquement les yeux et s'empressa de recouvrir ses mains avec les siennes.

— Nous devrions peut-être jeter un coup d'œil à la cuisson du homard, suggéra-t-elle avec un tremblement incontrôlable dans la voix.

Esquissant un sourire, Ike libéra ses mains et l'attira lentement contre lui.

— J'ai une bien meilleure idée.

12

— Oh ! je ne doute pas que tu as une bien meilleure idée ! répliqua Lindsay en riant et en le repoussant. Mais nous allons quand même opter pour la mienne.

Faisant mine de se renfrogner, Ike la traita de rabat-joie et roula sur le dos sur la couverture. Il la regarda s'éloigner en direction des odeurs terriblement alléchantes des fruits de mer qui grillaient sur le feu et admira les courbes de son corps mince, bronzé et gracieux tandis que des images défilaient rapidement dans son esprit.

Quand il se leva pour aller la retrouver, chaque fibre de son corps vibrait d'anticipation.

Leur festin fut vite avalé et, dès qu'ils eurent fini de tout nettoyer, leur excitation était à son comble.

Quand le soleil disparut enfin, Ike eut une raison supplémentaire de se réjouir : leurs voisins s'en allèrent. La plage était enfin déserte.

Le ventre noué, il croisa le regard de Lindsay. Il savait qu'ils allaient au-devant des problèmes, même s'il n'y avait aucune attente, aucune promesse. D'une certaine manière, lorsqu'ils étaient sortis du Krafty Millie's Café, ils étaient arrivés à l'accord tacite de prendre ce que la nuit aurait à leur offrir. Ike connaissait aussi parfaitement les signaux de Lindsay que les siens — et il savait qu'elle avait envie de lui, ce soir.

— Tu es bien silencieux, tout à coup, murmura-t-elle

pendant qu'elle rangeait nerveusement le flacon d'écran solaire dans son sac. A quoi penses-tu ?

— Je me dis que j'ai hâte qu'il fasse nuit noire. Et toi ?

Lindsay reposa son sac sur le sable et prit une inspiration hésitante.

— Je pense que la dernière fois où nous avons fait l'amour remonte à longtemps.

Ike posa les mains sur sa taille et la fit s'allonger sur la couverture. Puis il passa une jambe par-dessus les siennes et s'appuya sur un coude. Cherchant son regard, il demanda d'un air amusé :

— Crains-tu que nous ayons oublié comment on fait ?

— Non, répondit-elle avec sérieux, sans le quitter des yeux. Je crains que nous soyons incapables de nous arrêter si nous commençons.

— Ecoute…, murmura-t-il.

Il se demanda où il puisait toute cette compréhension.

— Il ne s'est encore rien passé. Si tu n'en as pas envie…

Lindsay secoua la tête. La passion et l'excitation la faisaient trembler légèrement.

— Tu plaisantes ?

Refermant une main autour de sa nuque, elle l'attira vers elle.

— C'est l'unique chose dont j'ai eu « envie » toute la journée.

Leurs lèvres se touchaient presque.

— Tu éprouves pourtant encore des réserves, dit-il.

— Je ne veux pas te faire de mal.

Et elle ne voulait pas s'en faire à elle non plus. La dernière fois qu'ils avaient fait l'amour, ils étaient amoureux l'un de l'autre… Depuis qu'elle l'avait revu, malgré ses efforts acharnés pour empêcher que cela se reproduise, elle était retombée amoureuse de lui. Elle savait à présent qu'elle l'aimerait toujours. Quoi qu'il arrive.

— Je ne risque rien, assura Ike. Nous connaissons tous les deux les règles.

Puis, entrouvrant ses lèvres, il combla la distance infime qui les séparait de celles de Lindsay.

Dès que sa bouche recouvrit la sienne, la magie opéra. Le cœur débordant d'amour et de désir, mais aussi de désespoir, elle referma ses bras autour de son cou et le serra fort contre elle. Quel que soit le prix qu'ils auraient à payer ensuite, elle savait qu'aucun d'eux ne pourrait plus reculer, maintenant.

Le baiser s'approfondit tandis que leurs mains commençaient à explorer avidement le corps de l'autre, réapprenant les courbes et les angles qui leur étaient naguère si familiers.

Avec un gémissement, Ike caressa doucement les seins de Lindsay et écarta le haut de son Bikini pour exposer sa poitrine. Il déposa une traînée de baisers de son menton jusqu'à sa clavicule, avant de descendre plus bas et de recouvrir son mamelon de sa bouche, provoquant des fourmillements dans son ventre noué.

Puis il se positionna au-dessus d'elle et enfonça ses coudes dans le sable de chaque côté afin d'amortir une partie de son poids. Son corps était chaud et dur. Dans le crépuscule qui s'épaississait ses yeux sombres étaient incroyablement sexy, nota Lindsay.

Elle lui caressa la joue et la mâchoire, sa barbe de quelques jours raclant légèrement sous ses doigts, tandis qu'il lui décochait un sourire.

L'instant était si parfait qu'elle aurait voulu le capturer et l'enfermer dans un médaillon pour toujours.

Ike défit le lien du haut de son Bikini au niveau de sa nuque, puis répéta l'opération avec celui qui se trouvait au milieu de son dos, avant de laisser tomber le vêtement dans le sable.

— Voyons si je réussis à me souvenir de ce qui suit, murmura-t-il.

Sa mémoire était parfaite, songea Lindsay en se cambrant sous ses doigts, pendant que la nuit s'installait autour d'eux. L'embrassant de nouveau avec ardeur, elle descendit la main jusqu'à son caleçon et le caressa.

Puis elle souleva ses hanches et frissonna lorsque Ike fit glisser le bas de son maillot de bain. Une main pressée contre ses fesses, il la plaqua contre lui. Les yeux fermés, elle savoura le mouvement de leurs corps qui ondulaient en rythme l'un contre l'autre en prélude à l'acte sexuel.

— J'espère que tu ne t'es pas contenté d'acheter des provisions lors de notre shopping, chuchota-t-elle en haletant.

— J'ai été scout, répondit Ike. Je suis toujours prêt.

Il se releva et s'éloigna un instant pour aller chercher un préservatif dans la poche de son jean ; la lueur du feu déclinant nimbait sa silhouette d'une aura dorée. Dès qu'il revint auprès de Lindsay, le besoin primitif qu'ils combattaient tous les deux depuis des jours prit le pouvoir. Il se glissa en elle et ils ne firent plus qu'un. Elle déposa un baiser sur sa clavicule. Puis, avec un gémissement, enfouit le visage dans son cou tandis que le plaisir montait rapidement en elle. Alors que ses muscles internes se contractaient, elle eut l'impression de flotter sur une brume de pure douceur. Leurs bouches avides se rencontrèrent de nouveau et leurs langues impatientes imitèrent le mouvement lent de leurs hanches.

Il ne s'agissait pas simplement de sexe, comprit Lindsay en empoignant les épaules d'Ike tandis que l'orgasme approchait. Elle savait que c'était la même chose pour Ike. Il ne l'aimerait peut-être plus jamais comme avant, mais il tenait à elle. Et c'était suffisant. Son corps se mit à trembler. La vague de plaisir enflait en elle. Elle se laissa emporter puis, la respiration haletante, retomba dans le vide. Un feu brûlant courait dans ses veines.

Lindsay essayait de reprendre son souffle… quand une nouvelle ascension vers le plaisir démarra avant même que les fourmillements du dernier orgasme se soient calmés. Elle se demanda comment Ike parvenait à contenir son propre plaisir, auquel il ne s'abandonna qu'aux derniers frémissements convulsifs de son troisième orgasme, lorsqu'il s'enfonça en elle avec force, au rythme des vagues puissantes qui déferlaient sur la plage.

Leurs fronts collés l'un à l'autre, ils restèrent étendus sur le sable pendant un temps infini, à s'embrasser tendrement, à respirer le même air chaud, dans les bras l'un de l'autre.

L'air devenant plus frais, ils se rhabillèrent et se blottirent l'un contre l'autre sur l'une des chaises longues qu'ils avaient apportées, les yeux fixés sur les flammes du feu. Ike offrit à Lindsay une gorgée du verre de vin qu'ils partageaient, puis le termina et le mit de côté.

Cela lui fit prendre conscience — encore plus que le fait de faire l'amour avec elle — qu'ils n'avaient jamais été complètement libérés l'un de l'autre et qu'ils ne le seraient jamais, même s'ils retournaient bientôt chacun à sa routine et à sa vie.

Lindsay, pour sa part, avait le cœur serré.

Je t'avais bien dit que tu n'avais pas considéré la situation sous tous ses angles, murmura la petite voix dans sa tête.

Ike l'embrassa dans le cou.

— Retirons nos vêtements et allons nous baigner.

Lindsay regarda autour d'eux et sourit.

— Il n'y a qu'un seul endroit où je me baigne nue. Ma baignoire.

Après une seconde d'hésitation, elle ajouta :

— Ça te dirait de te joindre à moi ?

Tout dans la salle de bains sentait la pêche — du savon à la demi-douzaine de bougies parfumées dont les flammes dansaient dans l'obscurité, en passant par le shampooing dans les cheveux de Lindsay. Ike se pencha en avant, faisant déborder l'eau de la grande baignoire en fonte tandis qu'ils s'embrassaient et se caressaient.

Il tendit le bras pour prendre la flûte remplie d'asti posée sur le sol et en but une gorgée. Puis il la reposa et cala de nouveau sa tête sur l'oreiller gonflable en forme de coquillage que Lindsay avait placé sous sa nuque.

Changeant de position, elle s'installa à califourchon sur lui et se mit à caresser ses cheveux et son visage, avant de déposer un baiser sur sa tempe, puis sur son oreille. Parcouru de frissons, Ike ne bougea pas un muscle.

Il ouvrit un œil et la regarda, puis il ouvrit l'autre et esquissa un sourire. Elle était si belle dans la lueur dansante des bougies, même avec ses cheveux emmêlés et savonneux, qu'il en eut presque le souffle coupé.

Faire l'amour avec Lindsay l'avait épuisé. Malgré cela, Ike ne parvenait pas à trouver le sommeil. La lumière de la lune presque pleine se déversait par la fenêtre en travers du lit. C'était mal, songea-t-il tandis qu'il caressait ses cheveux soyeux. Il ferait mieux de se lever et de retourner au motel, de leur épargner à tous deux le malaise que le matin apporterait.

En dépit de ce qui s'était passé, rien n'avait changé entre eux. Lindsay continuerait de lui en vouloir pour avoir ignoré ses supplications et ramené son frère en prison, même si elle devait forcément savoir maintenant que Ricky aurait été assassiné indépendamment de son intervention. Elle était simplement incapable de dépasser cette notion sur le plan émotionnel.

Depuis qu'ils avaient renoué le contact, ils étaient parvenus à mettre le passé derrière eux pendant quelques heures, comme ce soir. Mais il serait toujours là, s'approchant sans faire de bruit, tel un voleur de bonheur, quand ils s'y attendraient le moins. Et ce ne serait une vie pour aucun d'eux.

Le réveil sur la table de nuit indiquait 3 h 18. Dans la lumière froide du jour, Lindsay et lui se retrouveraient à la case départ. Les yeux de Lindsay refléteraient des accusations, et son cœur à lui pèserait d'une culpabilité qu'il ne méritait pas d'éprouver.

Il laissa sa main glisser de ses cheveux jusqu'à son épaule nue, puis sur sa cage thoracique pour la poser enfin sur sa hanche douce.

Le désir se raviva aussitôt en lui. Elle était tout ce qu'il voulait… et tout ce qu'il ne pouvait pas avoir.

Lindsay remua en marmonnant et se tourna face à lui. Dans son sommeil, elle tendit la main pour attraper le drap qu'elle avait repoussé quelques minutes plus tôt. Ike s'en saisit et le remonta jusqu'à son épaule.

La voyant ouvrir les yeux, il se maudit aussitôt de l'avoir réveillée.

— Ce n'est rien, dit-il doucement. Je t'ai simplement couverte parce que tu avais froid. Rendors-toi.

Au lieu de cela, Lindsay se rapprocha davantage de lui avec un léger sourire.

Elle se redressa sur un coude et caressa sa mâchoire, ses seins effleurant son torse. Puis elle se pencha en avant pour l'embrasser et déposa une traînée de baisers le long de son corps jusqu'à la cicatrice de blessure par balle sur sa hanche.

*
* *

Le soleil entrait à flots par les trois fenêtres de la chambre quand la sonnette de l'entrée retentit quelques heures plus tard.

Ike et Lindsay se réveillèrent en sursaut. Une série de coups forts et insistants frappés à la porte suivit le coup de sonnette.

Les yeux écarquillés, Lindsay se tourna vers Ike. Il secoua la tête pour se remettre les idées en place ; il avait l'impression d'avoir la gueule de bois depuis une semaine.

— Oh ! Mon Dieu ! souffla-t-elle.

Elle saisit le réveil et l'approcha de son visage.

— Il est déjà 11 heures !

Lindsay se leva d'un bond et chercha son peignoir du regard. Après l'avoir localisé sur le sol, elle s'escrima pendant quelques secondes pour en remettre les manches à l'endroit, puis l'enfila. Elle avait des traînées sombres de mascara sous les yeux.

Ike, qui s'était levé en même temps qu'elle, récupéra son jean sur le dossier du fauteuil, dans l'angle de la chambre. Il ne pouvait pas la laisser aller ouvrir la porte ainsi.

— Je m'en occupe, dit-il. A te voir, on pourrait croire que quelqu'un t'a passée à tabac.

— Merci.

— Il n'y a pas de quoi.

Il remonta la fermeture Eclair et boutonna son jean, puis enfila la chemise qu'il portait la veille. Elle sentait le feu de bois, mais tant pis. Tous ses vêtements de rechange se trouvaient au Drifter.

— Je reviens tout de suite.

— Ike…, dit Lindsay d'une voix anxieuse.

— Ne t'inquiète pas. Si on me pose la question, j'ai passé la nuit dans la chambre d'amis.

Comme les coups redoublaient à la porte, Ike descendit

rapidement l'escalier. Il passa la main dans ses cheveux pour les peigner en arrière, puis jeta un coup d'œil par le carreau à côté de la porte. Que voulait-il encore ? songea-t-il avec un juron en apercevant Axel Dunhurst.

Dans son uniforme brun clair, l'homme affichait un air autoritaire, nota Ike lorsqu'il ouvrit la porte. Remarquant le sachet à preuves transparent qu'il tenait, il comprit le but de sa visite : il lui rapportait son arme.

— Chef Dunhurst.

— Désolé de vous réveiller, monsieur Walker, mais j'ai pensé que vous aimeriez récupérer votre arme et savoir que l'analyse balistique n'a rien donné.

Tandis qu'Ike ouvrait la porte plus grand pour se saisir du pistolet, le policier baissa les yeux sur ses pieds nus.

— En ne voyant pas votre véhicule sur le parking du Drifter, je me suis dit que je vous trouverais certainement ici. Ce qui tombe plutôt bien, car je souhaiterais également m'entretenir avec Mlle Hollis.

Un muscle se contracta dans la mâchoire d'Ike lorsqu'il entendit prononcer le nom de jeune fille de Lindsay.

— Elle n'est pas disponible pour l'instant. Je lui dirai de vous téléphoner plus tard.

Lorsqu'il vit le regard perçant de Dunhurst se déplacer derrière lui, Ike devina que Lindsay était en train de descendre l'escalier.

— De quoi voulez-vous me parler ? s'enquit-elle.

Regrettant qu'elle ne soit pas restée à l'étage, Ike lui jeta un coup d'œil. Elle avait essuyé les traînées de mascara sous ses yeux, revêtu un short blanc et un T-shirt bleu marine, et noué ses cheveux en queue-de-cheval.

Dunhurst porta la main à son chapeau pour la saluer.

— Mademoiselle, je tenais juste à vous informer qu'aucune des empreintes relevées au domicile de votre mère ne nous a permis d'identifier un suspect. Ceux qui se sont introduits chez elle n'ont laissé aucune trace derrière eux.

Les yeux plissés, Ike observa le policier avec intérêt.

— Alors c'est tout ? Vous allez arrêter de chercher ?

— J'allais y venir, répliqua Dunhurst d'un ton irrité.

Il dirigea de nouveau son regard vers Lindsay.

— Nous tenons sans doute une piste concernant la Ford vert foncé qui a été aperçue sur Lanyard Street, le soir où la maison de votre mère a été visitée. Nous projetions d'interroger un homme qui vit dans le New Hampshire et possède le même véhicule, mais il vient d'être arrêté pour une autre affaire. Je me rendrai sur place dès demain après-midi.

— Quelle « autre affaire » ? S'agit-il de drogue ? Quels sont les chefs d'accusation ? s'enquit Ike.

Au regard furieux que lui adressa Dunhurst, il devina que le policier n'appréciait guère d'être ainsi pressé de questions, mais il lui répondit tout de même.

— Ce type est suspecté d'être un tueur à gages. Nous pensons qu'il s'est récemment lié d'amitié avec un groupe d'hommes de main relativement nouveau qui travaille dans les environs.

Lindsay descendit les dernières marches de l'escalier et vint se mettre à côté d'Ike.

— Ce « tueur à gages » présumé s'est-il servi d'un Glock neuf millimètres durant l'une de ses missions ? demanda-t-elle en croisant les bras sur sa poitrine.

— Je ne peux pas vous en dire davantage pour l'instant, mademoiselle Hollis, répondit Dunhurst. L'unique but de ma visite était de restituer son arme à M. Walker et de vous faire savoir à tous les deux que nous ne restons pas sans rien faire.

Il marqua une pause et lança un nouveau regard noir en direction d'Ike.

— Maintenant que vous êtes au courant des progrès de l'enquête, cessez d'appeler mon bureau.

Pendant que Lindsay tentait de joindre sa mère chez sa tante à Bangor, Ike se rendit dans la cuisine pour mettre la cafetière en marche. Il déposait une grande poêle à frire sur la cuisinière quand elle le rejoignit une minute plus tard.

La visite de Dunhurst leur avait momentanément épargné d'avoir à parler de la nuit dernière. Mais, maintenant que les choses s'étaient calmées, une prise de conscience lourde passa entre eux et le cœur de Lindsay se mit à battre plus vite.

Avec difficulté, elle repoussa la vague de nervosité qui menaçait de déferler en elle. Aujourd'hui était un nouveau jour. Un jour raisonnable.

Alors pourquoi se sentait-elle aussi déprimée ?

Tu sais pourquoi, lui murmura une petite voix. *Il n'a même pas tenté de t'embrasser pour te dire bonjour ou à quel point la nuit dernière avait été merveilleuse, ce qu'il avait largement le temps de faire. Alors n'essaie pas d'en rejeter la responsabilité sur l'arrivée de Dunhurst. Tu n'as pas oublié ses paroles, n'est-ce pas ? Nous connaissons tous les deux les règles.*

Ike alla jusqu'au frigo pour prendre du beurre, des œufs et du lait.

— J'ai vu que tu as du sirop d'érable dans ton garde-manger, alors je me suis dit que j'allais préparer du pain perdu.

Le large sourire qu'il arborait n'atteignait pas ses yeux.

Lindsay sortit un saladier de verre peu profond du placard et le déposa sur le plan de travail. Puis elle prit un fouet et une spatule dans le tiroir à ustensiles, tandis que l'odeur du café en train de couler remplissait la pièce.

— Tu n'es pas restée au téléphone très longtemps, déclara Ike.

Il déposa plusieurs tranches de pain sur une assiette.

— Il n'y avait personne. J'ai laissé un message sur le répondeur demandant à ma mère de me rappeler. Ma tante et elle sont probablement sorties faire du shopping.

Lindsay n'eut aucun mal à deviner qu'il pensait la même chose qu'elle pendant qu'il cassait les œufs dans le saladier. Dès que sa mère serait de retour, leur relation changerait. La tension reviendrait, de même que l'ancienne colère. Les défenses d'Ike se dresseraient de nouveau. Les souvenirs referaient surface et entraveraient tout espoir qu'ils puissent partager plus que la nuit qu'ils venaient de passer ensemble. Lindsay en ressentait encore les effets dans chaque fibre de son corps. Et, tandis qu'elle observait Ike, elle prit conscience qu'elle avait envie — besoin — de plus.

Il était le seul capable de lui faire éprouver autant d'excitation que de satisfaction, de la faire se sentir à la fois en sécurité et aimée. Ces pensées lui nouèrent la gorge. Elle ne pouvait pas prendre le risque de lui demander de donner une seconde chance à leur relation. S'il lui répondait que Ricky était l'unique raison de son retour à Spindrift, elle ne serait pas capable de supporter qu'il la rejette.

Comme sa mère et elle l'avaient fait avec lui…

Le cœur lourd, Lindsay chassa ces pensées de son esprit avant qu'il lui soit impossible de les dissimuler. Elle ne devait pas oublier les règles.

Elle s'éclaircit la voix et alla chercher des assiettes, des couverts et des serviettes pour mettre la table.

— Avant de passer prendre ma mère à Bangor, j'irai chez elle pour finir de remettre de l'ordre dans la maison, annonça-t-elle.

Le bruit du fouet contre le saladier de verre s'arrêta net.

— Elle revient aujourd'hui ?

— C'est ce qui est prévu. Elle est pressée de rentrer. Même si tante Cheryl et elle s'amusent bien, maintenant que l'homme qui s'est probablement introduit chez elle a été arrêté, elle n'a plus vraiment de raison de rester…

Les couverts qu'elle tenait à la main s'entrechoquèrent bruyamment en tombant sur la table tandis qu'Ike la faisait se retourner, l'empêchant d'aller au bout de sa phrase.

— Je ne veux pas qu'elle rentre aujourd'hui, dit-il rapidement, d'un ton désespéré.

Le cœur de Lindsay se mit à battre la chamade.

— Je n'en ai pas envie non plus, répondit-elle.

Elle jeta ses bras autour du cou d'Ike, puis ses lèvres s'écrasèrent contre les siennes.

13

Lindsay n'arrivait pas à se rappeler comment ils avaient atterri sur le sol, sous la table de la cuisine, mais elle s'en moquait. Après qu'il eut déboutonné son short et baissé la fermeture Eclair, elle se souleva légèrement afin qu'il puisse le lui ôter. La tâche serait plus facile s'ils cessaient de s'embrasser mais, s'ils le faisaient, elle craignait que l'un d'eux trouve une raison de ne pas continuer. Et cette idée lui était insupportable. Elle avait envie de lui, de sentir ses mains et sa bouche sur sa peau, jusqu'à ce qu'ils soient forcés de se dire au revoir.

Ike fit également descendre sa culotte. Lindsay les envoya valser du pied. Ses baisers lui donnaient le vertige ; son sang bouillonnait dans tout son corps.

A tâtons, elle déboutonna le jean d'Ike, puis défit la fermeture Eclair. Il se cambra légèrement tandis qu'elle faisait descendre le vêtement sur ses hanches. L'instant d'après, il était en elle. Cramponnés l'un à l'autre, ils entamèrent leur ascension vers l'extase.

Les lèvres d'Ike étaient partout, sur son visage, son cou, puis de nouveau sur sa bouche. Sa langue caressait la sienne avec une telle fièvre que son corps se mit à trembler. Elle n'avait jamais ressenti autant de plaisir et d'affliction en même temps. Ils s'embrassèrent comme s'il n'y avait pas de lendemain — car il n'y en avait pas pour eux.

Le visage enfoui dans son cou, elle articula : « Je t'aime » en silence, pleurant intérieurement de ne pouvoir dire ces mots à voix haute. Elle savait qu'il ne les aurait pas accueillis avec plaisir.

Le cœur de Lindsay battait la chamade. Les doigts enfoncés dans les épaules d'Ike, elle inspira profondément son odeur. Ils ne faisaient *vraiment* qu'un, songea-t-elle tandis qu'une pluie d'étoiles explosait derrière ses paupières closes.

Ils restèrent allongés sur le sol un long moment, le temps de laisser leurs respirations reprendre un rythme normal. Ike balaya quelques mèches de cheveux des yeux de Lindsay et plongea son regard dans le sien. Quand ils eurent enfin suffisamment de souffle pour parler, il suggéra :

— Nous devrions retourner faire un tour dans ta baignoire avant de prendre notre petit déjeuner ou que quelqu'un d'autre ne débarque. Ou pire, que quelqu'un entre sans prévenir et nous surprenne. Je ne me rappelle pas avoir verrouillé la porte après le départ de Dunhurst.

— Bonne idée ! s'exclama-t-elle en commençant à se lever.

Elle s'apprêtait à entrer dans la baignoire quand le téléphone sonna.

— Peux-tu aller répondre ?

— Bien sûr.

Ike alla dans sa chambre et prit machinalement le combiné. Dès qu'il entendit la voix d'Arlene Hollis, il regretta de ne pas avoir vérifié le numéro affiché sur l'écran.

— Où est ma fille ?

— Elle est occupée pour l'instant, Arlene, mais je sais qu'elle veut vous parler. Je lui dirai de vous rappeler dès que possible.

— Que faites-vous encore là ? Lindsay m'a dit que vous n'aviez rien trouvé dans les affaires de Ricky. Et elle m'a assuré que votre relation était terminée.

Ike sentit son cœur se déchirer. Avait-elle vraiment dit cela ? D'un autre côté, pourquoi ne le ferait-elle pas. C'était l'accord tacite qu'ils avaient passé.

— Oui, Arlene, tout est terminé.

— Ce n'est pas l'impression que ça donne. Il faut pourtant que ce soit le cas. Vous avez déjà fait suffisamment de mal à notre famille.

Pourquoi se sentait-il obligé de se défendre ? s'interrogea Ike.

Parce qu'avant que tout ne s'effondre elle s'est davantage comportée en parent que ton père ne l'a fait pendant des années.

— Je vous répète une fois encore que j'ai agi selon ce que je croyais être le mieux pour tout le monde à l'époque. Je suis désolé, Arlene. Si je le pouvais, je changerais ce qui s'est passé, mais c'est impossible. Et c'est la dernière fois que je vous présente mes excuses à ce sujet. Très franchement, je suis fatigué d'être le souffre-douleur d'une femme qui refusera toujours de reconnaître que…

Il s'interrompit brusquement et jura tout bas. Se rejeter mutuellement la responsabilité ne les mènerait nulle part et ne ferait que blesser Arlene davantage.

— Qui refusera toujours de reconnaître quoi ? demanda-t-elle d'un ton radouci.

Ike décela dans sa voix quelque chose à quoi il ne s'attendait pas : de la peur.

— Laissez tomber. Lorsque survient un événement tragique, on cherche toujours quelqu'un sur qui rejeter la faute. Continuez simplement à m'en vouloir. Vous semblez à l'aise avec ça.

— Retournez à Portland.

Ike crut percevoir des larmes dans sa voix.

— J'ai déjà perdu un fils… Je ne vous laisserai pas me prendre ma fille, ajouta-t-elle.

Lindsay, qui avait enfilé son peignoir, s'approcha de lui au même instant.

— Arlene, votre fille vient de me rejoindre, annonça Ike. Je vous la passe.

En entendant le prénom de sa mère, Lindsay écarquilla les yeux. Ike lut de nouveau dans son regard de l'inquiétude pour la santé de celle-ci.

— Ne t'inquiète pas, elle va bien, lui dit-il en couvrant le micro du téléphone de la main. Elle est simplement embêtée de me trouver encore ici.

Puis, la mine renfrognée, il accepta enfin de voir la réalité en face. Pour Lindsay, il arriverait toujours en seconde position derrière sa mère.

— Je vais passer récupérer mes affaires au motel et reprendre le chemin de Portland, reprit-il calmement. Pourrais-tu m'appeler quand Dunhurst aura interrogé le type à la Ford verte ?

Il marqua une pause, puis marmonna :

— En fait, il vaudrait peut-être mieux que je le fasse moi-même.

Les yeux soudain pleins de larmes, Lindsay posa successivement son regard sur le visage d'Ike et sur le téléphone. Une lutte émotionnelle faisait de nouveau rage en elle.

— Ike…

— Je sais.

Si seulement il n'avait pas livré son frère à un assassin, si seulement sa mère était capable de faire preuve d'un minimum de compréhension… si seulement Lindsay pouvait lui pardonner d'avoir fait ce qu'il estimait être juste. Si, si, si… Il commençait à être fatigué des « si ».

Il lui tendit le téléphone, puis se dirigea vers la chambre d'amis pour s'habiller et rassembler ses affaires.

Tandis qu'il grimpait dans son 4x4, il ne put s'empêcher de penser à quel point la manière dont les prises de conscience jaillissaient et vous saisissaient quand vous vous y attendiez le moins était étrange.

Même s'il aimait Lindsay de tout son être — et s'il l'aimerait toujours —, cela n'avait aucune importance.

Il ne se mettrait pas une nouvelle fois entre Arlene et elle. Il savait à quel point perdre l'amour d'un parent était douloureux et ne lui ferait pas endurer ça.

En croyant pouvoir arranger le passé, il s'était bercé d'illusions. Rien ne s'était déroulé comme il l'avait espéré. Et, à présent, tout était définitivement terminé.

Pourquoi n'avait-elle pas dit à Ike qu'elle l'aimait ? se demanda Lindsay pour la centième fois tandis qu'elle enfilait ses baskets et se préparait à partir. Et pourquoi ne lui avait-elle pas dit que, d'une manière ou d'une autre, elle réussirait à faire accepter à sa mère les sentiments qu'elle éprouvait pour lui ?

Parce qu'elle avait peur.

Quel homme sensé aurait envie d'endurer une nouvelle fois le cauchemar épouvantable que sa mère et elle lui avaient fait vivre ?

Au cours des derniers jours, elle était arrivée à accepter le fait que Ricky serait mort quoi qu'il arrive, et qu'Ike avait agi comme il l'avait fait par amour. Il avait courageusement insisté pour que son frère assume la responsabilité de ses actes, même quand sa mère et elle s'obstinaient à lui trouver des excuses. Le moment était venu pour elle de reconnaître que surprotéger Ricky l'avait transformé en adolescent casse-cou et irresponsable… et qu'en voulant ensuite surprotéger sa mère elle avait ruiné son mariage.

La gorge serrée, elle attrapa ses clés et son sac, puis sortit en hâte de chez elle, monta dans sa voiture et prit la direction de la maison de sa mère. Elle avait réussi à différer son retour jusqu'au lendemain. Néanmoins, lorsqu'elle irait la chercher dans la matinée, toutes deux auraient une conversation qu'elles auraient dû avoir depuis longtemps.

La remise en ordre de la maison progressait lentement. Dehors, la pluie tombait à verse et battait contre les fenêtres, accompagnée par le grondement du tonnerre au loin.

Après avoir fini de ranger la cuisine et le salon, Lindsay se dirigea vers les chambres. Celle de Ricky étant la plus sens dessus dessous, elle décida de commencer par là. Les draps et couvertures étaient par terre, tandis que le matelas et le sommier à ressorts étaient dressés contre le mur. Tout le contenu du bureau et de la table de nuit était éparpillé sur le sol, comme si un grand vent destructeur avait traversé la pièce.

Lindsay commença par refaire le lit puis se tourna vers le vieux secrétaire qui appartenait autrefois à son père.

Après avoir remis le tiroir central en place, elle fit de même avec les deux plus petits, de part et d'autre de celui-ci.

Si le premier coulissa sans problème dans son logement, le dernier buta dans la rainure. Fronçant les sourcils, elle le ressortit et fit un nouvel essai avec le même résultat. Elle se pencha afin de chercher la cause du problème. Une punaise ou un trombone avait dû se loger à l'intérieur et gêner la fermeture, songea-t-elle.

Ne distinguant rien, elle saisit la lampe de chevet, qu'elle alluma et approcha du bureau pour la braquer sur l'emplacement.

Il y avait bel et bien quelque chose coincé dans la rainure — un minuscule morceau de métal qui brillait faiblement. Le bois autour semblait avoir été creusé délibérément pour l'y enfoncer…

L'adrénaline monta en flèche dans ses veines. Lindsay jeta un coup d'œil autour d'elle et attrapa une paire de ciseaux pour extirper l'objet. Il s'agissait d'une clé bleu et or, à l'aspect vaguement familier.

Le ou les hommes qui avaient fouillé la chambre avaient arraché le tiroir du bureau pour en examiner le contenu. Ils avaient même probablement vérifié si rien n'était scotché à l'arrière, sur les côtés ou en dessous. Mais, dans leur hâte, ils n'avaient pas pris le temps d'inspecter minutieusement le logement. Etait-ce cette clé qu'ils recherchaient ? Elle le soupçonnait fortement.

Elle se rappela soudain en avoir vu une identique accrochée au trousseau d'Ike. Que pouvait-elle bien ouvrir ? L'examinant de plus près, elle aperçut un numéro gravé dans la tige : 304. Il s'agissait d'une clé de casier, comprit-elle. Et, si Ike en possédait également une, elle devait forcément ouvrir l'un des casiers de la salle de sport de Tank Exton !

Son esprit se mit à tourner à vive allure. Ça n'avait aucun sens. Ricky n'avait jamais été fan d'exercice. Par ailleurs, il n'aurait jamais pu se permettre de payer un abonnement à une salle de sport. Dans ce cas, avait-il trouvé cette clé ? L'avait-il volée ? Faisait-il chanter celui à qui elle appartenait et qui en avait besoin pour… Pour quoi ? Récupérer de la marchandise de contrebande ?

En toute hâte, elle se rendit dans la chambre de sa mère pour téléphoner à Ike.

Elle commença par appeler à son appartement. N'obtenant aucune réponse, elle composa le numéro de son portable. A son grand désarroi, elle tomba sur la messagerie. Ses yeux s'embuèrent de larmes dès qu'elle entendit le son de sa voix enregistrée.

— C'est moi, dit-elle. Je remettais la chambre de Ricky en ordre quand j'ai découvert une clé logée dans la rainure d'un tiroir du bureau. Je crois qu'elle ouvre l'un des casiers de la salle de sport de Tank. Je m'y rends sur-le-champ.

Sa gorge se serra. Elle eut envie d'ajouter : « Je t'aime toujours et je pense que tu éprouves la même chose. » Mais, en lâche qu'elle était, elle demanda seulement :

— S'il te plaît, retrouve-moi sur place.

Lorsque Lindsay entra dans la salle de sport trente minutes plus tard, l'endroit grouillait d'hommes et de femmes venus éliminer les calories accumulées durant le week-end. Après avoir convaincu le type blond à l'accueil qu'elle souhaitait uniquement parler à Tank, il accepta de la laisser accéder au saint des saints.

Salle de sport n'était pas vraiment le terme approprié pour cet endroit. C'était trop éclairé et trop somptueux. De la musique rock s'élevait de haut-parleurs invisibles.

Lindsay parcourut les lieux des yeux pendant plusieurs secondes avant de finalement apercevoir Tank en train de corriger la posture d'une jolie brune dans une tenue en Lycra violette.

— Salut, Linz ! s'exclama-t-il avec un grand sourire dès qu'il la vit approcher. Il était temps que tu viennes visiter mon humble demeure.

Regardant autour d'elle, il nota qu'elle était seule.

— Rob n'a pas proposé de te faire visiter ?

— Si, répondit Lindsay en lui rendant son sourire, mais je lui ai expliqué que je ne restais pas longtemps. J'ai simplement besoin de te voir quelques minutes. Est-ce que je peux te parler en privé ?

— Bien sûr, suis-moi.

Tank désigna le bar au fond de la salle.

— Puis-je t'offrir quelque chose à boire ? Contrairement à ce que prétend ton ex, les jus de fruits ici sont plutôt bons.

— Merci, mais non. En parlant d'Ike, est-ce que tu l'as vu aujourd'hui ? ajouta-t-elle d'un ton aussi désinvolte que possible.

— Oui. Il y a environ une demi-heure, il rouait de coups le punching-ball. Je ne lui ai pas parlé longtemps, parce que je devais m'absenter. Je pense que tu as dû le rater de peu.

Il fit un geste de la main vers deux bancs d'haltérophilie situés côte à côte.

— Asseyons-nous et raconte-moi ce qui te tracasse.

— Ike t'a-t-il parlé de notre visite à l'ancienne conserverie samedi soir ? demanda-t-elle dès qu'ils furent installés.

— Il l'a mentionnée. Et j'ai lu dans le journal que Johnson avait été tué.

Lindsay acquiesça, le regard fixé sur ses mains.

— Quelle horrible nuit ! Je pensais que nous allions enfin apprendre la vérité sur ce qui est arrivé à mon frère. Si je n'avais pas été poussée à l'eau et si Ike n'était pas venu m'aider, je suis certaine qu'il aurait pu ramener ce type jusqu'à la rive et que nous aurions maintenant nos informations.

— Mais Ike n'a pu ramener qu'une chaussure.

Surprise, Lindsay redressa la tête.

— Etait-ce mentionné dans le journal ? Je croyais que la police avait décidé de taire cet élément de l'enquête.

Les lèvres pincées, Tank resta silencieux un instant.

— Je ne sais plus. C'est peut-être Ike qui me l'a dit.

Sortant de sa poche la clé qu'elle avait découverte, elle la lui tendit.

— Je l'ai trouvée dans la chambre de Ricky, expliqua-t-elle tandis que Tank la faisait tourner entre ses doigts. Je crois que c'est ce que cherchaient les types qui se sont introduits chez ma mère. J'ignore s'il s'agit de quelque chose d'important ou non. Quoi qu'il en soit, je voulais te la montrer et te demander si tu sais à qui était attribué le casier 304.

L'air soucieux, Tank se leva.

— Non, mais nous allons vite le savoir.

Une minute plus tard, il invitait Lindsay à entrer dans son bureau et à s'asseoir. Après avoir sorti d'un classeur un grand livre relié, il l'ouvrit sur le sous-main et tourna les pages jusqu'à celle qu'il cherchait.

Ses sourcils se froncèrent tandis que son index s'arrêtait en face du numéro 304.

— Le père Dominic Gordon ? lut Lindsay, qui s'était penchée pour voir.

Tank esquissa un sourire.

— Peut-être fait-il de la contrebande de bibles, suggéra-t-il sur le ton de la plaisanterie.

Lindsay étudia avec attention ce qui était inscrit.

— D'après la date, ce casier lui a été attribué après la mort de Ricky, fit-elle d'un air songeur. Qui l'utilisait avant lui ?

Tank tourna les pages en arrière et s'arrêta à celle où le numéro 304 était inscrit. Cette fois, il n'y avait rien de noté à côté.

— Etrange… J'ai dû oublier d'inscrire le nom. Tu parles d'une coïncidence !

— Réfléchis. Peut-être que tu n'as pas pris la peine de le faire parce qu'il s'agissait d'une personne que tu connaissais bien et que ce n'était pas nécessaire.

— Je ne suis pas certain de saisir où tu veux en venir.

— Il s'agissait peut-être d'une relation professionnelle. Ou de quelqu'un qui se servait du casier uniquement de manière occasionnelle. Ou encore…

Une intuition soudaine fit naître des picotements sur la nuque de Lindsay. Que disait le vieux dicton ? Que les coïncidences n'existent pas… S'efforçant de repousser des hypothèses qu'elle ne voulait pas envisager, elle leva les yeux vers Tank. Le sourire de ce dernier avait disparu, remarqua-t-elle tandis que son pouls s'accélérait et que sa bouche s'asséchait.

Tout devenait soudain clair. Aucun nom n'était noté à côté du numéro de casier car c'était Tank lui-même qui l'utilisait. Et elle comprit que ce n'était pas Ike qui lui avait parlé de la basket de Lift Johnson. Il était au courant parce qu'il était présent sur les lieux !

Elle se leva d'un bond pour sortir du bureau, mais une main s'abattit sur son épaule et la força à se rasseoir.

— Je suis sincèrement désolé, Linz, murmura Tank avant de lui asséner un coup contre la tempe.

En une seconde, l'obscurité se fit autour d'elle.

Lorsqu'il sortit de la douche, Ike était toujours d'humeur aussi morose. Sa séance de sport n'était pas parvenue à améliorer son moral. Il survivrait, songea-t-il en repoussant ses cheveux en arrière. Mais quel genre de vie aurait-il sans Lindsay ?

Il attrapa une serviette sur le porte-serviettes chauffant et se sécha rapidement, puis se dirigea vers son casier et commença à s'habiller. Il n'avait pas d'autre choix que de renoncer. C'était la meilleure chose à faire, se dit-il en s'efforçant de se convaincre. Et puis il y avait d'autres femmes sur terre, non ?

Non.

Après avoir enfilé son caleçon, ses chaussettes, son jean et un T-shirt bleu marine, il récupéra son téléphone portable sur l'étagère métallique du casier. Il s'apprêtait à l'accrocher à sa ceinture quand il remarqua le symbole qui clignotait sur l'écran : il avait un message.

Envahi par un espoir ridicule à l'idée qu'il pouvait s'agir de Lindsay, il s'empressa de taper son code d'accès et attendit la connexion. Quel imbécile ! songea-t-il. Pourquoi Lindsay l'appellerait-elle ? C'était un jour trop tôt pour avoir des nouvelles de Dunhurst, et ils s'étaient déjà dit au revoir.

Lorsque le son de sa voix lui parvint une seconde plus tard, l'humeur d'Ike s'effondra un peu plus. Elle avait trouvé une clé cachée dans le bureau de Ricky ? Une clé qui, d'après elle, était susceptible d'ouvrir l'un des casiers de la salle de sport de Tank ? Une dizaine de pensées lui traversèrent l'esprit.

D'après son expérience, les clés dissimulées servaient à deux choses : ouvrir un lieu de dépôt de drogue ou un coffre-fort à la banque. Si quelqu'un en avait confié une à Ricky, cela signifiait qu'il se situait bien plus haut qu'ils ne l'avaient imaginé dans la hiérarchie de la toute nouvelle organisation que l'agent de la brigade des stupéfiants avait mentionnée. Et qu'il en savait certainement beaucoup sur ses rouages.

Tandis que l'effroi le gagnait, Ike se hâta d'enfiler ses bottes. Si la salle de sport servait de lieu de dépôt à un trafic de drogue, Tank devait forcément être au courant. Il surveillait ses affaires de très près et ne faisait confiance à personne pour gérer le moindre problème.

Et… ce n'était pas Tank qui lui avait rapporté les dernières paroles de Mark Decker, mais un ami policier. Tank s'était contenté de les confirmer par la suite, quand Ike lui avait posé des questions.

Il se remémora alors le conseil compatissant de son ami de *le* laisser ramener Ricky à sa place parce que ce dernier était un membre de sa famille, à présent, et que cela ne ferait que causer des ennuis s'il s'en chargeait lui-même.

Le cœur d'Ike se durcit. S'il avait accepté, Ricky aurait-il été assassiné en pleine rue — bien avant d'atteindre la prison — comme Mark Decker ?

Claquant la porte de son casier, il se précipita dans le couloir et le remonta à toute vitesse jusqu'à la salle d'entraînement. Il balayait anxieusement la pièce du regard à la recherche de Lindsay quand il aperçut Rob Meloni, l'assistant de Tank, qui donnait des instructions à un client. Ike se dirigea vers lui en toute hâte.

— Je cherche Tank. Où est-il ?

Rob l'attira à l'écart, hors de portée de voix.

— Dans son bureau. Mais il est occupé, si tu vois ce que je veux dire… Il a demandé à ne pas être dérangé pendant une heure.

— Avec qui est-il ?

— Ce n'est pas ta patronne, aujourd'hui. Celle-ci est blonde et a débarqué il y a environ dix ou quinze minutes.

Ike jura tout bas et commença à rebrousser chemin, une partie de lui seulement enregistrant le fait que Brandy et Tank étaient amants.

— Hé ! lui cria Meloni. Il ne veut pas être dérangé !

Le sang grondant sourdement dans ses oreilles, Ike fonça vers le bureau de Tank. Il ignorait à quoi s'attendre, mais le feu qui brûlait dans son ventre lui disait que Tank et Lindsay n'étaient pas en train de discuter de la pluie et du beau temps.

Constatant que la porte était verrouillée lorsqu'il tenta de l'ouvrir, il frappa à grands coups sur le battant.

— Ouvre-moi, Exton !

Aucune réponse.

— Lindsay ?

Toujours rien.

Ike recula et donna un violent coup de pied dans la porte dont le bois vola en éclats. Le bureau était vide, et les fenêtres trop hautes et trop étroites pour que l'on puisse s'échapper par là.

Il fit demi-tour et se précipita vers la sortie du bâtiment en demandant à tous ceux qu'il croisait s'ils avaient vu Tank.

Au moment où il franchissait la porte donnant sur la rue, il heurta Joe Felson, qui entrait.

— Hé ! s'exclama l'homme en éclatant de rire. Est-ce que Tank et toi foncez vers le même incendie ?

Le cœur d'Ike manqua un battement.

— Tu l'as vu ?

— Oui, il y a tout juste quelques minutes.

— Où ?

— Près de l'ancienne conserverie. Il roulait en direction de Spindrift.

L'ancienne conserverie ? Le sang d'Ike se glaça dans ses veines.

— Etait-il seul ?

Le front plissé, Joe réfléchit un instant.

— Je n'en suis pas certain, parce qu'il roulait vraiment vite, mais il me semble avoir aperçu quelqu'un sur le siège arrière.

Tandis qu'il se ruait vers son 4x4 sous la pluie battante, Ike calcula fébrilement le temps qu'il lui faudrait pour atteindre la conserverie. Dix minutes s'il mettait le pied au plancher et réussissait à ne pas se tuer ou tuer quelqu'un d'autre sur le trajet.

Il grimpa d'un bond dans son véhicule. Tank était son ami — *leur* ami ! Il ne ferait pas de mal à Lindsay, se dit-il en tentant de se convaincre avant de prendre conscience qu'il se voilait la face. Tank ferait tout pour sauver sa peau. Il attrapa d'un coup sec son téléphone accroché à la ceinture de son jean et composa le numéro de Dunhurst. Le département de la police de Spindrift était plus proche que celui de Portland.

Tandis qu'un martèlement retentissait au-dessus de sa tête, Lindsay s'efforça de reprendre ses esprits. Elle voulut humecter ses lèvres sèches, mais quelque chose l'en empêchait. Pleuvait-il ? Etait-ce ce qui provoquait ce bruit ? Elle prit une profonde inspiration et essaya d'écarter les lèvres afin de prendre une plus grande bouffée d'air.

C'est alors qu'elle comprit qu'un morceau de ruban adhésif était collé sur sa bouche.

Ouvrant brusquement les paupières, elle jeta un coup d'œil furtif autour d'elle et constata qu'elle se trouvait sur le siège arrière d'une voiture. Il faisait nuit et il pleuvait. Lorsqu'elle voulut lever les mains jusqu'au ruban adhésif qui la bâillonnait afin d'essayer de le décoller, elle se rendit compte avec horreur que ses poignets étaient menottés dans son dos. Quant à ses pieds, ils étaient enchaînés au plancher.

Avec un cri étouffé, elle leva la tête vers le rétroviseur et croisa le regard contrit de son ravisseur.

— Je suis désolé, Linz.

Furieuse, elle voulut lui crier de la libérer, mais elle ne put émettre que des sons gutturaux.

— Je n'avais pas l'intention d'en arriver là, dit-il avec un soupir. Malheureusement, je ne peux plus revenir en arrière, à présent.

Tandis qu'elle émettait un autre son de frustration, Tank hocha la tête comme s'il comprenait.

— Je me doute que tu dois te demander pourquoi. Et, puisque j'ai l'intention de quitter l'Etat, je peux bien te donner quelques réponses. Ainsi, tu auras de quoi méditer en attendant que quelqu'un comprenne à quel endroit je t'ai laissée. Car tu imagines bien que je ne peux pas tout simplement te libérer, n'est-ce pas ? Voilà donc de quoi il retourne…

Il s'éclaircit la voix et soupira.

— Il y a quatre ans, quand j'ai fait construire ma salle de sport, dit-il comme s'il racontait une histoire à un enfant pour l'endormir, je me suis heurté à un problème. Je croyais avoir tout prévu et tout bien calculé. Mais c'était sans compter les augmentations de prix et les petits suppléments, comme le carrelage en céramique dans le sauna et les salles de massage, les porte-serviettes chauffants… Le coût de la main-d'œuvre n'était pas non plus ce à quoi je m'attendais. Bref, le jour de l'ouverture de la salle, j'étais endetté jusqu'au cou.

Pendant qu'il parlait, Lindsay frotta son visage contre son épaule pour tenter de soulever le bord du ruban adhésif et l'ôter de sa bouche ; la tâche s'annonçait ardue. Néanmoins, si ses dents étaient la seule arme à sa disposition pour se défendre contre cette ordure, elle comptait bien s'en servir dès qu'il déciderait de la faire descendre de voiture.

— Je n'ai jamais eu ce qu'Ike et toi aviez, poursuivit Tank. L'amour, l'engagement entre deux êtres… Il t'adorait, tu sais. Il aurait soulevé des montagnes et décroché la lune pour toi.

Lindsay sentit son cœur se briser et les larmes lui monter aux yeux. Ike l'aimait, et elle avait laissé des événements extérieurs tout réduire à néant. Mais elle ne devait pas penser à cela pour l'instant.

— Certes, j'ai toujours eu un certain succès auprès des femmes. Cependant, je n'en ai jamais rencontré une qui m'ait donné envie de passer le reste de ma vie avec elle. Et j'avais sacrément besoin d'avoir quelque chose qui n'appartienne qu'à moi. Les *choses* deviennent très importantes quand on n'a rien de durable dans la vie.

Il éclata de rire.

— Un peu comme le capitaine Kirk dans ces vieux épisodes de *Star Trek*. Même s'il avait des maîtresses, aucune femme n'avait plus d'importance à ses yeux que l'*Enterprise*. Ma salle de sport est mon *Enterprise*.

Il marqua une pause.

— J'ai réussi à assurer mes paiements durant les six

premiers mois, mais les adhésions de nouveaux membres se faisaient au compte-gouttes. Le bouche-à-oreille ne fonctionnait pas assez vite. Puis l'économie s'est effondrée et j'ai compris que, si je ne trouvais pas très vite de l'argent, je perdrais l'unique chose à laquelle je tenais. Toutes les banques auxquelles je me suis adressé m'ont envoyé balader. Et je suis sûr que tu devines le reste…

Il n'était en effet pas nécessaire de fournir un gros effort d'imagination pour cela, songea Lindsay. Après avoir fait le tour de tous les établissements de crédit de bonne réputation, il s'était adressé à des personnes qui ne lui diraient pas non mais qui demanderaient une faveur en échange : un casier de vestiaire comme lieu de dépôt de drogue, par exemple. Elle frotta son visage plus fort contre son épaule et éprouva une lueur d'espoir quand le ruban adhésif commença à se décoller.

— Je n'avais pas le choix. Quand les affaires ont repris et que j'ai eu remboursé jusqu'au dernier centime, je pensais que ce serait terminé. Sauf qu'ils appréciaient beaucoup trop notre partenariat pour accepter d'y mettre un terme. Ils ne cessaient de répéter que, si je ne faisais pas ce qu'ils demandaient, je serais bon pour un petit séjour dans la superprison d'Etat à soixante-seize millions de dollars, située à Warren. Qu'il y aurait un autre nom à la place du mien sur l'enseigne de ma salle de sport, et qu'un propriétaire plus coopératif reprendrait les rênes. Rick…

Tank marqua une nouvelle pause.

— Ton frère leur servait de messager. C'était lui qui venait déposer la drogue. Quand il a été arrêté… eh bien, l'opération était trop lucrative pour que celui qui est à la tête de toute l'affaire prenne le risque de voir tout s'écrouler à cause d'un gosse qui se serait dégonflé en échange d'un marché.

Les yeux remplis de larmes et le cœur serré, Lindsay

s'efforça de rester concentrée sur le ruban adhésif. Même si elle ne voyait pas grand-chose à cause de la pluie et de l'obscurité, elle savait que la route sur laquelle ils roulaient était constellée de nids-de-poule et boisée. Tank avait l'intention de l'abandonner dans la forêt !

— Et c'est à peu près tout, conclut-il d'un ton grave, la tirant de ses pensées.

Le 4x4 ralentit.

— Nous sommes arrivés.

Horrifiée, Lindsay regarda fixement par le pare-brise. Le tableau qui se dressait devant elle lui glaça le sang. Ils étaient arrêtés devant la grille rouillée de l'ancienne conserverie. Personne ne viendrait jamais la chercher là ! Et, quand ils décideraient de le faire, il serait trop tard.

Trouve-moi, Ike ! implora-t-elle en silence, dans sa tête et dans son cœur. *Ecoute ta messagerie et trouve-moi !*

14

Lindsay fusilla Tank du regard lorsqu'il ouvrit la portière arrière du 4x4. La pluie ruisselait sur les traits épais de son visage. D'un coup sec, il arracha le ruban adhésif de sa bouche.

— Espèce d'ordure ! s'écria-t-elle.

Le tonnerre gronda au même instant, accompagné d'un éclair.

— Je vais retirer les chaînes de tes chevilles, annonça Tank en sortant une clé de sa poche.

Il se baissa au niveau de ses pieds.

— Ne tente rien de stupide, parce que je n'hésiterai pas à te faire du mal.

— Ike va…

— Ike ne fera absolument rien pour la simple et bonne raison qu'il ne parviendra jamais à retrouver ma trace. Maintenant, descends de cette voiture.

En un éclair, Lindsay pivota et enfonça brutalement ses deux pieds dans le ventre de Tank, manquant son entrejambe qu'elle visait. Tel un arbre déraciné, il s'effondra dans la boue.

Elle n'eut pas le temps de sortir et de se mettre à courir qu'il se relevait déjà tant bien que mal. Un éclair illumina son visage déformé par la fureur.

Il la saisit par les chevilles et la tira d'un coup sec hors de la voiture. Les mains encore menottées dans le dos, elle se cogna la tête au montant de la portière et tomba lourdement près de lui.

— Tu n'as pas pu t'en empêcher, pas vrai ? s'exclama-t-il d'une voix rageuse. Recommence, et je te jette la tête la première dans la baie. Si tu ne veux pas que je te tue sur-le-champ, montre-toi coopérative, nom d'un chien !

Croyait-il qu'elle ignorait qu'il projetait de la tuer quoi qu'il arrive ?

Après l'avoir attrapée par le bras pour la remettre sur ses pieds, il la tira vers le bâtiment inhospitalier. Ils n'en étaient plus qu'à une vingtaine de mètres quand il changea soudain de direction et tourna vers la baie.

Une vague de terreur submergea Lindsay. Elle n'aurait pas de sursis temporaire.

Désespérée, elle planta ses dents dans le bras de Tank.

Hurlant de douleur, il eut un mouvement de recul et la projeta au sol, dans la boue, près de ce qui ressemblait à une fosse sur le point de déborder. Puis il revint à toute vitesse vers elle en jurant.

Au même instant, le rugissement d'un moteur de voiture et l'éclat de phares attirèrent leur attention vers la grille. Le cœur de Lindsay fit un bond dans sa poitrine quand le 4x4 d'Ike fonça dans le grillage rouillé pour se diriger droit sur eux.

Elle n'eut pas le temps de savourer sa joie. Vif comme l'éclair, Tank la fit se relever et la poussa dans la fosse.

Un cri rauque échappa à Ike lorsqu'il vit Lindsay tomber à l'eau et Tank se précipiter en courant vers le bâtiment de la conserverie.

Ike n'avait pas le temps de s'occuper de lui pour l'instant. Il bondit hors de son 4x4 et fonça vers Lindsay, qui luttait pour garder la tête hors de l'eau en dépit des menottes à ses poignets.

Se jetant à plat ventre, il la saisit par son T-shirt et l'attira vers lui.

— Tout va bien ! lui cria-t-il par-dessus la pluie, ignorant si c'était elle ou lui qu'il cherchait à rassurer. Tu ne crains plus rien !

Lindsay recracha de l'eau.

— Tank allait me tuer !

Et Dieu sait qu'il paierait pour ça, se promit Ike silencieusement.

— Chut ! Nous aurons tout le temps de parler plus tard.

Il la souleva dans ses bras et la porta rapidement jusqu'à son 4x4. Après l'avoir déposée sur le siège passager, il ouvrit la boîte à gants pour y prendre ses clés de menottes.

— Tu seras en sécurité, maintenant. La police est en route, ajouta-t-il.

Du moins priait-il pour qu'elle le soit.

— Penche-toi en avant, je vais te détacher.

— Que veux-tu dire par *je* serai en sécurité ? demanda Lindsay d'une voix tremblante. Où vas-tu ?

Déterminé à faire payer Tank pour ce qu'il avait fait, il indiqua le bâtiment de la conserverie d'un mouvement de tête.

— Ike, non ! Il a probablement une arme !

Ike jeta les menottes sur le siège arrière, puis frotta doucement les mains et les poignets de Lindsay.

— Si c'était le cas, il s'en serait déjà servi.

Il attira Lindsay contre lui. Bien que couverte de boue et trempée, elle était si belle dans la lumière qui brillait au plafond que son cœur se brisa à l'idée de tout ce qu'ils ne partageraient pas. Puis il saisit ses bras, qu'elle lui avait passés autour du cou, et se dégagea.

— Verrouille les portières, dit-il en mettant le chauffage en marche. Je reviens le plus vite possible.

— Tu as intérêt, Ike ! s'exclama Lindsay, qui tremblait

de froid et de peur. Nom d'un chien, tu as intérêt ! J'en ai plus qu'assez de te pleurer !

Dans l'obscurité de la nuit, les éclairs et les phares du 4x4 répandaient assez de lumière pour qu'on puisse distinguer les formes solides des ombres.

Son arme à la main, Ike longea lentement et avec circonspection le mur à l'intérieur de la conserverie. La pluie qui battait sur le toit en fer-blanc couvrait le bruit de ses pas, ce qui était appréciable. Cependant, elle masquait tout autant ceux du fou qu'il poursuivait — car il n'y avait pas d'autre terme pour décrire Tank. Aucun homme sain d'esprit n'aurait agi comme il l'avait fait ce soir.

En proie à une rage folle qu'il n'aurait jamais imaginé ressentir pour un ami, il chercha son chemin à tâtons. La lueur d'un nouvel éclair inonda les vestiges squelettiques de la conserverie d'une lumière spectrale, révélant des espaces derrière des poutres susceptibles de dissimuler un homme.

Il fit un autre pas prudent en avant.

De vieilles chaînes pendaient aux poutrelles du plafond. Il y avait également des courroies transporteuses, quelques vieux tonneaux. Un fourmillement remonta soudain le long des bras d'Ike. Deux des tonneaux étaient positionnés à la verticale et rapprochés l'un de l'autre, alors que les autres étaient renversés. Il libéra le cran de sûreté de son pistolet.

Encore un éclair.

Tank jaillit au même instant de derrière les tonneaux. Il ne semblait pas être armé, nota Ike alors qu'il fonçait droit sur lui. Une montée d'adrénaline déferla dans son sang. Essayait-il d'essuyer ses tirs ? Cherchait-il la solution de facilité pour en finir ?

Il était absolument hors de question que les choses se

terminent ainsi, décréta Ike en remettant son arme dans le holster à sa ceinture.

Tank le heurta de plein fouet et asséna le premier coup, faisant tomber Ike en arrière sur le béton. Ce dernier roula sur le côté, puis se releva d'un bond.

— Pourquoi ? cria-t-il avant que Tank ne se jette de nouveau sur lui et qu'il l'envoie s'affaler par terre à son tour.

— Demande à Lindsay, si elle peut encore parler !

Tank se redressa et repartit à l'attaque.

Ike lui envoya un uppercut dans la mâchoire, suivi d'une gauche dans le ventre. Tank tituba en arrière et s'écroula au milieu des tonneaux, qui s'entrechoquèrent bruyamment.

Tirant ses menottes de la poche arrière de son jean, Ike ramena d'un coup sec les mains de Tank dans son dos et lui attacha les poignets. Il se rendit alors compte que la pluie s'était calmée, et que des lumières rouges et bleues clignotaient au-delà des fenêtres brisées.

— Ike Walker ! Tank Exton ! Police de Spindrift. Veuillez sortir avec les mains en l'air, claironna une voix familière dans un mégaphone.

Lentement, Ike s'approcha de la porte et sortit avec les mains tendues devant lui, bien en vue. Ebloui par les lumières vives braquées sur l'entrée, il lui fallut quelques instants pour distinguer les policiers qui se tenaient prêts à ouvrir le feu.

— Exton est à l'intérieur, dit-il à Dunhurst lorsque ce dernier arriva à sa hauteur. Il n'opposera aucune résistance.

Lorsqu'il vit Lindsay se précipiter vers lui en courant, son cœur se serra.

Elle se jeta avec une telle force dans ses bras qu'il faillit perdre l'équilibre. Il la serra fort contre lui tandis qu'elle embrassait son menton, puis son cou, et murmurait chaque mot qu'il avait rêvé d'entendre au cours des deux dernières années.

— Oh ! Mon Dieu, Ike ! J'avais tort à propos de tout. J'ai été tellement lâche avec ma mère et si déraisonnable au sujet de la mort de Ricky. Tu n'avais rien fait de mal, et c'est moi qui t'en ai fait. Je *nous* en ai fait à tous les deux !

— Chut… Nous parlerons de ça plus tard.

— Non. J'ai besoin de le dire maintenant…

Une boule se forma dans la gorge d'Ike lorsqu'il perçut les larmes dans sa voix.

— Après tout ce que j'ai fait, je ne mérite pas ton pardon, reprit-elle. Mais je t'aime, Ike. Je n'ai jamais cessé de t'aimer. Et je jure de ne plus jamais faire passer une autre personne avant toi s'il existe une chance que nous puissions retrouver ce que nous avions autrefois.

— Je t'aime aussi, Linz, murmura-t-il.

Il aurait voulu pouvoir crier à tout le monde de partir et de les laisser seuls.

Lorsque les ambulanciers s'approchèrent pour emmener Lindsay, Ike voulut les suivre jusqu'à leur véhicule mais Dunhurst le retint.

— Il me faut d'abord votre déposition.

Ike hocha la tête d'un air sombre. Il suivit Lindsay du regard et eut l'impression de mourir un peu à chaque pas qu'elle faisait et qui l'éloignait de lui. Car il avait pris une décision.

— Accordez-moi juste une minute. Il faut que je passe un coup de fil.

Deux heures plus tard, les derniers nuages orageux avaient quitté le ciel, où brillait à présent une lune argentée. Ike apporta une tasse de thé dans le salon et la posa sur la table basse. Lindsay était montée à l'étage pour prendre une douche et se changer après son passage aux urgences.

Lorsqu'elle redescendit, elle portait un peignoir en tissu-éponge blanc. Ses cheveux propres et secs tombaient en cascade autour de son beau visage, et elle sentait de nouveau la fleur d'oranger.

— Viens t'asseoir.

Elle se glissa dans ses bras et l'embrassa. Il y avait tant d'amour dans son regard qu'il la crut presque capable de réussir ce qu'elle lui avait dit vouloir faire sur le trajet du retour chez elle — à savoir, amener sa mère à accepter les sentiments qu'elle éprouvait pour lui.

Pendant qu'elle prenait sa douche, Ike avait fait un brin de toilette dans la cuisine. Puis il avait revêtu un pantalon de survêtement gris, un T-shirt blanc et des baskets. Il gardait toujours quelques affaires de rechange dans le coffre de sa voiture.

— Nous devons parler, dit-il en la faisant asseoir sur le canapé.

Avec une moue, Lindsay s'adossa aux coussins et ferma les yeux.

— Nous avons déjà rebattu le sujet avec Dunhurst. Je n'ai plus envie d'en discuter.

Ils avaient effectivement eu une longue conversation avec le chef de la police.

Il leur avait fourni les informations qu'ils ignoraient et avait comblé les trous de l'histoire après la confession de Tank.

Comme le présumait Ike, le meurtre de Ricky avait été commandité, et Tank était l'inconnu qui avait poussé Lindsay dans l'eau l'autre soir, à la conserverie. Lorsque Brandy lui avait confié que Lindsay et lui s'y rendaient pour rencontrer un informateur, Tank avait compris qu'il devait agir. Terrifié à l'idée de perdre sa liberté et la salle de sport qui était toute sa vie — et acculé par un

« homme d'affaires » qui serait bientôt cueilli par la police de Portland —, avait exécuté Lift Johnson.

Puis, quand il s'était rendu compte que Lindsay rassemblait les éléments du puzzle, l'enlever avait été une réaction réflexe. Il savait qu'Ike et elle finiraient par comparer les histoires au sujet de la chaussure de Lift Johnson ; cela n'aurait été ensuite qu'une question de temps avant que la police ne vienne frapper à sa porte.

— Ike ? demanda-t-elle d'un ton inquiet. De quoi devons-nous parler ?

Un bruit de pas sous le porche, à l'extérieur, attira soudain leur attention.

— Qui cela peut-il être à cette heure ?

Sans dire un mot, Ike se leva pour aller ouvrir la porte et fit entrer la mère de Lindsay et sa tante Cheryl.

Les yeux gonflés d'avoir trop pleuré, Arlene se précipita vers sa fille pour la prendre dans ses bras.

Ike resta près de la porte.

— Je vais y aller, annonça-t-il doucement à Cheryl.

— Laissez-lui un peu de temps, répondit-elle en désignant Arlene d'un signe de tête. Elle ne pensait pas tout ce qu'elle vous a dit au téléphone.

— Si, elle le pensait. Et elle avait raison. J'ai mis Lindsay en danger de mort.

Il ne minimiserait pas l'importance de son rôle.

— Merci d'avoir ramené Arlene.

— Vous ne comptez pas dire à Lindsay que vous partez ? s'enquit Cheryl avec un regard compatissant.

Ike secoua la tête et sourit tristement. Il avait eu beaucoup de temps pour réfléchir pendant que Lindsay passait un scanner et que le médecin des urgences suturait l'entaille à l'arrière de sa tête. Ce soir, il avait pris conscience de ses propres défauts. Comment pouvait-il demander qu'on lui pardonne quand lui-même refusait de pardonner à son père ? Il vivait selon ses propres règles sans se soucier de ce que ressentaient les personnes auxquelles il tenait, et il ne laisserait pas l'homme qu'il était revenir dans la vie de Lindsay. Peu importait à quel point il l'aimait.

— Non, je ne vais pas lui dire, répondit-il enfin. Elle est entre de bonnes mains. Au revoir, Cheryl. Et encore merci.

Il venait d'ouvrir la portière de sa voiture quand Lindsay sortit précipitamment de la maison et courut vers lui.

— Non, Ike ! Ne t'en va pas !

Sa voix, étranglée par les larmes, était remplie de colère et de tristesse.

— Tu ne peux pas partir comme ça ! Pas maintenant. Pas après tout ce que nous avons traversé ce soir, et surtout pas après m'avoir dit que tu m'aimais !

La gorge serrée, Ike l'attira contre lui et l'observa avec un regard d'adoration.

— Je t'aime vraiment plus que tout. Depuis toujours. Mais tu mérites d'être avec un homme qui ne mettra pas ta vie en danger chaque fois que tu sortiras de chez toi.

— Tout est terminé, insista Lindsay avec émotion. Tank est derrière les barreaux et, avec le temps, il livrera le nom des personnes pour qui il travaille, s'il ne l'a pas déjà fait.

— Mais je vis et je travaille encore dans un monde rempli d'individus dangereux et qui ont la rancune tenace.

— Ike…

— Chut ! l'interrompit-il avant de déposer un tendre baiser sur ses lèvres. Comme tu l'as toi-même fait remarquer, nous sommes tous les deux accros à l'adrénaline. La différence est que, dans ton métier, les gens sont reconnaissants. Ils ne brandissent pas de pistolets ou de couteaux et ne promettent pas d'égaliser le score. J'ai toujours ignoré les menaces, par le passé. Mais ce cauchemar m'a fait me rendre compte que l'on pourrait s'en prendre à toi dans le but de m'atteindre. Et l'idée que tu puisses être en danger à cause de moi m'est insupportable.

Lindsay laissa éclater sa colère.

— Pourquoi ne *me* laisses-tu pas décider de ce que je veux faire ? s'écria-t-elle en s'écartant brusquement de lui.

— Parce que, comme ta mère l'a fait remarquer, tu prends de mauvaises décisions quand je suis dans les parages.

Les yeux pleins de larmes, elle revint se blottir dans ses bras.

— Ne me laisse pas, Ike ! Nous avons une autre chance d'être heureux ensemble, ne la gâche pas.

Il secoua la tête silencieusement. Puis il l'embrassa, inspira une bouffée de son odeur douce et monta dans son 4x4.

— Réconcilie-toi avec le type de la librairie, lui dit-il avec un faible sourire. Je suis sûr qu'il fera un bon mari.

Ike mit le contact et s'empressa de démarrer avant que son cœur ne le fasse changer d'avis.

Lorsque la sonnerie de son téléphone portable retentit, il ne répondit pas. Il écouta le message de Lindsay et l'effaça aussitôt. Le même scénario se répéta à plusieurs reprises au cours des deux heures qui suivirent. Elle appela et il s'efforça d'oublier à quel point il avait besoin d'elle dans sa vie.

Le lendemain après-midi, Ike ne put dissimuler sa surprise lorsque la mère de Lindsay vint frapper à sa porte. Rassemblant ses forces pour affronter une autre attaque, il rangea le formulaire de candidature qu'il était en train de remplir et la fit entrer.

— Voulez-vous vous asseoir ?

Arlene secoua la tête et serra nerveusement contre elle son petit sac à main blanc.

— Non. Ce que j'ai à dire ne prendra pas longtemps, répondit-elle après s'être éclairci la voix.

Son regard gêné croisa celui d'Ike, puis elle détourna la tête.

— J'ai d'abord pensé vous téléphoner, mais cela aurait été faire preuve de lâcheté et de facilité. Après la manière dont je vous ai traité, vous méritez mieux.

Avec un sourire tremblant, elle releva les yeux vers lui.

— Par ailleurs, j'ai cru comprendre que vous ne décrochez pas votre téléphone.

Abasourdi, Ike se demanda si ce ne serait pas plutôt lui qui devrait s'asseoir.

Arlene prit une profonde inspiration et poursuivit :

— Lindsay et moi avons eu une discussion. Elle m'a obligée à accepter ce que j'ai toujours su au fond de moi mais n'ai jamais été capable d'admettre… Je vous ai accusé d'être responsable de la mort de Ricky parce que je ne pouvais accepter mon propre rôle dans cette tragédie. Après le décès de mon mari, Lindsay et moi l'avons dorloté. Il était si perdu que nous lui accordions tout ce qu'il voulait. Seulement, en agissant ainsi, nous avons contribué — moi, surtout — à faire de lui la personne qu'il est devenu. Bref, Ricky a grandi en croyant que le monde lui était redevable — qu'aucun de ses actes n'avait de conséquences. Et, si ce que le chef Dunhurst m'a dit ce matin est exact, il… mon fils était bien un criminel.

Sa voix se brisa.

Compatissant, Ike lui entoura les épaules de son bras.

— Vous êtes une bonne mère. Vous avez fait de votre mieux et vous avez agi de la sorte uniquement parce que vous l'aimiez.

— Vous aussi. Et je suis sincèrement désolée qu'il m'ait fallu tant de temps pour le reconnaître. Mais ce n'est qu'une partie de la raison de ma visite.

Intrigué, Ike attendit qu'elle poursuive.

— Je suis venue à propos de Lindsay, expliqua-t-elle, la gorge serrée. Elle est si malheureuse depuis… depuis votre première séparation. Je ne supporte plus de la voir ainsi. Si je suis la raison qui vous empêche de vous remettre ensemble, sachez que je ne serai plus un obstacle. Je vous accueillerai de nouveau dans notre famille à bras ouverts.

Le cœur d'Ike se serra lorsque Arlene pressa légèrement sa main.

— Bien, murmura-t-elle en ouvrant la porte, je pense avoir tout dit.

Ike la suivit dans le couloir, à l'extérieur de son appartement.

— Merci d'être venue, Arlene. Cela signifie beaucoup, dit-il avec sincérité.

Elle esquissa un faible sourire.

— Et cela signifierait beaucoup pour Lindsay si vous l'appeliez et que vous mettiez les choses au clair. Prenez soin de vous, Ike. J'espère que nous aurons bientôt l'occasion de nous revoir.

Si seulement c'était aussi simple ! songea-t-il tandis qu'il retournait chez lui. Dieu sait qu'il mourait d'envie de téléphoner à Lindsay. Mais il était en train de remettre en question sa vie entière, et ce en partie à cause de la rancune qui existait entre son père et lui.

Une semaine plus tard Lindsay se gara dans la rue d'un vieux quartier de Boston. D'un pas hésitant, elle remonta l'allée et gravit les marches menant au porche d'une maison blanche aux volets noirs. N'ayant aucune idée de l'accueil qu'elle allait recevoir, elle appuya sur la sonnette avec une légère appréhension. Elle savait qu'Ike détesterait plus que tout qu'elle interfère dans ses affaires, mais elle n'avait pas le choix.

Des odeurs de barbecue flottèrent jusqu'à elle tandis qu'elle jetait un coup d'œil au couloir désert et dans la cuisine qu'elle apercevait au-delà. Elle appuya sur la sonnette une seconde fois.

Une porte claqua au fond de la maison. Puis Pete Walker apparut dans le couloir. La tête penchée sur le côté d'un air interrogateur, il tenta d'identifier sa visiteuse.

Au bout d'une seconde, les traits rudes de son visage s'éclairèrent.

— Lindsay ! s'exclama-t-il avec un large sourire. Quelle agréable surprise !

Il ouvrit rapidement la porte-moustiquaire et la fit entrer.

— Bonjour, Pete, répondit-elle en lui rendant son sourire. Je suis contente de vous voir, moi aussi.

Il était pratiquement 18 heures, un vendredi soir — l'heure du dîner —, et elle était certainement en train de le déranger. Mais, comme elle avait travaillé jusqu'à 15 heures, elle n'avait pas pu venir plus tôt, et cette visite ne pouvait pas attendre jusqu'au lendemain.

Vêtu d'un jean et d'un polo blanc arborant le logo du département de police de Boston, le père d'Ike était un peu plus mince que dans ses souvenirs mais toujours aussi grand et costaud.

— Suivez-moi dans le jardin. Je viens de mettre quelques steaks à cuire.

« Quelques steaks » ? Il avait donc de la compagnie, songea Lindsay.

— Non, je ne veux pas gâcher vos projets pour le dîner. Je souhaitais juste vous parler d'une chose importante.

Pete plissa les yeux.

— De quoi s'agit-il ?

— D'Ike.

En voyant son regard devenir sérieux, Lindsay sut qu'elle

ne serait pas la bienvenue pendant encore très longtemps. Elle alla donc droit au but.

— Cette querelle entre vous doit cesser, pour votre bien à tous les deux. Ike a tenté à plusieurs reprises de résoudre ce désaccord, mais vous l'avez toujours repoussé. Il est temps de mettre un terme à tout cela et de l'accueillir de nouveau…

Le reste de sa phrase mourut sur ses lèvres. Voir Pete si affligé lui donnait envie de pleurer. Elle s'efforça de ne pas craquer.

— Ike et moi… J'ai beau avoir envie que les choses marchent entre nous, ça n'arrivera pas. Mais il a besoin de sa famille. C'est un homme bien, et il a besoin de quelqu'un à aimer et qui l'aimera en retour sans réserve. Quelqu'un qui l'acceptera tel qu'il est.

La porte grillagée à l'arrière de la maison se referma en claquant et une voix grave qu'elle ne s'attendait pas à entendre fit accélérer son pouls.

— Connais-tu une personne dotée de beaucoup de patience qui serait disposée à se charger de ça ?

Lindsay prit une rapide inspiration et regarda Ike venir vers eux. Il était si grand et si beau qu'elle en eut le souffle coupé.

— Parce que ce ne sera pas facile, ajouta-t-il. J'essaie de me défaire de certains défauts.

Un léger sourire étira ses lèvres.

— Par ailleurs, il se pourrait que je sois sans travail pendant un temps. Il y a donc de fortes chances pour que j'aie besoin de quelqu'un à mes côtés pour me soutenir durant cette période.

— Que fais-tu ici ? demanda Lindsay d'une voix mal assurée.

— La même chose que toi. Une tentative de réconciliation. Seulement, je te bats de deux jours.

L'espoir s'insinua en elle tandis qu'elle observait les deux hommes qui se tenaient devant elle.

— Tu veux dire… que tout est terminé ?

— Il nous reste encore un long chemin à parcourir, mais nous essayons, répondit Ike avec un large sourire avant de tourner la tête vers son père. C'est incroyable à quel point les gens réussissent vite à s'entendre dès qu'ils laissent leur fierté à la porte. Pas vrai, papa ?

Pete se contenta de rire sans répondre, puis il se dirigea vers la cuisine.

— Je vais aller chercher un autre steak dans le frigo et vous laisser discuter tous les deux. Je suppose que vous restez pour dîner, Lindsay ?

Incapable de retenir ses larmes, elle garda son regard rivé à celui d'Ike.

— Je resterai aussi longtemps que l'on voudra bien de moi.

Ike poussa un soupir, et la promesse qu'elle lut dans ses yeux rendit sa réponse encore plus merveilleuse.

— Dans ce cas, tu vas rester pour toujours.

Ils tombèrent dans les bras l'un de l'autre. Souriant à travers ses larmes, Lindsay se délecta des baisers qu'il faisait pleuvoir sur son visage et son cou. Elle était émue au-delà des mots.

— As-tu entendu ce que j'ai dit tout à l'heure à propos de mon changement de travail ? demanda Ike après un moment. Crois-tu pouvoir supporter d'être mariée à un contrôleur judiciaire pour délinquants juvéniles ?

Préoccupée à l'idée qu'il puisse abandonner une chose qu'il aimait pour de mauvaises raisons, Lindsay scruta son visage.

— Pourquoi fais-tu ça ?

— Parce que j'en ai envie. Si Ricky et les autres avaient eu quelqu'un de leur côté après avoir commis leurs premières erreurs, leur vie ne se serait peut-être pas terminée de cette manière. J'ignore à quel point je serai efficace, mais j'ai parlé avec plusieurs personnes, et il s'avère que mon diplôme de justice pénale fait de moi quelqu'un de qualifié pour…

— Mais pourras-tu supporter de rester assis derrière un bureau ? Cela te rendra-t-il heureux ? s'enquit-elle. Tu ne peux pas changer ta vie uniquement pour satisfaire ton père ou pour me protéger. Tu dois prendre tes propres désirs en considération. Es-tu certain de réussir à renoncer aux poussées d'adrénaline ?

Les traits d'Ike s'illuminèrent lorsqu'il sourit.

— Est-ce que tu te moques de moi ? Tu es toute la source d'adrénaline dont j'aurai jamais besoin. Je veux t'épouser une nouvelle fois, avoir des enfants et réaliser mes rêves avec toi.

— Tais-toi, tu vas encore me faire pleurer, murmura Lindsay.

— Ce ne seront plus que des larmes de joie, répliqua-t-il.

Ils resserrèrent leur étreinte et échangèrent un baiser qui, cette fois, avait le goût délicieux de tous les lendemains qui s'offraient à eux. Leurs cœurs, trop longtemps à la dérive, battaient enfin de nouveau à l'unisson et ils battraient toujours ainsi, désormais.

Le 1er juillet

Black Rose n°213

Le manoir des secrets - Jana DeLeon

En entrant dans le manoir qu'elle a loué dans le bayou pour écrire son prochain roman, Olivia ressent immédiatement un profond malaise. Elle en a l'intime conviction : quelqu'un l'épie dans l'ombre. Mais qui ? John Landry, le gardien du manoir ? En effet, depuis son arrivée, cet homme mystérieux et bien trop séduisant pour ne pas intriguer Olivia met tout en œuvre pour la convaincre de repartir au plus vite. Comme s'il cachait un secret, qu'elle est bien décidée à percer...

Coopération forcée - Meredith Fletcher

Eryn a d'abord cru à un canular. Alors qu'elle animait un enterrement de vie de garçon, un groupe d'hommes cagoulés et armés a fait irruption dans la salle pour enlever le futur marié... Mais, maintenant, la voilà pour de bon lancée à leur poursuite. Avec elle, il y a un certain Callan, le frère de la future épouse. C'est un militaire bâti comme un roc, qui lui a jeté un regard dédaigneux quand elle lui a appris qu'elle est garde du corps. Et si d'habitude elle se contrefiche des machos dans son genre, cette fois, elle ressent le besoin de prouver à celui-ci qu'elle a autant de courage que lui...

Black Rose n°214

Et si c'était elle ? - Beth Cornelison

Se pourrait-il que Grace, sa fille, soit toujours en vie ? Cette idée folle obsède Elise depuis que les Harrison, un couple qu'elle a rencontré dans un groupe de soutien psychologique et qui, comme elle, a perdu un bébé à la naissance, lui ont révélé soupçonner l'hôpital où Elise a accouché de se livrer à un trafic de bébés... Et si Grace est vivante, se pourrait-il qu'elle ne soit autre qu'Isabel, le bébé adopté par Jared Coleman, lequel fréquente lui aussi le groupe de soutien ? En effet, les deux fillettes sont nées le même jour, et se ressemblent étrangement... Mais comment aborder le sujet avec Jared ? Il risque de de vouloir lui voler sa fille...

Un dangereux partenaire - Debra Webb

Envoyée au Mexique pour enquêter sur un criminel, Casey enrage de découvrir que Levi Stark, un autre agent américain, est chargé de la même mission qu'elle. A deux, ils vont forcément attirer l'attention et se faire repérer ! Mais Levi n'entend pas lui céder le terrain. Contre toute attente, cette détermination se révèle une chance pour Casey quand Levi la sauve d'une embuscade. Désormais rassurée par sa présence, elle se surprend aussi à se laisser séduire par le charme et le charisme de son rival...

Black Rose n°215

Attirance coupable - Elle Kennedy

Le suspect numéro un... C'est en ces termes qu'on lui a décrit Cole Donovan – un millionnaire soupçonné d'avoir assassiné son ex-femme. Mais selon Jamie, psychologue au FBI, les choses ne sont pas si simples. C'est vrai, tout semble accuser Cole, mais aucune preuve tangible ne le confond réellement. Et puis, l'instinct de Jamie ne l'a jamais trahie et, dès le premier entretien, elle a *su* que Cole était innocent. A moins qu'elle ne se laisse perturber par l'attirance inexplicable qu'elle a immédiatement ressentie pour lui ?

Une enfant pour enjeu - Cindy Dees

Quand Jagger Holtz, l'homme avec qui elle a passé la plus belle nuit de sa vie deux ans plus tôt – avant qu'il ne disparaisse sans jamais plus lui donner de nouvelles –, vient frapper à sa porte et lui demande de l'aider, Emily se retrouve confrontée au choix le plus difficile de sa vie. Car si la détresse de Jagger, blessé et poursuivi par de dangereux criminels, la pousse à lui offrir son secours, elle sait aussi qu'en l'hébergeant, elle risque gros : Jagger ignore qu'elle a eu un enfant de lui, la petite Michelle, et en le faisant de nouveau entrer dans sa vie, c'est son enfant qu'elle met en danger...

BLACK ROSE

Black Rose n°216

Troublante dissimulation - Julie Miller

Pour Josie, c'est le choc : une seule nuit passée entre les bras de Rafe Delgado –, le policier qui a promis à son père sur son lit de mort de toujours veiller sur elle –, aura suffi pour que la vie grandisse en elle. Une vie qu'elle veut garder secrète car elle sait que, pour Rafe, leur nuit d'amour a été une erreur. Mais, alors qu'elle s'efforce de tout faire pour l'éloigner d'elle et lui laisser croire qu'elle ne veut plus le voir, elle assiste à un meurtre qui complique ses plans : placée, en tant que témoin, sous la surveillance de Rafe, combien de temps pourra-t-elle se taire, et lui dissimuler qu'il est le père de son bébé ?

Retour à Three Rivers - Aimée Thurlo

Dix ans qu'elle n'a pas mis les pieds à Three Rivers... Laura est bouleversée. Elle se serait bien passée de ce pénible retour en arrière. Mais Nancy, sa meilleure amie de lycée, vient d'être assassinée, et Laura en est persuadée : il s'agit de l'œuvre macabre d'un tueur en série. Puisque les autorités refusent d'envisager cette hypothèse, elle a décidé de mener sa propre enquête. Quitte à s'accommoder de la pénible présence de Travis Blacksheep, dont on lui impose l'autorité. Pénible, car Travis n'est pas un inconnu pour Laura : il lui a autrefois brisé le cœur, précipitant ainsi son départ de Three Rivers...

Best-Sellers n°510 • thriller

Le lys rouge - Karen Rose

Par une froide nuit de mars, à Chicago, une jeune fille se jette du vingt-deuxième étage. Chez elle, telle une signature macabre, la police découvre le sol jonché de lys. Quand il arrive sur les lieux, et qu'il y croise Tess Ciccotelli, psychiatre de la victime, l'inspecteur Aidan est sur la défensive, car des indices laissent penser que la jeune fille a été poussée au suicide par sa thérapeute. Soupçonnée de meurtre, Tess est interrogée par les policiers, puis libérée grâce à l'intervention de son avocate. Mais d'autres patients se suicident à leur tour. Lettres, empreintes, messages téléphoniques : tout accuse Tess. Etrangement, plus les preuves s'accumulent contre elle, plus Aidan est convaincu de son innocence. Quant à son avocate, elle refuse d'assurer sa défense. Seuls désormais face à la méfiance de leur entourage, Aidan et Tess vont devoir découvrir quel esprit manipulateur et pervers se cache derrière le piège diabolique qui se resserre autour de Tess…

Best-Sellers n°511 • suspense

Les disparus de Shadow Falls - Maggie Shayne

Le meilleur ami de son fils Sam a été retrouvé mort. Assassiné dans la forêt de Shadow Falls. Et pour le Dr Carrie Overton, cette tragédie fait soudain ressurgir les terreurs du passé. Depuis seize ans, en effet, Carrie est hantée par le souvenir de cette femme désespérée à qui elle a porté secours. Une inconnue qui a bouleversé sa vie à jamais en lui confiant son nouveau-né. Avant d'être assassinée, elle aussi… Depuis, Carrie porte seule le poids de ce lourd secret. Et aujourd'hui, elle se sent complètement désemparée. D'autant que Gabriel Cairn, récemment arrivé en ville, multiplie les questions sur son passé. Carrie doit-elle se méfier de cet homme mystérieux en qui elle a pourtant eu spontanément confiance ? Ou bien le jour est-il venu de mettre enfin un terme à son mensonge ?

Best-Sellers n°512 • suspense

L'île de la lune noire - Heather Graham

Quand deux jeunes acteurs sont assassinés sur un tournage, dans une petite île isolée de Floride, le thriller que réalise Vanessa Loren devient réalité. D'autant que le meurtrier demeure introuvable et que des phénomènes étranges conduisent Vanessa à se demander si l'île n'est pas hantée, comme le prétend la légende. Deux ans plus tard Vanessa, toujours bouleversée par ce crime impuni, revient à Key West où elle a appris que se préparait un documentaire sur l'histoire de la région. Elle souhaite absolument convaincre le réalisateur, Sean O'Hara, de l'embaucher pour inclure dans son film le récit du tournage tragique. Déterminée à surmonter les réticences de Sean qui semble se méfier d'elle, Vanessa le conduit sur les lieux du crime tout en lui faisant part de ses hypothèses. Mais elle est loin d'imaginer que le passé est sur le point de se répéter et que le tueur, accompagné d'ombres mystérieuses et inquiétantes, la guette déjà dans l'ombre.

Best-Sellers n°513 • thriller

Un danger dans la nuit - Lisa Jackson

Je sais ce que tu as fait, confesse tes péchés…

En écoutant ce message sur son répondeur, la psychologue Samantha Leeds plonge en plein cauchemar. Car l'appel lui rappelle le drame qui a marqué sa vie : le suicide d'Annie, une jeune auditrice perturbée qu'elle n'a pas pu sauver. Terrifiée, Samantha l'est d'autant plus que le harceleur est devenu un tueur qui viole et étrangle ses victimes en écoutant son émission. Tandis que les inspecteurs Bentz et Montoya pistent le meurtrier, Samantha se réfugie auprès de Ty Wheeler, son nouveau voisin, le seul homme auquel, croit-elle, elle peut encore faire confiance…

Best-Sellers n°514 • roman

L'écho de la rivière - Emilie Richards

Artiste peintre mariée à un avocat et mère d'une petite fille, Julia Warwick est un pur produit de l'aristocratie de Ridge's Race. Cette femme à qui tout semble sourire voit pourtant son monde s'écrouler lorsqu'elle perd la vue de manière inexpliquée. Les médecins ayant conclu à une cécité psychosomatique, Julia entreprend de fouiller son passé à la recherche d'un traumatisme qu'elle aurait pu enfouir au plus profond de sa mémoire. Ce faisant, elle ouvre peu à peu les yeux sur son mari, sa famille, et surtout sur elle-même. Faisant bientôt émerger, avec l'aide de Christian Carver, son amour de jeunesse, des secrets que beaucoup ont intérêt à ne jamais voir divulgués.

Best-Sellers n°515 • suspense

Noirs soupçons - Brenda Novak

Revenue à Stillwater avec sa petite Whitney pour oublier un passé difficile, Allie McCormick, brillant officier de police, est fermement décidée à faire toute la lumière sur le drame qui a bouleversé la ville durant son adolescence : la mystérieuse disparition du révérend Barker, dix-neuf ans plus tôt. Depuis, les soupçons les plus noirs, les rumeurs les plus graves, n'ont cessé de circuler dans la région... Des rumeurs terribles, accusant Clay Montgomery, le fils adoptif du révérend, d'avoir tué son beau-père et dissimulé son corps. Mais un soupçon n'a rien d'une preuve pour Allie, quels que soient ses doutes et la surprise qu'elle éprouve en découvrant, au lieu de l'adolescent au charme ténébreux dont elle a gardé le souvenir, un homme taciturne et solitaire, qui semble porter le poids d'un lourd secret. Intriguée, Allie veut à tout prix découvrir s'il est ou non l'assassin qu'elle est venue démasquer.

Best-Sellers n°516 • thriller

Le collectionneur - Alex Kava

Albert Stucky. On l'appelle le Collectionneur – parce qu'il aime collectionner les jeunes femmes, avant d'en disposer à sa manière. La plus horrible qui soit. Pour l'arrêter, Maggie O'Dell, profiler et agent du FBI, a payé le prix fort : enlevée et torturée par ce fou dangereux, elle n'a échappé à la mort que de justesse. Mais aujourd'hui, huit mois après les faits, la jeune femme apprend que Stucky est parvenu à s'évader. Pour elle, le cauchemar recommence...

Un face à face redoutable entre Maggie O'Dell, un des meilleurs profilers du FBI, et Albert Stucky, un tueur en série particulièrement intelligent et pervers, dont chaque crime marque une escalade dans l'horreur.

Best-Sellers n°517 • historique

Le prix du scandale - Kat Martin

Angleterre, 1855.

Depuis la disparition de son richissime époux, Elizabeth Holloway n'a qu'une inquiétude : se voir retirer la garde de son fils par sa cupide belle-famille, prête à tout pour s'emparer de l'héritage de l'enfant. Désespérée, et impuissante face aux Holloway, elle décide de faire appel au seul homme qu'elle ait jamais aimée, et qu'elle a pourtant trahi malgré elle... Reese Dewar. Reese, qui ne lui a jamais pardonné d'en avoir épousé un autre alors qu'elle lui avait promis sa main des années plus tôt. Reese, qui ignore tout de son secret et des raisons qui l'ont poussée à se détourner de lui...

Composé et édité par les
éditions HARLEQUIN
Achevé d'imprimer en France (Malesherbes)
par Maury-Imprimeur
en mai 2012

Dépôt légal en juin 2012
N° d'imprimeur : 172529